Die Geschichte, die dich einholt

Roman

von

Siegfried Langer

Impressum

Siegfried Langer
Freudenthalstr. 35
87700 Memmingen
www.siegfriedlanger.de
mail@siegfriedlanger.de

Lektorat:
Anna Auriga

Korrektorat:
Markus Collet

Titelbild:
Ralf Bänecke
ralf@baenecke.de

Prolog

Malus Magen spielte verrückt, urplötzlich. Als säße sie in einem dieser halsbrecherischen Fahrgeschäfte auf dem Jahrmarkt und wäre soeben mehrere Meter im freien Fall nach unten gerauscht und nun - nur einen Fingerbreit über dem Boden – gestoppt worden.

Jetzt verlor sie das Gleichgewicht, fiel auf die Knie und drohte der Länge nach aufzuschlagen. Im letzten Moment gelang es ihr, sich mit den Händen abzustützen.

Zu ihrer Überraschung spürte sie Gras an ihren Fingern.

Erstaunt blickte sie auf und ihr Verstand weigerte sich zu akzeptieren, was die Augen sahen. Rings um sie herum erstreckten sich Felder und Wiesen. In etwa 200 Metern Entfernung beherrschte ein einzelnes, ihr unbekanntes mehrstöckiges Gebäude die Umgebung. Das Haus wurde von einem großen Rad dominiert, das vom Wasser eines Bachs unermüdlich angetrieben wurde.

Dabei hatte sie eben noch inmitten von Büchern auf ihrem Bett gelegen und durchs offene Fenster leisen, gleichmäßigen Straßenlärm gehört. Stattdessen ertönten nun laute Stampfgeräusche; sie kamen aus Richtung der Mühle.

Sie fror. Zwar zeigten sich nur wenige Wolken am Himmel, doch für ihr dünnes Sommerkleid war es eindeutig zu frisch.

Plötzlich schmeckte sie wieder ihre letzte Mahlzeit auf der Zunge, Spaghetti mit Tomatensoße und Parmesan, diesmal leider in unangenehmer Weise kombiniert mit Magensäften.

Nein, sie würde sich nicht übergeben!

Sie kämpfte dagegen an, doch der Würgereflex siegte.

Es war ihr peinlich; ganz instinktiv schaute sie sich um, ob jemand sie beobachtet hatte. Zum Glück konnte sie weit und breit keine Menschenseele entdecken.

Allmählich ließ die Übelkeit nach und sie konnte wieder halbwegs klar denken.

Wo befand sie sich?

Wie war sie hierher gekommen?

Sie konzentrierte sich. Das Letzte, an das sie sich erinnerte, war ein Buch mit historischen Abbildungen, in dem sie geblättert hatte.

Immer noch konnte sie kaum fassen, welche Schätze sie im Stadtarchiv entdeckt hatte; solche, die normale Besucher nur selten zu Gesicht bekamen: religiöse Schriften, politische Traktate, private Briefe, Lagerlisten und Bildbände aus längst vergangenen Zeiten. Welch große Ehre, dass ihr der Archivar sogar gestattet hatte, einige der Dokumente mit nach Hause zu nehmen. Dafür hatte es sich auf jeden Fall gelohnt, ihren Charme spielen zu lassen. Allerdings hätten ihn ohne die Erwähnung ihres Geschichtsstudiums vermutlich all ihre Überredungskünste nicht überzeugen können, ihr die wertvollen Objekte anzuvertrauen.

Doch nun saß sie mit einem Mal auf einer Wiese und starrte auf eine Mühle!

Ein erneuter Würgereiz riss Malu aus ihren Gedanken. Sie versuchte, ihn zu unterdrücken, doch er entlud sich in einem Hustenanfall. Als sie endlich wieder normal atmen konnte, kehrten die Fragen zurück.

Wie, um alles in der Welt, war sie an diesem Ort gelandet? Sie konnte sich nicht einmal erinnern, dass sie ihr Zimmer verlassen hatte.

War sie über ihren Büchern eingeschlafen und schlafgewandelt? Mitten am Tag?

Da hätte sie wohl ziemlich weit wandeln müssen, um aus ihrer zentral in München gelegenen WG in eine so einsame Gegend zu gelangen. Diese Möglichkeit konnte sie getrost abhaken.

Aber was dann? Ein Blackout? Weswegen?

Spielte ihr Kurzzeitgedächtnis verrückt?

Ein Schock könnte so etwas verursachen, hatte sie vor längerer Zeit einmal gelesen.

Aber was sollte ihn ausgelöst haben?

War irgendetwas passiert, das eine Lücke in ihre Erinnerung gerissen hatte? Was könnte das gewesen sein?

Oder träumte sie dies alles nur? Sah nicht das Gebäude vor ihr ganz ähnlich aus wie das auf der Zeichnung, die sie zuletzt angeschaut hatte? Bestimmt war sie darüber eingeschlafen und würde sich in ihrem Bett wiederfinden, sobald sie aufwachte.

Sie atmete tief durch und stutzte. Die Luft roch nicht so frisch, wie sie aufgrund der nahezu unberührten Landschaft um sich herum vermutet hätte. Etwas Unangenehmes kroch in ihre Nase, das sie nicht identifizieren konnte.

Konnte man im Traum riechen?

Endlich tauchte ein Mensch in ihrem Blickfeld auf. Ein Mann näherte sich von rechts und steuerte auf die Mühle zu. Sein Gesicht konnte sie nicht sehen, denn durch seine stark gebeugte Körperhaltung hielt er den Blick starr auf den Boden gerichtet. Zuerst dachte Malu deswegen, er müsse uralt sein; doch dann entdeckte sie eine vollbeladene Trage auf seinem Rücken, deren Gewicht seinen Oberkörper nach unten drückte.

Während Malu ihn so beobachtete, schaute er plötzlich auf und geradewegs in ihre Augen: Sein Blick stach ihr direkt ins Herz.

Und der Unbekannte war keineswegs ein älterer Herr, nein, er schien - wie sie - so um die Zwanzig zu sein. Auch sein Haar war weder grau noch schütter, sondern dunkelbraun und schulterlang. Er blieb stehen und lächelte sie an. Sie hatte keine Ahnung, wer er war, und doch kamen ihr seine Gesichtszüge auf eine eigenartige Art und Weise vertraut vor; es fühlte sich an wie ein Déjà-vu. Auch der junge Mann wirkte, als würde er überlegen.

Dann hob er die Hand und winkte ihr zu.

Malu fühlte sich unfähig, auf die Geste des Fremden zu reagieren, sie war wie erstarrt. Als wäre sie nicht Teil des Geschehens, sondern betrachte es von außen. Gerade so, als sähe sie einen Film an oder als nähme sie die Welt plötzlich durch einen fremden Körper wahr.

Schließlich wandte der Mann den Blick ab und setzte seinen Weg in Richtung der Mühle fort. Als er hinter dem Gebäude verschwunden war, bereute Malu auf einmal schmerzlich, dass sie dem jungen Mann nicht wenigstens zurückgewinkt hatte.

Malu erhob sich - zu ihrer Erleichterung rebellierte ihr Magen nicht mehr – und schaute umher. In der Ferne entdeckte sie auf einer Anhöhe eine Burg, umschlossen von einem ausgedehnten Waldgebiet.

In aller Ruhe betrachtete sie die Umgebung: Nein, dies alles wirkte keineswegs wie ein Traum, es sah echt aus!

Viel realistischer als mit dieser Virtual-Reality-Brille, die sie einmal auf einer Computermesse ausprobiert hatte. Sie war durch das antike Rom geschlendert, über die Via Appia gegangen und hatte den Circus Maximus und das Kolosseum besucht. Es war fantastisch gewesen.

Aber doch nicht gut genug, um vortäuschen zu können, es wäre real.

Im Gegensatz zu dem, was sie soeben hier erlebte. Alles passte zusammen: Was sie sah, was sie hörte, was sie roch – sogar eine Gänsehaut von der Kälte bildete sich.

Trotzdem neigte sie unwillkürlich den Kopf und griff sich an die Schläfe, als könne sie sich eine etwaige VR-Brille abstreifen. Eine Brille ertastete sie nicht, dafür etwas Langes, Dünnes.

Natürlich, mein Bleistift, dachte sie, mit dem ich mir während des Lesens Notizen gemacht habe. Unbewusst hatte sie ihn wohl - wie so oft - hinter ihr Ohr geklemmt. Sie nahm ihn und drehte ihn in ihren Fingern hin und her.

„Gott zum Gruße“, vernahm sie plötzlich eine Stimme hinter sich.

Malu drehte sich erschrocken um. Direkt vor ihr stand der junge Mann von gerade eben. Ihre Blicke kreuzten sich und im selben Moment fühlte Malu, wie es in ihrem Bauch flatterte.

I. Teil
Merelies Recherche

1. Kapitel

„Ich mach auf!", rief Merelie, kaum dass sie das Klingeln gehört hatte.

Ihr Stuhl machte ein schabendes, in den Ohren schmerzendes Geräusch, als sie ruckartig aufsprang und ihn dabei nach hinten schob; beinahe wäre er umgefallen.

Dann rannte sie zur Wohnungstür und riss sie auf.

„Du kommst spät", begrüßte sie Elias, der völlig außer Puste vor ihr stand.

„Ich bin geradelt, so schnell ich konnte", brachte er keuchend zwischen zwei schweren Atemzügen hervor. „Es ist Montag. Wir haben jede Menge Aktionsware bekommen. Das hat einfach länger gedauert als normal."

Während der Ferien jobbte Elias morgens bei Aldi. Normalerweise endete seine Arbeitszeit, wenn die Filiale öffnete.

„Wir sind schon fertig mit dem Frühstück", behauptete Merelie, fast beiläufig.

Elias zuckte zusammen.

„Wie bitte?", fragte er fassungslos.

Merelie hatte sofort Mitleid mit ihm. „Quatsch", sagte sie. „Ich hab dich nur auf den Arm genommen. Wir haben natürlich auf dich gewartet."

Elias atmete sichtlich auf.

„Auch wenn ich kurz vor dem Verhungern bin: Sollen wir vorher noch die Sachen vom Dachboden holen?"

„Schon erledigt."

„Aber dein Opa … Sein Rücken …"

„Oma und ich haben die Kiste zu zweit getragen. Das ging schon."

„Und? Habt ihr sie schon geöffnet?“

„Noch nicht, Elias, keine Sorge. Wir machen das gemeinsam, wie abgesprochen.“

Den Karton hatten sie schon in aller Frühe heruntergeholt; seitdem schlich sie darum herum, denn sie war hin und her gerissen von ihren Gefühlen. Einerseits platzte sie vor Neugierde und Aufregung, andererseits hatte sie Angst vor dem, was sie darin vorfinden würde. Angst vor Enttäuschung, vor … sie wusste nicht genau, wovor.

Ihr ganzes Leben lang hatte sie sich danach gesehnt, Informationen über ihre Mutter zu bekommen. Ihre Großeltern, bei denen sie aufgewachsen war, hatten all die Jahre dazu geschwiegen und sie immer wieder vertröstet.

Endlich war es soweit: Die Hinterlassenschaften ihrer Mutter in greifbarer Nähe.

Merelie trat zur Seite, um Elias Platz zu machen. Als er an ihr vorbeihuschte, kitzelte sie ein ungewohnter Duft in der Nase.

Benutzte er neuerdings Rasierwasser?

Elias bückte sich und zog seine Schuhe aus.

„Du hast noch die Wäscheklammer am Hosenaufschlag“, meinte sie und war froh, sich damit von ihrer eigenen Aufregung ablenken zu können.

Mit einer raschen Bewegung knipste er sie ab und steckte sie ein. Dann eilte er weiter in die Küche.

„Guten Morgen, Frau Ferner“, hörte sie ihn sagen, während sie ihm etwas langsamer folgte. „Das duftet aber wieder köstlich bei Ihnen.“

Die Großmutter lachte. „Ja, sobald es was zu essen gibt, ist Elias zur Stelle. So war es schon, als du noch ein kleiner Bub warst.“

Als Merelie hinter ihm die Küche betrat, stand er bereits neben der Großmutter am Herd und beugte sich über die Pfanne. Die Großmutter sah winzig neben ihm aus. Lange Zeit war Merelie etwas größer gewesen als er, doch in letzter Zeit schien er immer weiter in die Höhe zu schießen, während

Merelie seit einem halben Jahr keinen Millimeter mehr gewachsen war.

Erst jetzt schien Elias einzufallen, dass er noch jemanden im Raum vergessen hatte. Er drehte sich zum Küchentisch und begrüßte die Person, die sich hinter einer aufgeschlagenen Zeitung versteckte: „Guten Morgen, Herr Ferner." Als Antwort erhielt er lediglich ein tiefes, unverständliches Brummen.

Merelie folgte Elias' Blick, der weiterwanderte zu dem Umzugskarton, der unterhalb des Küchenfensters stand. Darauf prangte das Firmenlogo eines Speditionsunternehmens mit einer Memminger Anschrift. Merelie sagte der Name nichts. Vermutlich war die Firma irgendwann insolvent gegangen oder von der Konkurrenz aufgekauft worden.

„Das ist also die Kiste vom Dachboden", stellte Elias fest.

„Ja", bestätigte Merelie.

„Sieht so unscheinbar aus."

„Hast du etwa eine Schatzkiste erwartet?", fragte die Großmutter, drehte sich zu ihnen um und balancierte vor sich die Pfanne. „Übrigens ist das Rührei fertig."

Wie auf Kommando ertönte hinter der Zeitung ein Geräusch, das sich nur als Magenknurren deuten ließ, und auch Elias brauchte keine Aufforderung, sich an den Küchentisch vor einen freien Teller zu setzen.

Die Großmutter versorgte zuerst ihren Mann, der nun endlich die Zeitung zur Seite gelegt hatte, dann Elias und Merelie und abschließend sich selbst mit Rührei.

Merelie entdeckte Paprika-, Tomaten- und Zwiebelstücke darin. So mochte sie Rührei am liebsten. Normalerweise lief ihr bei dem Anblick sofort das Wasser im Mund zusammen, doch heute spürte sie kaum Appetit.

Der Großvater nuschelte irgendetwas, das so ähnlich wie „Guten Hunger" klang, und aß bereits, ehe die anderen etwas erwidern konnten.

„Schmeckt hervorragend", lobte Elias mit vollem Mund. „Wie immer."

„Ab hundert Gramm wird es undeutlich“, frotzelte Merelie und lachte.

„Den Kakao schenkst du dir selbst ein, ja?“, fragte die Großmutter.

„Mmhmm.“

Den anderen beim Essen zuzusehen, weckte nun auch bei Merelie den Appetit. Nirgends hatte sie bisher so leckeres Rührei gegessen wie bei ihrer Großmutter und vermutete, dass sie mit irgendeiner geheimen Zutat arbeitete. Doch die Großmutter hielt stets dicht, wenn Merelie danach fragte.

Unwillkürlich blickte sie während des Frühstücks immer wieder zu dem Umzugskarton. Zwar hatten sie auf dem Dachboden notdürftig den Staub heruntergewischt, doch einige Reste klebten immer noch darauf, als hätten sie sich im Laufe der Jahre mit dem Material verbunden.

„Ich bewundere deine Selbstdisziplin“, kommentierte Elias und sie wusste genau, was er meinte. „An deiner Stelle hätte ich den Karton gleich im Dachboden aufgerissen.“

„Ich hatte dir versprochen, dass ich auf dich warte.“

Es fiel ihr leichter, ihr Zögern mit Rücksichtnahme ihm gegenüber zu begründen als mit ihrer eigenen Unsicherheit.

„Sag ich ja, ich bewundere deine Selbstdisziplin.“

„Mir ist es wichtig, in angemessener Weise mit dem …“, das Wort ‚Nachlass‘ lag ihr auf der Zunge, doch sie weigerte sich, es auszusprechen, „… mit den Sachen meiner Mutter umzugehen.“

„Wir frühstücken in aller Ruhe zu Ende“, meinte die Großmutter, „dann sehen wir uns alles gemeinsam an.“

Merelie hatte ihre Eltern nie kennengelernt, aufgewachsen war sie bei ihren Großeltern. Siebzehn Jahre lang hatten die beiden sich geweigert, Merelie etwas über sie zu erzählen. Immer wenn sie danach gefragt hatte, waren sie ausgewichen oder hatten jegliche Diskussion darüber abgewürgt. Bis zum Vortag hatte Merelie nicht viel mehr als den Namen ihrer Mutter gewusst. Sie hieß Marie-Luise, doch alle hatten sie nur ‚Malu‘ genannt.

Gestern hatte Merelie zumindest erfahren, wie sie zu den Großeltern gekommen war. Sie hatten erzählt, wie ihre Tochter, von der sie dachten, sie wäre in München, plötzlich mit einem Baby aufgetaucht war, das sie ihnen in den Arm drückte. Sofort danach sei sie wieder verschwunden.

Die Großmutter hatte weiter berichtet, dass etwas Geheimnisvolles in Merelies Abstammung lag. Eine Art Gabe würde in ihrer Familie seit Jahrhunderten von Mutter zu Tochter weitergegeben, die sich allerdings bei jeder Nachfahrin anders manifestierte. Manchmal übersprang sie auch eine Generation oder zwei und die Großmutter hatte gehofft, dass dies bei Merelie der Fall sein würde. Um sie nicht unnötig zu beunruhigen, hatte sie es hinausgezögert, dieses Wissen an sie weiterzugeben. Die dramatischen Ereignisse der letzten Tage mit diesem seltsamen ‚Buch, das dich findet', das aus dem Nichts in Merelies Leben aufgetaucht war, hatten sie jedoch eines Besseren belehrt. Merelie hatte sich im wahrsten Sinne des Wortes darin verloren und nur mit Elias' Hilfe wieder zurück in die Realität gefunden. Noch immer rätselte sie über die genauen Zusammenhänge.

Nach ihrer Rückkehr aus dem Buch hatte die Großmutter Merelie nicht nur von ihrer Mutter und der geheimnisvollen Gabe erzählt, sondern auch versprochen, endgültig reinen Tisch zu machen.

Alles, was die Großeltern von Merelies Mutter Malu noch besaßen, hatten sie in diesem Umzugskarton auf dem Dachboden vor ihr geheim gehalten.

Jetzt stand er hier, direkt in ihrer Reichweite.

Für Merelie glich er der Büchse der Pandora. Sie wollte unbedingt wissen, was er enthielt. Doch wenn sie ihn erst geöffnet hatte, gab es kein Zurück mehr.

Was, wenn sie herausfand, dass ihre Mutter sie nicht gewollt und nicht geliebt und deswegen weggegeben hatte?

Bereits nach der ersten Portion Rührei fühlte sich Merelie satt und rutschte nervös auf dem Stuhl hin und her. Langsam konnte sie nicht mehr verbergen, wie sehr sie darauf brannte, endlich den Inhalt der Pappkiste zu kennen. Auch wenn Elias inzwischen wohl glaubte, sie wäre die Erfinderin des Wortes ‚Gelassenheit'.

„Wollen wir den Karton jetzt aufmachen?", drängte er ungeduldig.

„Also, ich brauche erst noch etwas Süßes", bremste ihn der Großvater aus, fischte sich eine Semmel aus dem Brotkorb, teilte sie und bestrich die eine Hälfte in aller Seelenruhe mit Honig.

„Benno, die Kinder warten!"

„Ist ja gut, Emma. Ihr könnt ja schon den Tisch abräumen, während ich zu Ende esse."

„Eine gute Gelegenheit, sich vor der Küchenarbeit zu drücken", schimpfte die Großmutter.

„Immer diese Unterstellungen!" Der Großvater gab sich entrüstet und Merelie musste lachen. In Windeseile hatten die drei den Tisch abgeräumt und zogen dem Großvater bereits Teller und Messer weg, noch ehe er sich den letzten Rest seiner Honigsemmel in den Mund stecken konnte.

„So", verkündete er schließlich. „Das wäre erledigt. Können wir uns jetzt um die Kiste kümmern?"

„Nichts lieber als das", sagte Elias und eilte zum Fenster. Er versuchte, den Karton anzuheben, entschied aber schnell, ihn lieber zum Tisch hinüberzuziehen. Er zerrte ihn zwischen die Stühle von Merelie und der Großmutter. Dann setzte er sich an Merelies andere Seite und rückte seinen eigenen Stuhl ganz nahe an ihren heran.

Merelie war froh, dass Elias in ihrer Nähe war. Seit sie sich in dem Buch verloren und er sie befreit hatte, war ihr noch viel stärker bewusst geworden, wie sehr sie sich auf ihn verlassen konnte. Mit ihm konnte sie über alles reden und er war immer für sie da, wenn sie ihn brauchte. Es war einfach ein unheimlich gutes Gefühl, ihn bei sich zu wissen. Er reckte den Kopf, um an ihr vorbei zum Karton zu sehen.

„Mach ihn endlich auf, Emma", drängte nun auch der Großvater.

Und die Großmutter öffnete ihn.

2. Kapitel

Obenauf in der Umzugskiste lag, als wolle es den Inhalt schützen, ein Tuch. Es hatte nicht das strahlende Weiß heutiger Tischdecken oder Bettbezüge, sondern einen Farbton, der leicht ins Bräunliche ging.

Die Großmutter nahm es heraus und reichte es Merelie, die es prüfend zwischen Daumen und Zeigefinger rieb.

„Was ist das für ein Material?", fragte sie.

Elias griff nun ebenfalls danach und meinte: „Ungewöhnlich grob."

„Das ist Leinen, Merelie, und darin warst du eingewickelt, als deine Mutter dich zu uns gebracht hat."

Merelies Herz klopfte schneller. Für sie bedeutete dies mehr als nur ein Stück Stoff. Mit ihren Fingern versuchte sie, einer Verbindung zu ihrer Mutter nachzuspüren. Dann führte sie das Tuch neugierig zur Nase und schnupperte daran. Zu ihrer Enttäuschung hatten die muffigen Gerüche des Dachbodens längst die ursprünglichen überdeckt.

„Malus Studentenausweis", meinte die Großmutter und präsentierte Merelie ein kleines Kärtchen.

Das Foto darauf ließ Merelies Atem stocken.

„Sie sieht ja genauso aus wie du", sprach Elias ihre Gedanken aus.

Tatsächlich, man brauchte keinen DNA-Test, um die Verwandtschaft zu erkennen. Die gleichen Lachfältchen in den Augenwinkeln; die gleiche, leicht krumm stehende Nase – nur zu erkennen, wenn man genau hinblickte. Sogar die schwarzen, glatten Haare trug Malu etwas über Schulterlänge, so wie Merelie im Moment auch.

Die Ähnlichkeit überwältigte sie. Elias legte ihr sanft und beruhigend seine Hand auf den Oberschenkel und sie war froh darum.

„Ludwig-Maximilians-Universität", hörte sie ihn laut lesen.

Als Kind hatte sie viel und oft fantasiert, wer ihre Mutter sein könnte. Eine Geheimagentin, die inkognito bleiben musste. Eine Schauspielerin, die immer auf Achse war. Die Kronzeugin eines wichtigen Kriminalfalls in einem Schutzprogramm. Über ihr Aussehen hatte sich Merelie am wenigsten Gedanken gemacht.

Bei genauerer Betrachtung entdeckte sie nun doch einen Unterschied: Während sie selbst dunkelgrüne Augen besaß, hatte ihre Mutter braune Augen.

Ansonsten hätte man sie leicht miteinander verwechseln können.

„Ich habe sie immer vor mir, wenn ich dich ansehe, Merelie."

Die Großmutter wirkte sichtlich ergriffen und Merelie wurde klar, dass es wohl auch Selbstschutz gewesen war, warum sich die Großmutter so lange vor diesem Gespräch gedrückt hatte. All die Erinnerungen an Malu drängten sich wieder in ihr Bewusstsein – und mit ihnen der Kummer und der Schmerz.

Etwas Rosafarbenes zog Merelies Aufmerksamkeit auf sich. Als sie ihren Blick dorthin wandte, entpuppte es sich als ein Fotoalbum. Die Großmutter schnäuzte sich, dann zog sie es aus dem Karton und legte es direkt vor Merelie auf den Tisch. Das lebensbejahende Bild darauf gefiel Merelie: Daisy Duck, die mit einem geblümten Schirm durch strömenden Regen spazierte und dabei fröhlich lachte.

Merelie konnte es kaum glauben: Gleich würde sie noch mehr Bilder von ihrer Mutter sehen!

Während sie sich noch freute, legte die Großmutter bereits ein weiteres Album daneben.

Mit seinem schwarzweißen Karomuster war es deutlich unauffälliger.

„In dem einen sind die Kinder- und Jugendfotos, in dem anderen die späteren Bilder."

Irgendwo mitten drin schlug die Großmutter das rosafarbene Album auf. Ein Mädchen, etwa zehn Jahre alt, blickte Merelie entgegen, in einem blütenweißen Kleid; in der rechten

Hand hielt sie voller Stolz eine weiße, unterarmlange, dicke Kerze, auf der ein schwarzes Kreuz zu sehen war, darüber ein Alpha und darunter ein Omega, beides in sattem Rot.

Merelie hatte ein fast identisches Bild von sich selbst, nur dass auf ihrer eigenen Kommunionskerze eine Taube abgebildet war.

„Wow! Unglaublich, diese Ähnlichkeit!“ Elias wirkte mindestens ebenso aufgeregt wie sie selbst. „Blättern Sie weiter, Frau Ferner.“

Es folgten Bilder von Malu auf einem Spielplatz. Das Mädchen saß auf einer Wippe, auf einem anderen Foto auf einer Schaukel. Malu kletterte die Leiter an einem hölzernen Turm nach oben, auf einer weiteren Aufnahme sah man sie die Arme hochstreckend eine Rutsche hinabgleiten, sichtlich erfreut, für den mühsamen Aufstieg auf den Turm belohnt zu werden.

Malu hockte im Schneidersitz auf einer Decke auf einer Wiese, spielte mit Freundinnen mal mit Puppen, mal Mensch-ärgere-dich-nicht und mal ein Kartenspiel, das Merelie nicht kannte.

Kein einziges Bild, auf dem ihre Mutter nicht fröhlich wirkte. Und nur aus wenigen Perspektiven konnte man erkennen, dass es sich um ein anderes Mädchen handelte; ansonsten hätten es sich auch um Aufnahmen aus Merelies eigener Kindheit handeln können.

Merelie konnte sich an den vielen Fotos kaum sattsehen. Sie spürte, wie sich nun auch bei ihr die Tränen in den Augenwinkeln sammelten. Elias schob ihr, ohne es weiter zu kommentieren, ein Taschentuch zu. Genauso wortlos nahm sie es entgegen und tupfte sich die Feuchtigkeit ab.

Auf dem letzten Bild des pinkfarbenen Albums tanzte Malu in einem himmelblauen Kleid auf der Abiturfeier mit einem gutaussehenden jungen Mann.

Bei seinem Anblick fühlte sie sich sofort wie elektrisiert.

Ob das vielleicht – ihr Vater …?

Vorsichtig berührte sie mit ihren Fingern das Bild und bemerkte dabei, dass sie zitterten.

„Wer ist das, Oma?"

„Das ist Jan." Und als könnte sie lesen, was in Merelies Kopf vorging, ergänzte die Großmutter: „Mit ihm war bereits Schluss, als sie nach München zum Studieren ging."

Bislang hatte sich Merelie gar keine Gedanken darüber gemacht, ob ihre Mutter in einer festen Beziehung gewesen war, als sie verschwand. Würde sie jemals erfahren, wer ihr Vater war? War sie ein Kind der Liebe oder nur das zufällige Ergebnis eines One-Night-Stands? Auch diese Ungewissheit zehrte an ihr.

„Als sie so alt war wie du jetzt, war sie bereits mit Jan zusammen."

Täuschte sich Merelie oder warf die Großmutter gerade Elias einen neugierigen Blick zu?

„Der war ein Großmaul."

„So schlimm war er auch wieder nicht, Benno."

„Ich habe nie verstanden, was Malu an ihm fand."

Also was das Aussehen betraf, konnte Merelie ihre Mutter gut verstehen. Jan wirkte freundlich und sympathisch und seine Augen strahlten, während sich die beiden im Kreise drehten.

„Väter tun sich immer schwer mit den ersten Freunden ihrer Töchter. Das war bei meinem genauso."

„Aber irgendwann mochte dein Vater Opa", stellte Merelie fest und zwinkerte ihm zu.

„Opa? Wieso Opa?", fragte die Großmutter. „Ach so, nein. Ich hatte davor einen anderen."

„Andere", korrigierte der Großvater und seine Frau errötete.

„Ist doch egal", meinte Elias. „Das ist lange her. War im letzten Jahrtausend."

„Na, hör mal, junger Mann." Man sah dem Großvater an, dass er die Empörung nur spielte.

„'tschuldigung."

„Warum hat sie sich von Jan getrennt?", wollte Merelie wissen. „Oder hat er sich von ihr …"

Die Großeltern antworteten gleichzeitig: „Sie hatten sich auseinandergelebt.“ - „Das Großmaul hat sie betrogen.“

„Er war eben nicht der Richtige“, schob die Großmutter hinterher und schlug dabei das zweite Fotoalbum auf. Darin Bilder von Partys mit vielen jungen Menschen, ausgelassen feiernd, tanzend, Rotwein und Cocktails trinkend. Es folgten Fotos aus München, vor der Marienkirche, vor dem Isartor, auf dem Oktoberfest. Auf keinem von ihnen Jan, auch kein anderer Mann, immer nur Mädchen, im gleichen Alter wie damals Malu.

„Alles Kommilitoninnen.“

„Nach Jan hatte sie keinen Freund mehr?“

„Nicht, dass ich wüsste. Und ich bin mir sehr sicher, dass sie es mir berichtet hätte.“

„Wer ist sie?“ Merelie deutete auf eine rothaarige, sommersprossige Frau. „Sie ist auf allen späteren Fotos zu sehen.“

„Das ist Bärbel. Malu hat sie erst in München kennengelernt und brachte sie auch hierher zu Besuch mit. Sie war mindestens drei oder vier Mal hier, nicht wahr, Benno?“

„Ja, ein nettes Mädchen. Sie hat unheimlich viel gelacht. Über alles und jeden. Würde mich interessieren, was aus ihr geworden ist.“

„Nachdem Malu … verschwand, ist der Kontakt leider abgebrochen.“

„Was ist das?“, fragte Merelie, als sie erneut in die Umzugskiste blickte. Obenauf lag nun eine großformatige Mappe aus hellgelber Pappe, verschlossen mit einem schwarzen Stoffbändchen, das zu einer Schleife gebunden war. Darauf abgebildet erkannte Merelie die berühmte Zeichnung Leonardo da Vincis, die einen Mann mit idealisierten Proportionen in einem Kreis und einem Quadrat zeigte.

„Oh“, sagte der Großvater, „Malus Zeichenmappe. An die habe ich gar nicht mehr gedacht.“

Merelie griff danach und legte sie auf den Tisch, nachdem die Großmutter die Fotoalben zur Seite geschoben hatte. Dann löste sie die Schleife.

„Meine Mutter hat gemalt?"

„Oh ja,", antwortete die Großmutter. „Malu war äußerst talentiert."

Ehrfurchtsvoll öffnete Merelie die Mappe und blickte geradewegs auf eine Bleistiftzeichnung des Memminger Rathauses.

„Wow", kommentierte Elias. „Das sieht ja toll aus."

„Dafür hatte sie im Sommer drei Tage lang auf dem Marktplatz gesessen."

„Hat sich gelohnt! Blätter weiter, Merelie."

Vorsichtig nahm Merelie das Abbild des Rathauses und legte es zur Seite. Darunter kam eines der Wahrzeichen der Stadt zum Vorschein: das Siebendächerhaus. In ihm und auf seinen Dächern hatten die Gerber in früheren Jahrhunderten ihre Felle getrocknet. Als drittes folgte der Turm von St. Martin, der ältesten Kirche Memmingens, auf dem geografisch höchsten Punkt der Stadt errichtet.

Mehr als zwei Dutzend Bilder der Altstadt schlossen sich an. Manche der Motive kannte Merelie, andere glaubte sie, das erste Mal zu sehen. Doch vermutlich war sie bislang nur unaufmerksam daran vorüber gegangen. Sie nahm sich vor, sich alle im Original anzusehen und zu überprüfen, ob sich die Orte im Laufe der Jahre verändert hatten.

Zeichnen war ein Talent, das Merelie definitiv nicht von ihrer Mutter geerbt hatte. Wenn sie etwas zu Papier brachte, sah es stets wie die Kritzelei eines Grundschülers aus. Im Kunstunterricht hatte ihre Lehrerin immer nur mitleidig gelächelt, wenn sie Merelies Bilder in Augenschein genommen hatte.

„Wenigstens hast du dir Mühe gegeben", war der immer gleich lautende Satz von Frau Hann gewesen.

„Malu hatte kurzzeitig überlegt, ‚Kunst' zu studieren. Das war doch so, Emma, gell?"

„Ja, aber letztendlich hat sie sich dann doch für ‚Geschichte' entschieden."

Als Merelie zum letzten Blatt kam, einem Aquarell, blieb ihr für einen Moment der Mund offen stehen. Nicht nur, weil das

Selbstporträt so grandios gemalt war, sondern weil es erneut eine unglaubliche Ähnlichkeit mit ihr selbst aufwies. Im ersten Moment glaubte Merelie, sie würde in einen Spiegel blicken.

„Sogar die kleinen Sprenkel in deinen Augen hast du von ihr."

Sie wunderte sich darüber, dass Elias dieses Detail so schnell aufgefallen war, denn sie selbst musste sehr genau hinsehen, um die kleinen Farbtupfer in den braunen Augen zu erkennen. Und sie war überrascht über Elias' Beobachtungsgabe.

„Gefällt mir gut", meinte er ein wenig verträumt und wurde prompt rot, als er bemerkte, dass Merelie ihn anschaute.

„Was ist denn noch so alles in der Kiste?", lenkte er schnell ab und wich ihrem Blick aus. „Oh, Bücher."

Merelie griff sich ein paar davon und breitete sie auf dem Tisch aus. Es handelte sich sowohl um historische Romane als auch um Sachbücher, die meisten davon hatten die Französische Revolution zum Thema. Die Großmutter packte behutsam die Zeichnungen zurück in die Mappe und legte diese zur Seite. Schon bald stapelten sich weitere Bücher auf dem Tisch. Taschenbücher mit rundgelesenen Rücken und welche, die wie neu aussahen; dazwischen Hardcover, ebenfalls in unterschiedlichen Zuständen.

Merelie überflog die Titel. Sie wollte wissen, welche Epochen ihre Mutter besonders interessiert hatten und erkannte tatsächlich eine Häufung von Themengebieten. Die Badische Revolution. Der Dreißigjährige Krieg. Der Deutsche Bauernkrieg. Das Aufkommen und das Erstarken des Protestantismus.

„Durch das alles musste sie sich im Studium quälen?", wollte Elias wissen und Merelie amüsierte sich über seinen entsetzten Gesichtsausdruck.

Sie hatte sich immer noch nicht entschieden, was sie nach der Schule machen wollte. Noch hatte sie Zeit, denn das Abitur stand erst in knapp zwei Jahren an. In Memmingen gab es weder eine Universität noch eine Hochschule. Merelie würde nichts anderes übrig bleiben, als in eine andere Stadt zu gehen, wenn sie noch studieren wollte. Im günstigsten Falle würde dies mit Pendeln funktionieren; wenn nicht, musste sie sich am Studienort ein Zimmer nehmen.

Elias nahm eines der Bücher in die Hand. Auf dem Cover war ein Bauer abgebildet, bewaffnet mit einem Dreschflegel; ihm gegenüber ein Uniformierter, der mit einem antiquiert wirkenden Gewehr auf ihn zielte, den Zeigefinger am Abzug. ‚Die Revolution des gemeinen Mannes' stand über dem historischen Bild und Elias kommentierte: „Seltsamer Titel."

„Hier bedeutet ‚gemein' so viel wie ‚allgemein' oder ‚einfach'", erläuterte der Großvater.

„Ach so, jetzt verstehe ich."

„Da ist übrigens noch etwas in dem Umzugskarton", fügte der Großvater mit einem schwer zu deutenden Unterton hinzu, was Merelie dazu brachte, rasch noch einmal hineinzuschauen.

Hatte sie etwas übersehen?

Nein. Minnie, die rote Katze der Ferners, hatte die Gelegenheit genutzt und war in die Kiste gehüpft. Als wäre es ihre seit Jahren angestammte Ruhestätte, rollte sie sich jetzt darin zusammen und schnurrte dabei.

Der Großvater lachte lauthals und steckte alle damit an. Erst jetzt spürte Merelie, wie angespannt sie die ganze Zeit über gewesen war.

„Ich glaube nicht, dass wir die Sachen so schnell wieder einräumen können", gluckste sie.

Minnie ließ sich davon überhaupt nicht beeindrucken, sondern begann völlig ungerührt, ihr vorderes Bein der Länge nach abzulecken und sich damit anschließend immer wieder sorgfältig von hinten nach vorne über den Kopf zu streichen.

„Halt!", sagte Merelie plötzlich. „Da ist wirklich noch was im Karton."

Unter Minnies Körper ragte ein Stück Plastikfolie hervor. Merelie hob die Katze vorsichtig an, was diese mit einem mürrischen Blick quittierte. Jetzt legte Minnie die Ohren an und Merelie fürchtete bereits, sie könnte sich einen Hieb ihrer Krallen einfangen. Mit einem kräftigen Ruck zog sie am Plastik und brachte rasch ihre Finger in Sicherheit.

Minnie blickte sie kurz verwirrt an, dann setzte sie ihre Fellpflege fort, als sei nichts geschehen.

Zu ihrer Überraschung hielt Merelie eine Klarsichthülle in der Hand, darin klar erkennbar eine zusammengefaltete Seite aus einer Zeitung.

Merelie entnahm das Blatt und klappte es auseinander. Irritiert erkannte sie eine Seite mit Kleinanzeigen: Er sucht Sie, Sie sucht Ihn, Er sucht Ihn, Sie sucht Sie; darunter diverse Angebote von gebrauchten Autos.

„Warum habt ihr das aufgehoben?"

„Guck mal auf das Datum!"

Als Merelie den Blick nach rechts oben wandte, erkannte sie selbst die Antwort auf ihre Frage.

Elias sprach aus, was sie dachte: „Das ist ja dein Geburtsdatum!"

Daneben prangte handschriftlich in Großbuchstaben: MERELIE.

„Dein Name stand bereits drauf. Wir haben deswegen vermutet, dass Malu ihn sich gewünscht hat und dich entsprechend getauft. Die Zeitungsseite war zusammen mit dir in das Leinentuch gewickelt."

„Aber was hat das zu bedeuten, Oma?"

Die Großmutter zuckte lediglich mit den Schultern.

„Vielleicht finden wir die Lösung des Rätsels auf der Rückseite", meinte Elias. Doch als Merelie das Blatt umdrehte, entdeckte sie lediglich Immobilieninserate: Kauf- und Verkaufsannoncen, Mietgesuche und Vermietungsangebote.

„Kleinanzeigen vom Tag meiner Geburt? Wozu soll das gut sein?"

„Bestimmt ist darin eine versteckte Botschaft", spekulierte Elias, beugte sich über die Seite und begann, sie aufmerksam zu studieren.

„Du wirst nichts finden", brummte der Großvater.

„Wir haben sie damals wieder und wieder gelesen, Merelie, doch uns ist trotz aller Bemühungen nichts aufgefallen. Und dein Großvater inspizierte sie genauso sorgfältig wie jetzt Elias."

„Ich habe sie damals sogar mit meiner eigenen Ausgabe der Memminger Zeitung von dem Tag verglichen, weil ich wissen wollte, ob es sich um einen echten Ausschnitt handelte."

„Und? Konntest du eine Abweichung entdecken, Opa?"

„Nicht die geringste."

Merelie fiel etwas Anderes ein: „Wissen wir eigentlich sicher, ob dies tatsächlich das korrekte Datum meiner Geburt ist?"

„Es ist der Tag, an dem dich deine Mutter zu uns gebracht hat, Merelie. Natürlich sind wir sofort zu einer Ärztin und haben dich untersuchen lassen. Sie bestätigte, dass du erst wenige Stunden alt warst."

„Vielleicht finden wir im Rest der Zeitung etwas", überlegte Elias laut und sein Gesicht erhellte sich. „Genau! Gewiss steckt dort die Lösung! Vielleicht müssen wir einen Code entschlüsseln und bestimmte Stellen von den anderen Seiten zusammenfügen."

„Du wolltest die komplette Ausgabe seinerzeit aufbewahren, Benno, hast du das eigentlich getan?"

Der Großvater kratzte sich am Kopf. „Also, irgendwo habe ich sie bestimmt noch."

„Benno!", die Großmutter klang vorwurfsvoll. „Du hast damals gesagt, dass das doch toll wäre, wenn Merelie später eine Zeitung vom Tag ihrer Geburt hätte. Und nun hast du sie verschlampt?"

Trotzig verschränkte der Großvater die Arme vor der Brust. „Ich habe gar nichts verschlampt!"

„Dann hol sie doch!"

„Ich muss sie erst suchen."

Mit großen Bedenken dachte Merelie an die Unordnung, die der Großvater zumeist hinterließ. In der kleinen Wohnung der Ferners gab es ein halbes Zimmer, vermutlich ursprünglich als Abstellkammer gedacht, das er immer ‚sein Büro' nannte. Nur selten ließ er jemanden hinein; mehr als eine Person hatte darin auch kaum Platz. Ringsherum an den Wänden stapelten sich Bücher, Zeitschriften und Ordner in Regalen, die bis zur Decke reichten. Eine kleine Nische ließ gerade mal Platz für einen mannsbreiten Schreibtisch und einen Stuhl. Es gab nur ein kleines Fenster, das kaum Licht hereinließ. Der Großvater knipste auch bei Tag die Glühbirne an, die ohne Lampenschirm von der Decke hing.

Wenn man die Tür öffnete, roch es nach altem Papier und nach Staub. Die Großmutter hatte bereits vor Jahren aufgegeben, sich um Ordnung und Sauberkeit in dem Raum zu kümmern. Solange der Großvater die Tür des Zimmers geschlossen hielt, konnte sie damit leben, dass der Bereich außerhalb ihres Einflusses lag.

„Die ist doch längst in den Untiefen der Kammer verloren gegangen, Benno. Was für ein Chaos!"

„Das ist kein Chaos" verteidigte sich der Großvater. „Das hat alles System."

„System? Nachdem der Vesuv ausgebrochen war, sah es selbst in Pompeji noch ordentlicher aus als in deinem ‚Büro'." Sie drehte den Kopf zu Merelie. „Ich glaube nicht, dass er die Zeitung wiederfindet."

„Wollen wir wetten?", hielt der Großvater dagegen. Entschlossen stand er auf und rauschte aus der Küche.

Merelie ließ den Blick über all das schweifen, was nun auf dem Tisch lag: die vielen Bücher, die beiden Fotoalben, die Seite aus der Zeitung, den Studentenausweis, das Leinentuch.

„Es ist mehr, als ich erhofft hatte", zog sie ein erstes Resümee.

„Und doch wünschte ich, ich könnte dir noch mehr geben, Merelie."

Die Großmutter nahm Merelies Hand und drückte sie.

„Ich werde dir all deine Fragen beantworten. Und bitte verzeih mir, dass ich dich so lange im Ungewissen über deine Mutter gelassen habe."

Merelie konnte ihren Großeltern noch nie für lange Zeit böse sein. Auch diesmal nicht.

Sie griff nach dem schwarzweiß gemusterten Fotoalbum und öffnete es an einer zufälligen Stelle.

Ihre Mutter stand dort, Arm in Arm mit ihrer rothaarigen Freundin Bärbel, direkt vor der Ludwig-Maximilians-Universität in München. Sie lachten beide in die Kamera und schienen sehr vertraut miteinander zu sein. Ein glücklicher Tag.

Was – in aller Welt – war ihrer Mutter widerfahren?

Wo steckte sie?

Ob sie überhaupt noch am Leben war?

Merelie war fest entschlossen, es herauszufinden.

3. Kapitel

Am späten Nachmittag saßen Merelie und Elias mit dem Rücken zur Wand auf Merelies Bett und blätterten immer noch in den Fotoalben. Auch Minnie war zwischenzeitlich umgezogen und schlief nun zusammengerollt bei den Füßen der beiden, leise vor sich hin schnarchend.

Merelie hatte in kurzer Zeit Vieles über ihre Mutter gelernt. Wie sie ausgesehen und wie sie sich gekleidet hatte; wie ihr Leben verlaufen war. Zwar glaubte sie, ihre Mutter nun zumindest etwas besser zu kennen, doch wünschte sie sich, sie könnte sie leibhaftig vor sich sehen und mit ihr reden.

Hatte Malu sie damals freiwillig bei den Großeltern abgeliefert?

Irgendetwas musste geschehen sein, das sie zu diesem schweren Schritt gedrängt hatte. Nur was?

Sämtliche Bilder hatten sich die beiden inzwischen mehrfach angesehen, immer Ausschau haltend nach verborgenen Hinweisen. Doch nichts von dem, was sie unter die Lupe nahmen, lieferte ihnen einen weiteren Anhaltspunkt, was Merelies Mutter widerfahren war.

Es klopfte an der Tür.

Normalerweise streckte die Großmutter oder der Großvater innerhalb einer Sekunde danach den Kopf zur Tür herein. Heute nicht.

Merelie vermutete, dass es wegen Elias war.

Sie saßen eng beieinander, berührten sich ein wenig an den Seiten, mehr nicht.

„Jaha", rief sie laut und grinste die Großmutter an, als sie eintrat.

Minnie schlug die Augen auf und gähnte herzhaft.

„Ich habe das Abendbrot in der Küche hergerichtet. Du isst doch hier bei uns, Elias, oder?"

Als hätte Minnie die Großmutter verstanden, streckte sie sich, sprang vom Bett und ging voran in Richtung Küche.

„Klar, muss nur noch meiner Mutter eine WhatsApp-Nachricht schicken, dass ich zum Essen nicht zu Hause bin."

„Und wenn sie extra für dich gekocht hat?"

Draußen im Gang miaute es. Das dauerte Minnie alles viel zu lange …

„Dann esse ich später eben nochmal, wenn ich zu Hause bin."

Merelie lachte und die Großmutter meinte wohlwollend: „Mit vereinten Kräften bekommen wir dich schon noch rausgefüttert."

Elias war eher hager und Merelie wunderte sich immer wieder, wie viel er zu sich nehmen konnte, ohne dicker zu werden.

„Ihr müsst euch die Nasen zuhalten, wenn ihr durch den Gang geht. Und die Küchentür müssen wir geschlossen halten."

„Wieso das denn?"

„Der Gang ist inzwischen zum Außenlager von Opas ‚Büro' mutiert! Er sucht immer noch die Zeitung vom Tag deiner Geburt."

Merelie nahm das aufgeschlagene Album von ihrem Schoß, schloss es und legte es auf ihren Nachttisch. Dann folgten sie und Elias der Großmutter.

Als sie Merelies Zimmer verließen, begannen sie alle drei fast gleichzeitig zu husten.

Überall lagen Bücher, Zeitschriften, Zeitungen und Dokumente, alles kreuz und quer. Dazwischen windschiefe Stapel und andere, die mittlerweile umgekippt waren. Ein einziges, großes Durcheinander. Sie hatten große Mühe, freie Stellen auf dem Teppichboden zu finden, auf die sie treten konnten.

„Na, Herr Ferner, schon fündig geworden?"

„Ich hab's gleich. Bei mir geht nix verloren!"

„Wir essen dann schon mal, Benno."

„Jaja."

Als sie in der Küche waren, schloss die Großmutter kopfschüttelnd hinter ihnen die Tür, öffnete das Fenster und sog scharf die Luft ein.

Der Küchentisch war für vier Personen gedeckt, die Großmutter hatte Brot, Käse und Wurst hergerichtet.

„Ist das vegetarische Wurst?", fragte Merelie.

„Diese ja", deutete die Großmutter auf einen Teller. Danach zeigte sie auf einen anderen: „Diese nein."

Während Merelie und Elias Platz nahmen, versorgte die Großmutter die quengelnde Minnie. Mit einem Löffel schob sie Nassfutter aus einer Dose in einen Napf. Minnie aß zwei Bissen, dann sah sie die Großmutter vorwurfsvoll an.

Die Großmutter ignorierte den Blick und setzte sich nun ebenfalls.

„Geht es dir jetzt besser, Merelie, nachdem du alles weißt?"

„‚Alles' ist wohl etwas übertrieben, Oma, aber ja, es geht mir besser."

Trotz der noch offenen Fragen: Sie fühlte sich glücklich, ihre Mutter nun zumindest ein wenig zu kennen. Ihre Großmutter dagegen wirkte blass.

„Und dir, Oma?"

„Es ist, als wäre das alles erst gestern geschehen, Merelie, und es tut weh. Ich hätte es dir nicht so lange verheimlichen dürfen."

Merelie bemerkte, dass ihre Großmutter kurz davor stand, erneut in Tränen auszubrechen. Sie rutschte zu ihr und nahm sie in die Arme.

„Aber ich wusste schon, dass es alles wieder aufwühlen würde. Und ich hatte solche Angst, dass dir etwas Ähnliches passieren könnte."

Natürlich hätte Merelie gerne schon eher mehr über ihre Mutter erfahren. Sie musste daran denken, wie oft sie in all den Jahren die Großeltern mit ihren Fragen gelöchert hatte.

„Und ich hatte so sehr gehofft, dass der Kelch an dir vorübergeht; dass dich die Gabe überspringt."

Die Großmutter sah ihre Enkeltochter ängstlich an.

„Kannst du mir das verzeihen, Merelie?"

„Alles ist gut, Oma. Du hast getan, was du für das Richtige gehalten hast", sagte Merelie und meinte dies auch so.

Dann ergänzte sie: „Ich mag es nicht, wenn du weinst, Oma."

Die Großmutter versuchte daraufhin ein Lächeln und Merelie freute sich darüber.

„Vielleicht erinnern Sie sich ja an ein paar lustige Geschichten von früher, Frau Ferner. Als Merelies Mutter noch ein Kind war?"

Elias' Einwurf kam genau zur rechten Zeit, um die angespannte Situation zu lösen. In den Augen der Großmutter blitzte etwas auf.

„Mir sind im Laufe des Nachmittags tatsächlich ein paar Sachen eingefallen."

Während des Abendessens erzählte sie.

Wie Malu als kleines Kind bei Karstadt verloren gegangen war und ausgerufen werden musste, welch schreckliche Angst sie immer vor dem Zahnarzt gehabt hatte und wie sie einmal hatte nachsitzen müssen, weil sie einem anderen Kind Nutella in die Schultasche geschmiert hatte.

„Das war bei Jennifer, einem wirklich bösen Mädchen. Sie hatte Malu wieder und wieder gepiesackt."

„Dann hatte diese Jennifer das sicher verdient", meinte Elias.

„Das war auch das einzige Mal, dass Malu nachsitzen musste. Alles in allem war sie ein ruhiges und braves Kind. Genauso wie Merelie. Wenn du jetzt noch weniger oft diese schwarze Kleidung tragen würdest …“

„Ach, Oma. Ist dir das so wichtig?“

„Ist es dir denn so wichtig?“

Seit ihren jüngsten Erlebnissen war Merelie sich ohnehin unschlüssig, ob die Gothic-Szene noch das Richtige für sie war. Geschminkt hatte sie sich heute Morgen nicht mehr, Elias auch nicht. Doch das Thema hatte im Moment keinen Platz in ihren Gedanken. Dort schwirrten viel zu viele andere Fragen umher.

„Weißt du, woran meine Mutter zuletzt gearbeitet hat? Was sie beschäftigte?“

Die Großmutter überlegte.

„So ganz genau ist mir ihr letztes Thema nicht bekannt. Sie arbeitete gerade an ihrer Semesterarbeit, machte aber ein kleines Geheimnis daraus, worum es dabei ging. Es sollte eine Überraschung werden, hatte sie angekündigt. Immerhin kann ich dir sagen, dass sie bei ihrem letzten Besuch noch im Stadtarchiv war und schwer beladen nach Hause kam.“

Merelie runzelte die Stirn. Diese Information brachte sie noch nicht so richtig weiter.

„Was ist mit ihren früheren Freundinnen? Vielleicht hat sie sich bei einer von ihnen irgendwann gemeldet.“

„Die, mit denen sie Abitur gemacht hat, haben sich danach zum Studium in alle Winde verstreut. Sie hatte kaum noch Kontakt zu ihnen.“

„Aber du kannst dich doch bestimmt an ein paar Namen erinnern, Oma. Vielleicht könnte ich versuchen, Kontakt aufzunehmen?“

Die Großmutter dachte nach.

„Das ist so lange her. Und mein Gedächtnis war auch schon mal besser. Aber die Namen von meinen Freundinnen aus meiner eigenen Kindheit, die weiß ich noch alle!“

„Die nutzen uns jetzt aber nix, Frau Ferner!“, sagte Elias frech und grinste.

„Ja, ja, ich weiß." Sie lächelte nun ebenfalls.

Dann fiel ihr etwas ein: „Aber die Polizei hat damals alle Kontaktpersonen befragt."

„Die Polizei?"

„Wir haben natürlich eine Vermisstenanzeige aufgegeben, Merelie. Aber Benno und ich wussten insgeheim, dass das nichts bringen würde. Die Ursache für ihr Verschwinden hatte mit etwas Anderem zu tun."

„Mit ihrer Gabe", sagte Merelie und es war mehr Bestätigung als Frage. Die Großmutter hatte ihr gestern ein wenig von den unerklärlichen Fähigkeiten ihrer weiblichen Vorfahren erzählt. Zum Beispiel hatte die Mutter ihrer Großmutter über heilende Kräfte verfügt, mit denen sie im Ersten Weltkrieg in einem Lazarett so manchen Soldaten auf wundersame Weise gerettet hatte.

„Was hatte Merelies Mutter für eine Gabe, Frau Ferner?"

„Ich weiß es leider nicht. Jahrelang habe ich mir darüber schon den Kopf zermartert, weil ich dachte, das könnte dabei helfen, sie zu finden."

„Ich würde dennoch gerne mit ihren alten Freundinnen sprechen", meinte Merelie.

„Vielleicht kann man eine alte Abi-Zeitung ausfindig machen."

„Gute Idee", lobte Merelie Elias und er freute sich sichtlich. „Auf welcher Schule war meine Mutter denn?"

„Am Vöhlin."

Das enttäuschte Merelie, da sie selbst auf das andere der beiden Memminger Gymnasien ging, das Bernhard-Strigel. Elias dagegen freute sich.

„Wie ich", meinte er. „Ich hak da mal nach."

„Jetzt? Während der Ferien?"

„Sofort am ersten Schultag!"

„Was ist mit dieser Bärbel?", fiel Merelie jetzt noch ein. „Den Fotos nach zu urteilen, schien sie mit ihr besonders dicke gewesen zu sein."

„Ja, mit Bärbel war Malu tatsächlich eng vertraut. Wir haben nach Malus Verschwinden auch noch öfter mit ihr telefoniert

...“ Die Großmutter zögerte ein wenig. „Irgendwann ist das dann eingeschlafen.“

„Ich würde sie zu gerne kennenlernen. Vielleicht bringt uns das eine neue Spur.“

„Wissen Sie wenigstens noch bei ihr, wie sie mit Nachnamen hieß, Frau Ferner?“

Die Großmutter biss auf ihrer Unterlippe herum, während sie überlegte. Dann erhellte sich ihr Gesicht.

„Ja, sie hieß so wie unser früherer Ministerpräsident. Deswegen ist es mir jetzt auch wieder eingefallen.“

„Seehofer?“

„Stoiber! Aber sie war nicht mit ihm verwandt. Das hat sie immer wieder betont.“

„Stoiber, Bärbel“, sagte Elias und zückte sein Handy. „Ich gebe es gleich mal in die Suchmaschine ein.“

„Oder besser ‚Barbara‘“, korrigierte Merelie.

„Stoiber, Barbara“, wiederholte Elias, während er tippte, und kurz darauf triumphierte er bereits: „Treffer!“

„Du hast sie schon gefunden?“

„Co-Autorin bei einem Buch über die Französische Revolution, Geschichtslehrerin an einem Stuttgarter Gymnasium.“

„Das ist sie!“, war Merelie überzeugt, als Elias ihr das Foto der gefundenen Frau vor die Nase hielt. „Deutlich älter, aber eindeutig die Frau auf den ganzen Fotos.“

„Unglaublich, was ihr heutzutage alles mit euren Handys recherchieren könnt. Und welch ein Glück, dass sie immer noch ihren Mädchennamen hat.“

„Findest du auch eine Anschrift?“, fragte Merelie hoffnungsvoll.

„Nein, aber ich gucke mal, ob sie einen Facebook-Account hat.“

Bereits nach wenigen weiteren Sekunden vermeldete er: „Und wieder ein Treffer!“

Jetzt nahm Merelie ihr eigenes Mobiltelefon zur Hand, loggte sich bei Facebook ein und schrieb ihr eine Nachricht.

„Versprich dir nicht zu viel, Merelie, nicht dass du hinterher enttäuscht bist.“

„Wow! Sie scheint online zu sein. Sie schreibt mir bereits zurück."

4. Kapitel

Merelie wartete bei den Fahrradständern vor dem Bahnhofsgebäude auf Elias. Auf ihrem Handy kontrollierte sie die Uhrzeit.

Hoffentlich lassen sie ihn bei Aldi rechtzeitig gehen und er erscheint halbwegs pünktlich, dachte sie.

Und schon bog er, aufrecht in den Pedalen stehend und breit grinsend, um die Ecke des benachbarten roten Backsteingebäudes, das in früheren Zeiten ein Postamt war und heute eine Kunsthalle.

Er klingelte und rief ihr fröhlich zu: „Bin da! Wer noch?"

Mit quietschenden Bremsen kam er neben ihr zum Stehen.

Sie freute sich sehr, ihn zu sehen. Wie immer merkte sie, dass sich ihre Laune verbesserte, sobald er sich in ihrer Nähe aufhielt. Auch spürte sie das Bedürfnis, ihn zu umarmen, doch sie war zu langsam; er drehte sich bereits von ihr weg, um sein Fahrrad abzuschließen.

„Haben wir noch genügend Zeit, dass ich mir etwas aus der Bahnhofsbäckerei holen kann? Ich habe einen Bärenhunger."

„Den Zug um 09:04 Uhr bekommen wir locker."

Elias kaufte zwei Butterbrezen, den Kassenzettel knullte er achtlos zusammen und steckte ihn in seine Hosentasche. Danach verließen sie das Bahnhofsgebäude wieder. An der Unterführung, über die man die Gleise 2 – 5 erreichen konnte, verharrte Elias. Er drehte sich einmal um seine eigene Achse.

„Sah alles exakt genauso aus?"

„Was meinst du?"

„Als du in dem Buch gefangen warst und es dir vorgegaukelt hat, dass du am Bahnhof bist."

„Ja." Merelie strich mit dem Finger über das Treppengeländer. „Und besonders unheimlich finde ich, dass es sich auch genauso real anfühlte."

„Wahnsinn!"

„Manchmal denke ich, ich bin immer noch da drin."

„Bist du nicht!", widersprach Elias resolut, griff ihre Hand und zog sie mit sich die Stufen hinab.

Merelie wunderte sich über seinen Übermut, doch sie ließ es geschehen. Es fühlte sich gut an.

An Gleis 3 warteten sie keine zehn Minuten. Der Zug erreichte den Bahnhof pünktlich und sie stiegen ein. Da er fast leer war, hatten sie keine Probleme, Sitzplätze zu finden.

„Hast du noch mal mit Frau Stoiber geschrieben?"

„Nur, dass ich nicht alleine komme und wann wir bei ihr eintreffen werden. Sie freut sich auf uns."

„Gut."

Draußen ertönte ein Pfiff, dann fuhr der Zug los.

„Sie war etwas kurz angebunden. Es war ihr lieber, mich persönlich zu sprechen, als sich über Facebook zu unterhalten. Ein bisschen komisch kommt es mir schon vor, wie geheimnisvoll sie tut. Hoffentlich lohnt sich die lange Fahrt."

„Na ja, ist heutzutage schließlich kein allzu großer Aufwand, nach Stuttgart zu fahren. Und praktisch, dass Memmingen genau an der Landesgrenze liegt und wir das günstige Baden-Württemberg-Ticket nutzen können, obwohl wir in Bayern wohnen. Willst du die andere?"

Merelie blickte zu ihm. Sie hatte gar nicht mitbekommen, dass er die eine Breze bereits gegessen hatte.

„Nur ein Stück", entgegnete sie und riss sich etwas von dem Gebäck ab, das Elias ihr entgegenhielt.

Schnell vertilgte er den Rest, dann fragte er: „Hat dein Großvater sie inzwischen eigentlich gefunden?"

„Wen?" Ehe Elias etwas erwidern konnte, fiel ihr die Antwort zu ihrer Frage selbst ein: „Ach so, die Zeitung. Nein, er wühlt immer noch."

Sie lachte herzhaft.

„Oma nennt ihn inzwischen nur noch ‚ihren Maulwurf'. Sie hat gesagt, er soll die Chance gleich nutzen und alles zur Altpapiertonne bringen, was er nicht mehr benötigt. Aber er hat gemeint, er würde das alles noch brauchen."

„Wofür?"

„Das hat Oma auch gefragt, aber keine Antwort erhalten."

Merelie bemerkte, dass Elias versuchte, ein Gähnen zu unterdrücken.

„Ist schon okay, wenn du etwas schlafen möchtest. Du bist ja auch schon lange genug auf den Beinen."

„Danke."

Kaum dass Elias die Augen geschlossen hatte, ging sein Atem bereits ruhig und regelmäßig. Merelie beneidete ihn darum, wie schnell er einschlafen konnte. Ihr selbst ging zurzeit viel zu viel im Kopf herum. Die ganzen Ereignisse und Neuigkeiten der letzten Tage beschäftigten sie so sehr, dass sie gestern erst spät hatte abschalten können. Und auch jetzt war sie viel zu aufgeregt, um einzunicken. Außerdem hatte sie Angst, den Umstieg zu verschlafen.

Sie ließ Orte und Landschaft entlang der Bahnstrecke an sich vorüberziehen, ohne sie bewusst wahrzunehmen. Irgendwann bemerkte sie, dass sie noch das Stück Butterbreze in der Hand hielt und verspeiste es in aller Ruhe.

Nach einer halben Stunde Fahrt stiegen sie in Ulm um. Im anderen Zug waren ebenfalls nur wenige Reisende unterwegs und Elias war sofort wieder eingeschlafen, sobald sie saßen.

Kurz darauf rutschte er immer weiter auf sie zu, bis er schließlich an ihr lehnte. Aus Angst ihn aufzuwecken, traute sich Merelie nicht mehr, sich zu bewegen. Sie gönnte ihm den Schlaf und im Gegensatz zu Minnie schnarchte er zumindest nicht.

Wie Frau Stoiber es Merelie empfohlen hatte, wechselten sie am Stuttgarter Hauptbahnhof in die U6 und fuhren weiter bis zur Haltestelle ‚Sportpark Feuerbach'. Von dort aus sollten es nur wenige Schritte bis zu der Adresse sein, die Frau Stoiber ihr genannt hatte.

Als sie ausstiegen, schien wie zuvor in Memmingen die Sonne. Nur vereinzelt waren kleine Wolken zu sehen. Vor ihnen lag eine Wohnsiedlung, in der mehr Hochhäuser standen als in ganz Memmingen. Diese riesigen Wohneinheiten in den Großstädten verursachten bei Merelie ein wenig Unbehagen, denn sie schienen ihr deutlich anonymer und unpersönlicher als das kleine Mehrfamilienhaus mit sechs Parteien, in dem sie selbst lebte.

„Wir müssen die Straße hoch und dann beim Netto rechts abbiegen, hat sie geschrieben."

Nach fünf Minuten, in denen es steil bergauf ging, kam der Supermarkt bereits in Sichtweite, wenige Schritte später standen sie vor dem Ziel.

Bärbel Stoiber wohnte tatsächlich in einem dieser gewaltigen Wohntürme.

Kaum dass sie geklingelt hatten, hörten sie bereits den Türsummer. Mit dem Fahrstuhl gelangten sie in den siebten Stock.

Im Türrahmen stand eine Frau, deren hellgrüne Bluse ihr rotes Haar zum Leuchten brachte und ihren Sommersprossen noch mehr Geltung verschaffte. Ihr zuerst misstrauischer Blick wich plötzlichem Erstaunen.

„Malu …"

Weiter kam sie nicht, denn ihre Knie wurden weich; Merelie und Elias schafften es gerade noch, sie abzustützen, bevor sie zu Boden ging. Zum Glück hielt ihre Schwäche nicht lange an und sie konnte sich wieder allein auf den Beinen halten.

Nun lächelte sie den beiden überaus freundlich zu.

„Unglaublich, du siehst genauso aus wie deine Mutter. Im ersten Moment dachte ich tatsächlich, Malu würde aus dem Aufzug steigen."

Merelie fand sie auf Anhieb sympathisch und als Bärbel ihr die Hand reichte, spürte sie sofort eine Verbindung. Das Gefühl, dass die ihr fremde Frau ihrer Mutter sehr nahe gestanden hatte, drängte sich ihr förmlich auf. Augenblicklich hatte sie Vertrauen zu ihr.

Elias stellte sich vor, danach bat Bärbel die beiden herein.

Im Wohnzimmer standen bereits eine Kanne, drei Tassen und eine Schale mit Keksen auf dem Tisch. Es duftete nach Orange.

„Ich habe einen Früchtetee gemacht. Ist das in Ordnung?"

„Klar doch, Frau Stoiber", antwortete Elias.

Merelie und er setzten sich aufs Wohnzimmersofa, Bärbel in einen breiten Fernsehsessel, der überaus bequem wirkte.

„Ach bitte, sagt doch ‚Bärbel' zu mir und ‚du'. Schließlich bin ich nicht eure Lehrerin, auch wenn viele meiner Schülerinnen und Schüler in genau eurem Alter sind."

Sie zwinkerte den beiden freundlich zu.

„Sehr gerne", entgegnete Merelie, die sich nur schwer daran gewöhnte, mit dem Erwachsenwerden immer öfter von fremden Menschen gesiezt zu werden. „Danke."

„Ehrlicherweise war ich gestern ziemlich überwältigt, als du dich bei mir gemeldet hast. Plötzlich kamen jede Menge Erinnerungen hoch. Mich hat das damals ganz schön mitgenommen. Alles war so unlogisch."

Während sie weitersprach, schenkte Bärbel zuerst ihren Gästen Tee ein, dann sich selbst.

„Außerdem fehlte mir Malu. Wir hatten uns wirklich unglaublich gut verstanden. Dann war sie auf einmal weg. Und nun deine Nachricht, nach all den vielen Jahren …"

„Ich weiß erst seit vorgestern, wer meine Mutter ist …, war, … wie auch immer."

„Es tut mir sehr leid, Merelie. Ich hätte dich sehr gerne aufwachsen sehen. Deine Großmutter wollte damals aber nicht, dass ich in Kontakt zu dir trete. Sie meinte, es sei besser so und es wäre zu deinem Schutz."

Bärbel deutete auf die Schale.

„Nehmt euch ruhig von den Keksen", forderte sie die beiden auf. „Von dem seltsamen Verschwinden Malus hat sie dir erzählt? Und wie Malu dich ihnen überreicht hat?"

Merelie nickte.

„Zuerst dachte ich gestern, irgendeine Sensationsreporterin hätte die alte Geschichte ausgegraben und würde sich nun als Malus Tochter ausgeben, um Informationen von mir zu bekommen. Deswegen wollte ich lieber persönlich mit dir reden – und, weil ich dich einfach kennenlernen wollte. Ich konnte damals kaum glauben, dass es sich um ihr eigenes Kind handelte, das sie bei ihren Eltern abgab. Schließlich hatte ich mit ihr zusammengelebt. Ich schwöre dir: Es gab keinerlei Anzeichen einer Schwangerschaft."

„Aber ich stamme definitiv von ihr ab. Oma und Opa haben das damals untersuchen lassen."

Bärbel musterte Merelies Gesicht und lächelte dabei.

„Ja, ich weiß. Und wenn ich dich so ansehe, kann ich keine Sekunde mehr daran zweifeln."

„Wann haben Sie, äh, wann hast du denn Merelies Mutter das letzte Mal gesehen? Und wo?"

„In ihrem Zimmer in unserer WG. Ich kann mich noch genau daran erinnern, dass es ein Montag war, denn am Wochenende waren wir beide bei unseren Eltern gewesen, sie bei ihren in Memmingen, ich bei meinen im Bayerischen Wald. Unsere beiden damaligen Mitbewohnerinnen, …" Sie stockte kurz, als müsse sie sich die beiden Namen ins Gedächtnis zurückrufen. „… Emily und Mikaela, befanden sich zu der Zeit auf einer Studienreise in Rom. An diesem Montag bin ich direkt vom Zug zur Uni. Da wir unterschiedliche Vorlesungen besuchten, traf ich sie erst abends, als ich nach Hause kam. Wie so oft lag sie bäuchlings auf ihrem Bett, inmitten ihrer Bücher. Als ich sie fragte, wie ihr Wochenende war, wirkte sie kurz angebunden. Aber ich wunderte mich nicht allzu sehr, weil sie sich immer so verhielt, wenn sie hochkonzentriert arbeitete. Also ließ ich sie in Ruhe und schloss ihre Zimmertür. Ich war ziemlich erledigt vom frühen Aufstehen, der Reise und dem Tag an der Uni und bin schon bald schlafen gegangen."

Bärbel nahm ihre Teetasse und pustete sanft hinein, dann trank sie vorsichtig einen Schluck, ehe sie weitersprach. Die Tasse behielt sie dabei zwischen ihren beiden Händen, als hätte sie das Bedürfnis, sich zu wärmen.

„Als ich am nächsten Morgen aufstand, wunderte ich mich, dass von ihr noch nichts zu hören war. Sonst war sie meist schon durchs Bad und Kaffeeduft zog durch die Wohnung. An diesem Tag nicht. Zuerst dachte ich, sie hätte verschlafen. Also schaute ich in ihrem Zimmer nach, um sie zu wecken. Die Bücher lagen alle noch wie am Vortag auf ihrem Bett, aber von Malu selbst keine Spur. Es sah nicht aus, als hätte sie darin geschlafen."

„Sie war einfach verschwunden?", platzte Merelie aufgeregt dazwischen.

„Wie man so schön sagt: vom Erdboden verschluckt. Ich habe ihre Eltern angerufen und dann die Polizei. Die fangen jedoch nicht so schnell zu ermitteln an. Könnte ja sein, die vermisste Person ist abends einfach nur ausgegangen und hat woanders genächtigt. Da hätten sie viel zu tun, meinten sie an dem Tag nur. An der Uni fragte ich natürlich Hinz und Kunz, ob jemand sie gesehen hatte, aber es gab keine Spur. Den Rest der mysteriösen Geschichte kennst du: In der Nacht darauf tauchte sie bei deinen Großeltern auf, drückte ihnen ein Neugeborenes in die Arme und tauchte endgültig unter."

Ihre Stimme brach und sie kämpfte sichtlich mit ihrer Fassung.

„Bis heute ist keines der Rätsel gelöst: Wohin ist sie verschwunden? Wie konnte sie geheim halten, dass sie schon so bald ein Baby erwartete? Wie war es entstanden?"

„Ähm …" Merelie wusste nicht so recht, wie sie es formulieren sollte. „Hatte meine Mutter einen …"

„Was meinst du?"

„… einen Freund", vollendete Elias Merelies Satz, beugte sich nach vorn und nahm sich einen Keks.

„Ach so." Bärbel schüttelte den Kopf. „Natürlich, eine naheliegende Frage. Nein, da gab es niemanden. Ich bin sicher, dass ich mitbekommen hätte, wenn sie sich öfter mit jemandem getroffen hätte. Die Vorstellung eines One-Night-Stands erscheint mir allerdings noch abwegiger. Dafür war Malu einfach nicht der Typ."

„Aber hast du nicht wenigstens irgendeine Idee, wer mein Vater sein könnte?"

„Darüber habe ich mir damals wieder und wieder den Kopf zerbrochen. Aber es ist mir immer noch schleierhaft."

„Hatte die Polizei damals eine Theorie wegen der Schwangerschaft?"

Bärbel verzog das Gesicht.

„Sie haben Malu unterstellt, sie hätte ihren dicken Bauch durch weite Kleidung kaschiert, und deine Großeltern und ich hätten eben nicht so genau hingesehen. Völlig absurde Vorstellung!"

Auch Merelie konnte sich das nicht vorstellen.

„Wenn jemand im neunten Monat schwanger ist?", fragte sie ungläubig.

„Sie schoben es darauf, dass du ein sehr kleines und schwaches Kind warst, Merelie. Du musstest sofort ins Klinikum und ärztlich versorgt werden. Wahrscheinlich bist du ein Frühchen gewesen. Deine Großeltern durften dich erst nach mehreren Wochen nach Hause holen."

Das hörte Merelie zum ersten Mal.

„Und ehrlich gesagt: Eine alternative Erklärung für all das hatten wir ja auch nicht."

„Gibt es nicht noch weitere Kommilitonen, mit denen meine Mutter oft zusammen war?"

„Mit niemandem mehr als mit mir. Es war, na ja, Sympathie auf den ersten Blick."

Bärbel schaute zum Wohnzimmerfenster hinaus. Dort war nichts, nur der blaue Himmel.

„Wir sind uns direkt am ersten Tag des Studiums begegnet. Bei der Einführungsveranstaltung für Erstsemester saßen wir nebeneinander. Irgendwann während des Vortrags fiel Malu ihr Bleistift herunter; ihr müsst wissen, dass sie die Angewohnheit hatte, ihn hinters Ohr zu stecken. Er landete auf meinem Oberschenkel und purzelte weiter auf den Boden. Gleichzeitig bückten wir uns danach und krachten mit den Köpfen gegeneinander. Vor Schreck schrien wir beide auf und sprangen gleichzeitig von unseren Sitzen hoch."

Bärbel schmunzelte, während sie weitererzählte.

„Oh, wie war das damals peinlich! Der Professor und sämtliche Studenten grinsten uns an, wie wir so dastanden, jede von uns die Hand an der Stirn. Der Professor fragte, ob sein Vortrag so schrecklich wäre, dass wir davon gleich Kopfschmerzen bekommen hätten. Vor Scham wären wir am liebsten im Boden versunken. Schnell setzten wir uns wieder hin und taten so, als sei nichts geschehen. Bereits in diesem Moment spürten wir eine gewisse Verbindung, obwohl wir uns bis dahin noch gar nicht gekannt hatten. Nach der Veranstaltung gingen wir gemeinsam in die Mensa, um etwas zu essen. Wir hatten dort immer noch das Gefühl, uns würden alle anlächeln, aber zu zweit ließ sich das deutlich besser aushalten. Schnell kamen wir ins Gespräch und es stellte sich heraus, dass Malu noch nach einer Unterkunft suchte, da sie ansonsten täglich zwischen Memmingen und München hätte hin- und herpendeln müssen. Das passte prima! Denn in meiner WG war ein Zimmer frei und noch am gleichen Tag begutachtete sie es. Malu war begeistert davon und zog am nächsten ein. Von da an wohnten und studierten wir zusammen. Es war eine schöne Zeit."

Beim letzten Satz klang Bärbel melancholisch und Merelie bemerkte, dass sie sich die Augen rieb. Doch sogleich kehrte ihre Fröhlichkeit zurück.

„Dass wir den Vortrag des Professors gesprengt hatten, wurde danach bei jeder Party zum Besten gegeben. Anfangs nervte uns das furchtbar, aber bald konnten Malu und ich ebenfalls darüber lachen."

„Habt ihr auch privat viel gemeinsam unternommen?"

„Anfangs ja. Wie waren feiern und machten Ausflüge. Es gab auch ein paar Verehrer, die sie allesamt abblitzen ließ. In der letzten Zeit steckte sie ihre Nase allerdings hauptsächlich in ihre Bücher."

„Sie hat das Studium so ernst genommen?"

„Nicht direkt. Es war eher so, dass sie ungemein neugierig war, im positiven Sinne. Sie wollte alles haarklein wissen und kam dabei vom Hundertsten ins Tausendste. Oft hat sie sich mit Themen beschäftigt, die gar nichts mit den aktuellen Vorlesungen zu tun hatten, und ist darin regelrecht versunken. Erst, wenn sie etwas zu ihrer Zufriedenheit abgeschlossen hatte, war sie wieder für Freizeitaktivitäten zu haben. Am Schlimmsten war es bei ihrem letzten Thema, dem Bauernkrieg. Sie war kaum noch ansprechbar."

„Dem Bauernkrieg?", fragte Elias überrascht. „Der hat was mit Memmingen zu tun, oder?"

„Oh, ja", bestätigte Bärbel und wiederholte Elias' Worte: „Der hat was mit Memmingen zu tun."

„An einem Gebäude in Memmingen ist eine Inschrift."

„An der Kramerzunft am Weinmarkt", bestätigte Bärbel und Merelie wunderte sich, dass sie das Haus kannte.

„Malu hat sie mir gezeigt, als ich bei deinen Großeltern zu Besuch war. Sie wollte unbedingt, dass ich sie mir ansehe. Sie war stolz darauf, was dort vor langer Zeit passiert ist."

„Ich glaube, da ist bald ein Jubiläum, oder?", meinte Elias. „Mein Vater hat etwas davon erzählt."

„2025", bestätigte Bärbel. „Da jährt sich die Niederschrift der Bauernartikel zum 500. Mal. Historiker betrachten sie als Auslöser, dass sich der Bauernkrieg immer mehr zum Flächenbrand ausweitete."

„In der Schule haben wir es nur kurz behandelt."

„Das bemängelte Malu auch. Das Bauernparlament in der Kramerzunft gilt als erste verfassungsgebende Versammlung auf deutschem Boden. Memmingen war damals eine Hochburg der Reformation und die Bauern sahen die Legitimation ihrer Forderungen im Evangelium. Malu fand es schrecklich, wie wenig es gewürdigt wurde, dass die Bauern aus der Memminger Umgebung hier Geschichte geschrieben hatten. Sie hatte sich fest vorgenommen, dafür zu sorgen, dass diese herausragenden Ereignisse mehr Aufmerksamkeit erhielten."

„Oma hat von einer Semesterarbeit gesprochen."

„Genau, Malu hatte exakt dieses Thema dafür gewählt. Wenn es darum ging, möglichst viele Details in Erfahrung zu bringen, entwickelte sie einen unglaublichen Ehrgeiz. Und das nicht nur wegen der Benotung. Es war regelrecht eine Art Mission für sie. Das letzte Bild, das ich von ihr vor Augen habe, war so typisch: Sie, inmitten von Büchern, auf ihrem Bett liegend."

„Das waren alles Bücher zum Bauernkrieg?"

„Ja. Sie hatte es tatsächlich geschafft, Literatur dazu aus dem Memminger Stadtarchiv zu organisieren, die normalerweise kein Mensch mit nach Hause nehmen darf. Doch Malu hat sie bekommen! Sie muss den Archivar unheimlich beeindruckt haben, dass er sie herausrückte. Allerdings ging sicher auch niemand verantwortungsvoller damit um als sie."

„Was ist daraus geworden?"

„Ich habe sie selbstverständlich alle zurückgegeben."

„Jetzt bin ich richtig neugierig geworden", meinte Merelie. „Ich weiß viel zu wenig über dieses Thema."

„Also das Römische Reich und Bismarck und den Zweiten Weltkrieg haben wir ausgiebig behandelt", mischte sich Elias ein. Seinem Gesichtsausdruck nach schien es ihm ausführlich genug gewesen zu sein. Ihr Blick streifte die Schale mit den Keksen und sie bemerkte, dass diese bereits halb leer war.

„Das ist ja auch sehr wichtig", entgegnete Bärbel mit ernster Miene und Merelie hatte zum ersten Mal den Eindruck, eine Lehrerin vor sich sitzen zu haben.

„Aber die Geschichte Memmingens ebenfalls. Vor allem, wenn hier so etwas Wichtiges passiert ist. Oder was meinst du, Merelie?"

„Ja, du hast völlig recht, Elias."

„Dann empfehle ich euch, das Stadtarchiv in Memmingen aufzusuchen", sagte Bärbel und Merelie nahm sich das im gleichen Moment fest vor. Zu gerne wollte sie wissen, was ihre Mutter in der Zeit vor ihrer Geburt umgetrieben hatte. Im besten Falle fand sie hier sogar den Schlüssel für ihr Verschwinden.

Mehr als zwei Stunden verbrachten Elias und sie bei Malus ehemaliger Freundin Bärbel. Merelie war erfreut über die vielen Anekdoten aus der Studentenzeit ihrer Mutter, die ein immer deutlicheres Bild von ihr zeichneten. Sie schien ein lebenslustiger Mensch gewesen zu sein, wenn sie sich nicht gerade in ihre Bücher vergraben hatte, und Bärbel war die große Zuneigung immer noch anzumerken. Zum Abschied wurden die beiden von Bärbel herzlich umarmt und gedrückt und sie versprachen sich wechselseitig, via Facebook in Kontakt zu bleiben.

Mit der U-Bahn fuhren Merelie und Elias in die Innenstadt, gingen im Schlossgarten und in der Fußgängerzone spazieren und sahen sich Stuttgart an. Merelie gelang es nicht, ihre Gedanken von ihrer Mutter und den neu gewonnenen Informationen zu lösen. Von den Sehenswürdigkeiten der baden-württembergischen Landeshauptstadt bekam sie kaum etwas mit.

In einer Seitenstraße entdeckten sie ein thailändisches Restaurant, das ihren Preisvorstellungen entsprach, und aßen dort zu Abend.

Anschließend fuhren sie mit der Bahn nach Hause. Wie bei der Anreise schlief Elias innerhalb kürzester Zeit ein und Merelie hing ihren Gedanken nach.

Morgen wollte sie so schnell wie möglich ins Stadtarchiv gehen.

Möglicherweise jagte sie einem Phantom nach, doch sie spürte, dass sie ihrer Mutter näher kam, wenn sie sich mit dem beschäftigte, was für sie wichtig gewesen war.

Elias musste am Folgetag wieder zur Frühschicht zu Aldi. Sie bewunderte seinen Fleiß und fragte sich, was er mit dem Geld vorhatte, das er dort verdiente. Sie betrachtete ihn genauer. Neue Klamotten hatte er jedenfalls keine. Das schwarze T-Shirt und die schwarze Jeans kannte sie bereits. Ob er auf etwas sparte?

Nach dem Umstieg in Ulm fragte sie ihn, ob er sie morgen ins Stadtarchiv begleiten wolle.

„Aber selbstverständlich!“, sagte er und strahlte über das ganze Gesicht. „Nichts lieber als das!“

Am Bahnhof in Memmingen verabschiedeten sie sich. Ihren Großeltern fasste sie noch rasch den heutigen Tag zusammen, dann forderten die Anstrengungen und die Neuigkeiten der vergangenen Stunden ihren Tribut. Anders als gestern fiel sie - keine fünf Minuten, nachdem sie sich ins Bett gelegt hatte - in einen tiefen, traumlosen Schlaf.

5. Kapitel

Zur Freude ihrer Großeltern hatte Merelie Elias nach seiner Schicht wieder zum Frühstück eingeladen. Vor allem Merelies Oma schien sein Wohlergehen besonders am Herzen zu liegen. Sie fragte Elias mehrfach, ob alles recht wäre, und sorgte dafür, dass er immer etwas auf dem Teller hatte. Was war nur los mit ihr? So sehr betüdelte sie ihn, dass Merelie schon beinahe eifersüchtig wurde.

Außerdem irritierte es sie zunehmend, dass ihr die Oma wiederholt zuzwinkerte. Das war ihr schon gestern aufgefallen, aber heute war es noch schlimmer geworden. Hoffentlich hatte sie nichts mit den Augen.

Merelie beschloss, es erst einmal zu ignorieren, denn sie wollte so schnell wie möglich ins Stadtarchiv und sich nicht durch unnötige Gespräche aufhalten lassen. Ungeduldig wartete sie, bis Elias endlich satt war, dann radelten sie los.

Abgesehen von einer Frau am Eingang, die sie hineinließ, befand sich niemand im Lesesaal des Stadtarchivs. Die Frau half den beiden dabei, das zu finden, was sie interessierte, und schon bald stapelten sich Bücher und Ordner vor ihnen auf dem Lesetisch.

„Ich hätte gar nicht gedacht, dass es so viel ist“, meinte Elias und wirkte dabei ein wenig überfordert.

„Das sind nur die wichtigsten Dokumente, die sich mit den Geschehnissen um 1525 beschäftigen“, entgegnete die Frau voller Eifer. „Wir haben noch mehr.“

Elias erschrak. „Ähm, ich glaube, es reicht erstmal. Wie lange haben Sie geöffnet?“

„Bis 17:00 Uhr.“

Sie versprachen, behutsam mit dem Material umzugehen, und die Frau ließ sie allein damit.

„Da weiß man gar nicht, womit man anfangen soll." Elias griff nach einem der Bücher und schlug es wahllos an einer Stelle auf.

„Sebastian Lotzer", las er laut vor. „Über sein weiteres Leben ist kaum etwas bekannt. Vermutlich ist er nach St. Gallen geflohen. Wo und wann er verstarb, ist ungewiss." Er schaute Merelie nachdenklich an. „Wurde nach ihm nicht die städtische Realschule benannt?"

„Ja. Und er war auch irgendwie an der Abfassung der Bauernartikel beteiligt. Ich weiß nicht mehr genau, wie. Aber das werden wir bald herausfinden. Deswegen sind wir schließlich hier."

Die nächsten Stunden verbrachten sie damit, alles nachzulesen, was sich damals in Memmingen und Umgebung zugetragen hatte. Sie hatten keinerlei Vorstellung davon gehabt, welchen Flächenbrand die in der Kramerzunft niedergeschriebenen Forderungen entfacht hatten, und staunten, wie weit er über die Region hinaus entflammt war. Bereits 1524 hatte es erste Auseinandersetzungen gegeben, doch nun waren ganz Süddeutschland, Österreich und die Schweiz in Aufruhr geraten. Die Kampfhandlungen reichten von Thüringen bis Südtirol, vom Elsass bis nach Oberösterreich.

Zwischendurch legte Elias seinen Kopf auf seine Arme und döste ein wenig. Merelie dagegen fand keine Ruhe. Sie musste daran denken, dass ihre Mutter vielleicht exakt die gleichen Zeilen gelesen hatte und fühlte sich ihr nahe, alleine durch die Lektüre. Auch das Thema selbst empfand sie immer interessanter und spannender und bald nahm es sie so sehr gefangen, dass sie sich kaum noch davon lösen konnte. Mit jedem Detail wuchs ihre Neugier, genau wie Bärbel es über Malu berichtet hatte. Jede Wissenslücke, die sie schließen konnte, führte direkt zu einer weiteren Frage, der sie nachging.

Wie hoffnungsvoll hatte der Aufstand begonnen und wie entsetzlich war die Niederlage gewesen. Dabei waren es aus heutiger Sicht völlig selbstverständliche Dinge gewesen, die die Bauern gefordert hatten. Sich ihren Pfarrer nicht selbst aussuchen zu können, war wohl noch eines ihrer kleineren Probleme gewesen. Dass die Herren sie lieber frieren und hungern ließen, als ihnen zu erlauben, sich aus dem Wald Brennholz zu holen oder einen Hasen zu jagen, war deutlich gravierender. Ganz schrecklich fand Merelie auch, dass Gerichtsverfahren nicht auf der Grundlage von Gesetzen verhandelt wurden, sondern nach Gutdünken. Und wer sollte den Bauern von damals verdenken, dass sie keine Leibeigenen mehr sein wollten?

Elias war wieder wach, schien aber nicht mehr recht bei der Sache zu sein und sich inzwischen eher zu langweilen. Dass er dennoch nicht zum Aufbruch drängte, wusste Merelie zu schätzen.

Eher lustlos blätterte er in einem Bildband. „Hier sind jede Menge Zeichnungen aus der Zeit“, sagte er und Merelie bemerkte plötzlich, wie sehr ihr nach all dem Input der Schädel rauchte.

Vielleicht sollte ich mir zur Abwechslung ein paar Bilder anschauen, anstatt weiterzulesen, dachte sie und rutschte mit ihrem Stuhl ganz nah an den von Elias. Sogleich schob er den Band so, dass sie mit ihm hineinsehen konnte.

Es handelte sich um Faksimile von Aquarellen und Schwarzweißzeichnungen aus der Epoche. Teilweise waren Kriegshandlungen darauf zu sehen: Bauern, in einfacher Kleidung und mit improvisierten Waffen, die gegen hochgerüstete Soldaten kämpften. Doch hauptsächlich zeigten die Bilder Landschaften und Gebäude der damaligen Zeit.

Memmingen aus der Ferne und aus verschiedenen Himmelsrichtungen. Immer wieder war die umlaufende Stadtmauer zu erkennen, von der weite Teile bis heute das Ortsbild charakterisierten. Die jetzige Altstadt entsprach der mittelalterlichen Gesamtausdehnung. Merelie erkannte Tore, die immer noch existierten, wie etwa das Kempter und das Ulmer Tor. Das Kalchtor und das Lindentörle dagegen gab es nicht mehr, beide waren im 19. Jahrhundert dem Eisenbahnbau zum Opfer gefallen.

Elias zückte immer wieder sein Handy und fotografierte.

„Wozu machst du die Bilder?“, fragte Merelie.

„Ich will mir später ansehen, wie die Ecken heute aussehen und vergleichen.“

Eine Zeichnung stach ihr besonders ins Auge. Sie zeigte die historische Kramerzunft auf dem Memminger Weinmarkt. Das Haus sah heute noch genauso aus wie damals, abgesehen davon, dass inzwischen eine Malerei auf die geschichtliche Bedeutung hinwies. Der Zeichenstil erinnerte sie frappant an den ihrer Mutter.

Merelie stutzte.

Vor dem Gebäude standen zwei schwarz gekleidete Männer. Während die ganzen Menschen um sie herum der Zeit entsprechend angezogen waren, wirkten sie auf Merelie in ihren eng sitzenden Hosen und in den Oberteilen, die wie T-Shirts aussahen, regelrecht deplatziert. Einer der beiden trug auffallend lange, offene Haare, ungewöhnlich für die damalige Zeit, denn ansonsten waren die meisten Köpfe mit Mützen, Hüten und Hauben bedeckt. Auf dem schwarzen Oberteil des anderen entdeckte Merelie drei längliche weiße Flecken. Sie sahen aus wie Wörter, die jeweils mit einem ‚F‘ begannen und erinnerten Merelie an irgendetwas. Gerade, als sie den Gedanken greifen wollte, brummte ihr Handy.

Eine Whats-App-Nachricht vom Großvater.

‚Heureka!‘ schrieb er und: ‚Ich habe sie gefunden!‘

Merelie freute sich und schickte ihm einen nach oben gereckten Daumen. Die Zeitung könnten sie heute Abend genauestens unter die Lupe nehmen. Ob sie wohl etwas finden würden?

„Es tut mir leid, dass ich euch stören muss“, unterbrach eine leise Stimme ihre Überlegungen; die Frau vom Stadtarchiv streckte ihren Kopf zur Tür herein. „Wir schließen jetzt.“

„Oh, ist es schon so spät?“, wunderte sich Merelie und als würde Elias’ Magen ihr antworten, knurrte er.

„Ihr könnt gerne morgen früh wiederkommen, wenn ihr möchtet. Dann ist auch der Stadtarchivar da. Falls ihr Fragen habt, er weiß auf alles eine Antwort!“

„Dürfen wir die Bücher so liegen lassen?“, bat Elias und sah zu Merelie. „Wir kommen doch morgen wieder, oder?“

Merelie nickte.

„Das ist eigentlich nicht üblich.“ Die Frau zögerte etwas. „Aber okay, ausnahmsweise. Ihr scheint ja wirklich außergewöhnlich interessiert zu sein. Über Nacht kommt keiner hier rein. Ja, lasst ruhig alles so, wie es ist. Kein Problem.“

Die beiden bedankten sich und verließen das Stadtarchiv.

„Wir gehen zum Weinmarkt“, bestimmte Merelie, als sie ihre Räder aufsperrten.

„Zur Kramerzunft?“

„Und zum Bäcker.“ Merelie lachte. „Ich kann schließlich kaum noch ignorieren, mit welcher Lautstärke sich dein Magen beschwert.“

„Au ja, unbedingt zu dem mit diesen leckeren Pfefferbrezen!“

Keine fünf Minuten schoben sie ihre Räder durch die Fußgängerzone, bis sie den Platz erreichten, auf dem sich sowohl die Bäckerei als auch die historische Kramerzunft befanden. Gegenüber von dieser hatte die Stadt immerhin inzwischen einen Schauraum eingerichtet, der über die Geschehnisse informierte. Nun wusste Merelie sogar um die Bedeutung des Leitspruchs der bäuerlichen Bewegung, der groß auf einem der Schaufenster prangte: Mir wollet frei sei!

Ohne es abgesprochen zu haben, hatten beide gleichzeitig angehalten, als die Kramerzunft in ihr Blickfeld kam und standen damit direkt neben einer weiteren Sehenswürdigkeit, die an die Zwölf Bauernartikel erinnerte: dem Freiheitsbrunnen. Erst vor einigen Jahren war er errichtet worden, was unzählige Diskussionen in der Bürgerschaft ausgelöst hatte. Nur weil sie von Zeit zu Zeit Dampf in die Umgebung pustete, so meinten einige, hätte die neun Meter hohe Bronzestele keinesfalls die Bezeichnung ‚Brunnen‘

verdient; das wasserdampfspeiende Bauwerk war ihnen viel zu versponnen. Doch Merelie gefiel die Idee dahinter, dass der Nebel den Freiheitsgedanken symbolisieren sollte, der sich von hier aus in die damalige Welt ausgebreitet hatte. Merelie senkte ihren Blick zum Sockel des Denkmals, dort gaben Tafeln Textauszüge aus den Zwölf Bauernartikeln wieder.

Elias' Magen erinnerte lautstark daran, was der weitere Grund war, warum sie an diesen Platz gekommen waren.

„Bring mir eine mit", sagte Merelie und deutete hinüber zur Bäckerei auf der anderen Seite des Weinmarkts. „Ich warte hier bei den Rädern."

Erneut widmete sie sich den Inschriften, während Elias sich auf den Weg machte.

‚Zum Dritten ist es bisher der Brauch gewesen, dass man uns für Leibeigene gehalten hat, was zum Erbarmen ist, angesichts dessen, dass uns Christus alle mit seinem kostbaren vergossenen Blut erlöst und erkauft hat, den Hirten ebenso wie den Höchsten, keinen ausgenommen. Darum ergibt sich aus der Schrift, dass wir frei sind und sein wollen …'

Die Bauern hatten damals aufbegehrt, weil sie niemandem mehr hörig sein und ihr Schicksal endlich selbst bestimmen wollten.

Bei Merelie löste es eine Gänsehaut aus, dass Menschen- und Freiheitsrechte erst blutig über die Jahrhunderte erkämpft werden mussten. Für sie war dies heute eine Selbstverständlichkeit und sie nahm sich vor, in ihrem Leben stets achtsam zu sein, dass dies so blieb.

Als sie quer über den Platz schaute, sah sie, wie Elias den Laden verließ. Die eine Hand steckte gerade etwas in die Hosentasche, in der anderen hielt er eine papierene Bäckertüte. Doch dies war für Merelie nebensächlich, ihr Blick blieb vielmehr an seinem schwarzen T-Shirt hängen. Er hatte es sich nach der letzten Freitagsdemo besorgt, darauf abgebildet der Schriftzug ‚Fridays For Future'.

Und mit einem Mal zündete bei ihr ein Gedanke! Sie versuchte, dessen Bedeutung einzuordnen, und hatte das Gefühl, ihr Gehirn würde sich dabei verknoten.

Was Elias wohl von ihrer Überlegung hielt?

„Hast du von dem Bild mit den zwei schwarz gekleideten Männern auch ein Foto gemacht, Elias?“, rief sie ihm schon zu, als er noch mindestens zehn Meter entfernt war.

„Warum bist du denn so aufgeregt?“, wunderte er sich und schob sich schon mal ein Stück in den Mund.

„Die Brezen haben Zeit. Hol erst mal dein Handy heraus!“

Kaum hatte er es in der Hand und angeschaltet, griff Merelie danach und startete die Kamera-App. Voller Nervosität öffnete sie das Foto-Archiv und blätterte hektisch die Bilder durch.

„Was ist denn nur los?“, hakte Elias nochmal nach.

Endlich fand Merelie, was sie gesucht hatte.

Mit den Fingern vergrößerte sie den Bildausschnitt, bis die beiden Schwarzgekleideten das ganze Display ausfüllten. Sie hielt Elias das Handy hin.

„Fällt dir was auf?“

Ehe Elias antworten konnte, sagte sie bereits: „Das mit den langen, schwarzen Haaren ist gar kein Mann.“

„Ich verstehe nicht.“

Sie nahm die Finger vom Display, das Bild sprang wieder zurück zur Gesamtansicht der Kramerzunft.

„Und die andere Person trägt ein ‚Fridays-For-Future‘-T-Shirt.“

Ungläubig starrte Elias auf das Foto und vergrößerte selbst auch noch einmal den Bildausschnitt.

„Au Backe, Merelie, du hast recht! Aber wie kommt das auf eine Zeichnung aus dem 16. Jahrhundert?“

Darauf wusste auch Merelie keine Antwort.

Ihr Blick wanderte von der Kramerzunft auf dem Handy zu der realen am anderen Ende des Weinmarkts und wieder zurück.

In diesem Moment stieß der Freiheitsbrunnen Wasserdampf aus. Der Nebel verschleierte ihr die Sicht und sie hatte das Gefühl, er würde sich gleichzeitig um ihre Gedanken legen.

Sie wünschte sich, sie könnte klarer sehen.

Sie wünschte sich, sie würde wissen, was das alles bedeutete.

Sie wünschte sich, sie könnte dort sein, an jenem Tag, an dem das Bild gezeichnet wurde.

Dann spürte sie Schwindel.

Das Handy entglitt ihrer Hand. Sie sah, dass Elias keine Anstalten machte, es aufzufangen. Stattdessen griff er nach ihr, um sie zu halten.

Sie konnte ihn spüren. Zum Glück.

Denn der Nebel verschwand und mit ihm der ganze Weinmarkt.

Alles wurde schwarz.

Elias' Berührung war das Einzige, was ihre Sinne noch wahrnahmen.

Und plötzlich stank es nach Pferdeäpfeln.

Zwischenspiel
Marlies' Vision

Die ersten Bilder hatten Marlies in jungen Jahren heimgesucht. Lange Zeit hatte sie ein Werk des Teufels dahinter vermutet, denn sie dachte, nur er könnte Geist und Körper voneinander trennen, so wie es ihr während ihrer Visionen widerfuhr. Doch je älter sie wurde, desto größer wurden ihre Zweifel an dieser Erklärung. Irgendwann hatte sie allen Mut zusammengenommen und sich ihrer Mutter anvertraut. Entgegen Marlies' Befürchtungen hatte sie ihrer Tochter kein Ende im ewigen Feuer prophezeit. Im Gegenteil, ihre Mutter hatte sie ermutigt, ihre Gabe besser beherrschen zu lernen.

So hatte Marlies im Laufe der Zeit die Wirksamkeit verschiedener Hilfsmittel ausprobiert und herausgefunden, dass etwa die Einnahme von Schlafmohn die Wahrscheinlichkeit vergrößerte, dass Bilder auftauchten. Eine Garantie dafür verschaffte ihr dies aber nicht. Auch ließ sich nur selten steuern, wohin ihr Geist reiste und worauf sich seine Aufmerksamkeit richtete. Meist kamen und gingen die Bilder, wie es ihnen beliebte.

In ihren Visionen sah Marlies Unglaubliches!

Kutschen, die sich ohne Pferde fortbewegten.

Bunte, hausgroße Kugeln, die sich in die Lüfte erhoben, mit Körben daran, aus denen Frauen und Männer fröhlich nach unten winkten.

Menschen, die auf dem Mond und sogar auf noch ferneren Himmelskörpern landeten und dort ihr unbekannte Flaggen in den Boden steckten.

Dazu Bilder mit Errungenschaften, so weit ihrer Zeit voraus, dass sie sich jeglicher Erkenntnis und Deutung entzogen.

Doch blickte sie wiederholt auch dem Tod ins Auge.

So wie heute.

Es hatte begonnen wie immer: Eine seltsame Unruhe hatte sie erfasst und sie dazu veranlasst, sich schnell auf ihr Lager zu legen. In früheren Tagen hatte sie sich wiederholt Prellungen zugezogen, wenn sie die Ankündigung ignoriert hatte. Denn sobald ihr Geist auf Wanderschaft ging, sackte ihr Körper plötzlich und unvermittelt in sich zusammen.

Während sie hoch oben in den Lüften flog, als wäre sie ein Vogel, entdeckte Marlies in der Ferne die Silhouette ihrer Heimatstadt; über ihr schien die Sonne, unter ihr blühten bunt die Wiesen. Memmingen sah genauso aus, wie sie es kannte, der Tag schien in nicht allzu ferner Zukunft zu liegen.

Ihr Geist schwebte nach unten und plötzlich wurde ihr schmerzhaft gewahr, dass der erste idyllische Eindruck getrogen hatte. Denn die Perspektive kippte und zeigte ihr nicht mehr den Horizont, sondern den Boden vor ihr: Überall, auf den Feldern und im Gras, lagen Leichen, vornehmlich von Bauern. Zu erkennen an ihren ärmlichen Kleidern und den Sensen, Heugabeln und Dreschflegeln, mit denen sie gekämpft hatten.

Nur vereinzelt erkannte Marlies Soldaten unter den Toten, Soldaten in den Farben des Schwäbischen Bundes. Gegen deren Schwerter, Piken und Hellebarden hatten die Bauern eine aussichtslose Schlacht geschlagen.

In einem von ihnen steckte noch ein Rest von Leben. Als könne er sie sehen, reckte er Marlies seine Faust entgegen, ehe er sie sogleich wieder kraftlos fallen ließ.

Die letzten Worte, die der Sterbende flüsterte, gingen Marlies durch Mark und Bein: „Mir wollet frei sei!“

II. Teil
Malus Reise

6. Kapitel

Als Malu die Augen öffnete, tänzelte direkt davor ein Tagpfauenauge. Darüber erkannte sie blauen Himmel mit vereinzelten, kleinen Wolken, die still zu stehen schienen.

Ich liege auf dem Rücken, dachte sie. Und als sie an sich hinabblickte, entdeckte sie jede Menge Tagpfauenaugen. Sie bildeten ein Muster auf ihrem Sommerkleid und es kam ihr vor, als hätte sich einer der Schmetterlinge daraus gelöst und wäre davongeflattert.

An der linken Hand fühlte sie Gras, an der rechten die Wärme einer anderen.

Sie erschrak und zog sie schnell zu sich. Ruckartig setzte sie sich auf und drehte den Kopf. Der junge Mann von vorhin kniete direkt neben ihr in der Wiese, auf seiner einen Seite im Hintergrund die Mühle, auf der anderen, in weiter Entfernung, die Burg auf der Anhöhe. Der Anblick kam ihr bekannt vor. Sie wollte die Erinnerung greifen, doch das Déjà-vu verschwand wie ein morgendlicher Traum.

„Du bist ganz blass - und siehst aus, als hättest du ein Gespenst gesehen. Keine Sorge, ich tu dir nichts", sein Dialekt und seine Aussprache klangen altertümlich.

Ansonsten nicht auf den Mund gefallen, wusste Malu überhaupt nicht, was sie sagen sollte.

Der Fremde lächelte freundlich. Sein Drei-Tage-Bart gefiel ihr und der Blick aus seinen dunkelgrünen Augen fühlte sich an, als könnte der junge Mann tief in ihr Innerstes sehen. Doch sie spürte keine Angst dabei. Ganz im Gegenteil.

Malu glaubte nicht an Liebe auf den ersten Blick, sie tat so etwas stets als Wunschdenken oder Hirngespinst ab. Und dennoch konnte sie nicht bestreiten, dass sie eine Art Band zwischen dem Mann und sich spürte; welcher Natur diese Verbindung auch immer sein mochte ...

„Wie heißt du?", fragte er jetzt.

Vermutlich meinte er, eine solch einfache Frage, sollte diese blasse, verwirrte Frau doch beantworten können. Doch Malu blieb eine Entgegnung schuldig, denn sie suchte in Gedanken immer noch nach Erklärungen für die vielen Rätsel.

Und alles wurde noch schlimmer, als ihr endlich bewusst wurde, welches Gebäude sie hier vor sich hatte!

Wenn sie, wie meistens an den Wochenenden, von ihrem Studienort München nach Hause zu ihren Eltern fuhr und an der Ausfahrt ‚Memmingen-Ost' die A96 verließ, freute sie sich stets am Anblick von Städeles Mühle, einem der städtischen Wahrzeichen. Benannt war das denkmalgeschützte Gebäude nach dem Müller Michael Städele, der die Papiermühle Ende des 19. Jahrhunderts übernommen hatte. Wie sie auch wusste, war die ursprüngliche Mühle während des Deutschen Bauernkriegs zerstört worden und dann – an der selben Stelle - neu errichtet worden.

Eine Zeichnung des originalen Gebäudes hatte sie noch vor Kurzem betrachtet, da war sie sich sicher.

Wie konnte es sein, dass sie geradewegs auf ein Gebäude blickte, das bereits seit 500 Jahren nicht mehr existierte?

Die Stimme des jungen Mannes riss sie aus ihren Überlegungen.

„Mein Name ist Kilian, Kilian Haupt. Geht es wieder?"

Malu drehte den Kopf.

Dann müsste das da drüben die Eisenburg sein, stellte sie fest.

Auch diese sah anders aus, als Malu sie kannte. Deswegen hatte sie zunächst Probleme gehabt, sie zu identifizieren.

Die Eisenburg thronte über Wälder und Felder - doch eigentlich hätte sie oberhalb eines Neubaugebiets stehen sollen. Mehrere Dutzend Einfamilienhäuser waren seit Malus Kindheitstagen hier hochgezogen worden.

Malu verstand überhaupt nichts mehr.

Sie hatte das Gefühl, gerade ihren Verstand zu verlieren.

„Ich wollte dir nicht zu nahe treten", sagte der junge Mann leise. Obwohl sie seinen Namen nur unbewusst wahrgenommen hatte, erinnerte sie sich daran: Kilian.

Als sie ihn anblickte, senkte er den Kopf. „Aber du bist einfach zusammengesackt, als ich dich angesprochen habe. Ich wollte eben los, um Hilfe zu holen. Dann haben deine Augen geblinzelt."

Offenbar rechtfertigte er sich dafür, dass er ihre Hand berührt hatte. Er beteuerte, er habe auf gar keinen Fall unlautere Absichten gehabt.

„Wo bin ich?", fragte sie ihn.

Kilian deutete hinter sich: „Das ist die Papiermühle von Memmingen."

Also hatte sie recht gehabt mit ihrer Vermutung.

„Sie sieht so anders aus."

„Ich verstehe nicht."

„Äh, ich habe sie anders in Erinnerung."

Kilian zuckte mit den Schultern. „Die guckt schon immer so aus. Bin mehrfach im Jahr hier."

Erneut fiel ihr auf, dass er ungewöhnlich sprach und formulierte. Dennoch verstand sie ihn mühelos. Und auch er schien keine Probleme mit ihrer Ausdrucksweise zu haben.

„Allerdings habe ich dich hier noch nie gesehen. Wie heißt du? Woher kommst du?"

Sie stand auf und kämpfte sogleich um ihr Gleichgewicht. Nur einen Augenblick später stand Kilian neben ihr und stützte sie. Sie erschrak, denn seine Berührung elektrisierte sie.

Sobald sie nicht mehr schwankte, ließ er sie wieder los.

„Malu", sagte sie dann.

Und er entgegnete erneut: „Ich verstehe nicht."

Mir geht es nicht besser, dachte sie.

„Du hattest nach meinem Namen gefragt. Das ist er: Malu."

„Seltsam. Habe ich noch nie gehört."

„Das kommt von Marie-Luise."

„Oh, das sind beides sehr schöne Namen! Warum kürzt du sie so merkwürdig ab?"

Darauf wusste sie keine Antwort. Schon als Kind hatten sie alle mit ‚Malu' angesprochen, sogar ihre Eltern.

„Was ist das für ein Stoff?", wollte Kilian wissen und sie stellte fest, dass er auf ihr Sommerkleid starrte. „Der ist so fein. Und wie sind die Schmetterlinge darauf gekommen? Sie sehen so echt aus. Hast du die gemalt?"

Sie betrachtete nun seine Kleidung. Sein graues Hemd, vermutlich aus Leinen, wirkte einfach geschnitten, hatte weder Kragen noch Brusttaschen, an zwei Stellen war es bereits mit groben Stichen geflickt worden. Um seinen Hals hing ein kleines Holzkreuz an einem Lederbändel. Die schwarze Hose musste aus Wolle sein, ungewöhnlich.

Schuhe trug er keine. Erst jetzt bemerkte sie, dass sie ebenfalls barfuß in der Wiese stand.

„Weißt du was?", unterbrach er ihren Gedankengang. „Ich werde dich ‚Marie' nennen."

Es klang resolut, doch gleich darauf hakte er vorsichtig nach: „Wenn es in Ordnung für dich ist?"

Niemand aus ihrem Bekanntenkreis hatte sie je mit ‚Marie' angesprochen, doch ihren richtigen Namen aus Kilians Mund zu hören, fühlte sich an, als würde sie dies mit ihm verbinden. Es gefiel ihr, also nickte sie.

„Nun, Marie, was machst du hier? Woher kommst du? Wohin führt dich dein Weg?"

„Ich kann mich nicht erinnern", erklärte sie wahrheitsgemäß.

Es war sicher nicht zielführend, wenn sie ihm erzählte, dass sie eben noch in München auf ihrem Bett gelegen und gelesen hatte. Unglauben und Misstrauen wären die Folge. Außerdem wollte sie zuerst in Erfahrung bringen, was mit ihr geschehen war, ehe sie Informationen über sich preisgab.

„Gedächtnisverlust?"

Ein gutes Stichwort, dachte sie, darauf könnte sie sich ab sofort berufen.

„Ja, genau."

„Wie mein Großvater. Der ist allerdings steinalt. Schon um die sechzig. Der erkennt mich nicht mehr. Auch nicht meinen Vater."

Sechzig empfand sie als alles andere als ‚steinalt'. Aber anstatt etwas darauf zu erwidern, wagte sie endlich, die alles entscheidende Frage zu stellen, die sich ihr immer stärker aufdrängte: „Was für ein Datum haben wir heute?"

„Ich weiß es nicht genau. Irgendwas im März. Und Donnerstag, glaube ich."

„Welches Jahr?"

Er zog die Augenbrauen zusammen, als wollte er eine Gegenfrage stellen. Doch dann sagte er: „Du kannst dich nicht einmal mehr daran erinnern? Wir befinden uns im Jahre unseres Herrn Jesu Christi 1525."

7. Kapitel

Malu spürte, wie die Situation sie zunehmend überforderte.

Es durfte nicht sein, was nicht sein konnte.

Sie hatte viele Filme über Zeitreisen gesehen und war der festen Überzeugung, dass es so etwas nicht gab, nicht im realen Leben. Physikalisch unmöglich. Nicht mehr als Science-Fiction, erdacht und ersponnen, aber keinesfalls real.

Und doch behauptete dieser junge Mann voller Überzeugung, sie wäre hier fast fünfhundert Jahre vor ihrer eigenen Gegenwart gelandet. Alles, was sie um sich herum sah, bestätigte Kilians Worte: die Wälder und Felder, die falschen und vor allem die fehlenden Gebäude, seine Bekleidung.

Dennoch widerstrebte alles in ihr, die einzig logisch erscheinende Schlussfolgerung zu akzeptieren.

Sie fröstelte.

„Ich dachte mir schon, dass dein Kleid recht dünn ist für diese Jahreszeit."

Er schien ihre Gänsehaut wahrzunehmen. Wie aufmerksam, dachte sie.

„Außerdem ist es, nun ja …“, er errötete, während er nach Worten suchte, „… etwas kurz.“

Er musterte sie, als würde er Maß nehmen, dann fuhr er fort: „Hm, du bist genauso groß wie Margret. Wir haben noch ihr Kleid. Das wird dir sicher passen.“

„Wer ist Margret?“

„Meine Schwester. Unser Herrgott hat sie im Herbst zu sich heimgeholt.“

Gestorben in so jungen Jahren; Malu war geschockt.

„Das tut mir sehr leid“, sagte sie und wünschte sich, sie hätte eine bessere Formulierung gefunden als diese Floskel.

„Margret war überaus fromm und sie hatte das Glück, ihre letzte Ruhestätte sehr nahe an der Kirche zu finden. Ich habe keinen Zweifel daran, dass sie jetzt an einem besseren Ort ist. Aber ich vermisse sie sehr.“

„Wie alt wurde sie?“

„Achtzehn. Zwei Jahre jünger als ich.“

Kilian war also tatsächlich genauso alt wie sie selbst. Dennoch wirkte er reifer und erwachsener auf sie als ihre gleichaltrigen Kommilitonen.

„Woran ist sie gestorben?“

„Der Bader meinte, an Schwindsucht. Sie ist einfach immer weniger geworden. Wir haben sie noch mehrfach zur Ader gelassen, aber auch das hat nichts mehr genutzt.“

Er wirkte traurig, als er weitersprach.

„Ich glaube, dass es an ihrem gebrochenen Herzen lag. Einer aus der Stadt hat ihr die Ehe versprochen und sie später sitzen gelassen.“

Er klang so, als wäre die Geschichte umfangreicher, doch Malu empfand es als taktlos, weiter nachzuhaken. Vielleicht ergab sich später eine Gelegenheit.

Zu gerne hätte sie ihn gedrückt, um ihn zu trösten.

Durfte man so etwas im Jahr 1525 oder galt dies als unschicklich?

Sie nahm allen Mut zusammen, aber ehe sie ihn umarmen konnte, hörte sie ein lautes Rufen: „Kilian! Wo bleibst du denn? Willst du warten, bis es dunkel wird?“

Malu wandte den Kopf zur Mühle. Ein vollbärtiger Mann stand dort, eine fleckige Schürze um den hervorstehenden Bauch gebunden.

„Oh, das Papier“, sagte Kilian. „Das hätte ich beinahe vergessen.“

Schnellen Schrittes eilte er zu dem Mann und Malu fühlte sich plötzlich allein. Ohne weiter darüber nachzudenken, folgte sie ihm. Das Gras fühlte sich angenehm an unter ihren Sohlen, doch sobald sie den Vorplatz der Mühle erreichte, trat sie auf Steine. Es schmerzte und sie bremste ab. Kilian schien das gewohnt zu sein, denn er ging im gleichen Tempo weiter.

„… wartet doch schon darauf.“

Den Namen zu Beginn des Satzes hatte sie nicht verstanden, denn sie war noch zu weit entfernt gewesen.

„Ich geh sofort los“, entgegnete Kilian.

Jetzt entdeckte sie, an die Hauswand gelehnt, die Rückentrage, mit der sie Kilian vorhin gesehen hatte. Darauf lag nun etwas Quaderförmiges, das in Tuch eingewickelt und an der Trage festgezurrt war. Kilian drehte sich mit dem Rücken dazu und ging in die Hocke.

Der Dicke, vermutlich der Müller oder einer seiner Gesellen, half Kilian beim Hineinschlüpfen in die Tragegurte und anschließend beim Aufstehen. Kilian wankte kurz und musste sich etwas beugen, damit ihn das Gewicht nicht umkippen ließ. Als er sicher stand, wandte der Muller den Blick zu Malu.

„Wer ist die Fehl?“, fragte er, während er ihr zuerst in die Augen und dann auf die Tagpfauenaugen auf ihrem Kleid starrte. „Ist die aus dem Wald?“

Malu beschloss, sicherheitshalber lieber Kilian das Antworten zu überlassen. Wenn sie wirklich in der Vergangenheit gelandet war, könnte jede unvorsichtige Aussage problematisch werden.

„Nein, nein, sie ist meine Base. Sie ist zu Besuch aus …“, er schien zu überlegen.

Entgegen ihrem eben erst gefassten Vorsatz, den Mund zu halten, vervollständigte sie nun an seiner Stelle den Satz: „… aus Ottobeuren.“

Der Ort lag etwa zehn Kilometer entfernt und diese Erklärung schien den Müller zufriedenzustellen.

Doch warum dachte sich Kilian für sie solche Lügen aus?

Ob sie eine Art Beschützerinstinkt in ihm geweckt hatte? Oder steckte etwa mehr dahinter?

„Aber merkwürdig angezogen ist sie. Habe ich noch nie gesehen. Hat sie Schmetterlinge auf ihr Kleid genäht? Und was ist das für ein Stoff? Warum läuft sie überhaupt mit nackten Beinen herum? Was ist das für eine? Bring mir bloß kein Gesindel an die Mühle!“

Er sprach über sie, nicht mit ihr, und es fühlte sich für Malu an, als würde er sie gar nicht als Person wahrnehmen.

„Das Kleid hat ihr eine reiche Dame geschenkt“, erfand Kilian nach kurzem Zögern. „Für treue Dienste.“

Schon wieder hatte er sich etwas für sie einfallen lassen, Malu fühlte sich geschmeichelt.

Der Müller kniff ungläubig die Augen zusammen und musterte sie weiter, doch schien er Kilians Erklärung zu glauben.

„Na, wenn du es sagst. Da sollte sie aber dringend noch was drannähen. Jetzt aber los. Damit die ihr Zeugs drucken können.“

Zum Abschied drückte er Kilian drei kleine Münzen in die Hand. Kilian wickelte sie in ein Tuch, das er sich anschließend in die Hosentasche steckte.

Dann nickte er Malu zu und ging los. Sie verstand und folgte ihm. Dabei spürte sie die neugierigen Blicke des Müllers in ihrem Rücken, widerstand aber der Versuchung, sich noch einmal umzudrehen.

Ihr kamen die Romane über Sherlock Holmes in den Sinn, die sie früher so gerne gelesen hatte. Wie der berühmte Detektiv musste sie streng logisch vorgehen, um ihr eigenes

Rätsel zu lösen; aus vorhandenen Informationen die korrekten Schlussfolgerungen ziehen.

Ihr Verstand weigerte sich weiterhin, die von Kilian genannte Jahreszahl 1525 zu akzeptieren.

Doch alles, was sie sah und erlebte, bestätigte ihn.

Zu welchem Ergebnis würde Holmes an ihrer Stelle gelangen?

Malu erinnerte sich an eine seiner Thesen: Wenn man das Unmögliche ausgeschlossen hat, muss das, was übrig bleibt, die Wahrheit sein, so unwahrscheinlich sie auch klingen mag.

Wenn also alle Indizien zeigten, dass sie sich nicht mehr in ihrer eigenen Gegenwart aufhielt, sondern fast fünfhundert Jahre zuvor, und sie keine bessere Erklärung dafür fand, dann musste dies zwangsläufig auch der Wirklichkeit entsprechen.

„Kommst du, Marie?“

Kilian stand mehrere Meter entfernt und hatte sich zu ihr umgedreht.

Er tat ihr leid mit dem schweren Gepäck auf dem Rücken. Sie wollte ihn nicht unnötig warten lassen und schloss wieder zu ihm auf.

Der Anblick, der sich Malu beim Weiterlaufen bot, schien ihr vertraut und fremd zugleich. In den letzten Wochen hatte sie sich während ihrer Recherchen mit zahlreichen Repliken von Kupferstichen und Gemälden beschäftigt, auf denen die mittelalterliche, komplett von einer Mauer umgebene Stadt mit ihren vielen Türmen und Toren abgebildet war. Nun breitete sich vor ihr ein Panorama aus, als wären diese alten Bilder zu neuem Leben erwacht. Die Silhouetten der Frauenkirche, des Kreuzherrnklosters und der Kirche St. Martin ragten unverkennbar vor ihr in der Ferne in den Himmel. Gleichzeitig entdeckte sie mehrere Türme, die in ihrem Stadtbild längst nicht mehr existierten, wie etwa der sogenannte ‚Luginsland‘, der damals höchste Verteidigungsturm der Stadt. Während der Besatzung durch die Franzosen war er Anfang des 19. Jahrhunderts auf deren Geheiß abgerissen worden. Frech reckte er sich vor ihren Augen in die Höhe, als würde ihn dies nicht interessieren.

Der Anblick des Luginslands ängstigte Malu. Probeweise zwickte sie sich kräftig in den Arm. Es schmerzte.

Nein, es handelte sich um keinen Traum!

Während sie sich Mühe gab, mit Kilian Schritt zu halten, ließ sie ihren Blick weiter durch die Gegend schweifen. In ihrer Zeit war das Gebiet zwischen Papiermühle und Altstadt komplett bebaut. Vor allem die vielen Flüchtlinge nach dem Zweiten Weltkrieg hatten Memmingen enorm anwachsen lassen.

Doch statt Wohnblöcken breiteten sich vor Malu Felder und Wiesen aus. Auf einigen der Äcker sah sie Menschen arbeiten, Erwachsene und Kinder. Einen Mann mit einem Pflug, vor den er einen Ochsen gespannt hatte. Zwei halbwüchsige Jungen, die etwas aussäten. Ein Mädchen, das, mit einem Stock in der Hand, eine Kuh vor sich hertrieb.

Dort, wo eigentlich der städtische Waldfriedhof liegen sollte, graste eine Herde Schafe, auf die ein Junge mit seinem kniehohen, braunen Mischlingshund aufpasste.

Weiter links entdeckte sie zwei einzeln stehende größere Gebäude, die sie nicht einordnen konnte, und deutete darauf.

„Was sind denn das für Anwesen außerhalb der Stadtmauer?“

Kilian lachte.

„Du bist gut. Die feinen Bürger wollen ganz sicher nicht das Siechen- und das Blatternhaus in ihrer direkten Nachbarschaft.“

Natürlich, das Blatternhaus, dachte Malu.

Nach ihm war die Straße benannt worden, in der sie aufgewachsen war: die Blattergasse. Dort hatte sie als Kind gespielt, von dort aus war sie immer zur Schule geradelt.

Unweit davon lagerten ein paar Männer, die ungepflegt wirkten. Sie tranken aus großen Krügen und diskutierten. Aus Fellen und Decken hatten sie sich notdürftig Zelte errichtet. Malu entdeckte Waffen bei ihnen: Spieße und Hellebarden. Einer saß an einem Feuer und schliff sein Messer.

Unwillkürlich musste Malu an die Redewendung von der Ruhe vor dem Sturm denken und fröstelte. Hier braute sich etwas zusammen, kein Zweifel.

All diese Sinneswahrnehmungen überwältigten sie und ließen sie innehalten.

„Es bleibt dir nichts Anderes übrig, als die Zeitreise zu akzeptieren, Watson“, murmelte sie vor sich hin.

Sie zitterte.

Kilian, inzwischen ein paar Schritte entfernt, hatte den Schotterweg verlassen, der zur Stadt führte, war nach links abgebogen und folgte nun einem Trampelpfad.

Rasch schloss sie wieder zu ihm auf.

Wenn sie sich bewegte, wurde die Kälte erträglicher.

„Wohin gehen wir?“, erkundigte sie sich.

„Erstmal zu mir nach Hause.“

Eine Planänderung? Das kam ihr seltsam vor. Hatte der Müller nicht gemeint, dass jemand auf die Sachen auf der Trage warten würde?

Sie musterte sein Gepäck: „Was ist da eigentlich drin?“

„Papier“, antwortete er und sie erinnerte sich daran, wie sie nach dem Abitur ihre nicht mehr benötigten Schulunterlagen entsorgt hatte. Die Hefte und die Arbeitsblätter aus den Ordnern waren unglaublich schwer gewesen und sie bekam eine Vorstellung davon, welch große Last Kilian zu tragen hatte.

Weder jammerte noch stöhnte er jedoch deswegen, er schien solch ein Gewicht gewohnt zu sein. Seine Arme und sein kompletter Körperbau wirkten muskulös. So etwas erreichte man in ihrer Zeit nur durch regelmäßige Besuche eines Fitness-Studios.

„Wo soll es hin?“

„Zur Martinskirche. Die wollen da Flugschriften drucken.“

Martinskirche? Flugschriften?

Malu brauchte nur eins und eins zusammenzuzählen: Zweifellos ging es um die Verfassung der Bauernartikel!

Sie fühlte sich sofort wie elektrisiert, denn exakt dieses Thema hatte sie in den letzten Tagen umgetrieben. Sie hatte alles - und wirklich alles - gelesen, was sie dazu finden konnte.

Und nun sollte sie selbst mittendrin sein in dieser Geschichte?

Trotz ihrer Sorgen und der vielen ungeklärten Fragen spürte Malu auf einmal eine unbändige Freude darüber, genau hier in diesem schicksalsträchtigen Jahr 1525 gelandet zu sein.

Die Versammlungen in der Kramerzunft, in denen die Bauern ihre Forderungen formulierten, mussten unmittelbar bevorstehen. Sie fanden am 15. und 20. März 1525 statt. Und der Mann, den sie begleitete, schien irgendwie damit zu tun zu haben - und wenn auch nur mit der Papierlieferung für die Flugschriften.

Kilian meinte: „Ich bin auch der Ansicht, dass es nicht mehr so weitergehen kann. Wir wollen niemandem mehr gehören, jagen und fischen dürfen, wo wir wollen, und keine Frondienste mehr leisten!“

Und als würde es noch einer letzten Bestätigung ihrer Vermutung bedürfen, blieb er stehen, drehte sich zu ihr um und ergänzte mit großem Ernst: „Mir wollet frei sei!“

8. Kapitel

„Da ist unser Hof, im Freudenthal.“

Kilian deutete nach vorne.

Ein einfaches, eingeschossiges Bauernhaus in Blockbauweise konnte Malu in der Ferne entdecken, ungefähr dort gelegen, wo sie in ihrer Kindheit viele glückliche Nachmittage im städtischen Freibad verbracht hatte. Und die Straße, die sie mit ihren Badesachen entlanggegangen war, trug in ihrer Zeit immer noch den eben von Kilian erwähnten Flurnamen.

Mit einem Mal schossen ihr erneut Fragen durch den Kopf.

Wie konnte sie wieder nach Hause zurückkehren?

Würde sie ihre Eltern jemals wiedersehen?

Plötzlich kam ihr in den Sinn, wie ihre Mutter ihr vor ein paar Jahren erzählt hatte, eine besondere Gabe würde innerhalb der weiblichen Linie ihrer Familie weitergegeben. Sie solle vorsichtig sein, hatte sie gesagt, und sofort zu ihr kommen, falls etwas Seltsames geschehen sollte.

Lange Zeit blieb Malu sich unschlüssig, wie viel Wahrheit hinter dieser mysteriösen ‚Gabe' steckte.

Doch wenn eine Zeitreise nichts Seltsames war, was dann?

Aber wie sollte sie nun mit ihrer Mutter darüber reden?

Ob es ein Fehler gewesen war, den Ort zu verlassen, an dem sie aufgetaucht war?

Wehmut ergriff sie, am liebsten hätte sie sich dem Selbstmitleid hingegeben. Doch sie ging stoisch weiter. Im Moment konnte sie nur versuchen, das Beste aus der Situation zu machen.

„Ich glaube nicht, dass du in einem Bauernhaus wohnst", unterbrach Kilian ihre Gedanken.

„Warum?"

„Wegen deiner Hände. Sie sind so hell und zart. Sieh dir mal meine an."

Ohne abzubremsen streckte er ihr seine rechte Hand entgegnen. Ebenfalls kräftig und muskulös, wie der Rest seines Körpers, stellte Malu fest. Sie entdeckte Schrunden und mehrere vernarbte Wunden auf einer Haut, die deutlich dunkler als ihre eigene war. Am Ringfinger fehlte das oberste Glied. Sie fühlte den Impuls, den verkürzten Finger zu berühren, aber sie traute sich nicht.

„Was ist da passiert?"

„Wir haben Holz gehackt, mein Vater und ich, für den Winter. Ist lange her. Da war ich vielleicht acht. Aber es beeinträchtigt mich nicht."

„Ich habe noch nie Holz gehackt."

„Das glaube ich dir aufs Wort. Vielleicht standst du tatsächlich in den Diensten einer feinen Dame."

Malu antwortete nicht. Körperliche Arbeit war sie nicht gewöhnt. Plötzlich ergriff sie große Angst davor, in dieser archaischen Zeit bleiben zu müssen. Wovon sollte sie leben? Ob ihr irgendetwas von dem, was sie die ganzen Jahre in der Schule gelernt hatte, hier von praktischem Nutzen war?

„Oder du bist selbst eine.“ Er lächelte sie an, während er im gleichen Tempo weiterschritt. „Wundern würde es mich nicht.“

Malu wurde mit einer leichten Gänsehaut bewusst, dass sie mit jemandem redete, der längst tot war, tot und verwest. Auf einmal war ihr zum Heulen zumute und sie schüttelte so heftig den Kopf, dass Kilian sie stirnrunzelnd musterte.

In meiner Zeit, beruhigte sie sich sogleich, nicht im Hier und Heute.

Im Moment schritt er kraftvoll neben ihr und sprühte vor Energie und Leben. Warum nur machte sie dieser Anblick so unsagbar froh?

„Nun, sag schon“, forderte er sie auf.

„Was?“

„Kannst du dich an gar nichts erinnern?“

Wie würde er es wohl aufnehmen, wenn sie ihm die Wahrheit sagte?

Würde sie an seiner Stelle einer jungen Frau glauben, die ihr erzählte, sie käme fünfhundert Jahre aus der Zukunft?

„An rein gar nichts“, sagte sie vorsichtshalber. „Nur an diese Wiese vor der Papiermühle. Alles davor ist weg.“

„Du hast so helle Haut und deinem Körperbau nach musstest du noch nie schwere Arbeit verrichten“, fasste er zusammen. Voller Freude schloss er daraus: „Vielleicht bist du sogar eine Prinzessin!“

Malu lachte. Zum ersten Mal, seit sie hier war. Es fühlte sich gut und befreiend an. Sie befürchtete schon, sie würde ihn damit verletzen, doch sein Blick wurde träumerisch.

„Unser Vater hat Margret und mir immer Märchen erzählt, als wir noch klein waren“, erinnerte er sich. „Wir mochten sie sehr. Aber unsere Mutter wollte das nicht.“

„Warum?“

„Sie sagte, die einzig wichtigen Geschichten würden in der Bibel stehen. Und er solle uns lieber etwas von Jesus erzählen. Aber das kannten wir ja schon alles. Die Märchen waren neu für uns.“

Er überlegte kurz.

„Empfindest du das als gotteslästerlich?"

Die Frage irritierte sie.

„Aber auf gar keinen Fall", beruhigte sie ihn.

„Gut", sagte er. „Denn das möchte ich nämlich nicht sein."

„Ich habe als Kind auch gerne Märchen gelesen."

Abrupt blieb er stehen und starrte sie an.

„Du kannst lesen?"

„Äh, ja."

„Dann kommst du ganz sicher aus einem reichen Haushalt. Wenn schon keine Prinzessin, dann möglicherweise die Tochter eines Grafen oder Fürsten."

„Träumer!", entgegnete sie und meinte es gleichzeitig als Vorwurf und als Kompliment.

„Natürlich träume ich", meinte Kilian und wirkte dabei, entgegen seiner schwärmerischen Worte, sehr entschlossen. „Davon, dass sich sämtliche Probleme lösen lassen und alles gut ausgeht. Gott wacht über uns und er sieht, was wir träumen. Er weiß, was davon richtig für uns ist und lässt es Wirklichkeit werden. Wenn wir für die Gerechtigkeit kämpfen, wird er auf unserer Seite sein."

Er besiegelte seine Worte damit, dass er sich mit dem Daumen kleine Kreuze auf Stirn, Mund und Brust zeichnete.

Malu fühlte sich verunsichert, als sie ihm dabei zusah. Müsste sie sich der Geste anschließen? In ihrer Zeit spielte der Glauben für die meisten Menschen keine große Rolle mehr, auch für sie nicht. Als Kind hatte sie mit ihrer Mutter und ihrem Vater jeden Sonntag die Kirche besucht, sogar die heilige Erstkommunion hatte sie gefeiert, jetzt ging sie nur noch an Weihnachten zur Messe. Der Tradition und der Eltern wegen. Zwar glaubte sie immer noch daran, dass es einen Gott gab, aber mit den Auslegungen und den Bräuchen der Amtskirchen konnte sie nichts anfangen. Gebetet hatte sie schon lange nicht mehr.

Dass Kilian weiter nach ihrer Identität bohrte, wollte sie nicht. Am Ende rutschte ihr noch etwas heraus, das sie bereuen würde. Lieber wollte sie mehr über die Welt um sich herum in Erfahrung bringen.

„Was hast du vorhin zur Mühle transportiert?“, lenkte sie das Gespräch auf ein anderes Thema.

„Lumpen“, entgegnete er.

„Lumpen? Aber wozu?“

„Die brauchen sie in der Mühle für die Papierproduktion. Und Hanf. Aber wir selber bauen lieber Roggen und Dinkel an. Erstmal müssen wir was haben, was wir essen können, sagt Vater immer.“

„Woher hattest du die Lumpen?“

„Habe ich bei den umliegenden Höfen abgeholt. Alles Sachen, die nicht mehr geflickt werden konnten.“

Ein Lumpensammler also, dachte Malu und grinste. Sie hätte sich nicht träumen lassen, dass eines Tages ausgerechnet ein Lumpensammler ihr Herz schneller schlagen ließe.

„Was findest du daran so lustig?“, fragte Kilian und Malu fühlte sich sogleich ertappt.

Ihr fiel keine bessere Antwort ein als: „Nichts, gar nichts.“

Sogleich versuchte sie, wieder ein neutrales Gesicht zu zeigen.

„Du bist merkwürdig“, meinte Kilian.

„Warum?“

„Dafür, dass du lesen kannst, weißt du erstaunlich wenig Bescheid. Das bestärkt meine Vermutung, dass du sehr behütet aufgewachsen bist.“

So hatte sie es selbst noch gar nicht betrachtet, aber er hatte recht. Ihr wurde bewusst, dass es tatsächlich ein Privileg war, fünfhundert Jahre später in einer sicheren Umgebung geboren worden zu sein. Denn, wie sie gelesen hatte, war es im 16. Jahrhundert keine Seltenheit, dass Menschen wie Kilians Schwester Margret bereits sehr jung verstarben. Nicht einmal die Hälfte der Jungen und Mädchen hatte seinerzeit das Erwachsenenalter erreicht.

„Bringst du es mir bei?“, fragte Kilian.

„Was?“

„Das Lesen. Ein paar Buchstaben weiß ich schon.“

„Aber gerne“, freute sich Malu und stellte sich vor, wie sie mit ihm Zeile für Zeile eines Textes durchging, eng neben ihm an einem Tisch sitzend.

Kurz darauf erreichten sie ihr Ziel. Kilians Elternhaus hatte seine besten Tage längst hinter sich, das Holz vergilbt, an manchen Stellen wurmstichig, dennoch wirkte der Bau solide. An einem Abschnitt der Wand stapelten sich Reisigbündel und in den Fenstern waren statt Glas gegerbte Tierhäute aufgespannt. Neben dem Haus ein kleiner, mit einem Weidenzaun abgegrenzter Bereich; vereinzelt spitzelten Triebe aus der Erde.

Kilian ging in die Hocke und bemühte sich, die Rückentrage abzunehmen. Als sie ihm zu Hilfe eilte, lastete für einen kurzen Augenblick das komplette Gewicht der Ladung auf ihr; noch deutlich schwerer, als sie es sich vorgestellt hatte. Beinahe wäre sie darunter zusammengebrochen, doch schon stützte Kilian die Trage ab und gemeinsam lehnten sie das Gestell zwischen einer Sitzbank und der Eingangstür an die Hauswand.

Er reckte und streckte sich.

„Fühlt sich an, als könnte ich jetzt fliegen“, sagte er lachend und breitete die Arme aus.

Das bäuerliche Leben in dieser Epoche war alles andere als leicht und dennoch strahlte Kilian eine Unbeschwertheit aus, wie Malu sie selten vorher erlebt hatte. Kilians Fröhlichkeit wirkte ansteckend auf sie und ließ sie, zumindest für den Augenblick, ihre Sorgen und Ängste vergessen.

Er öffnete die Tür.

Das Licht fiel auf eine Kochstelle, die sich mitten im Raum befand. Darum herum Sitzbänke, auf denen durchgesessene Felle und abgenutzte Decken lagen. Auf einem einfachen Holzregal lagen Kochutensilien: Pfannen, Töpfe, Schalen, Schöpf- und Esslöffel.

Es roch nach verbranntem Holz.

Kilian ging einen Schritt hinein, griff nach rechts, zog die Hand wieder zurück und machte erneut Kreuzzeichen auf Stirn, Mund und Brust.

Im Hintergrund gab es drei Türen und aus dieser Richtung konnte Malu lautes Muhen vernehmen. Die Tiere schienen gehört zu haben, dass jemand gekommen war und machten sich bemerkbar. Jetzt stiegen Malu auch die Stallgerüche in die Nase. Sie nieste.

Eine der Türen öffnete sich einen Spalt und das blasse Gesicht eines Kindes erschien darin. Malu schätzte das Mädchen auf maximal sechs Jahre.

„Ist alles gut, Elsslin. Ich bin's, Kilian."

Die Kleine tapste auf bloßen Füßen ein paar Schritte auf sie zu, blieb dann aber in sicherer Entfernung. Sie schien entsetzlich dünn zu sein.

„Wer steht da im Türrahmen, Kilian? Ist das eine Fee?"

„Sie heißt Marie. Sie hilft mir bei meiner Lieferung. Warum sollte sie eine Fee sein?"

„Weil sie Schmetterlinge auf ihrem Kleid festgezaubert hat. Muss sie da nicht eine Fee sein?"

„Nein, die sind nur draufgemalt."

Elsslin schien mit der Erklärung zufrieden.

„Erzählst du mir eine Geschichte, Kilian?"

„Jetzt nicht, Elsslin. Ich muss noch in die Stadt. Heute Abend, ja?"

„Aber mir ist langweilig."

„Geh schön brav zurück ins Bett. Damit du schnell wieder gesund wirst."

Während Kilian Elsslin an die Hand nahm und hinter der Tür verschwand, blieb Malu draußen stehen. Es widerstrebte ihr, allein in ein fremdes Haus zu gehen, Kilian kehrte sicher bald zurück.

Unbewusst fasste sie sich ans Ohr, wo immer noch ihr Bleistift klemmte. Gleichzeitig fiel ihr Blick auf die in Tuch eingewickelte Ladung der Rückentrage. Plötzlich spürte sie das Bedürfnis, all ihre Eindrücke hier auf Papier zu verewigen. Die Silhouette Memmingens. Das Bauernhaus. Kilians liebes, gütiges Lächeln.

Ob sie sich ein paar Blätter nehmen könnte?

Kilian kehrte zurück, die kleine Elsslin dicht hinter ihm, und trug ein Paar Holzschuhe und Kleidungsstücke bei sich.

Das Mädchen schien neugierig und sah Malu mit großen, braunen Augen an, doch als Kilian auf Malu zuschritt, um ihr die Kleidung zu reichen, blieb Elsslin erneut auf Abstand. Scheu senkte sie den Blick und versuchte, sich hinter ihrem Bruder zu verstecken.

„Hallo Elsslin, keine Angst, ich tue dir nichts."

„Magst du nicht auch ‚Grüß Gott' sagen, Elsslin?", forderte Kilian sie auf. „Du wolltest doch unbedingt mit nach draußen und dir das Schmetterlingskleid näher ansehen."

Statt einer Antwort hustete Elsslin und ihr dünner Körper wurde dabei heftig durchgeschüttelt.

„Was hat sie denn?", erkundigte sich Malu besorgt.

„Ach, nur Husten und Schnupfen. Und etwas Fieber. Ist aber schon fast vorüber, gell, Elsslin?"

Kilian lachte und strich seiner kleinen Schwester über die glatten, hellbraunen Haare, die ihr wirr um den Kopf hingen.

„Wenn einem langweilig im Bett wird, dann ist man schon so gut wie wieder gesund."

Dann wandte er sich wieder Malu zu und deutete auf die Kleidungsstücke, die sie immer noch in der Hand hielt.

„Schlüpf mal hinein. Bin mir ziemlich sicher, dass es dir passt. Ursel muss erst noch hineinwachsen."

„Wer ist Ursel?"

„Meine andere Schwester."

„Wie viele Geschwister hast du denn?"

„Zwei Brüder und zwei Schwestern."

Elsslin meldete sich zu Wort: „Und drei sind schon im Himmel."

Ehrfürchtig blickte sie nach oben.

„So, genug jetzt. Ich bringe dich wieder ins Bett. In der Zwischenzeit kann Marie sich umziehen."

Als sie wieder alleine war, schlüpfte Malu aus ihrem Sommerkleid und zog sich dann die Sachen von Margret an.

Das Hauptkleidungsstück bestand aus einem einzigen weit geschnittenen Teil aus grauem Leinen. Die Kordel aus

Schafswolle band Malu mit einer Schleife um die Taille. Der ungewohnte Stoff kratzte überall und sie hätte sich das Teil am liebsten gleich wieder vom Körper gerissen.

Unschlüssig hielt sie eine Schürze in der Hand, die mehrere kleine Brandlöcher aufwies, ansonsten aber sauber war. Schließlich verzichtete sie darauf, sie umzuschnüren. Die schwarze Haube dagegen setzte sie sich auf. Vermutlich trugen das die Frauen in der Stadt und sie wollte schließlich nicht auffallen.

Ein wenig zweifelnd schaute sie an sich hinab. Gerne hätte sie sich jetzt in einem Spiegel begutachtet.

„Sieht gut aus!"

Ohne dass sie es bemerkt hatte, war Kilian zurückgekehrt.

„Wirklich: Es steht dir ganz hervorragend."

Das Kompliment wirkte ehrlich und sie freute sich darüber. In ihrem Sommerkleid hatte sie sich zwar wohler gefühlt als in diesem kratzigen, unförmigen Ding, doch sie musste zugeben, dass es sie deutlich besser wärmte.

Da kam ihr eine Idee.

„Würdest du dich nochmal umdrehen, bitte?"

Kilian gehorchte und Malu zog schnell Margrets Kleid über ihren Kopf, schlüpfte in ihr eigenes und zog das kratzige darüber.

Viel besser!

Während sie erneut die Kordel umschnürte und die verrutschte Haube geraderückte, sah sie, dass Kilian sich bückte und etwas aufhob.

„Was ist das?"

Als er sich wieder aufrichtete, streckte er ihr den Bleistift entgegen. Er musste heruntergefallen sein, als sie sich die Haube aufgesetzt hatte.

Malu beschloss, den Augenblick zu nutzen.

„Meinst du, ich könnte ein bisschen von dem Papier haben? Ich kann ganz gut zeichnen, weißt du, und möchte es dir gerne zeigen."

In ihrer Zeit konnte man einfach ein Foto schießen. Hier war es deutlich schwieriger, etwas zu dokumentieren. Falls es ihr gelingen sollte, in ihre Zeit zurückzukehren – eine Hoffnung, an die sie sich klammerte -, hätte sie gerne die Umgebung und die Gebäude festgehalten. Und Kilian.

Sie ertappte sich dabei, dass sie bei dem Gedanken erschrak, ihn nicht mehr in ihrer Nähe zu haben. Es fühlte sich falsch an.

Kilian überlegte. Er schien mit sich zu hadern, ob er einfach etwas von dem Papier an sich nehmen könnte.

„Ich frage nach, wenn ich es abgebe. Aber ich trage es ohnehin unentgeltlich zur Martinskirche, da kann ich bestimmt ein paar Blätter haben."

„Warum transportierst du es, ohne etwas dafür zu bekommen?"

Er drehte sich zu ihr und Feuer loderte in seinen Augen.

„Warum? Die kämpfen für unsere Sache! Meine Mutter glaubt felsenfest, alles sei gottgegeben und wir müssten es so hinnehmen. Aber Vater und ich sind anderer Meinung. Wir wollen, dass sich die Dinge ändern!"

Malu spürte förmlich, wie die Funken zu ihr übersprangen, denn Kilian sprühte über vor Energie. Vor allem hatte er das Herz am rechten Fleck.

Sie verglich ihn unwillkürlich mit ihren Jugendfreunden und Kommilitonen, so jemandem wie Kilian war sie bislang noch nie begegnet.

Doch sogleich verdrängte etwas Anderes ihren Anflug von Schwärmerei: Vielleicht gelang es ihr, Sebastian Lotzer zu Gesicht zu bekommen, wenn sie das Papier ablieferten!

Der ehemalige Kürschner Sebastian Lotzer hatte als Laientheologe eine wesentliche Rolle während des Bauernkriegs gespielt. Ihm wurde sogar die Verfassung der Zwölf Bauernartikel zugeschrieben, deren Veröffentlichung letztendlich für die rasante Ausbreitung des Freiheitsgedankens verantwortlich war.

Oder sie könnte Christoph Schappeler antreffen, der in der Martinskirche die Lehren Ulrich Zwinglis predigte, des großen Reformators aus Zürich!

Vielleicht konnte sie sogar mit einem der beiden sprechen.

Welcher Historiker träumte nicht von solch einer Gelegenheit?

„Nimmst du mich mit?“, fragte sie hoffnungsvoll und Kilian lachte.

„Was meinst du, warum ich dich mit den Kleidern von Margret versorgt habe? Schlüpf mal in die Schuhe. Mal sehen, ob die ebenfalls so gut passen.“

Die beiden Schuhe waren jeweils aus einem einzigen Stück Holz gefertigt, ein Lederband fixierte den Fuß, damit er beim Laufen nicht herausrutschte.

Malu setzte sich auf die Bank, um sie anzuziehen, danach ging sie damit ein paar Schritte auf und ab.

Kein Vergleich zu modernen Schuhen, die sich an die Form des Fußes anpassten. Sie glaubte nicht, dass sie eine weite Strecke damit laufen konnte. Doch es schien ihr besser, als weiterhin barfuß zu gehen. Es wäre nur eine Frage der Zeit, bis sie sich an einem Stein oder einer Unebenheit verletzte. Auch vor der Kälte boten die Holzschuhe zumindest einen rudimentären Schutz. Kilians Füße wiesen sicher eine dicke Hornhaut auf. Sie beneidete ihn darum.

„Und?“, fragte er.

Mit den großen Zehen konnte sie wackeln, ohne dass die Nägel das Holz berührten. Dennoch entgegnete sie: „Sie passen genau.“

„Sehr schön. Hilfst du mir dabei, die Trage wieder zu schultern?“

Ohne eine Antwort abzuwarten, ging er mit dem Rücken zum Gestell in die Hocke und Malu half ihm dabei, in die Tragegurte zu schlüpfen. Vorsichtig drückte er sich nach oben und stand dann wieder in der gebückten Haltung im Gleichgewicht.

Sofort ging er los und Malu hatte Mühe, in den ungewohnten Schuhen mit ihm Schritt zu halten.

9. Kapitel

Die Stadtmauer lag vom elterlichen Bauernhof Kilians nur wenige Wegminuten entfernt; Malu konnte bereits erkennen, worauf Kilian zusteuerte: das Lindentörle. Dabei handelte es sich um einen engen Mauerdurchlass, so schmal, dass Fuhrwerke nicht hindurchpassten und zu anderen Toren ausweichen mussten. Auch wenn es zu ihrer Zeit nicht mehr existierte, kannte Malu seinen Namen von einer Wandmalerei an seinem früheren Standort. Außerdem war die Straße, die in fünfhundert Jahren stadteinwärts vom Tor verlief, danach benannt worden.

Malu betrachtete den Verteidigungsgraben, der sich entlang der Stadtmauer erstreckte. Sein Wasserspiegel lag tiefer als der des Baches mit dem Namen Ach, der links des Tores in die Stadt floss. Der Anblick der Wasserbrücke, die den Bach dort über den Graben leitete, beeindruckte Malu sehr. Eine Meisterleistung mittelalterlicher Baukunst, die sogar zu einem Memminger Wahrzeichen wurde. Doch mit dem Ende der Erfordernis einer Stadtmauer und eines Verteidigungsgrabens würde auch die Wasserbrücke unnötig werden. Der Eisenbahnbau würde ihr Schicksal besiegeln, denn genau hier würden später Gleise verlegt werden. Und über ihr würde in fünfhundert Jahren ein Fußgängersteg die Schienen überqueren, der den Memminger Osten mit der Altstadt verband; unzählige Male hatte sie ihn auf ihrem Weg in die City benutzt. Nichts von alledem existierte.

Stattdessen führte neben der Brücke für die Ach eine für Besucher direkt zum Lindentörle.

Den Durchgang bewachte ein junger Mann, der einen Gehrock in den Farben der Stadt trug: schwarz, rot und weiß; dazu graue Kniebundhosen. Seine mehr als zwei Meter lange Hellebarde wirkte im ersten Moment furchteinflößend auf Malu, doch beim Näherkommen schien es ihr, als stütze sich der Mann gelangweilt darauf, während er stadtauswärts über die Felder und Wiesen blickte.

Als die beiden sich ihm näherten, nickte er Kilian wie einem entfernten Bekannten zu. Dann drückte er den Rücken durch, als wolle er zumindest einen Anschein militärischer Haltung demonstrieren.

Kilian grüßte zurück und in einer Art vorauseilendem Gehorsam stellte er Malu als seine Base Marie aus Ottobeuren vor. Dem Wachmann reichte die Erklärung aus Kilians Mund: Er ließ die beiden passieren.

Während Kilian weitermarschierte, betrachtete Malu mit großen Augen die historische Stadt. Deutlich mehr Fachwerkbauten als zu ihrer Zeit, gepflasterte Straßen anstelle der geteerten. Pferde- und Ochsenfuhrwerke. Dazu Männer und Frauen in den verschiedensten Farben, denn eine strenge Ordnung reglementierte, wer welche Kleidung tragen durfte. So wurden Stand und Zunftzugehörigkeit öffentlich zur Schau gestellt. Malu fühlte sich augenblicklich klein und unbedeutend in ihrem unauffälligen Grau, das - zusammen mit schwarz - den Bauern und Dienstboten zugewiesen war. Obwohl sie selbst nur einen Meter achtundsechzig maß, waren die meisten Menschen kleiner als sie. Ging es außerhalb der Mauern ruhig und beschaulich zu, herrschte hier ein emsiges Treiben vor, begleitet von beißendem Gestank. Und der kam nicht nur von den Tieren. Als sie in eine Seitengasse blickte, sah sie, wie gerade eine Frau ihren Nachttopf aus dem Fenster entleerte.

Malu entdeckte zwei Männer, die sich miteinander stritten. Vom Fuhrwerk des einen wurden Tierfelle abgeladen; es stand dem des anderen im Weg und verhinderte damit die Weiterfahrt. Die beiden beschimpften sich lautstark und mit derben Ausdrücken, wurden dabei aber nicht handgreiflich.

Wie Malu wusste, waren in dieser Ecke Memmingens vorwiegend die Gerber ihrem Gewerbe nachgegangen. Malu vermisste ihr imposantes Zunftgebäude, das Siebendächerhaus, in ihren Tagen ein weiteres bedeutendes Wahrzeichen der Stadt. Es existierte noch nicht.

Dort, wo es später stehen würde, marschierte gerade eine Truppe Uniformierter im Gleichschritt die Straße entlang. Sie trugen die gleichen schwarzrotweißen Gehröcke wie der Wachmann am Lindentörle und ebenfalls Hellebarden. Ein weißhaariger, vollbärtiger Mann brüllte Kommandos und die Uniformierten führten sie aus. Rechtsschwenk, Linksschwenk, dann verschwand der gesamte Trupp in einer Seitengasse.

Malu sah sich um.

Wo war Kilian?

Um sich die Stadt anzusehen, war sie unwillkürlich stehengeblieben und nun hatte sie ihn aus den Augen verloren. Wie dumm von ihr!

Die Richtung kannte sie, der historische Straßenlauf war identisch mit dem aus ihren Tagen. Schnellen Schritts eilte sie auf der Lindentorstraße weiter und kreuzte den Stadtbach, über den an dieser Stelle zahlreiche frisch gegerbte Häute an Stangen zum Trocknen hingen.

In Malus Blickrichtung stand ein großes, hohes Gebäude, dessen Anblick sich seltsam anfühlte, weil sich in ihrer Zeit hier ein weitläufiger Platz ausbreitete. Von der Schranne, nach der er benannt worden war, hatte Malu keinerlei Bilddokumente finden können, auch nicht vom Kornhaus, dem Vorgängerbau, das Anfang des 16. Jahrhunderts an dieser Stelle stand. Die Tore standen weit geöffnet und Malu konnte erkennen, dass Bauern ihr Saatgut feilboten. Sie nahm sich fest vor, diesen Anblick zu zeichnen, um das Kornhaus der Nachwelt zu erhalten. Wieder ertappte sie sich dabei, dass sie davon ausging, irgendwann in ihre Zeit, in ihr Zuhause heimzukehren.

An der einen Ecke des Kornhauses stand Kilian und winkte ihr zu.

Seine gekrümmte Haltung erinnerte sie daran, welch schwere Last er auf dem Rücken trug. Sie wollte ihn nicht warten lassen und beschleunigte erneut ihren Gang.

Kilian folgte zunächst dem Lauf des Stadtbachs und ging dann nach links auf den höchsten Punkt der Stadt zu. Hier thronte die älteste Kirche Memmingens: Sankt Martin. In ihrer Jugend hatte Malu dort mit ihren Eltern eine Vielzahl wunderbarer Bläserchor-Konzerte besucht. Es fühlte sich gut für sie an, den altbekannten Turm zu sehen, wie er sich gegen den weißblauen Himmel abhob. Als wäre er für die Ewigkeit gebaut worden. Ein Verbindungsstück zu ihrer eigenen Zeit.

Doch kurz davor bog Kilian erneut ab und steuerte auf ein Gebäude zu, in dem sich - wenn Malu sich recht erinnerte – in ihren Tagen eine Gaststätte befand, eine der eher heruntergekommenen Art. Malu kannte sie nur von außen.

„Was ist da drin?“, fragte sie Kilian.

„Das Pfarrhaus“, meinte er und betätigte einen eisernen Türklopfer, den eine Putte zierte.

Es dauerte einige Augenblicke, bis sich die Tür öffnete. Ein alter, buckliger Mann stand im Rahmen und starrte an Malu vorbei. Zuerst wollte sie sich umdrehen und nachsehen, wohin der Alte den Blick richtete, doch dann begriff sie, dass er blind war.

„Wer ist da?“

„Kilian Haupt. Ich bringe das bestellte Papier.“

„Ah, ja. Ich weiß Bescheid. Du wurdest angekündigt.“

Er trat zur Seite und ließ Kilian hinein. Malu schlüpfte hinterher.

„Ist noch jemand bei dir?“

„Meine Base aus Ottobeuren.“

„Marie“, stellte sich Malu vor.

„Ich würde meine Trage sehr gerne abstellen. Sie ist marterschwer.“

„Oh ja, natürlich, entschuldige.“

Der Blinde steuerte zielsicher einen Gang entlang und drückte dann die Klinke einer weiteren Tür. Kaum war Kilian eingetreten, ging er in die Knie. Sogleich half ihm Malu, aus den Gurten zu schlüpfen und die Trage an die Wand zu lehnen. Dann hoben sie gemeinsam den Packen Papier an, stellten ihn auf den Boden und wickelten ihn aus.

Erst jetzt nahm sich Malu die Zeit, sich den Raum näher anzusehen. In der Mitte stand ein zwei Meter breites und anderthalb Meter hohes hölzernes Gerät. Vor einiger Zeit hatte Malu ein ähnliches im Deutschen Museum in München besichtigt, deswegen erkannte sie sofort, was sie vor sich hatte: eine Druckpresse.

An den Wänden des Raums standen Regale, gefüllt mit Papierstapeln unterschiedlicher Höhe. Malu entdeckte sowohl bedruckte Blätter als auch leere, zudem Tintenfässer und Kisten mit geschnitzten Buchstaben.

„Meine Base zeichnet sehr gerne“, hörte sie Kilian sagen. „Meint Ihr, wir könnten ein bisschen von dem Papier haben?“

Der Blinde zuckte mit den Schultern.

„Wüsste nicht, was dagegen spricht. Vergelt’s Gott fürs Hertragen. Ich hätte es ja selbst erledigt. Aber mein Rücken …“

Malu mochte sich gar nicht vorstellen, wie der alte Bucklige die schwere Last den langen Weg von der Mühle bis hierher trug – noch dazu, ohne etwas zu sehen.

„Ähm …“ Sie nahm allen Mut zusammen. „Ist denn der Herr Lotzer auch im Haus?“

Zu gerne würde sie den Reformator persönlich kennen lernen.

„Nein“, sagte der Alte zu ihrer Enttäuschung. „Erst wieder gegen Abend. Soll ich ihm etwas ausrichten?“

Malu überlegte. Was hätte er ihm mitteilen sollen? Dass sie aus der Zukunft stammte und ihn gerne interviewen würde?

„Beste Grüße“, antwortete Kilian an ihrer Stelle und drückte ihr ein paar Blätter in die Hand. Das Papier war dicker als das ihr bekannte, die Struktur gröber und auch das Format ungewohnt - größer als DIN A5, aber kleiner als DIN A4. Sie wagte nicht, es zu knicken, aus Angst, es könnte Schaden nehmen.

Kilian schulterte die leere Trage und verabschiedete sich, Malu folgte ihm nach draußen.

„Du interessierst dich für Sebastian Lotzer?“, fragte er, während er den Weg einschlug, den sie gekommen waren.

„Ja.“

„Warum?“

Malu überlegte, wie sie es formulieren könnte, ohne verdächtig zu wirken.

„Ähm, ich habe viel von ihm gehört.“

„Interessant.“

Wie sie diesen Kommentar deuten sollte, wusste sie nicht. Sein Tonfall hörte sich seltsam an und es schien ihr, als warte er auf eine Reaktion.

Kurz bevor sie zum Kornhaus gelangten, brach er sein Schweigen.

„Du kannst dich an nichts erinnern, bevor du auf der Wiese bei der Mühle aufgetaucht bist, gell?“

„Ja“, bestätigte sie und fügte hinzu: „Leider.“

„Aber du hast viel von Sebastian Lotzer gehört, ja?“

Okay, dachte sie, das mit dem Unverdächtig-Wirken war gehörig schief gegangen. Kilian schien ihre Worte in Zweifel zu ziehen. Alles in ihr sträubte sich, ihm die Wahrheit zu sagen. Zum einen hatte sie selbst noch immer nicht endgültig akzeptiert, was ihr widerfahren war; zum anderen kannte sie Kilian gerade einmal ein paar Stunden. Auch wenn sie ihn ungemein anziehend fand: Konnte sie ihm trauen? Konnte sie in diesem fünfhundert Jahre alten Memmingen überhaupt jemand trauen?

Malu spürte, wie es in Kilian ebenfalls arbeitete. Er glaubte inzwischen wahrscheinlich, sie würde ihn belügen und ein Spiel mit ihm treiben. Irgendetwas musste sie unternehmen. Abzuwarten machte alles nur schlimmer.

Ein Uniformierter stellte sich den beiden in den Weg und erlöste sie damit für den Moment aus ihrer Zwickmühle. Malu schätzte ihn auf Anfang 20.

„Ja, wen haben wir denn da?“, sagte er, während er Malu von oben bis unten musterte. Dann lächelte er charmant.

„Du musst neu in der Stadt sein. Sonst wärst du mir schon längst aufgefallen.“

Er trug den gleichen schwarzrotweißen Gehrock wie die Wache am Lindentörle und die jungen Männer, die sie beim Exerzieren beobachtet hatte. Obwohl sie sich bisher nie etwas aus Uniformen gemacht hatte, musste sie zugeben, dass sie ihm vorzüglich stand und er äußerst attraktiv darin wirkte. Sie konnte sich gut vorstellen, dass sich die jungen Memmingerinnen verstohlen nach ihm umdrehten, wenn er vorüberging.

Jetzt zwinkerte er ihr auch noch zu.

Er wartete wohl darauf, dass sie etwas sagte. An ihrer Stelle reagierte Kilian, allerdings klang er ziemlich unwirsch: „Das ist Marie. Sie ist zu Besuch aus Ottobeuren."

„'Marie'. Ein schöner Name. Gefällt mir. Und er passt zu dir."

Flirtete er etwa mit ihr?

„Danke", sagte sie leise, ganz automatisch.

„Warum hast du sie nicht schon früher hierher eingeladen, Kilian?"

Die beiden Männer kannten sich also. Während der Soldat jedoch süffisant grinste, wirkte Kilian angespannt. Er ballte die Fäuste, so dass seine Knöchel weiß hervortraten, doch erhob er sie nicht gegen den anderen Mann, sondern ließ die Arme hängen.

„Wir haben jetzt keine Zeit, Barthel", presste er hervor. „Wir müssen dringend zurück auf den Hof. Dort wartet Arbeit auf uns."

Kilian umrundete Barthel, um seinen Weg fortzusetzen, Malu blieb noch einen Moment stehen. Sie konnte nicht leugnen, dass sie sich geschmeichelt fühlte. Außerdem war sie neugierig auf den Mann und hätte sich deswegen gerne ein wenig mit ihm unterhalten.

Kilian drehte sich nach ihr um.

„Kommst du, Marie?"

Sein Gesicht hatte das Gutmütige verloren und sah jetzt mürrisch und verbittert aus. Was war bloß los? War er etwa eifersüchtig? Barthel bewegte sich einen Schritt auf Malu zu, bis er unmittelbar vor ihr stand. Sie konnte seinen Atem spüren und fühlte sich zunächst wie gelähmt. Gerade, als sie zurückweichen wollte, ging er zur Seite und machte den Weg frei.

„Ich habe auch noch zu tun", meinte er. „Aber wenn die Sonne untergeht, habe ich frei."

Wieder blinzelte er mit dem rechten Auge.

War das der Versuch einer Verabredung?
„Marie!“ Kilians Stimme klang nun sehr bestimmend.
Nur mit größter Mühe gelang es ihr, sich von Barthel zu lösen. Was war das nur? Malu konnte es nicht recht einordnen. Beinahe kam es ihr vor, als hätte er sie hypnotisieren wollen. Rasch schloss sie zu Kilian auf.
„Auf Wiedersehen“, rief ihr Barthel hinterher und es hörte sich an, als zweifle er keine Sekunde daran, dass sich ihre Wege erneut kreuzen würden.
Seine Ausstrahlungskraft verpuffte und Malu glaubte sofort, dass alles nur Einbildung gewesen sei. Sie schob ihre Reaktion auf den Fremden ihrer allgemeinen Verwirrung zu. Schließlich wusste sie genau, dass - entgegen manchem Hokuspokus-Glauben - niemand gegen seinen Willen hypnotisiert werden konnte.
Kilian marschierte stramm in Richtung des Lindentörles, den Blick stur geradeaus gerichtet, Malu kam kaum hinterher.
„Was ist los?“, wollte sie wissen.
„Lass dir von dem bloß keine schönen Augen machen.“
Betrachtete Kilian Barthel also doch als eine Art Nebenbuhler?
„Der ist nicht gut für dich.“
Wollte er damit ausdrücken, dass nur er gut für sie war? Malu war sich unschlüssig, ob sie sich geschmeichelt fühlen oder den Spruch als eher übergriffig interpretieren sollte.
„Das ist der Gmeininger Barthel. Der hat meine Schwester entehrt und sie dann sitzen gelassen. Der ist schuld an Margrets Tod.“

10. Kapitel

Kilian schritt zügig voran zum Lindentörle und weiter zum Bauernhof; Malu hatte Mühe, mit ihm Schritt zu halten. Während des Wegs schwiegen beide.

Von der untergehenden Sonne angestrahlt lag das Haus der Haupts malerisch im Abendlicht. Am liebsten hätte Malu sofort damit begonnen, das Gebäude und die Stimmung zeichnerisch einzufangen.

Die Sitzbank neben der Eingangstür wirkte einladend auf Malu, denn inzwischen schmerzten ihre Füße in dem ungewohnten Schuhwerk. Also nahm sie Platz und schlüpfte heraus.

Mit dem Ende des Tages wurde es zunehmend kälter. Während der letzten Stunden, mit Margrets Kleid über dem eigenen und in permanenter Bewegung, hatte sie nicht mehr gefroren. Jetzt spürte sie doch, dass es erst März war.

Kilian kam ohne Trage zurück aus dem Haus, dafür hatte er einen großen Tonkrug bei sich.

„Elsslin schläft", meinte er. „Und du hast sicher Durst."

Ihr wurde bewusst, dass er recht hatte. Wann hatte sie zuletzt etwas getrunken? Ihre Zunge fühlte sich dick an. Sie bedankte sich, nahm mit beiden Händen den Krug und roch daran.

„Ist das Bier?", wunderte sie sich.

„Magst du etwa keins? Ich kann dir auch Wasser aus dem Brunnen holen. Wir haben ihn aber nach dem Winter noch nicht gereinigt."

Malu wusste, dass das Brunnenwasser früher häufig mit Bakterien und Keimen belastet war. Außerdem wollte sie nicht, dass Kilian sie erneut alleine ließ. Sie fühlte sich wohl in seiner Nähe und auch seine schlechte Laune schien inzwischen wieder etwas nachzulassen.

„Nein, ist schon in Ordnung."

Sie rutschte zur Seite, damit er sich neben ihr niederlassen konnte. Dann setzte sie den Krug an und nahm einen großen Schluck.

Sehr niedriger Alkoholgehalt, stellte sie fest, noch deutlich weniger als bei einem Radler.

Sie sah sich den Krug an, er trug ein Rautenmuster und mochte mindestens einen Liter fassen. Den konnte sie unmöglich alleine bezwingen.

„Ähm“, machte sich Kilian bemerkbar.

Erst jetzt begriff sie, dass das Bier nicht für sie alleine bestimmt war, und gab ihm den Krug mit einem entschuldigenden Lächeln zurück.

Kilian führte ihn zu den Lippen und es dauerte mehrere Sekunden, bis er ihn wieder absetzte und sich mit der Hand über den Mund fuhr.

„Und? Schmeckt es dir?“, wollte er jetzt wissen.

Eigentlich mochte Malu kein Bier, aber sie traute sich nicht, dies zuzugeben. Außerdem wollte sie nicht undankbar sein.

„Mhm“, wich sie daher aus und schob, um abzulenken, gleich eine Frage hinterher: „Habt ihr das selbst gebraut?“

„Nein, das kommt aus dem Hospitaliterkloster. Die Mönche brauen das beste Bier der ganzen Umgebung.“

Malu dachte nach. An ein Hospitaliterkloster konnte sie sich nicht erinnern. Wo mochte es gelegen haben?

Doch sie wollte nicht nachhaken. Immer noch spürte sie eine gewisse Missstimmung zwischen ihnen. Seit ihrem Interesse an Sebastian Lotzer hatte Kilian verändert gewirkt. Und später, bei der Begegnung mit Barthel Gmeininger, hatte sich der Eindruck verstärkt.

Am liebsten wäre ihr, wenn zwischen ihnen alles wieder so harmonisch wäre wie am Anfang. Gemeinsam mit Kilian von Städeles Mühle hierher und weiter in die Stadt zu gehen, hatte sie als unbeschwert und heiter empfunden. Sie fühlte sich sicher und geborgen bei ihm.

Malus Blick fiel auf den kleinen Stapel Papier, der neben ihr auf der Bank lag. Sie nahm ihn auf ihren Schoß und zog den Bleistift hinter ihrem Ohr hervor.

„Sieh einfach geradeaus“, bat sie Kilian und zeichnete mit flinken Strichen sein Profil.

„Eigentlich hätte ich noch zu Onkel Oswald gehen wollen“, unterbrach Kilian die Stille. „Aber jetzt ist es zu spät. Wird ja gleich dunkel.“

„Wer ist Onkel Oswald?“, fragte sie, während sie ihn weiter skizzierte.

„Der Bruder meiner Mutter. Er wohnt auf der anderen Seite des Memminger Rieds. Sie sind heute alle dort, um ihm zu helfen, die ganze Familie, außer Elsslin und mir. Zuerst kümmern wir uns im Frühjahr immer alle gemeinsam um seine Äcker, dann um unsere. Ein alter Brauch. Die Familie muss zusammenhalten. Wir helfen uns auch ansonsten immer aus, wenn etwas knapp wird. Was ist mit deiner Familie? Kannst du dich wirklich an gar nichts mehr erinnern?"

Sie spürte, dass er seit ihren Fragen zunehmend daran zweifelte. Am liebsten hätte sie ihm einfach die Wahrheit gesagt. Es fühlte sich völlig falsch an, Geheimnisse vor ihm zu haben.

Ob sie sich ihm einfach anvertrauen sollte?

Aber wie sollte sie es formulieren?

Weißt du, Kilian, du könntest mein Urururururgroßvater sein. Wie viele Urs schaffte man in 500 Jahren?

Nein, das ging nicht.

Wahrscheinlich würde er sie für verrückt halten und man würde sie in eine Klapse stecken.

Existierte etwas in der Art überhaupt schon?

Aber vielleicht gab es doch eine Chance, dass er ihr glaubte. Dies wünschte sie sich sehr. Dann könnte sie endlich mit jemandem über ihre momentanen Sorgen und Nöte reden, auch wenn er wahrscheinlich nur die Hälfte verstehen würde.

Während sie weiter die Pros und Contras gewichtete, wurde der Kilian auf dem Papier seinem Original immer ähnlicher. Im Hintergrund skizzierte sie die Papiermühle und die Eisenburg, so wie sie die beiden Gebäude heute Vormittag gesehen hatte, als sie hier aufgetaucht war. Erneut beschlich sie eine Art Déjà-vu …

Während Kilian geduldig ausharrte, wuchs ihr Stolz, dass es ihr glückte, nicht nur seine Gesichtszüge, sondern darüber hinaus sogar die Herzlichkeit und die Liebenswürdigkeit, die er ausstrahlte, auf dem Papier zu verewigen. Sein Lächeln, so fand sie, hatte sie besonders lebensecht getroffen.

Es hatte sie erwischt. Kein Zweifel. Plötzlich und unerwartet.

Amors Pfeil hatte seinen Weg gefunden und eine süße Wunde verursacht.

Es fühlte sich anders an als bei allen Männern zuvor, inniger und auch endgültiger.

Also gut, beschloss Malu, ich werde ihm alles erzählen.

Sie räusperte sich.

„Es fällt mir sehr schwer, die richtigen Worte zu finden, Kilian."

Jetzt wandte er ihr als Zeichen der Aufmerksamkeit den Kopf zu, doch sie drehte ihn sanft zurück. Zum einen fehlten ihr noch ein paar Details, zum anderen fiel es ihr schwer, ihm bei ihrer Erklärung in die Augen zu sehen.

„Ich stamme sozusagen nicht aus deiner Welt."

Doch Kilian hatte gar nicht richtig zugehört, denn er sprang auf.

„Da kommen sie!", rief er aufgeregt, ehe sie weitersprechen konnte. Sie folgte seinem Blick und sah, wie in einer Entfernung von etwa fünfhundert Metern eine kleine Gruppe von Menschen aus dem Schatten eines Wäldchens hervortrat.

Die Sonne war inzwischen kurz davor, hinter dem Horizont zu verschwinden. Im Dämmerlicht näherten sich Kilians Vater, seine Mutter und drei Kinder. Die zwei Brüder waren deutlich kleiner als ihre Eltern und damit – genauso wie Elsslin - jünger als Kilian. Das halbwüchsige Mädchen musste Ursel sein.

„Mama", hörte Malu eine Kinderstimme freudig rufen und schon flitzte Elsslin an ihr vorbei. Wo kam die so plötzlich her?

Kilians Mutter ging in die Hocke und breitete die Arme aus, als das Mädchen sie erreichte. Elsslin stürzte sich voller Übermut hinein und brachte die Mutter zuerst zum Wanken, ehe sie sich wieder erhob und sich einmal mit ihrer Tochter im Kreis drehte. Beide jauchzten fröhlich.

Malu nahm an, dass die Familie den ganzen Tag auf dem Acker gearbeitet hatte, wahrscheinlich hatten sie ihn gepflügt, um ihn für die Aussaat vorzubereiten. Danach waren sie vermutlich um das Ried herumgelaufen, das um ein Vielfaches größer sein musste als zu Malus Zeit. Und immer noch hatte die Mutter Energien für ihre kleine Tochter übrig.

Kilians Vater ging leicht gebeugt und als sie endlich sein Gesicht näher sehen konnte, blickte sie in Kilians Zukunft, denn er sah aus wie eine ältere Ausgabe seines Sohns.

Die gleichen strahlenden Augen, das charmante Lächeln Kilians und auch dessen fröhliche Ausstrahlung.

Nur die Geheimratsecken und das faltige, wettergegerbte Gesicht zeugten davon, dass er bereits ein ereignis- und arbeitsreiches Leben hinter sich hatte.

Und sein Vollbart gefiel Malu überhaupt nicht. Hoffentlich kam Kilian nicht auf diese Idee!

Der Anstand gebot es ihr aufzustehen.

Die ganze Familie stellte sich in einen Halbkreis um sie und begutachtete sie. Sogleich fühlte sie sich unwohl, wie auf einem Präsentierteller.

Und aus dem Gesicht der Mutter, die immer noch ihre Jüngste trug, wich die Freundlichkeit, als sie erkannte, in welcher Kleidung ihr Malu gegenüberstand.

Malu wollte sich vorstellen, doch sie brachte kein Wort heraus.

„Das ist Marie“, übernahm das schließlich Kilian.

Als seine Base aus Ottobeuren konnte er sie ihnen ja schlecht verkaufen, dachte Malu. Sie musste sich dringend eine andere Erklärung ausdenken. Am besten wäre es, sie bliebe beim Gedächtnisverlust.

Sie wollte gerade etwas sagen, da platzte Elsslin dazwischen: „Sie stammt nicht aus unserer Welt.“

11. Kapitel

„Gehen wir erstmal hinein“, schlug Kilians Vater vor. „Man sieht ja kaum mehr die Hand vor Augen. Hast du das Feuer schon angemacht, Kilian?“

„Nein.“

„Du hast wohl lieber Bier mit einer schönen Maid getrunken“, hänselte ihn einer seiner beiden Brüder und der andere lachte.

„Ich habe den ganzen Tag Lumpen auf den Nachbarhöfen eingesammelt und dann zur Mühle gebracht. Anschließend Papier zur Martinskirche. Ich hatte mich gerade eben hingesetzt.“

„Wir haben heute alle schwer gearbeitet“, beschwichtigte die Mutter und brachte die Brüder mit einem strengen Blick zum Schweigen.

Der Vater verschwand im Haus und sogleich hörte Malu von drinnen ein anklagendes Muhen. Ursel schlüpfte hinter ihrem Vater hinein, dann folgten die beiden Brüder und schließlich Kilian.

Malu wartete auf Kilians Mutter, doch diese gab ihr mit einem Nicken zu verstehen, dass sie vor ihr eintreten sollte.

Den Hauptraum hatte sie nachmittags bereits durch die offene Tür gesehen: Eine Kochstelle, umgeben von Bänken mit Fellen und Decken.

Wieder hatte sie den Geruch von verbranntem Holz in der Nase. Dazu gesellte sich der von Tieren, ihren Ausdünstungen und Ausscheidungen.

„Im Namen des Vaters, des Sohnes und des Heiligen Geistes. Amen“, hörte sie hinter ihrem Rücken die Stimme von Kilians Mutter. Als sie sich umdrehte, beobachtete sie, wie die Mutter ihren Daumen in ein Weihwasserschälchen tauchte, das neben der Tür an der Wand befestigt war. Danach zeichnete sie Elsslin auf Stirn, Mund und Brust ein Kreuzzeichen. Das Mädchen wiederholte laut und deutlich die Worte ihrer Mutter.

In diesem Moment wurde Malu klar, dass ihr ein verhängnisvoller Fehler unterlaufen war.

Doch wenn sie jetzt zurückginge und das Kreuzzeichen nachholte, würde sie erst recht auffallen. Vielleicht hatte sie Glück und es war gar nicht bemerkt worden.

Der Gestank der Kühe wurde penetranter, als Ursel eine der hinteren Türen öffnete. Gleichzeitig wurde das Muhen lauter und eindringlicher.

„Darf ich das Feuer anzünden?“, bettelte einer der Jungen.

„Nein, ich!“, drängelte sich sofort der andere vor.

„Euer Vater kümmert sich darum! Ihr helft Ursel beim Melken. Je schneller wir mit den Arbeiten fertig werden, desto früher können wir uns zusammen ums Feuer setzen.“

Kilians Mutter setzte Elsslin ab und steuerte ein Fass an, das in einer Ecke des Raums stand. Mit einer großen Kelle schöpfte sie etwas, das Malu nicht erkennen konnte, in einen Topf, den sie dann über die Kochstelle hängte.

Hier hatte Kilians Vater bereits mit Hilfe eines Feuersteins eine Flamme entzündet, die er nun mit Holzspänen weiter anfütterte. Sanft blies er hinein und bald glomm das erste Holzscheit.

Kilian setzte sich und deutete mit einem Kopfnicken neben sich, sein Lächeln wirkte etwas gezwungen. Malu verstand und nahm ebenfalls Platz.

„So, du heißt also Marie“, stellte der Vater fest, während er weiter beobachtete, wie sich das Feuer ausbreitete.

„Ja“, sagte Kilian an ihrer Stelle.

„Wo kommst du her? Ich habe dich noch nie hier im Gai gesehen.“

Wieder antwortete Kilian: „Sie kann sich an nichts erinnern. Sie hat ihr Gedächtnis verloren.“

Jetzt wandte sich die Mutter von der Kochstelle ab und Malu zu, mit kaum verhohlenem Argwohn: „Ist ihr zudem auch ihre Stimme abhanden gekommen?“

Malu fühlte sich zunehmend unbehaglich und unwillkommen. Sie wollte doch nichts Böses. Dass sie so einen offenen Menschen wie Kilian in dieser fremden Umgebung getroffen hatte, war ein Glücksfall für sie gewesen. Sie hatte gehofft, die ganze Familie würde ihr so freundlich gegenübertreten.

„Entschuldigung“, begann sie. „Natürlich kann ich für mich alleine sprechen.“

Fürs Erste schien die Mutter zufrieden zu sein. Sie holte sich einen großen Holzlöffel aus dem Regal, steckte ihn in den Topf und rührte.

„Also?“, ermunterte der Vater Malu.

Was blieb ihr anderes übrig, als bei ihrer ursprünglichen Version zu bleiben? Sich Kilian anzuvertrauen, würde sie inzwischen vielleicht wagen. Seine Eltern, zumindest seine Mutter, schienen jedoch weitaus kritischer zu sein. Wie sie auf die Wahrheit reagieren würden, konnte sie überhaupt nicht einschätzen. Daher ging sie lieber auf Nummer Sicher.

„Es stimmt, was Kilian sagt. Heute Nachmittag kam ich auf einer Wiese bei der Papiermühle zu mir. Was davor war, weiß ich nicht. Es ist alles aus meinem Gedächtnis verschwunden.“

„Aber dass du Marie heißt, das weißt du noch?“

Ohne vom Umrühren abzulassen, hatte die Mutter ihre Frage in einem leicht gereizten Tonfall gestellt. Und Malu brauchte keine gute Menschenkenntnis, um zu erkennen, dass ein erhebliches Maß Misstrauen in ihren Worten mitschwang.

„Ja“, bestätigte Malu und hatte das Bedürfnis, ihren kompletten Namen zu nennen: „Marie-Luise, um genau zu sein.“

Unsicher blickte sie zu Kilians Vater und versuchte herauszufinden, ob er ihr eher gewogen war, doch sein Gesichtsausdruck ließ keine Rückschlüsse zu. Das weitere Ausfragen überließ er zumindest seiner Frau.

„Warst du ohne Bekleidung auf der Wiese? Hat dich Kilian etwa so gesehen?“

Es klang wie ein Verhör.

„Ich habe schon mal eine nackte Frau gesehen, Mutter!“

„Also war sie tatsächlich unbekleidet?“

„Nein, war sie nicht.“

„Sie hat bunte Schmetterlinge auf ihr Kleid genäht“, mischte sich Elsslin ein. Malu hatte das Mädchen gar nicht mehr beachtet. Elsslin kniete auf dem Boden auf einem gescheckten, zerschlissenen Fell und spielte mit Tannenzapfen.

„Das ist Unsinn, Kind“, schalt sie die Mutter. „Du weißt, dass der Herrgott dich fürs Lügen bestraft.“

„Wenn es aber stimmt! Gell, Kilian!“

„Kilian?“

„Natürlich stimmt es nicht. Es sind keine echten Schmetterlinge.“

„Sehen aber so aus“, beharrte Elsslin, ohne den Kopf zu heben.

„Du hättest um Erlaubnis fragen sollen, ehe du ihr die Sachen von Margret gibst!“

„Wie hätte ich das denn machen sollen?“, versuchte sich Kilian zu verteidigen. „Das Kleid war zu dünn und zu kurz und viel zu bunt. Sie fror so erbärmlich und ihr wart schließlich nicht zu Hause, dass ich vorher hätte fragen können.“

Er erntete einen kalten Blick von seiner Mutter.

„Kann ich die Schmetterlinge mal sehen?“, fragte neugierig der größere der beiden Brüder, der gerade gemeinsam mit seinen Geschwistern vom Melken zurückgekehrt war.

Ohne lange darüber nachzudenken, hob Malu ihren Rock ein Stück an, bis der Stoff ihres Kleides zum Vorschein kam. Sogleich umringten sie Kilians Brüder und staunten.

„Die wirken ja tatsächlich so, als wären sie echt.“

„So etwas habe ich noch nie gesehen.“

Kilians Mutter schäumte: „Du schamloses Balg, zieh dich sofort wieder anständig an vor meinen Burschen!“

Dennoch obsiegte ihre Neugier und noch ehe Malu den Rock loslassen konnte, war auch sie zur Stelle, nahm prüfend den Stoff zwischen Daumen und Zeigefinger und rieb daran. Dann beäugte sie misstrauisch das Schmetterlingsmuster.

„Ungewöhnlich dünn und fein verarbeitet. Wo kommt das her?“

„Ich habe es auf einem Markt gekauft“, sagte Malu viel zu schnell. „In Kempten.“

Und sofort erkannte sie, dass ihr erneut ein Fehler unterlaufen war.

Sogar Kilian zog die Augenbrauen zusammen.

„Wollen wir nicht endlich essen?“, brummte der Vater. „Ich habe einen Bärenhunger.“

„Hol die Schüsseln, Ursel“, befahl die Mutter.

„Ist heute ein Feiertag? Mariä Lichtmess war doch schon. Essen wir nicht alle aus einem Topf wie sonst?“, wandte sie ein, während alle anderen Platz nahmen.

„Tu, was ich dir gesagt habe.“

Die Tochter gehorchte und drückte jedem eine Tonschüssel und einen Holzlöffel in die Hand, auch Malu. Dann nahm sie eine große Kelle, führte sie in den Topf und schöpfte etwas in die Schüssel des Vaters. Für Malu sah es aus wie Sauerkraut und inzwischen roch es im Raum auch danach, was glücklicherweise den strengen Tiergestank überdeckte.

Ursel füllte die Schüssel der Mutter, anschließend die ihrer Geschwister und zuletzt ihre eigene. Fragend sah sie dann zu ihrer Mutter. Als diese kurz den Kopf senkte, gab sie auch Malu eine Portion. Malu bedankte sich dafür und Ursel setzte sich zu ihrer kleinen Schwester.

Erst jetzt bemerkte Malu, dass sie ebenfalls einen Riesenhunger hatte. Am liebsten hätte sie sofort losgelöffelt. Doch alle anderen warteten, sogar der Vater. Worauf nur?

Erwartungsvoll blickte die Mutter sie an, doch Malu verstand nicht, was sie von ihr wollte.

Musste sie irgendetwas sagen?

Gab es eine Art Ritual?

„Lieber Gott“, half ihr nun die Mutter auf die Sprünge. „Du hast heute diese fremde Frau als Gast in unser Haus geschickt. Dir zu Ehren wird sie unser Tischgebet sprechen.“

Fast wäre Malu ein ‚Verdammt!‘ über die Lippen gerutscht, doch sie konnte es sich gerade noch verkneifen.

In ihren Gedanken suchte sie verzweifelt nach einem Gebet.

Ich bin klein, mein Herz ist rein, nein, das wäre völlig unpassend.

Sie versuchte, sich an ihre Heilige Erstkommunion zu erinnern. Da hatte sie doch das Vaterunser gelernt.

„Vater unser im Himmel. Geheiligt werde dein Name. Dein Reich komme.“

Den Anfang hatte sie ganz automatisch abspulen können, ab jetzt musste sie sich konzentrieren.

„Dein Wille geschehe, wie im Himmel so auf Erden. Unser tägliches Brot gib uns heute.“

Sie freute sich, dass sogar der Text zu der Situation passte. Damit sollte sogar Kilians strenge Mutter zufrieden sein, oder?

Wie ging es nochmal weiter?

Ach, ja.

„Und vergib uns unsere Schuld, wie auch wir vergeben unsern Schuldigern.“

Und jetzt?

Sie stockte.

Die nächste Zeile wollte ihr partout nicht einfallen.

Aller Blicke richteten sich nun auf sie. Elsslins Mund formte stumm die Worte, doch es gelang Malu nicht, sie ihr von den Lippen abzulesen. Kilians Mutter sah immer feindseliger drein.

Quälende Sekunden vergingen, ehe Kilian das Gebet anstelle von Malu mit rauer Stimme zu Ende sprach.

„Und führe uns nicht in Versuchung, sondern erlöse uns von dem Übel.“

Der Vater sprach das „Amen“, zögerte einen Moment und sagte dann: „Können wir jetzt endlich essen?“

Ohne eine Antwort abzuwarten, steckte er seinen Löffel ins Sauerkraut und führte ihn zum Mund. Trotz ihres Hungers wartete Malu sicherheitshalber ab, bis alle anderen aßen, ehe sie selbst damit begann.

Abgesehen von zwei kleinen Speckstücken bestand ihre Portion ausschließlich aus Sauerkraut. Malu empfand das Abendessen als versalzen, aber es war genießbar. Während des Essens herrschte Stille.

Kilian und sein Vater genehmigten sich eine zweite Schüssel, Ursel bediente sie.

Zwar hatte Malu immer noch großen Hunger, doch getraute sie sich nicht, um einen Nachschlag zu bitten.

Am Ende der Mahlzeit leckten alle ihr Geschirr und Besteck sauber. Um nicht weiter unangenehm aufzufallen, schloss Malu sich an. Dann sammelte Ursel alles ein und ging damit zu einer Wasserschüssel, um abzuspülen. Malu bot an, ihr zu helfen, doch die Mutter meinte, Ursel würde es besser alleine machen.

Von allen Seiten fühlte sich Malu nun angestarrt, von den Kindern neugierig, von den Eltern misstrauisch. Kilian rutschte zu ihr, ganz nahe, aber nicht nahe genug, um sie zu berühren. Als wollte er ihr zeigen, dass er zu ihr halten wollte. Vermutlich hätte gerade mal eines der Papierblätter zwischen sie und ihn gepasst.

Das Papier, fiel ihr ein. Sie sah sich um und entdeckte es sofort. Sie musste den kleinen Stapel unbewusst neben sich abgelegt haben, als sie sich hingesetzt hatte.

„Also", bohrte diesmal der Vater. „Noch einmal von vorn. Was ist das Letzte, woran du dich erinnerst?"

„Die Wiese bei der Mühle. Dort bin ich zu mir gekommen."

„Und was war davor?"

„Das weiß sie doch nicht mehr", mischte sich Kilian gereizt ein. „Das hat sie doch schon gesagt."

„Lass sie selbst sprechen, Kilian", wies ihn die Mutter zurecht, woraufhin Malu seine Worte bestätigte.

„Woher kommt dieses Kleidungsstück?"

Malu hatte es vor vierzehn Tagen bei H & M gekauft, doch das konnte sie der Mutter wohl kaum erzählen.

Sie zuckte mit den Schultern.

„Marie kommt bestimmt aus hohem Hause", behauptete Kilian. „Seht ihr nicht, welche Qualität der Stoff aufweist?"

Der Vater erhob seine Stimme: „Du sollst schweigen, Kilian! Oder soll ich dich hinausschicken?"

Enttäuscht registrierte Malu, dass er ein Stück von ihr wegrutschte.

„Ich weiß nicht mehr, woher ich das Kleid habe", versuchte sie zu retten, was zu retten war.

Sogleich erschrak sie, denn vor lauter Aufregung hatte sie ihren Fehler von vorhin noch einmal vergrößert und sich in weitere Widersprüche verwickelt. Clever konnte man das nicht gerade nennen.

„Du kommst auf einer Wiese zu dir und behauptest, du kannst dich an nichts erinnern, was vorher war. Dann sprichst du davon, dass du dieses seltsame Kleid in Kempten erworben hast, und nun erzählst du wieder, du weißt nicht, wo du es herhast."

Betroffen sah Malu zu Boden.

Ob sie es nicht doch lieber mit der Wahrheit versuchen sollte?

Die Mutter würde ihr niemals glauben, der Vater wohl auch nicht. Aber Kilian? Kilian musste doch spüren, dass sie nichts Böses im Schilde führte, oder?

„Sie kommt aus dem Wald!", behauptete die Mutter nun im Brustton der Überzeugung. Auch der Müller hatte diese Worte gewählt und Malu fragte sich, was das bedeuten sollte.

„Nein!", widersprach Kilian heftig.

Der Vater erhob sich und näherte sich seinem Sohn bedrohlich. Kilian entfernte sich weiter von Malu, blieb aber auf der Bank sitzen. Er erschien ihr eingeschüchtert und sie befürchtete, dass von ihm ab sofort keine große Hilfe mehr zu erwarten war.

„Sie stammt nicht aus unserer Welt", wiederholte Elsslin fast beiläufig Malus Worte von draußen vor der Tür.

„Ich glaube inzwischen auch, dass sie zu denen im Wald gehört", stimmte der Vater seiner Frau jetzt zu. Er bekreuzigte sich und alle taten es ihm nach, auch Kilian.

Malu fühlte sich immer mehr in die Enge getrieben. Sie überlegte noch, ob es sinnvoll wäre, dem Beispiel zu folgen, da zischte die Mutter sie bereits böse an: „Beim Eintreten hat sie auch kein Weihwasser benutzt!"

Und als wolle sie die Worte ihrer Mutter bestätigen, meinte die kleine Elsslin mit ihrer fröhlichen, kindlichen Stimme: „Heute Nachmittag auch nicht."

„Aber da bin ich gar nicht eingetreten", verteidigte sich Malu.

„Weil es sonst aufgefallen wäre, dass du dich nicht bekreuzigst", beharrte die Mutter auf ihrer Beschuldigung und kniff die Lippen zusammen.

„Ich kann es nachholen." Rasch zog Malu sich mit dem Daumen kleine Kreuze auf Stirn, Mund und Brust.

Die Augen der Mutter funkelten sie an.

„Der Teufel merkt, dass du in der Falle bist und schickt dir Kraft."

„Der Teufel?"

„Du weißt genau, wovon ich spreche!"

Und endlich hatte Malu eine Vermutung, was die Leute damit umschrieben, wenn sie sagten, sie käme aus dem Wald. Sie hatte im Rahmen ihres Studiums sehr viel über die Hexenverfolgungen im Mittelalter und in der frühen Neuzeit gelesen. Egal, was die Beschuldigten in den Prozessen gesagt hatten, es war ihnen immer zu ihrem Nachteil ausgelegt worden. Siedend heiß wurde ihr die Gefahr bewusst, in die sie sich hinein manövriert hatte.

„Ich bin keine Hexe!", wehrte sie erschrocken ab.

„Das würde jede Hexe behaupten!"

Malu sah, dass Kilian den Mund öffnete, um sie zu verteidigen, doch als sein Vater ihn streng anblickte, schloss er ihn wieder. Langsam verlor sie den letzten Mut.

„Ich möchte sie nicht hier im Haus haben!", bestimmte die Mutter.

Der Vater schritt entschlossen zur Tür und öffnete sie. Ein Windstoß trieb Kälte herein, Malu sah direkt in die Schwärze der Nacht.

Hilfesuchend blickte sie zu Kilian. Als dieser beschämt zu Boden sah, begriff sie. Auch er wandte sich nun von ihr ab.

Sie spürte, dass ihr die Tränen kamen.

„Aber ich weiß doch nicht, wo ich hin soll. Ich bin keine Hexe. Bitte, das müsst ihr mir glauben!"

Auch aus den Gesichtern von Kilians Geschwistern war jegliche Fröhlichkeit und Neugierde gewichen. In einer merkwürdigen Mischung aus Angst und Abscheu rückten sie zusammen und ließen sie nicht mehr aus den Augen.

„Ich möchte, dass du unser Haus sofort verlässt!", sagte die Mutter streng und bekreuzigte sich erneut. Sie begann, das Vaterunser zu sprechen und der Vater und Kilians

Geschwister stimmten mit ein. Ob Kilian sich ebenfalls anschloss, konnte sie weder hören noch sehen, da er immer noch den Kopf gesenkt hielt.

Was konnte sie gewinnen, wenn sie weiter hierblieb?

Im günstigsten Fall würde Kilians Vater handgreiflich werden und sie hinauswerfen.

Wenn es ganz schlecht lief, würde er sie festsetzen und morgen in die Stadt zu einem Richter bringen. Alles, was sie erzählen könnte, würde sich für die Menschen des Jahres 1525 tatsächlich wie Hexerei anhören.

Also stand sie auf. Noch einmal suchte sie Unterstützung bei Kilian, doch er wich ihrem Blick aus. Bedrohlich kamen seine Eltern auf sie zu, während sie immer noch das Vaterunser herunterbeteten. Die Kinder folgten ihnen, bis auf Kilian, der in sich zusammengesunken verharrte. Sie griff nach dem kleinen Papierstapel, als wäre er das Einzige, an das sie sich noch klammern konnte, und wankte mit hängenden Schultern nach draußen. Nach der angenehmen Wärme des Feuers kroch ihr sofort die nächtliche Kälte in die Glieder. Viel schlimmer war jedoch die Enttäuschung, dass Kilian sie so schmählich im Stich gelassen hatte.

Sie hörte noch, wie sich hinter ihr die Tür schloss und ein Riegel in seine Verankerung fiel.

Dann war sie allein in der Dunkelheit.

12. Kapitel

Malu weinte.

Hier stand sie nun, in der Finsternis, mutterseelenallein in einer fernen Zeit.

Verlassen und verloren.

Sogar Kilian hatte sie verraten - der Fremde, der sie tief in ihrem Herzen berührt hatte und nun schwere Schmerzen darin verursachte.

Konnte sie sich so in ihm getäuscht haben? Wie mutig hatte er doch gewirkt, als es um die Bauernartikel ging. Richtiggehend gebrannt hatte er für die gerechte Sache. Doch in Wirklichkeit war es mit seiner Tapferkeit wohl nicht so weit her, wenn er noch nicht einmal gegenüber seiner Mutter stark und aufrecht bleiben konnte.

Dabei hatte Malu doch nur herausfinden wollen, was mit ihr geschehen und wie sie hierhergekommen war. Bislang war sie kein bisschen schlauer. Aber sie musste das Rätsel unbedingt lösen! Erst dann konnte sie damit beginnen, nach einem Rückweg zu suchen. Vorausgesetzt, es gab überhaupt einen …

Es gibt keine Zeitreisen, Malu, sprach sie zu sich selbst, als könne sie damit die Realität um sich herum verscheuchen.

Doch sie stand hier und jetzt in der Kälte und fror - und sie spürte die Tränen, die ihre Wangen hinabrannen und zu Boden tropften.

Warum war gerade ihr dies widerfahren? War sie die erste, der so etwas passierte?

Gestrandet in der Vergangenheit, ausgestattet mit einem Wissen, das die Welt und die historische Entwicklung verändern konnte?

Unwillkürlich musste sie an Leonardo da Vinci denken, der seiner Zeit so weit voraus gewesen war. Lebte er nicht just in diesem Moment in Rom? Oder in Frankreich, wo er die letzten Jahre seines Lebens verbracht hatte? Sie konnte sich nicht mehr genau an sein Todesdatum erinnern.

Ob auch er ein Zeitreisender gewesen war, der aus einer fernen Zukunft stammte, ausgerüstet mit einem unglaublichen Fundus an Kenntnissen?

War es auch ihre Bestimmung, Geschichte zu schreiben?

Aber warum hatte sie dann noch nie etwas über sich gelesen?

Es existierte keine Malu und keine Marie, die bahnbrechende Erfindungen gemacht oder mit ihren Visionen den wissenschaftlichen Fortschritt vorangetrieben hatte. Nichts davon stand in Geschichtsbüchern.

Oder war die Vergangenheit etwa gar nicht in Stein gemeißelt und konnte geändert werden?

Ganz unbewusst war sie losgegangen und hatte sich schon ein gutes Stück vom Bauernhof der Haupts entfernt.

Von Kilian und seiner Familie erwartete sie keine Hilfe mehr. Ganz im Gegenteil: Sie fühlte sich sicherer, je mehr Abstand sie gewann.

Die Nacht war sternenklar, sogar der Trampelpfad, der zur Stadt führte, lag gut erkennbar vor ihr. In nicht allzu weiter Ferne erkannte sie die Umrisse Memmingens. Häuser und Kirchtürme ragten über die Stadtmauer hinaus. Vereinzelt brannten sogar Lichter in den Fenstern.

Alle rechtschaffenen Leute waren wahrscheinlich längst in ihren vier Wänden; nur lichtscheue Gestalten tummelten sich noch in den Straßen der Stadt.

Sie erschrak.

Ob hier draußen irgendjemand lauerte, der ihr Böses wollte?

Mit zusammengekniffenen Augen sondierte sie die Umgebung, so gut sie es konnte.

Am Boden glaubte sie, eine Bewegung wahrzunehmen, und blieb augenblicklich stehen.

Kauerte da jemand? Bereit zu springen, sobald sie vorbeilief?

Sie fixierte den Schatten und atmete auf: Für einen Menschen waren die Umrisse viel zu klein. Als sie sich vorsichtig näherte, verwandelte sich das undefinierbare Etwas in eine Katze, die sich ins Gras duckte, um sich selbst zu verstecken.

„Na, Mieze, bist du auch alleine?“, flüsterte Malu.

Hinter ihr raschelte es. Sie erschrak erneut und drehte sich um. Doch sie entdeckte lediglich einen Baum, dessen Blätter durch einen sanften Windhauch bewegt wurden.

Als sie endlich die kleine Brücke erreichte, die über den Stadtgraben hinweg zum Lindentörle führte, atmete sie auf. Aber die Freude währte nur kurz, denn der Eingang zur Stadt lag dunkel und verschlossen vor ihr.

Sie klopfte, doch niemand reagierte. Dann hämmerte sie mit den Fäusten auf das Holz und endlich hörte sie eine Stimme. Sie kam von oben und war männlich.

„Verschwinde!“, sagte der Unbekannte unwirsch. Da sie aus diesem Winkel niemanden erkennen konnte, ging sie zurück über die Brücke und blickte zum Wehrgang hinauf. Nun zeichneten sich zwischen den Zinnen die Umrisse eines Kopfes ab.

„Ich will rein. Mir ist kalt“, jammerte Malu.

„Mir auch“, entgegnete der Mann und lachte sie aus. Er verharrte an seiner Position, schien also nicht gewillt zu sein, ihr zu öffnen.

„Bitte! Ich habe Angst. Wer weiß, wer hier draußen ist.“

„Nur Herumtreiber wie deinesgleichen.“

„Ich bin keine Herumtreiberin.“

„Verschwinde, habe ich gesagt.“

„Aua!“

Ein Kieselstein hatte sie am Oberarm getroffen.

„Hör auf damit.“

„Sei froh, dass ich meinen Bogen noch nicht spanne!“

„Bitte. Ich will doch nur in die Stadt rein.“

„In der Nacht kommt nur Gesindel. Das wollen wir hier nicht haben.“

Erneut schrie sie auf. Dieses Mal war sie an der Schläfe getroffen worden.

„Ich habe durchaus noch ein paar größere hier. Ich verschwende doch keinen Pfeil für Strolche wie dich.“

Malu wollte erneut widersprechen, doch schon schwirrte ihr ein weiterer Stein am Ohr vorbei. Erschrocken wich sie zurück und rutschte prompt die Uferböschung des Stadtgrabens hinab. Und schon glitt sie mit beiden Beinen ins Wasser. Zum Glück landete ihr Papier nicht darin, die Blätter verteilten sich der Reihe nach am Ufer. Mit einem Griff zum Ohr vergewisserte sie sich, dass ihr Bleistift noch dahinter steckte.

Von oben lachte der Torwächter.

„Da wirst du wenigstens mal sauber.“

Während sie wieder nach oben krabbelte, landete ein größerer Brocken an ihrer Hüfte. Sie verlor ihr Gleichgewicht und fiel ins Gras. Es schmerzte sehr und als sie die Hand an ihre Seite hielt, fühlte es sich blutig an.

Warum nur musste sie gerade in diesem Moment ausgerechnet daran denken, dass ihre Kleidung eigentlich Margret gehörte, Kilians Schwester? Wenigstens hatten Kilians Eltern sie nicht nackt oder lediglich mit dem Sommerkleidchen in die kalte Nacht hinausgeschickt.

Der nächste Wurf ging daneben. Neben ihr platschte der Stein in den Graben und am ganzen Körper trafen sie Wasserspritzer.

Ihr wurde klar, dass jegliche Diskussion mit dem Wächter sinnlos war. Sie wollte nur noch weg. Rasch rappelte sie sich auf, sammelte das Papier ein und brachte sich außerhalb seiner Wurfreichweite.

Als sie zurückblickte, konnte sie seinen Kopf in der Dunkelheit nicht mehr erkennen. Aber sicher beobachtete er sie noch.

Was nun?

Sollte sie sich hier draußen irgendwo einen Schlafplatz suchen und es morgens noch einmal versuchen?

Was gab es eigentlich im Jahr 1525 noch an wilden Tieren in Süddeutschland?

Bären und Wölfe waren doch erst viel später aus den Wäldern verschwunden, oder?

Und am Tag hatte sie gesehen, dass hier, vor den Toren der Stadt, hauptsächlich Äcker und Wiesen lagen. Wagten sich die wilden Tiere nachts aufs freie Feld?

Wieder beäugte sie misstrauisch ihre Umgebung.

Vermutlich musste sie mehr Angst vor Menschen haben. Vor Herumtreibern und Gesindel, wie der Wächter sie selbst beschimpft hatte. Plötzlich musste sie an die Männer denken, die auf dem Weg zu Kilians Hof gelagert hatten. Nein, hier draußen war es nicht sicher. Schon gar nicht für eine junge Frau ohne Begleitung. Der Krieg schrieb seine eigenen

Regeln. Aus gutem Grunde blieben die Stadttore während der Nacht geschlossen.

Halt!, versuchte sie, den letzten Gedanken zu greifen. Ihr fiel ein, dass es in früheren Zeiten üblich gewesen war, zumindest ein Tor offen zu halten. Schließlich gab es auch Leute, denen es erlaubt war, die Stadt nachts zu betreten, zum Beispiel Bewohner, die von einer längeren Reise zurückkehrten. Die konnte man ja schlecht draußen im Freien nächtigen lassen.

In Memmingen war dies am sogenannten ‚Einlass' gewesen, erinnerte sie sich, einem weiter nördlich gelegenen Mauerdurchgang. Ein Tor, das auch zu ihrer Zeit noch existierte und das sie schon unzählige Male durchquert hatte. Es war eine ihrer Lieblingsstellen in der Altstadt.

Keine zehn Minuten zu Fuß wären das; Malu schöpfte neuen Mut und folgte Mauer- und Grabenverlauf. Beide machten nach einiger Zeit einen Knick nach links und als sie abbog, hob sich düster und unheimlich der Hexenturm vom Nachthimmel ab. In Gedanken hörte sie die Worte ihres Vaters, wenn sie als Kind etwas angestellt hatte: „Wenn du nicht brav bist, kommst du in den Hexenturm!" Sie erschauderte. Auch als Erwachsene hatte er für sie nichts von seiner Bedrohlichkeit verloren.

Kurz darauf erreichte sie den Einlass.

Zu ihrer großen Enttäuschung stand sie erneut vor einem geschlossenen Tor.

Obwohl sie zitterte und Angst hatte, wieder beschimpft und mit Steinen beworfen zu werden, klopfte sie zaghaft an das dunkle Holz. Zuerst passierte gar nichts, doch Malu wartete geduldig ab. Auf keinen Fall wollte sie erneut jemanden provozieren. Nach quälend langen Sekunden öffnete sich quietschend eine kleine Klappe auf Augenhöhe. Das Licht einer Laterne blendete sie und brachte sie zum Blinzeln. Zudem verhinderte es, dass sie erkennen konnte, wer auf der anderen Seite stand und ob die Person ihr wohlgesonnen war.

„Wer ist da?“, fragte eine Stimme. Wieder ein Mann und er hörte sich genauso unfreundlich an wie der Wächter vom Lindentörle.

Malu versuchte ein Lächeln und sagte freundlich: „Marie.“

Der Name schien ihr besser ins 16. Jahrhundert zu passen als die Kurzform, die sie Zeit ihres Lebens gewöhnt war.

„Marie wer?“

„Marie Ferner“, antwortete sie spontan.

„Ferner? Kenne ich nicht.“

Malu hatte keine Ahnung, ob bereits vor fünfhundert Jahren Vorfahren aus der direkten männlichen Linie ihrer Familie in Memmingen gelebt hatten. Zumindest waren sie dem Wächter nicht bekannt.

Sie hatte einmal gelesen, dass es am Besten wäre, bei einer Version zu bleiben, wenn man schon gezwungen war, die Unwahrheit zu sagen.

„Ich komme aus Ottobeuren“, sagte sie daher.

„Um diese Uhrzeit?“

Zumindest ließ der Mann mit sich reden. Sie schöpfte Hoffnung, dass sie ihn überzeugen konnte.

„Ich habe wohl die Entfernung unterschätzt.“

„Ich kann dich nicht hereinlassen.“

Ihre Hoffnung zerplatzte.

„Aber warum denn nicht?“

„Nur Einwohner der Stadt dürfen nach Einbruch der Nacht herein. Oder Reisende mit einem triftigen Grund.“

„Aber ich habe einen“, behauptete sie schnell.

„Ach ja, und welchen?“

Mist, dachte sie, den hätte ich mir überlegen sollen, ehe ich antworte.

„Ich warte.“

Dass sie vor verschlossenem Tor in Kälte und Dunkelheit ausharren musste, trug nicht zu ihrer Konzentrationsfähigkeit bei.

„Äh, Verwandtschaftsbesuch“, stammelte sie. „Ich bin die Base.“

„Die Base von wem?“, kam sofort die Reaktion.

Von Kilian Haupt konnte sie ja wohl schlecht sagen, dann würde sie der Wächter sofort zum Bauernhof zurückschicken.

Konnte sie es wagen zu behaupten, sie sei die Base von Sebastian Lotzer oder Christoph Schappeler?

Das wäre doch sehr leicht überprüfbar, oder?

Da fiel ihr etwas ein: Sie kannte ja noch einen Namen von einem Einwohner …

Zwar hatte Kilian äußerst verschnupft auf ihn reagiert, doch Malu fühlte sich von Kilian ohnehin schwer getäuscht. Vielleicht entsprach auch seine Version von Margrets Tod nicht ganz der Wahrheit.

„Barthel Gmeininger", antwortete sie mit gespielter Selbstsicherheit.

„Vom Gmeininger Barthel?" Sie konnte das Gesicht nach wie vor nicht richtig sehen, aber so wie er den Namen betonte, war sie sich sicher, dass er dabei die Augenbrauen nach oben zog.

„Ja."

„Dann bist du die Nichte vom Stadtrat Gmeininger?"

Barthels Vater war im Stadtrat? Das hatte ihr Kilian gar nicht erzählt!

„Ja, die bin ich", bestätigte sie. Dann wiederholte sie: „Aus Ottobeuren."

Dass der Mann auf der anderen Seite nicht antwortete, ließ sie vermuten, dass er überlegte. Er schien mit sich zu hadern und abzuwägen.

Frechheit siegt, dachte sie und beschloss, in die Offensive zu gehen.

„Und mein Onkel wird alles andere als erfreut sein, wenn seine Nichte die Nacht im Freien verbringen muss!"

Die Klappe schloss sich.

War sie damit zu weit gegangen?

Doch bereits nach kurzer Zeit öffnete sich das Tor und der Wächter ließ sie ein. Jetzt erkannte sie, dass es sich bei ihm um einen älteren Mann handelte, der sie weiterhin misstrauisch beäugte, während sie an ihm vorbei ging. Weiterhin Selbstsicherheit vortäuschend nickte sie ihm zu, überquerte den innerstädtisch verlaufenden Arm der Ach und erreichte die Ulmer Vorstadt, wie die nördliche mittelalterliche Stadterweiterung genannt wurde.

Möglichst schnell versuchte sie, aus dem Sichtbereich des Torwächters zu gelangen, und eilte weiter.

Ob er ihr hinterher blickte und kontrollierte, wohin sie ging?

Als sie bei der nächsten Querstraße nach links abbog, atmete sie auf.

Sie hatte es tatsächlich in die Altstadt geschafft.

Doch was nun?

Wo sollte sie hin?

Sie hatte kein Geld, um sich ein Zimmer in einem Rasthaus zu nehmen. Falls dies in dieser Zeit für eine allein reisende Frau überhaupt sicherer war, als sich irgendwo in einer Gasse zu verstecken.

Wo sich in der Innenstadt ihrer Jahrtausendwende die Bars und Kneipen in Memmingens City befanden, das wusste sie sehr wohl. An den Wochenenden, an denen sie nach Hause zu ihren Eltern reiste, traf sie sich dort gelegentlich mit Freunden aus ihrer Kindheit und Jugendzeit.

Aber wo lagen im Jahre 1525 die Gaststätten?

Gab es diese Wirtschaft schon, wo sich in ihrer Zeit ein Döner-Imbiss niedergelassen hatte? Die müsste ganz in der Nähe sein.

Sie ging weiter in die entsprechende Richtung. Die Straße wurde vom Licht der Sterne und vom Restlicht aus den angrenzenden Wohnhäusern spärlich erhellt, so konnte sie ihre Umgebung zumindest grob erkennen.

Sie steuerte geradewegs auf ein großes Gebäude zu und vermutete, dass es die Kirche St. Johann war. Gegenüber läge dann die türkische Gaststätte und dahinter der Marktplatz; jedoch war das Gebäude mit der erhofften Wirtschaft unbeleuchtet. Dafür brannte mitten auf dem Marktplatz eine Laterne und was sie im Halbdunkel von den umstehenden Häusern identifizieren konnte, verschaffte ihr für einen kleinen Moment eine Art Heimatgefühl. Ein paar der stolzen, historischen Häuser sahen schon so ähnlich aus, wie sie sie kannte.

„Hey du."

Malu erschrak. Irgendjemand hatte ihr zugeflüstert. Sie drehte sich um sich selbst, konnte aber niemanden entdecken. Die Person – der Stimme nach ein Mann – getraute sich wohl nicht, in den Schein der Laterne zu treten.

Lichtscheues Gesindel, dachte Malu, im wahrsten Sinne des Wortes.

„Hast du Geld?"

„Was?"

„Komm rüber. Du siehst hübsch aus."

Da drüben bewegte sich etwas. An einer Säule. Die Silhouette eines Kopfes kam zum Vorschein.

„Muss ich dich holen?"

Hatte der Fremde bisher eher unsicher geklungen, wurde er jetzt – ohne lauter zu werden – fordernd.

Dass er sich bisher nicht heraus getraut hatte, interpretierte Malu als positives Zeichen. Vielleicht hatte er tatsächlich Angst, im Licht gesehen zu werden. Ob es hier irgendwo eine Art Nachtwächter gab, der jeden Moment auftauchen konnte?

Doch sie täuschte sich, denn jetzt machte der Fremde einen Schritt aus der Dunkelheit heraus. Er wartete, wie sie reagierte, und dass sie stehenblieb, schien ihn zum Weitergehen zu ermutigen.

„Ich tu dir nichts", sagte er, als spreche er mit einem scheuen Tier.

Und jetzt fühlte sie sich auch wie eines. Eines, das unter Schockstarre stand. Sie wollte davonlaufen, doch es gelang ihr nicht, ihre Beine zu bewegen. Als wäre sie paralysiert, verharrte sie an Ort und Stelle, während er langsam und vorsichtig auf sie zusteuerte.

Mit dem Fremden kam Gestank. Er musste sich seit Tagen nicht mehr gewaschen haben. Als er den Lichtschein erreichte, konnte sie sehen, dass ihm ein Auge fehlte; eine Narbe zog sich von der Stirn bis hinunter zum Kinn. Er fixierte sie, versuchte, sie in seinem Bann zu halten. Sein Alter konnte sie nicht schätzen, er hätte dreißig, aber genauso gut auch sechzig sein können.

„Pscht", machte er. „Ganz ruhig. Alles ist gut."

Jetzt konnte sie auch seinen Atem riechen. Er stank nach Alkohol und Fäulnis.

Malu wollte schreien, doch es gelang ihr nicht, den Mund auch nur einen Millimeter zu öffnen.

Lediglich ein einziger Schritt trennte ihn noch von ihr.

Und in dem Moment, in dem er einen Satz nach vorne machte und nach ihrem Oberarm griff, löste sich Malus Starre. Ruckartig drehte sie sich um und rannte weg. Einfach geradeaus, immer weiter. Sie hörte nicht, ob er ihr folgte. Und sie wollte auch nicht anhalten und sich umsehen. Sie wollte einfach nur fort. Ihre Füße schmerzten, doch sie lief immer weiter. Irgendwann registrierte sie, dass sie die Straße entlanghetzte, die in ihrer Zeit eine Fußgängerzone war. Und eben in dem Augenblick, als ihr dies bewusst wurde, prallte sie jemandem in die Arme.

Hatte der eklige Typ sie umrundet?

Oder eine Abkürzung genommen?

Wild schlug sie um sich, doch schon schlossen sich die Arme um ihren Körper und hielten sie fest. All ihre Kraft bot sie auf, doch ihr Widerstand half nicht. Sie wand sich hin und her, aber hatte keine Chance, sich zu befreien.

„Ist ja gut."

Sie fürchtete sich. Gleich würde sie der Fremde in eine dunkle Ecke ziehen. Was dort passieren würde, mochte sie sich nicht vorstellen.

„Ich tu dir nichts."

Halt! Das war nicht die Stimme von vorhin!

Reiß dich zusammen, Malu, konzentrier dich.

Sie zwang sich zur Ruhe und sah sich den Mann an, der sie gestoppt hatte.

Er hatte noch beide Augen. Keine Narbe.

Das war nicht ihr Verfolger!

Ein anderer Mann, der ihr Böses wollte?

Doch der Fremde lockerte seinen Griff. Zuerst wollte sie wild um sich schlagen, dann kam sie zu dem Ergebnis, dass sie besser abwarten sollte. Körperlich war sie dem Mann ohnehin unterlegen. Zu kämpfen erschien sinnlos.

Der Fremde ließ nun gänzlich von ihr ab und sie erkannte, dass er eine Uniform trug. Schwarzrotweiß, sie hatte solche auch schon bei Tag gesehen. Sie schätzte ihn auf maximal 25 Jahre.

„Was machst du zu so später Stunde noch draußen?"

Malu war irritiert. So etwas würde er sicherlich nicht fragen, wenn er ihr Böses wollte.

„Bist du der Nachtwächter?"

Er lachte und es wirkte befreiend auf Malu.

„Ja, sozusagen."

Suchend blickte Malu sich um.

„Ich werde verfolgt."

Der Mann griff nach einer Laterne, die neben ihm auf dem Boden stand, und musterte ebenfalls die Umgebung.

„Hier ist niemand. Nur wir beide."

„Da war ein Mann am Marktplatz. Der wollte mich mit sich ziehen."

„Es ist gefährlich, sich mitten in der Nacht herumzutreiben."

Prompt fühlte Malu sich schuldig, dabei hatte sie doch nur nach Sicherheit gesucht.

„Also: Was machst du hier draußen?"

Was sollte sie ihm nur sagen?

„Ich habe mich verlaufen."

Etwas Besseres fiel ihr auf die Schnelle nicht ein.

„Wo wolltest du denn hin?"

Am besten bei der Geschichte vom Einlass bleiben, dachte sie.

„Zu den Gmeiningers."

„Na, dann hast du es doch fast geschafft. Sie wohnen gleich hinter dem Kornhaus."

Er deutete in die Richtung, in die sie weiter gerannt wäre.

„Du kennst die Gmeiningers?"

„Klar. Der Barthel ist doch ein Kamerad von mir."

„Ich bin seine Base", nahm sie schnell wieder ihre Geschichte auf. „Aus Ottobeuren."

Er beäugte sie skeptisch.

„Wusste gar nicht, dass die Gmeiningers Verwandtschaft in Ottobeuren haben …"

Sie entschied sich, nicht darauf einzugehen.

„Würdest du mich zum Haus begleiten? Falls er nochmal auftaucht?"

„Aber gerne."

Beim Losgehen fühlte sie starke Schmerzen an ihren Fußsohlen. Irgendwann während ihrer Flucht musste sie Margrets Holzschuhe verloren haben. Das tat ihr leid. Sie hätte sie gerne Kilians Familie zurückgegeben. Das Kleid war inzwischen auch völlig verdreckt. Sie bot sicher einen furchtbaren Anblick. Welch ein Glück, dass der Uniformierte ihr geglaubt hatte und ihr half.

Bereits nach wenigen Schritten erreichten sie das Kornhaus und umrundeten es. Malu blieb stehen.

„Ich weiß echt nicht mehr, wo ich hinmuss. Die Häuser sehen im Dunkeln alle gleich aus."

Der Uniformierte bog in eine der Gassen ein, die vom Kornhaus fortführten. Bereits beim vierten Haus blieb er stehen.

„Ach ja", log Malu. „Jetzt erkenne ich die Tür wieder. Und den Türklopfer."

Ihr wurde bewusst, dass ihre Strategie bis hierher zwar funktioniert hatte, nun jedoch in sich zusammenfallen könnte, sobald ihr jemand öffnete.

„Ab jetzt komme ich klar", sagte sie daher, in der Hoffnung, ihn abwimmeln zu können. Aber er machte keine Anstalten, sie zu verlassen.

„Ich lasse dich ungerne alleine, ehe du im Haus verschwunden bist."

Wie würde er wohl reagieren, wenn ihr Barthels Vater oder Mutter öffnen und behaupten würde, sie überhaupt nicht zu kennen?

Bislang wirkte er freundlich, aber sie war sich nicht mehr sicher, ob man Obdachlose früher nicht einfach in einen der Gefängnistürme gesperrt hatte …

„Es ist nicht notwendig, dass du wartest. Ich habe deine Zeit schon viel zu lange beansprucht."

„Selbstverständlich bleibe ich hier, bis du in Sicherheit bist."

So kam sie nicht weiter. Sie musste sich etwas Anderes überlegen. Da kam ihr eine Idee.

„Ehrlicherweise ist es mir etwas peinlich, dass ich nicht zurückgefunden habe", druckste sie herum. „Mein Onkel meinte noch, ich solle nicht mehr alleine nach draußen gehen, aber ich wollte nicht auf ihn hören."

Sie konnte sich nicht erinnern, dass sie schon jemals an einem Tag so häufig gelogen hatte wie heute.

Der Uniformierte überlegte.

„Stell dich doch einfach da vorne an die Ecke", schlug sie vor und deutete in Richtung des Eingangs zur Gasse. „Da kannst du mich sehen."

„Also gut", stimmte er schließlich zu. „Weil du es bist."

Er grinste. Flirtete etwa auch er mit ihr? Wie heute Nachmittag Barthel? Schon immer fiel es ihr schwer, so etwas zu bemerken.

Der Uniformierte wandte sich ab und entfernte sich. Nach drei Schritten drehte er sich noch einmal zu ihr.

„Wie heißt du eigentlich?"

„Marie. Und du?"

„Thomas. Vielleicht sehen wir uns ja mal bei Tageslicht wieder?"

„Vielleicht."

Thomas wirkte ehrlich und wahrhaftig auf sie. Nachdem sie am Lindentörle mit Steinen beworfen und am Marktplatz bedrängt worden war, fühlte es sich gut an, dass es auch Menschen gab, die ihr wohlgesonnen waren.

Er verschwand hinter einer Hausecke und streckte sogleich den Kopf wieder in ihre Richtung.

Ihr blieb nichts Anderes übrig, als nach dem Türklopfer zu greifen, ihn anzuheben und dann gegen das Holz donnern zu lassen. Es wirkte so laut in der Stille der Nacht, dass Malu glaubte, die ganze Gasse würde davon aufgerüttelt werden und gleich würden sämtliche Fenster aufgehen und die Köpfe der Bewohner zum Vorschein kommen.

Nichts passierte, zunächst. Dann näherten sich Schritte.

Als sich die Tür öffnete, stand ihr ein Schrank von einem Mann gegenüber, fast zwei Meter groß, was sicher ungewöhnlich war für diese Zeit. Zwar hatte er einen leichten Bauchansatz, dennoch wirkte er auf eigenartige Weise agil und sportlich auf Malu. Die Augen dunkel; das Haar schütter mit Geheimratsecken; vom Alter her hätte er ihr Vater sein können. Seine Kleidung wirkte kostbarer und edler als die der Haupt-Familie. Es ging eine eigenartige Faszination von ihm aus und Malu spürte ein seltsames Stechen in ihrer Brust.

Vor ihren Augen entstanden bläuliche Schlieren, gerade so, als flösse eine Energie zwischen ihr und ihm.

Malu wollte etwas sagen, doch ihr stockte der Atem.

„Was verschafft uns die Ehre, um diese Uhrzeit?“, sprach er in einem tiefen Bass, der Malu durch und durch ging.

„Ähm“, schaffte Malu zumindest ein Räuspern.

Hinter dem Mann erklang die Stimme einer Frau: „Wer ist da, Magnus?“

Der Koloss füllte den kompletten Türrahmen aus, dennoch gelang es der Frau, seitlich an ihm vorbeizusehen. Malu erkannte freundliche Augen und straff zurückgekämmtes Haar. Als sie Malu erblickte, versteinerte sie.

„Ist das … diese Margret? Das kann nicht sein.“

Magnus Widerspruch erfolgte sofort und heftig: „Das ist nicht Margret. Margret ist tot.“

„Gott habe sie selig“, meinte die Frau und bekreuzigte sich. „Und doch trägt sie ihr Kleid.“

Endlich fand Malu die Sprache wieder: „Ich habe es von Kilian Haupt bekommen.“

Sie flüsterte, damit Thomas nicht mitbekam, dass sie die Hausbewohner gar nicht kannte.

„Wohnt hier Barthel Gmeininger?“

„Was willst du von ihm?“

Malu fasste die Gegenfrage als Bestätigung auf.
Sie wollte weg von der Straße, hinter sichere Mauern.
„Er kennt mich. Können wir hineingehen?"
Weder wich Magnus zur Seite, noch antwortete er ihr.
Was nun?
Sie fühlte, wie sich ihre Augen mit Tränen füllten.
Würde er ihr gleich die Tür vor dem Gesicht zuschlagen? Dann würde sicher auch Thomas' Freundlichkeit kippen. Plötzlich hatte sie Angst, die Nacht in einer Zelle in einem Kerker verbringen zu müssen.
Sie bemerkte, dass es in ihren Händen kribbelte, und als sie darauf blickte, dass sie zitterten. Begannen sie bereits, von der Kälte taub zu werden?
„Ich weiß doch nicht, wohin", flüsterte sie, mehr zu sich selbst als zu ihrem Gegenüber.
Ihre Knie fühlten sich weich an, sie schwankte.
Endlich kam der erlösende Satz: „Lass sie herein, Magnus. Das ist unsere Christenpflicht."
Ohne ein weiteres Wort trat er einen winzigen Schritt zur Seite, gerade so weit, dass Malu sich an ihm vorbeischieben konnte. Als sie für einen Augenblick seinen Arm berührte, zuckte sie zusammen. Sie hatte das Gefühl, es hätte sie ein Stromschlag getroffen.
Was war hier los?
Spielten langsam ihre Sinne verrückt?
Schlug ihr die Reise durch die Zeit auf die Konstitution?
Vielleicht machte es gleich ‚Plopp' und sie war zurück in ihrem WG-Zimmer in München?
Ihre Hoffnung war vergeblich. Nichts dergleichen geschah.
Während Magnus sie streng und prüfend musterte, lächelte seine Frau sie gütig an. Hinter ihr entdeckte Malu Barthel Gmeininger. Während des Tages hatte er forscher gewirkt, jetzt eher zurückhaltend. Er erkannte sie sofort: „Ich habe die Frau heute schon einmal gesehen, Mutter, mit Kilian Haupt, sie sagt die Wahrheit."
Mit einem lauten Krachen schlug die Haustür ins Schloss und Malu hoffte, dass sie nun endlich in Sicherheit war.

13. Kapitel

Die Gmeiningers führten Malu in ein Gästezimmer, wo sie sich waschen und umziehen konnte.

Welch ein Luxus, verglichen mit den Lebensverhältnissen der Haupts, dachte sie.

Von Barthels Mutter, die erneut vom Gebot der christlichen Nächstenliebe sprach, erhielt sie Kleidungsstücke, die angeblich schon alt und lange nicht getragen worden waren. Dennoch schienen sie Malu in besserem Zustand zu sein als die von Margret. Der Schnitt war figurbetonter, die Nähte besser verarbeitet. Das dunkle Blau schienen die Gmeiningers für sie als akzeptabel zu erachten. Sogar Schuhwerk mit einer Ledersohle stellten sie ihr zur Verfügung.

Dann baten die Gmeiningers sie zu Tisch und anders als bei den Haupts zierte ihn eine weiße Leinendecke. Gedeckt war lediglich für eine Person. Malu hatte endlich das Gefühl, zur Ruhe zu kommen, schloss kurz die Augen und atmete tief durch.

„Wir haben schon zu Abend gegessen“, sagte Barthel, lächelte ihr freundlich zu und deutete auf einen freien Stuhl an der Längsseite des massiven Holztischs, sein Vater und seine Mutter saßen bereits an den Stirnseiten.

Diesmal nichts falsch machen, nahm sich Malu vor.

Sie bedankte sich und versuchte sich an einem Knicks. Dann nahm sie Platz und Barthel ihr gegenüber.

Auf dem Teller lagen ein Stück Fleisch, zwei mittelgroße Knödel und Blaukraut in einer bräunlichen Soße. Es duftete herrlich. Und es gab ordentliches Besteck, aus Metall, keines aus Holz wie bei den Haupts; allerdings nur Löffel und Messer. Wie sie wusste, waren Gabeln zwar bekannt, wurden seinerzeit aber häufig als Teufelswerk angesehen und waren deswegen verpönt. Daneben stand ein Becher aus Zinn, aus dem es nach Bier roch.

Das Schälchen Sauerkraut hatte sie keineswegs satt gemacht. Am liebsten hätte sie sofort losgegessen, aber sogleich kam ihr Kilians Mutter in den Sinn. Brav zeichnete sie sich mit dem Daumen Kreuzzeichen auf Stirn, Mund und Brust, dann flüsterte sie das Vaterunser. Sie sprach es langsam, sodass sie vorher über die Worte nachdenken konnte. So kam ihr das Gebet diesmal flüssig und korrekt über die Lippen.

Als sie danach Barthels Mutter ansah, schien diese mit ihr zufrieden zu sein. Sie nickte ihr freundlich zu.

Ohne Gabel zu essen, war ungewohnt für Malu. Sie fixierte mit dem Löffel das Fleisch und schnitt es in mundgerechte Stücke. Bei den Knödeln hatte sie Angst, dass sie ihr vom Teller rutschen konnten. Also schob sie die Kugeln so ans Blaukraut, dass sie durch dieses eine gewisse Stabilität erhielten. Vorsichtig zerteilte sie die Knödel ebenfalls und war überglücklich, dass ihr dabei kein Malheur passierte. Ohne sich ihren großen Hunger anmerken zu lassen, begann sie möglichst kultiviert, ihre Mahlzeit zu sich zu nehmen. Das Fleisch kam zweifellos von einem Schwein, die Knödel waren aus Brotstücken geformt. Es schmeckte köstlich.

Während sie aß, spürte sie, dass die Familie eine Menge Fragen an sie hatte, doch alle warteten geduldig, bis ihr Teller leer war.

Sie lobte das Mahl und die Wangen von Barthels Mutter erröteten deswegen.

„Also, mein Kind, was hat dich in diese verzwickte Lage gebracht?“, begann Magnus Gmeininger, nachdem sie den Löffel beiseite gelegt hatte.

Bei dem Wort ‚Kind‘ zuckte sie für einen Moment zusammen. So hatte sie schon lange niemand mehr genannt. Aber eventuell war es nur eine Floskel, sie wollte es nicht überbewerten.

Sie entschied, so nahe wie möglich an der Version zu bleiben, die sie bereits Kilian aufgetischt hatte. Schließlich kannten sich die beiden Familien. Auch wenn Kilian und

Barthel sich nicht besonders grün zu sein schienen, konnte sie doch nicht ausschließen, dass sich die beiden über sie austauschen würden, wenn sie sich wieder begegneten.

Also erzählte sie erneut, dass sie sich lediglich daran erinnerte, wie sie bei der Papiermühle zu sich gekommen war.

„Alles, was davor geschehen ist, ist aus meinem Gedächtnis verschwunden."

„Sie stammt aus keiner Bauernfamilie", meinte Frau Gmeininger. „Sieh dir nur ihre zarte Haut an, Magnus."

Alle drei schauten ihr ins Gesicht und auf ihre Hände. Malu fühlte sich begutachtet, als würde sie auf einem Sklavenmarkt feilgeboten; fehlte nur noch, dass sie den Zustand ihrer Zähne zeigen sollte. Die Blicke der beiden Männer empfand sie als besonders aufdringlich.

„Du hast völlig recht, Sophia. Aber aus Memmingen kommt sie nicht, ansonsten würden wir sie kennen. Und du kannst dich an gar nichts erinnern? An keine anderen Menschen? An kein Gebäude oder Ereignis?"

„Ich versuche es bereits den ganzen Tag. Aber da ist nichts als gähnende Leere, wenn ich darüber nachdenke."

„Warst du verletzt, als du auf der Wiese zu dir gekommen bist?", fragte Magnus. „Ich habe einmal von einem Mann gehört, dem Straßenräuber eins über den Schädel gezogen haben. Er hat weder seine Frau noch seine drei Töchter wiedererkannt. Nicht einmal seinen Namen wusste er noch. Ansonsten war er völlig gesund."

Unwillkürlich tastete sich Malu den Kopf ab.

„Nein", sagte sie. „Ich hatte lediglich ein leichtes Schwindelgefühl."

„Dein Gedächtnis kommt bestimmt bald wieder", beruhigte die Mutter. „Gott hält seine schützende Hand über dich. Und er hat dich zu uns geführt. Wer weiß, was dir dort draußen vor den Toren der Stadt alles hätte zustoßen können."

Die bisher größte Gefahr war innerhalb gewesen, dachte Malu, nickte aber zustimmend.

„Und ich danke Gott dafür", fühlte sie sich bemüßigt zu ergänzen.

Sophia Gmeininger wirkte auf sie ähnlich gottesfürchtig wie Kilians Mutter, dennoch unterschieden sie sich fundamental in der Auslebung ihres Glaubens. Die eine hatte sie verstoßen, die andere empfing sie mit offenen Armen. Aber Religion schien Malu immer schon eine Frage der Auslegung zu sein. Und das Leben vor fünfhundert Jahren war deutlich stärker vom Glauben und auch vom Aberglauben geprägt. Dies erlebte sie nun am eigenen Leib.

„Ich werde morgen bei der Stadtratssitzung die Ohren offenhalten", versprach Magnus Gmeininger. „Vielleicht weiß jemand etwas von einer verschwundenen jungen Frau."

Warum schaute er sie bei seinen Worten so seltsam an? Malu erinnerte sich an die blauen Schlieren vor ihren Augen und den Stromschlag bei ihrer flüchtigen Berührung. Hatte auch er diese Dinge wahrgenommen?

„Was können wir sonst noch tun?", lenkte seine Ehefrau Malu von diesen Gedanken ab.

„Im Moment bin ich Ihnen sehr dankbar für das, was Sie bereits getan haben. Zudem bin ich unglaublich müde."

„Betrachte dich bis auf weiteres als unser Gast", bestimmte der Hausherr und Sophia Gmeininger nickte freundlich und zustimmend. Auch Barthel schien sich darüber zu freuen.

Malu fühlte ein aufkommendes Gähnen und hielt schnell die Hand vor den Mund.

„Darf ich mich zurückziehen?"

„Selbstverständlich. Wir reden morgen weiter. Vielleicht ist dir bis dahin ja etwas eingefallen."

Bereits wenige Minuten später lag Malu im Bett des Gästezimmers. Sie blies die Kerze auf dem Nachttisch aus, legte ihren Kopf aufs Kissen und war sofort eingeschlafen.

Als sie wieder erwachte, schien bereits die Sonne durchs Fenster.

Vage erinnerte sie sich daran, dass sie von Kilian geträumt hatte. In ihrer WG in München hatte er neben ihr auf dem Sofa gesessen – in Jeans und T-Shirt - und sie hatten sich gemeinsam eine Liebesschnulze angesehen.

Sie ertappte sich dabei, dass sie sich bei der Erinnerung an den Traum sehr wohl fühlte.

Aber Kilian hatte sie verraten! Sie wollte nicht mehr an ihn denken! Und schon gar nicht wollte sie sich dabei wohl fühlen!

Auf einer Kommode stand eine Schale mit Wasser. Malu wusch sich, so gut dies eben ging. Wie gerne hätte sie sich warm abgeduscht.

Für einen Moment sammelten sich Tränen in ihren Augen.

Sie wollte hier nicht sein. Und sie sollte hier nicht sein. Sie musste schleunigst herausfinden, wie sie zurück in ihre Zeit gelangen könnte.

Es klopfte leise an der Tür.

„Herein", sagte Malu und schon streckte Sophia Gmeininger den Kopf durch den Türspalt.

„Wie schön, du bist wach. Hast du gut geschlafen?"

„Wie ein Stein."

„Ich richte dir im Esszimmer etwas Brot und Käse her. Du hast bestimmt Hunger."

Frau Gmeininger hörte sich an wie ihre Mutter. Malu fühlte sich gut aufgehoben und versuchte, die Gedanken an ihre missliche Situation zu verdrängen.

Als sie am Tisch saß, überkam sie sofort ein schlechtes Gewissen. Die Gmeiningers waren so hilfsbereit zu ihr; in ihr wuchs das Bedürfnis, sich zu revanchieren.

„Magnus ist schon seit frühmorgens unterwegs."

„Ach, die Stadtratssitzung", fiel Malu ein.

„Nein, die ist erst nachmittags. Er hat mir nicht mitgeteilt, wo er hingegangen ist."

Das hörte sich für Malu an, als wäre dies für Sophia Gmeininger völlig in Ordnung. Frauen hatten damals noch keinen so hohen Stellenwert und entsprechend waren sie auch erzogen worden. Malu hätte es schon interessiert, wo sich Magnus aufhielt, wenn sie seine Ehefrau gewesen wäre. Sie war froh, so viele Jahre später geboren worden zu sein. Auch wenn ihr dies im Augenblick nichts nutzte.

„Und Bartholomäus ist schon wieder im Dienst. Er ist sehr fleißig. Sicher macht er noch eine große Karriere bei der Stadtwache. Ich bin sehr glücklich darüber, was aus ihm geworden ist“

Versuchte sie gerade, ihren Sohn anzupreisen?

Gestern, als sie ihm zum ersten Mal begegnet war, hatte er sie fasziniert. Vermutlich hatte er irgendeinen tieferen Instinkt bei ihr angesprochen, denn mit ihrem Verstand konnte sie es sich nicht erklären. Abends dann hatte er weitaus normaler auf sie gewirkt, geradezu entzaubert. Ob es daran lag, dass sich ständig Kilian in ihre Gedanken drängte, sobald sie etwas zur Ruhe kam?

Sie ärgerte sich darüber, dass Kilian einen solchen Raum einnahm, denn schließlich hatte er sie schmählich im Stich gelassen.

Das ist kein Spiel, schalt sie sich, dies ist nicht dein Zuhause! Verschließ dein Herz! Kilian und Barthel sind für dich längst zu Staub zerfallen. Verschwunden im Orkus der Geschichte.

„Deine Erinnerungen sind nicht zurückgekehrt?“, unterbrach Sophia Gmeininger ihren Gedankengang.

„Leider nein.“

Nachdem sie fertig gegessen hatte, wollte die Gastgeberin die Reste wegräumen. Malu half ihr und nahm ihr auch den Lappen aus der Hand, als sie dazu ansetzte, den Tisch abzuwischen.

Malu sagte, sie würde sich gerne weiter nützlich machen. Zunächst wehrte sich die Hausherrin dagegen, doch schließlich ließ sie sich unter die Arme greifen. Malu kehrte mehrere Zimmer aus und Sophia Gmeininger quittierte ihre Arbeit mit einem wohlwollenden Nicken. Malu kam sich dabei vor, als sei sie unter die Fittiche von Frau Holle geraten, die ihre Arbeitsleistung begutachtete. Diesmal sollte die Marie aber wohl nicht mit Gold überschüttet, sondern mit Frau Holles stattlichem Sohn belohnt werden. Zumindest hatte Malu das Gefühl, dass Frau Gmeininger ihren Sohn nur allzu gern schon bald vor dem Traualtar sehen würde, vorausgesetzt, die

Fremde mit dem Gedächtnisverlust würde sich als Tochter einer wohlhabenden Familie entpuppen.

Malu schätzte, dass sie zwei bis drei Stunden gearbeitet hatte. Erschöpft ließ sie sich danach auf eine Bank vor dem Haus der Gmeiningers fallen und Sophia setzte sich zu ihr.

„Mach ruhig mal eine Pause. Die hast du dir redlich verdient. Das meiste haben wir geschafft."

Malu atmete auf. Endlich konnte sie sich etwas in der Stadt umsehen. Wenn sie gleich nach dem Frühstück losgegangen wäre, hätte dies sicherlich verdächtig gewirkt. So hatte sie bei Frau Gmeininger noch punkten können.

„Am liebsten würde ich ein wenig spazieren gehen. Vielleicht erkenne ich irgendwas, das meinem Gedächtnis auf die Sprünge hilft."

„Warum nicht? Aber pass gut auf dich auf. Es treiben sich gerade viele Fremde in der Stadt herum."

Was meinte sie damit?

„Die treffen sich heute schon wieder in der Kramerzunft. Bauern aus der ganzen Umgebung. Bis vom Bodensee kommen die. Deswegen ist auch die Stadtratssitzung. Magnus gefällt das alles ganz und gar nicht."

Das war heute?

Malu wurde ganz aufgeregt.

„Welches Datum ist heute?"

Während ihr Kilian gestern nur eine vage Antwort hatte geben können, kam die von Sophia Gmeininger sofort: „Der 20. März im Jahre unseres Herrn Jesu Christi 1525."

Kaum zu glauben, das Schicksal hatte sie tatsächlich zu diesem Zeitpunkt geführt: Dem Tag, an dem die Bauernschaft die Zwölf Bauernartikel verfasste; nach der Magna Carta eine der ersten niedergeschriebenen Forderungen nach Menschen- und Freiheitsrechten in Europa.

Konnte das ein Zufall sein?

14. Kapitel

Auch der heutige Tag war sonnig und klar. Für März relativ warm, fand Malu, vor allem wenn man bedachte, dass die Temperaturen damals generell etwas niedriger lagen.

Die Bewohner der Stadt gingen emsig ihren Tätigkeiten nach und schienen sich zu freuen, dass der Winter vorüber war. Malu sah Menschen in teurer Kleidung, andere in zerschlissener; einen Mann, der die Straße fegte; eine dicke Frau, die an einem Stand Gemüse verkaufte und dieses mit tiefer Stimme lautstark anpries; Pferde- und Ochsenkarren, die Waren transportierten; einen Bettler, dem ein Bein fehlte; einen Blinden, der sich für sein Leiden viel zu zielsicher durch die anderen Passanten hindurchbewegte, sobald er sich unbeobachtet fühlte - Malu glaubte sogar, gesehen zu haben, dass er sich etwas aus dem Korb einer Frau stibitzte.

Überall begleitete sie Gestank und sie wollte oftmals gar nicht wissen, woher er stammte.

Immer wieder entdeckte sie Gebäude, die auch in ihrer Gegenwart noch existierten. So konnte sie sich hervorragend orientieren.

Bei einem Trupp Uniformierter, der im Gleichschritt die Straße entlangmarschierte, sah sie sich die jungen Männer an. Einige von ihnen würden das Ende des Bauernkriegs nicht erleben.

Wieder fragte sich Malu, ob es ihre Bestimmung war, in irgendeiner Form einzugreifen?

Durfte sie die Geschichte verändern?

War dies überhaupt möglich?

Sie erinnerte sich an die vielen Zeitreisefilme, die sie gesehen hatte, in denen jede Veränderung in der Vergangenheit Auswirkungen in der Gegenwart nach sich gezogen hatte.

Eine andere Theorie zu Zeitreisen sagte, dass nichts den Ablauf der Zeit beeinflussen könne; das sogenannte deterministische Weltbild: Alles war vorherbestimmt.

Wenn sie, Malu, nach dieser Version also hier im Jahre 1525 weilte, dann war das auch immer schon so gewesen. In diesem Fall hätte sie allerdings keine Spuren hinterlassen, zumindest keine, die ihr bei ihren Recherchen aufgefallen wären.

Sie ertappte sich dabei, dass sie aufpasste, ob sie Barthel bei den Marschierenden entdeckte, doch er befand sich nicht darunter.

Unbewusst hatte ihr Weg sie direkt an den Weinmarkt geführt. Hier stand in seiner ganzen Schönheit das Zunfthaus der Kramer und Malu nun unmittelbar davor.

Am liebsten wäre sie einfach hineingegangen und hätte Mäuschen gespielt. Zugehört, wie Sebastian Lotzer die zwölf Bauernartikel zusammenfasste und in Worte kleidete.

Wer weiß, vielleicht fand dies just in diesem Moment statt?

Vor dem Tor der Kramerzunft wachte ein Mann mit einer Hellebarde. Er trug keine Uniform, seine Kleidung erinnerte sie eher an die einfache von Kilian; und wie dieser wirkte er sehr muskulös. Seine Augen musterten Malu und schienen zu sagen: „Versuch erst gar nicht, hier einzudringen."

Wenn sie schon nicht teilhaben konnte, wollte sie den Augenblick zumindest für die Nachwelt festhalten. Da sie bereits bei ihrem Aufbruch von den Gmeiningers den Vorsatz gefasst hatte, etwas aus dem historischen Memmingen zu zeichnen, hatte sie ihren Bleistift und das Papier mitgenommen.

Jetzt drehte sie sich um ihre eigene Achse und entdeckte eine Pferdetränke, auf die sich setzen konnte und von der aus sie die Kramerzunft gut im Blick hatte.

Wie so oft vergaß sie über dem Zeichnen die Zeit. Und wie so oft, stellte sie sich die Frage, ob ein Kunststudium nicht sinnvoller für sie gewesen wäre. Doch die beruflichen Perspektiven waren ihr viel zu schlecht erschienen. Nur die allerwenigsten schafften es, als Künstler so erfolgreich zu sein, dass sie davon leben konnten.

Immer wieder spähten ihr Menschen über die Schultern und äußerten ihre Anerkennung. Malu ging ganz in ihrer Kunst auf und registrierte die Kommentare nur am Rande.

Irgendwann stellte sie fest, dass sie die Augen zusammenkneifen musste, um die Details des Gebäudes noch zu erkennen. Es hatte tatsächlich zu dämmern begonnen und hinter den Fenstern der Kramerzunft flackerte Licht auf. Immer noch hatte niemand das Zunftgebäude verlassen, die Bauernschaften debattierten also nach wie vor. Bald würde sie wohl nichts mehr sehen können.

Sehr schade, denn sie hätte gerne eingefangen, wie Sebastian Lotzer das Haus verließ. Sie wünschte sich so sehr, einen Blick auf ihn zu werfen. Vielleicht gelang es ihr sogar, mit ihm zu sprechen, bevor sie heimreiste. Erneut ertappte sie sich dabei, dass sie fest davon ausging, dass dies nur ein kurzer Besuch blieb und sie bald eine Möglichkeit finden würde, in ihre Zeit zurückzukehren. Woher nahm sie nur diese Zuversicht?

Zu ihrer Linken vernahm sie lautes Rufen und als sie den Blick dorthin wandte, bemerkte sie eine kleine Menschenmenge. Die Leute schienen sich um etwas herumgruppiert zu haben und durcheinander zu reden. Und schon lösten sich zwei von ihnen und rannten in Richtung der Kramerzunft.

Wer war das?

Jemand von den Bauersleuten?

Oder jemand, der die Zusammenkunft torpedieren wollte?

Die beiden waren komplett in schwarz gekleidet. Der Wachmann vor der Kramerzunft ging in Verteidigungsposition und reckte ihnen seine Hellebarde entgegen. Das brachte die zwei dazu abzubremsen. Sie sahen sich um, als müssten sie sich orientieren.

Auf der Brust des einen erkannte Malu in der anbrechenden Dämmerung etwas, das nicht sein konnte; etwas das nicht hierher passte: drei große, weiße F. Dies glich in nichts einem der mittelalterlichen Wappen, die sie kannte. Und – wenn sie es genau betrachtete – schien das Oberteil eher einem T-Shirt aus ihrer Zeit zu ähneln als einem historischen Kleidungsstück.

Bevor sie die Bedeutung begreifen konnte, waren die beiden Personen bereits weitergehastet, an der Kramerzunft vorbei und dann nach links um die Ecke, am Stadtbach entlang, und mehrere der Personen hinterdrein.

Malu sprang auf und rannte mit. Doch genau wie die weiteren Verfolger verlor auch sie die beiden aus den Augen. Ratlos stand sie da und blickte sich um. Die anderen gaben auf, setzten ihre Wege fort und verschwanden in verschiedene Richtungen.

Ein Nachtwächter zog gemächlich an Malu vorüber und rief die sechste Stunde aus: Zeit, um nach Hause zu gehen.

Zurück beim Haus der Gmeiningers setzte sich Malu wieder auf die Bank. Im letzten Licht des Tages zeichnete sie die beiden Unbekannten in ihr Bild von der Kramerzunft und schrieb das Datum in die untere rechte Ecke. Dann klopfte sie an und Frau Gmeininger ließ sie hinein. Vater und Sohn waren noch nicht wieder zu Hause. Gemeinsam mit ihrer Gastgeberin bereitete Malu das Abendbrot für sie alle zu. Malu war überrascht, dass es erneut Fleisch gab. Wie sie wusste, stand dies bei einfacheren Leuten nur sehr selten auf dem Speiseplan.

Malu musste immer wieder an die zwei Fremden denken.

Stammten sie aus ihrer eigenen Zeit?

Waren sie gekommen, um sie nach Hause zu holen?

Dann musste sie sich schleunigst mit ihnen treffen!

Aber wie nur konnte sie die beiden finden?

15. Kapitel

Magnus und Barthel Gmeininger kehrten kurz hintereinander heim und setzten sich an den gedeckten Tisch. Wie am Vortag blickte Magnus Malu auf eigenartige Weise an, wirkte dabei aber, als nehme er sie ganz anders wahr als gestern. Malu konnte sich seinen Gesichtsausdruck nicht erklären.

Das obligatorische Dankesgebet, das Sophia Gmeininger sprach, quittierten sie alle gemeinsam mit einem lautstarken

‚Amen'. Malu beobachtete die anderen dabei. Es schien ihr, dass die Mutter ihren Glauben mit Inbrunst lebte, während er bei ihrem Mann und ihrem Sohn eher formelhaft und aufgesetzt wirkte.

Dies fiel ihr insbesondere beim Kreuzzeichen auf, das dem ‚Amen' folgte. Sie selbst gab sich Mühe, es ordentlich zu ziehen, so wie die Mutter. Magnus und Barthel schluderten es mehr oder weniger so hin und das letzte über der Brust ging in einer fließenden Bewegung in den Griff nach dem Besteck über.

Die Mutter wartete, bis die Männer aßen, ehe sie selbst begann. Malu tat es ihr gleich.

„Wie war dein Dienst, Bartholomäus?", erkundigte sich Magnus Gmeininger, nachdem er die ersten Bisse genossen und das Abendessen gelobt hatte.

„Dafür, dass so viele Fremde in der Stadt sind, blieb es erstaunlich ruhig."

„Das freut mich zu hören."

„Es scheint so, als wollten sie auch nicht den geringsten Anlass für ein Eingreifen der Stadtwache bieten. Aber ihre Forderungen sind unverschämt und gotteslästerlich."

„Sogar unser Wiblishauser, draußen in Woringen, hat mir bei meinem letzten Besuch gesagt, er wolle uns fortan den Zehnten nicht mehr zahlen. Eine Anmaßung sondergleichen!", sagte Magnus grimmig. „Der Schappeler und der Lotzer haben die Bauern aufgehetzt."

Malu wollte Magnus widersprechen, doch sofort musste sie daran denken, wie sie aus dem Hause der Haupts geflogen war. Schließlich war sie Gast hier und musste dankbar sein, dass sie ein Dach über dem Kopf hatte und etwas zu essen bekam. Zudem war es damals nicht gerne gesehen, wenn sich Frauen in die Tagespolitik einmischten. Also zog sie es vor, den Mund zu halten und die Ohren zu spitzen.

„Zumindest haben sie auch dafür gesorgt, dass der heutige Tag friedlich verlief."

„Das wird nicht so bleiben. Wir haben mehrere Stunden im Stadtrat debattiert, wie wir reagieren sollen."

„Und?"

„Es ist noch nichts entschieden. Es gibt viel zu viele, die mit Schappeler und Lotzer sympathisieren."

„Der Lotzer ist lediglich ein einfacher Kürschner. Schuster, bleib bei deinen Leisten, sag ich da nur", meinte Barthel. „Es ist doch alles gut, wie es ist. Warum sollte man irgendetwas verändern?"

Malu fühlte sich zunehmend unwohl. Alle drei Familienmitglieder verhielten sich außerordentlich freundlich ihr gegenüber. Dennoch fiel es ihr immer schwerer, zu diesem Thema zu schweigen. Schließlich forderten die Bauern nur ihre Menschenrechte ein. Niemand sollte sie ihnen verweigern.

„Dazu kommt, dass es der Rat selbst war, der den Schappeler seinerzeit aus der Schweiz hierhergeholt hat."

„Aber das ist mehr als zehn Jahre her, Vater. Und er missbraucht seine Rolle als Pfarrer von St. Martin."

Zum ersten Mal mischte sich die Mutter ein: „Der Herr Schappeler spricht das einfache Volk an. Er predigt die Nächstenliebe, so wie sie im Neuen Testament geschrieben steht. Er hält wenig von weltlichen Obrigkeiten."

Malu fiel auf, dass sie es neutral formuliert und dadurch keine genaue Stellung bezogen hatte.

„Er predigt nicht im Sinne des Papstes, sonst hätte ihn der Bischof von Augsburg im vergangenen Jahr nicht mit einem Bann belegt", widersprach Magnus. „Schappeler folgt den Irrlehren von Zwingli und Müntzer. Doch die meisten Mitglieder des Stadtrats weigern sich, ihn der Stadt zu verweisen."

Gut so, dachte Malu.

„Es heißt, sie hätten heute tatsächlich ihre Forderungen zusammengefasst."

„Das wird kein gutes Ende nehmen, das sage ich euch", orakelte Magnus.

Er wandte sich an Malu: „Hat unser Gast auch eine Meinung dazu?"

Auf eine merkwürdige Art und Weise kniff er die Augen zusammen, sein Lächeln wirkte süffisant und provokativ. Für

Malu fühlte es sich an, als wolle er ihr tief in die Seele blicken und mehr von ihr, als nur ihren Standpunkt zum Tagesgeschehen wissen. Sie spürte, dass ihr Blut in die Wangen schoss, und senkte demütig den Blick.

Sich ein Beispiel an der Mutter nehmend versuchte auch sie, sich um einen konkreten Standpunkt herumzulavieren: „Möglicherweise gibt es nicht nur eine Wahrheit. Die Reformatoren legen die Heilige Schrift einfach anders aus als der Papst und die Kardinäle in Rom."

„Allein dies ist Blasphemie."

„In Memmingen dürfte das eine Minderheitenmeinung sein, Magnus."

„Noch, Sophia, aber der Tag wird kommen, da wird man diesen Ketzer aus der Stadt jagen. Zusammen mit Lotzer und den anderen Unruhestiftern. Oder sie verbrennen sie auf dem Scheiterhaufen. Wie damals den Jan Hus in Konstanz."

Malu fühlte ein schmerzhaftes Stechen in der Magengegend.

„Ist dir nicht gut, Marie?", sorgte sich Sophia. „Du bist so blass."

„Darf ich mich zurückziehen?" Sie blickte in die Runde. „Es war ein langer Tag."

Wieder schaute Magnus Gmeininger sie so merkwürdig an, doch schließlich nickte er.

Malu bedankte sich artig, stand auf, machte einen Knicks und wünschte eine gute Nacht.

Im Gästezimmer legte sie sich auf ihr Bett. Bedauerlicherweise hatte Magnus Gmeininger Recht. Der Schwäbische Bund würde schon bald die Stadt besetzen und eine Vielzahl der aufständischen Bauern würde die Kampfhandlungen nicht überleben. Christoph Schappeler und Sebastian Lotzer mussten fliehen und würden Memmingen für immer verlassen.

Geschichte zu erleben fühlte sich anders an, als nur darüber zu lesen.

Malu wollte so gerne eingreifen. Aber durfte sie das?

Und was könnte sie überhaupt unternehmen?

Schappeler und Lotzer warnen? Würde das irgendetwas ändern?

Sie betrachtete noch einmal das Bild von der Kramerzunft, das sie heute gezeichnet hatte.

Was bedeuteten diese drei F?

Wer waren die zwei Personen, die am Weinmarkt aufgetaucht waren?

Waren sie ihr hinterhergereist?

Woher wussten sie, wo sie sich befand?

Sie musste die beiden morgen unbedingt finden und mit ihnen sprechen! Bestimmt wussten sie, wie sie in ihre Zeit zurückkehren konnte.

Wahrscheinlich suchten die Fremden sie bereits.

Malu blies die Kerze auf ihrem Nachttisch aus und schloss die Augen. Doch heute dauerte es sehr lange, bis sie einschlief. Zu viele ungelöste Rätsel gingen ihr im Kopf herum und immer wieder wälzte sie sich unruhig hin und her.

Irgendwann schreckte sie wieder auf.

Ein Geräusch!

Da war jemand in ihrem Zimmer!

16. Kapitel

Alles um Malu herum war in Dunkelheit gehüllt. Sie konzentrierte sich und allmählich schälten sich Schemen aus der Finsternis. Der Nachttisch, die Kerze. Drüben die Kommode mit der Waschschüssel darauf. Der Kleiderschrank.

Sie erschrak: Neben dem Kleiderschrank erkannte sie einen Schatten, eindeutig die Umrisse eines Menschen.

Für einen Augenblick dachte sie an den Fremden mit den drei F auf der Brust. Hatte er sie bereits entdeckt und wollte sie nach Hause führen?

Doch er hatte auf sie sehr schmächtig gewirkt, der schwarze Schatten bekam gerade deutlich muskulösere Umrisse.

Er bewegte sich.

Genau auf ihr Bett zu.

Sie wollte schreien, doch es kam ihr kein Laut über die Lippen.

„Psst“, hörte sie ganz leise, als wolle der Unbekannte ein störrisches Pferd beruhigen; inzwischen ging sie davon aus, dass es sich um einen Mann handelte.

Er kam immer näher, jetzt stand er direkt neben ihr.

Sie erkannte, wie er seine Rechte nach ihrem Gesicht streckte. Ohne dass sie sich wehren konnte, drückte er sie auf ihren Mund.

Und endlich erwachte auch ihr Widerstand. Sie bäumte sich auf, doch seine linke Hand drückte gegen ihre Brust und verhinderte, dass sie sich aufsetzen konnte.

Beherzt versuchte sie, sich dagegen zu stemmen, doch der Unbekannte legte sein ganzes Gewicht in seine Hände und schob seinen Körper auf sie. Ihr Aufbegehren wurde im Keim erstickt.

Das konnte nicht sein!

Das passierte doch nicht ihr!

Obwohl der Mann nur eine Art von Brummen von sich gab, erkannte sie ihn jetzt.

Barthel.

Der junge Mann, der sich so wohlerzogen und gottesfürchtig gegeben hatte.

Alles nur Masche.

Kilian hatte sie gewarnt. Zuerst hatte er Margret entehrt und verstoßen und nun versuchte er bei ihr, vollendete Tatsachen zu schaffen.

Steckte ein Plan dahinter oder folgte er nur seinen bösen Trieben?

Einfach an etwas Anderes denken, Malu.

Zum Beispiel an die Wiese vor der Papiermühle.

An Kilian, wie er mit seiner Rückentrage auf das Gebäude zugegangen war.

Oder an das leckere Rührei von Mama. Zuhause. Wo die Welt in Ordnung war.

Jetzt ließ er ihren Mund los. Wahrscheinlich benötigte er die Hand für einen anderen Zweck.

Malu nutzte die Chance.

Lauthals schrie sie um Hilfe.

Barthel schien zu erschrecken, denn sofort hielt er inne.

Dann versuchte er wieder, sie zum Schweigen zu bringen. Aber Malu drehte den Kopf und versuchte gleichzeitig, ihn von sich weg zu stemmen. Zwar gelang ihr dies nicht, doch beschäftigte es ihn so sehr, dass er keine Gelegenheit mehr fand, ihr erneut die Hand auf den Mund zu pressen.

Sie wand sich und schlug mit den Fäusten auf ihn ein.

Nach einer gefühlten Ewigkeit öffnete sich die Tür und Licht erhellte den Raum.

Sofort beendete Barthel sein grausames Spiel. Er ließ von ihr ab und erhob sich.

Im Türrahmen stand Magnus, eine Laterne in der Hand haltend. Hinter ihm erkannte Malu Sophia.

„Was ist hier los?“, fragte er streng.

„Sie hat mich verzaubert“, antwortete Barthel, ehe Malu etwas sagen konnte.

Malu verstand nicht. Was meinte er?

Zudem hatte sie große Mühe, das zu verarbeiten, was in den letzten Minuten geschehen war.

„Als ich nach Hause kam, hat sie mir zugeflüstert, ich solle zu ihr ins Zimmer kommen, sobald alle schlafen.“

Was redete er da?

Der Vater blickte ihn misstrauisch und fragend an.

„Es war wie ein Bann. Es hat mich zu ihr hingezogen. Ich konnte mich überhaupt nicht wehren.“

‚Er‘ konnte sich überhaupt nicht wehren?

Malu fühlte sich völlig überrollt. Alles ging so schnell.

„Das stimmt überhaupt nicht!“, protestierte sie.

Sie erhoffte sich Unterstützung von Barthels Vater, zumindest von seiner Mutter, doch die Reaktion von Magnus Gmeininger kam prompt und scharf: „Du redest nur, wenn du gefragt wirst!“

Malu erschrak, so kannte sie ihn gar nicht. Hilfe erhoffend suchte sie mit den Augen Kontakt zu Sophia, doch diese wich ihrem Blick aus.

Magnus überlegte, schließlich nickte er.

„Ich habe heute Vormittag ebenfalls Informationen über sie eingeholt."

Bei wem?

Weswegen?

„Das, was ich gehört habe, bestätigt deine Vorwürfe. Sie ist nicht die, für die sie sich ausgibt."

Barthel wirkte erleichtert.

„Und was machen wir jetzt mit ihr?", fragte er.

„Du gehst sofort zur Stadtwache und meldest sie. Sie sollen sie so schnell wie möglich abholen. Ich bleibe so lange hier und passe auf sie auf."

Barthel klopfte sich ab, als habe er sich schmutzig gemacht, dann verließ er das Zimmer.

Mit finsterer Miene fixierte Magnus Gmeininger Malu.

„Ich bin mir sicher, dass wir eine Hexe in unserem Haus beherbergt haben."

Sophia Gmeininger bekreuzigte sich mit entsetztem Blick.

„Sie wird ihre gerechte Gottesstrafe erhalten."

Zwischenspiel
Marlies' Vision

Aus der Dunkelheit schälte sich ein Ort, den Marlies rasch identifizieren konnte. Immer wieder hatte sie ihn bereits in früheren Visionen gesehen. Zu unterschiedlichen Zeitpunkten seiner Geschichte.

Mal lag der Platz gepflastert da, mal gingen die Menschen darauf durch Schlamm, zu anderer Zeit über festgetretene Erde.

Männer und Frauen, die Hosen und Röcke trugen, wie sie Marlies gewohnt war, später in Kleidern seltsamen Zuschnitts - teilweise in erstaunlich auffälligen Farben -, die deutlich mehr Haut zeigten, als sie bedeckten.

Erste einfache Gebäude säumten den Platz, dann wieder konnte Marlies sehen, wie nach und nach die prächtigen Zunfthäuser Richtfest feierten.

Schließlich auch erneut diese pferdelosen Kutschen, in denen Menschen saßen. Andere bewegten sich auf zwei zerbrechlich wirkenden Rädern fort, in dem sie ihre Füße kreisförmig bewegten.

Vor dem Zunfthaus der Weber entdeckte sie ein seltsames bronzefarbenes Gebilde, das sie bisher noch nie gesehen hatte, höher als drei Mannslängen.

Es stand auf einem grauen Sockel und als messe es sich mit einem Drachen, sprühte es weiße Schwaden in die Luft.

Mitten im Dampf konnte Marlies zwei schwarzgekleidete Menschen entdecken.

Sie versuchte, sich auf die beiden zu fokussieren. Es gelang: Marlies erkannte einen jungen Mann und eine junge Frau.

Die Umgebung wechselte.

Das Gebilde verschwand, das dahinter stehende Zunfthaus der Weber blieb. Und auch die zwei Personen, um die sich bald eine Traube neugieriger Menschen bildete.

Marlies spürte, dass die Ankunft dieser beiden Unbekannten unmittelbar bevorstand.

III. Teil
Merelies Reise

17. Kapitel

Unwillkürlich richtete Merelie ihren Blick nach unten: Mit ihrem linken Schuh stand sie direkt in einem Pferdeapfel.

„Iiiih", schrie sie auf und sprang einen Schritt nach vorn. Mit ungeschickten Verrenkungen versuchte sie, die Reste des Pferdeapfels am Boden abzustreifen.

Elias' Hand löste sich dabei aus ihrer. Aus den Augenwinkeln heraus nahm sie wahr, dass er schwankte. Rasch griff diesmal sie nach ihm, um ihn zu stützen.

Erst als beide stabil standen, blickte sie sich verwundert um, konnte sich aber keinen Reim auf ihre Umgebung machen.

Zweifellos befanden sie sich immer noch am Weinmarkt. Da drüben stand die Kramerzunft, hinter Elias und ihr das Zunfthaus der Weber. Weitere Gebäude erkannte sie, die meisten davon jedoch deutlich verändert. Etliche andere fehlten ganz, zudem gab es plötzlich einige, die sie noch nie gesehen hatte. Der Freiheitsbrunnen, das Denkmal, das an die Zwölf Bauernartikel erinnerte und sie erst vor wenigen Sekunden in eine Dampfwolke gehüllt hatte, war komplett verschwunden. Und es war viel dunkler als gerade eben noch, schon richtig dämmrig.

„Mir ist schlecht", klagte Elias und lenkte Merelie damit erst einmal von der Frage ab, was passiert war. Erschrocken stellte sie fest, dass jegliche Farbe aus seinem Gesicht gewichen war. Abgesehen davon, dass auch ihr ein wenig flau im Magen war, fühlte sie sich jedoch vergleichsweise fit.

„Hey, ihr Lällabätscher! Aus'm Weg!"

Dem erbosten Ruf folgte ein Peitschenknall und lautes Pferdewiehern.

Merelie konnte Elias gerade noch in Richtung der Weberzunft ziehen und nur eine Sekunde später stapfte ein mächtiger Kaltblüter an ihnen vorbei und zog ein schwer beladenes Gespann hinter sich her. Der schmutzige, bärtige Kutscher bedachte sie beim Vorbeifahren mit weiteren Schimpfwörtern, deren Bedeutungen Merelie nicht alle klar waren.

Und schon kamen die ersten Schaulustigen.

„Wo sind die denn hergekommen?"

„Seht mal, wie seltsam die gekleidet sind!"

„Ich schwöre, die sind ganz plötzlich aufgetaucht. Wie aus dem Nichts."

„Wieso starren die uns so merkwürdig an? Ist das der böse Blick?"

„Herrgott im Himmel. Beschütze uns."

„Ruft die Stadtwache!"

Männer und Frauen in historischen Kleidern reckten die Köpfe nach ihnen und alle redeten durcheinander. Im Moment blieben sie noch auf Abstand, als beobachteten sie ein exotisches Tier, von dem man nicht so recht wusste, ob es beißt. Inmitten der Menge stand ein Junge, der anscheinend versuchte, Merelies Aufmerksamkeit auf sich zu ziehen. Er schien ihr freundlich zuzuwinken und dabei fiel ihr auf, dass sein Ringfinger und sein kleiner Finger auf eigenartige Art und Weise verkrümmt wirkten.

Doch sie konnte ihm keine große Beachtung schenken, denn der Kreis um sie herum zog sich enger. Merelie bekam Angst. Immer noch redete die Menge wild durcheinander und die Kommentare zu ihrem plötzlichen Erscheinen und ihrem Aufzug hörten sich zunehmend gereizter an. Die meisten der Umstehenden wirkten zwar lediglich sensationslüstern, einige jedoch eindeutig feindselig. Einer von ihnen, ein bulliger, junger Mann mit einfältigen Zügen, näherte sich bereits und sein Gesichtsausdruck verhieß nichts Gutes.

„Was sagen die? Ich kann überhaupt nichts verstehen!"

Was meinte Elias damit? Er gab ein bedauernswertes Bild ab: leichenblass und mit hängenden Schultern, verwirrte Blicke in die Menge werfend. Doch Merelie wurde schnell klar, dass sie sich von seinem schlechten Zustand nicht aufhalten lassen durften.

„Wir müssen weg hier", beschloss sie. „Meinst du, du kannst rennen?"

„Klar doch", antwortete Elias und Merelie war überzeugt, dass er sich selbstsicherer gab, als er sich fühlte. Sie würde auf ihn achten und vor allem die Führung übernehmen müssen.

Schnell griff sie nach seiner Hand und sprintete los. Sie nutzte eine Lücke in der Menschenmenge, durch die sie flüchten konnten und zog Elias hinter sich her.

Sie hastete hinüber zur Kramerzunft. Plötzlich sah sie sich einem Wachmann gegenüber, der ihr angriffslustig seine Hellebarde entgegenstreckte. Sie stoppte abrupt und brachte zum Glück auch Elias rechtzeitig zum Stehen. Der Wachmann verharrte; Merelie schaute sich hektisch um. Sollten sie kehrt machen und zurück über den Weinmarkt?

Sofort fiel ihr wieder der bullige, junge Mann ins Auge, der gerade eben in der Menschenmenge auf sie zugegangen war, und jetzt wild gestikulierend auf die anderen einredete. Nun streckte er seinen Arm aus und zeigte mit dem Finger auf Elias und sie.

„Wir schnappen sie uns", schrie er und als er losstürmte, folgte ihm etwa ein Dutzend der Schaulustigen.

Damit hatte sich die Option Weinmarkt endgültig erledigt. Merelie drehte sich wieder zu dem Wachmann, der immer noch unbewegt vor ihnen stand und Elias die Hellebardenspitze unter die Nase hielt. Kurz entschlossen duckte sich Merelie, schlüpfte dem verdutzten Wachmann unter der Waffe durch und zog Elias auf die gleiche Weise hinter sich her. Sie hastete an der Kramerzunft entlang und überquerte den Stadtbach, der den Weinmarkt nach Westen abgrenzte, immer mit Elias im Schlepptau. Doch wie weiter? Geradeaus müssten sie den Schweizerberg hinauf. Das würde ihre Geschwindigkeit ausbremsen und sie wären leicht zu erkennen. Zudem war sie skeptisch, ob Elias' Kräfte ausreichten, um die Anhöhe hochzusprinten, und für sie selbst wäre es weniger anstrengend, ihn in der Ebene zu ziehen.

Also lieber nach links, entschied sie im Bruchteil einer Sekunde und zerrte den scheinbar völlig willenlosen Elias mit sich. Dort gab es verwinkelte Gässchen und Merelie hoffte, irgendwie darin verschwinden zu können.

Hinter sich hörte sie lautes Rufen und Johlen.

Weiter dem Bachlauf folgen und hinein in die erste Lücke, die sich zwischen den Häusern bot. Schlagartig wurde es dunkler und Merelie glaubte schon, sie wären in eine Sackgasse gerannt. Doch gleich darauf nahm sie am Ende der schmalen Passage Helligkeit wahr. Zum Aufatmen fehlte ihr jedoch die Zeit. Weiter!

Im Gässchen stank es erbärmlich nach Kot und Urin. Die Anwohner der beiden angrenzenden Häuser schienen einfach alles zu den Fenstern hinauszukippen.

Elias hustete. Dennoch hielt er tapfer Schritt.

Nach wenigen Metern waren sie wieder heraus. Bereits jetzt hatte Merelie die Orientierung verloren. Wo genau befanden sie sich? Waren sie wirklich in Memmingen? Warum kam ihr die Bebauung und die Straßenführung ihrer Heimatstadt auf einmal so gänzlich unbekannt vor?

Sie rannten etwas weiter, dann wieder in einen Spalt zwischen Häusern. Es roch nicht besser als gerade eben. Merelie wagte nicht, sich umzublicken. Das hätte wertvolle Zeit gekostet. Sie konnte nur hoffen, dass es ihnen gelang, die Verfolger abzuschütteln. Zumindest hörte sie kein Grölen mehr: ein gutes Zeichen!

Im Zickzackkurs hasteten sie zwischen den Gebäuden in die Richtung, in der Merelie die westliche Stadtmauer vermutete.

Als sie an einer Stalltür vorbeikamen, die eine Hand breit offenstand, schlüpfte sie hastig hinein, Elias mit sich ziehend. Schwer atmend horchte sie nach draußen, doch sie vernahm nichts Verdächtiges, stattdessen ein deutliches, mehrstimmiges Muhen von drinnen. Überrascht sah sie sich um, während Elias direkt neben der Tür auf den Boden sank und den Rücken ans Mauerwerk lehnte. Sie erkannte Kühe hinter einem Holzgatter, die sie neugierig anstarrten und sich lautstark zu Wort meldeten; gerade so, als wollten sie die ungebetenen Gäste begrüßen. Merelie befürchtete, jemand könnte die Tiere hören und Elias und sie deswegen entdecken. Am liebsten wäre sie deswegen sofort wieder hinausgerannt, doch Elias atmete schwer und wirkte noch elender als zuvor.

Merelie wurde klar, dass er in diesem Zustand keinen Schritt mehr gehen würde. Sie konnte nur hoffen, dass sie die Menschenmenge tatsächlich abgeschüttelt hatten.

Sie setzte sich neben ihn und zu ihrer Überraschung entdeckte sie, dass er immer noch die Papiertüte mit den beiden Pfefferbrezen in der Hand hielt. Erst jetzt ließ er sie los.

Von draußen vernahm Merelie Schritte und erstarrte. Sie ballte die Fäuste und machte sich bereit, Elias und sich zu verteidigen, falls jemand hereinkommen sollte.

Es klang nach schweren Stiefeln, aber glücklicherweise nur nach einer einzelnen Person. Die Schritte näherten sich – und entfernten sich wieder.

Gleich darauf hörte sie eine Stimme singen: „Hört ihr Leut' und lasst euch sagen: Uns're Glock' hat sechs geschlagen. Bewahrt das Feuer und das Licht, dass niemand was geschieht. Lobet den Herrn!"

Merelie legte beschützend einen Arm um Elias. Sie wunderte sich sehr über seinen schlechten Zustand. Er schien immer noch schwer Luft zu bekommen. Zwar war sie selbst ebenfalls außer Puste gewesen, doch atmete sie inzwischen wieder beinahe normal. Elias dagegen wirkte, als wäre er gerade bis zur Zugspitze hinaufgerannt, mindestens.

Erneut hörte sie den Spruch des Nachtwächters, diesmal deutlich leiser.

„Was sagt er?"

Merelie begriff nicht, was Elias wissen wollte.

„Das mit der Uhrzeit verstehe ich halbwegs. Aber der Rest ist für mich nur Kauderwelsch."

Beeinflusste sein schlechter Zustand auch sein Gehör? Merelie wiederholte die Worte für Elias.

Jetzt riss Elias erstaunt die Augen auf.

„Du kannst das übersetzen?"

„Wieso übersetzen?"

„Na, diesen komischen Dialekt. Die Leute vorhin haben auch so merkwürdig gesprochen. Wo sind wir? Was ist passiert?"

Erst jetzt wurde ihr bewusst, dass sich sowohl die Menschen am Weinmarkt als auch der Nachtwächter seltsam altertümlich angehört hatten. Sie hatte sie dennoch wunderbar verstanden und deswegen nicht weiter darüber nachgedacht.

„Wir sind in Memmingen. Glaube ich zumindest. Hast du nicht die Kramerzunft gesehen?"

„Doch. Aber es sah alles so anders aus als sonst. Das ist jedenfalls nicht unser Memmingen!"

„Nein, das ist es nicht", musste Merelie ihm recht geben. „Irgendetwas ist geschehen."

„Aber was? Ich kann mich nur erinnern, dass wir uns beim Freiheitsbrunnen das Bild auf dem Handy angeguckt haben. Irgendwie hast du dann plötzlich angefangen zu flackern … du wurdest unscharf … ich kann es gar nicht richtig erklären. Auf jeden Fall hatte ich Panik, du würdest dich gleich in Luft auflösen und habe schnell nach deiner Hand gegriffen. Danach war nichts mehr wie zuvor."

„Die Leute waren alle so altmodisch angezogen. Der Typ mit der Hellebarde kam mir vor wie einer von den Wallensteinfestspielen."

„Im Moment ist aber kein Wallenstein. Das ist doch nur alle vier Jahre. Oder haben wir irgendwas verpasst? Wird vielleicht gerade ein Film über die Festspiele gedreht? Und warum ist es plötzlich schon so dunkel?"

„Der mit der Hellebarde wirkte richtig gefährlich. Ich glaube, der hätte tatsächlich zugestochen, wenn wir ihm nicht schnell unten durch geschlüpft wären."

Elias würgte.

„Was ist los?"

„Ich glaube, ich muss speien."

Er beugte sich nach vorn und öffnete seinen Mund. Merelie stützte ihn. Voller Angst beobachtete sie, wie immer wieder eine Wellenbewegung durch Elias' Körper ging; mehrere Male sah es so aus, als würde er sich gleich übergeben, doch nichts verließ seinen Magen.

„Geht es wieder?"

Elias nickte und lehnte sich wieder an die Wand.

„Ich glaube nicht, dass ich im Moment nach Hause kann."

Merelie schaute hinüber zu den Kühen – es waren fünf an der Zahl -, die die Eindringlinge immer noch neugierig beäugten. Eine starrte sie sogar mit offenem Maul an, ihr Speichel tropfte zu Boden. Ansonsten verhielten sich die Tiere ruhig.

„Etwas stimmt hier ganz und gar nicht. Hast du jemals in der Innenstadt eine Kuh gesehen?"

„Nein", meinte Elias.

„Früher gab es sehr wohl Bauernhöfe innerhalb der Stadtmauern. Teilweise stehen auch noch die Gebäude. Zum Beispiel in der Lindauer Straße, wo die Verbraucherzentrale drin ist."

„Das war ein Bauernhaus?"

„Ja, da ist sogar ein Hinweis an der Wand. Sonst wüsste ich es auch nicht."

„Aber hier sind wirklich Kühe! Und zwar jetzt und nicht irgendwann in ferner Vergangenheit. Man kann sie nicht nur sehen, sondern auch hören und riechen."

Elias rümpfte die Nase.

„Leute in historischer Kleidung …", überlegte Merelie laut, „… und ein Kuhstall in der Altstadt."

„Man könnte fast meinen, wir wären irgendwie durch die Zeit gefallen", sprach Elias ihre Gedanken aus.

„Vor einer Woche hätte ich gesagt, das ist völliger Quatsch. Aber nach dem, was uns in den letzten Tagen für abgefahrene Dinge passiert sind, schließe ich gar nichts mehr aus. Verrückter, als leibhaftig in dem ‚Buch, das dich findet' zu verschwinden, wäre eine Zeitreise auch nicht. Außerdem fällt mir keine Erklärung ein, die weniger absurd wäre. Wir müssen uns Klarheit verschaffen, Elias!“

„Aber wie? Ich fühle mich im Moment absolut nicht fit genug, um irgendetwas zu unternehmen. Schon die kleinste Bewegung strengt mich unglaublich an. Verstehe auch nicht, warum.“

Merelie dachte darüber nach, erst einmal ohne ihn loszuziehen, entschied sich dann aber dagegen: „Ich möchte dich auf keinen Fall alleine lassen. Wenn wir uns trennen, könnten wir uns womöglich ganz aus den Augen verlieren.“

Und als Elias erneut hustete, fühlte sich Merelie bestätigt.

„Bald wird es stockdunkel sein“, bemerkte Elias, nachdem er sich wieder gefangen hatte. „Ich kann da drüben kaum noch die Tür und die Leiter erkennen.“

Bisher hatte Merelie nur Augen für Elias gehabt, nun widmete sie ihre Aufmerksamkeit der zweiten Tür hier im Stall. Sie stand auf, schlich vorsichtig hinüber und lauschte.

Leise Stimmen waren zu hören. Erwachsene und Kinder. Sie sprachen miteinander und lachten. Zudem konnte sie das Knacken von Holz und das Knistern von Feuer identifizieren. Schlagartig wurde ihr dadurch bewusst, wie kalt ihr inzwischen war.

Sie huschte zurück zu Elias und erzählte ihm davon.

„Ob wir einfach anklopfen und irgendeine Geschichte erfinden sollen?“, schlug er daraufhin vor.

Merelie hielt dies für keine gute Idee. Die aufgebrachten Menschen kamen ihr in den Sinn, die sie vorhin verfolgt hatten.

„Das könnte gefährlich sein. Wir müssen erst nähere Informationen darüber haben, was genau mit uns passiert ist, beziehungsweise wo wir eigentlich sind.“

„Wie wollen wir das bewerkstelligen, Merelie, wenn wir uns nicht zu den Bauersleuten hineintrauen? Für eine Erkundungstour bin ich im Moment definitiv zu schwach.“

Merelie konnte ihm nicht widersprechen. Noch einmal ließ sie den Blick durch den Raum schweifen, er verharrte bei der Leiter. Sie ging hinüber und kletterte nach oben. Durch eine quadratische Aussparung in der Holzdecke gelangte sie in eine Art Dachkammer. Da es kein Fenster gab, war es hier bereits dunkler als unten. Gerade so konnte sie die Umrisse eines Tischs, eines Stuhls und einer Truhe ausmachen, alles achtlos in eine Ecke geschoben, als würde es niemand verwenden. Auf dem Boden lag eine Art flacher, großer Sack. Sie befühlte ihn und hatte den Eindruck, er sei mit Stroh gefüllt. Wenn sie eng mit Elias zusammenrutschte, müsste für sie beide ausreichend Platz darauf sein.

Sie hoffte, etwas Brauchbares in der Truhe zu entdecken. Behutsam hob sie den Deckel an, da sie Angst hatte, er würde beim Öffnen quietschen. Zu ihrer Enttäuschung konnte sie den Inhalt nicht erkennen, doch was dort vor ihr lag, wirkte heller als die Truhenwände. Vorsichtig tastete sie mit den Fingern hinein, zuckte aber sofort wieder zurück.

Ein Tier!

Vor Schreck hätte sie beinahe laut aufgeschrien.

Seltsamerweise bewegte sich das Tier nicht. Erst allmählich begriff sie, dass es sich lediglich um ein Fell handelte. Sie holte es heraus und danach noch ein weiteres. Als nächstes fühlte sie groben Stoff.

Sie hätten also auf jeden Fall etwas, um sich zuzudecken, wenn sie sich auf den Sack legten. Welch ein Glück! Immerhin wusste Merelie jetzt, wie sie die Nacht überstehen konnten. Bei Tagesanbruch, wenn sie wieder bei Kräften wären, könnten sie weitere Pläne schmieden.

Merelies Zuversicht wuchs und sie holte Elias. Beim Aufstieg schwankte er bedenklich, doch sie stützte ihn von unten ab, damit nichts passieren konnte.

Oben angekommen ließ er sich sofort auf den Sack fallen. Am liebsten hätte sich Merelie mit ihm noch über ihre mysteriöse Situation ausgetauscht, doch er schlief ein, kaum dass er sich auf dem Sack ausgestreckt hatte.

Merelie deckte ihn zu und schlüpfte dann zu ihm.

Bei ihr dauerte es lange, bis sie zur Ruhe kam. Der penetrante Tiergeruch des Fells quälte ihre Nase. Außerdem wälzte sich Elias ständig hin und her, was ihr große Sorgen machte. Doch irgendwann überwältigte auch sie die Müdigkeit.

18. Kapitel

Ungeduldiges Muhen weckte Merelie und sie öffnete die Augen. Sie benötigte einen Moment, um sich ins Gedächtnis zu rufen, wo sie lag. In der Kammer herrschte immer noch Dunkelheit. Als Merelie sich auf ihre Umgebung konzentrierte, schälten sich die Konturen von Tisch, Stuhl und Truhe aus der Finsternis.

Sie hörte Elias' rasselnden Atem und drehte sich zu ihm. Mit der Hand tastete sie nach seiner Stirn: Sie fühlte sich heiß an.

Ob sie ihn wecken sollte?

Unten quietschte etwas und Merelie vermutete, dass die Tür zur Bauernstube geöffnet worden war.

Sie erschrak, denn im ersten Moment befürchtete sie, man könnte Elias von unten wahrnehmen. Doch die Kühe waren laut genug, um ihn zu übertönen; sie machten sich nicht nur durch ihr Muhen bemerkbar, auch traten sie jetzt unruhig auf ihren Plätzen hin und her.

Kein Zweifel: Sie warteten sehnsüchtig auf jemanden, der sie vom Druck in ihren prallen Eutern erlöste.

Eine leise Frauenstimme sprach, aber Merelie konnte nicht verstehen, was sie sagte. Der Tonfall ließ darauf schließen, dass die Frau die Tiere besänftigte. Sofort wurde das Muhen weniger und unaufdringlicher.

Unten begann es zu plätschern.

Mist! Sie hatten in der Nacht die Bäckerstüte neben dem Stalltor vergessen, fiel Merelie jetzt ein. Wenn die Bäuerin sie entdeckte, könnte sie ahnen, dass sich jemand hier im Stall versteckte.

Leise krabbelte sie unter dem Tierfell hervor und spürte sofort die morgendliche Kälte. Zitternd kroch sie weiter zur

Luke und spähte vorsichtig hinab. Unten war es bereits etwas heller als in der fensterlosen Dachkammer.

Mit dem Rücken zur Leiter hockte die Bäuerin auf einem Holzschemel. Ohne ihre Hände zu sehen, wusste Merelie, dass sie gerade die Zitzen der vor ihr stehenden Kuh kneteten. Dann stand die Frau auf, einen Eimer in der Hand haltend, und schob den Schemel zum nächsten Tier.

Merelie versuchte, die Bäckerstüte zu erspähen. Doch sie lag außerhalb ihres Sichtbereichs. Den Kopf durch das Loch im Boden zu strecken, wagte sie nicht.

Diesmal konnte Merelie den Melkvorgang genauer beobachten. Beim Anblick der Milch dachte Merelie sehnsüchtig an den Frühstückstisch ihrer Großeltern, an eine schöne heiße Tasse Kakao.

Eine Kuh nach der anderen kam an die Reihe. Und jedes Mal, wenn die Bäuerin sich zwischen den Tieren bewegte, befürchtete Merelie, dass sie die Tüte entdeckte, die sicher noch dort lag, wo Elias gesessen hatte.

Nach getaner Arbeit ging die Bäuerin geradewegs zu der Tür, die zum Wohnbereich führte. Enttäuscht musste Merelie mit ansehen, wie sie die Milch mit sich nahm.

Zum Glück hatte sie wenigstens die Brezen nicht entdeckt!

Merelie hielt sich noch für ein paar Minuten versteckt, dann wagte sie es, die Leiter hinabzusteigen. Rasch eilte sie hinüber zu der Tüte, schnappte sie, kehrte zurück und kletterte wieder nach oben. Die Kühe beobachteten sie neugierig, machten aber keinen Mucks.

Sie setzte sich zu Elias und wartete darauf, dass er wach wurde. Das Tageslicht eroberte nach und nach die Kammer und endlich schlug er die Augen auf; seine Lider flatterten. Zuerst sah er durch sie hindurch, dann schien er sie zu erkennen, und als er sich umblickte, sich auch daran zu erinnern, wo sie sich aufhielten. Mit den Beinen strampelte er das Fell zur Seite.

„Wie geht es dir?“, flüsterte Merelie.

Er zuckte mit den Schultern.

„Irgendwie schlapp.“

Sie brauchte nicht extra zu erwähnen, dass er leise sprechen sollte. Das Reden schien ihn ohnehin anzustrengen.

„Erhöhte Temperatur hast du auch."

„Es fühlt sich an wie in einer Sauna."

Merelie wollte ihm lieber nicht sagen, dass sie fror. Es hätte ihn nur noch mehr beunruhigt.

„Hast du Hunger?"

Ohne eine Antwort abzuwarten, holte sie die beiden Brezen aus der Tüte. So gut es ging, streifte sie die Pfefferkörner davon ab, da sie Angst hatte, sie würden sie noch durstiger machen als sie ohnehin schon war. Anschließend reichte sie eine davon Elias. Er biss hinein und schluckte. Sofort überkam ihn wieder ein Würgereiz.

Rasch setzte er sich auf und beugte sich nach vorn.

Doch genau wie gestern Abend blieb alles in seinem Körper.

„Ich habe Hunger, doch mein Magen wehrt sich", klagte er. „Fast noch schlimmer ist aber der Durst."

Merelie hatte beinahe ein schlechtes Gewissen, dass sie sich – abgesehen von der Kälte - wohl fühlte und ihr auch die Pfefferbreze schmeckte.

„Du musst herausfinden, was geschehen ist, Merelie."

„Und du?", wandte sie ein, obwohl sie die Antwort bereits kannte.

„Ich bin viel zu schwach dafür. Du musst ohne mich los."

Und schon rüttelte ihn ein Hustenanfall durch.

„Ich lasse dich hier nicht alleine zurück!"

„Das ist unsere einzige Chance. Wir können nicht beide hier oben herumliegen und abwarten, was passiert."

Alles in Merelie sträubte sich gegen seinen Vorschlag.

„Auch für mich ist es das Beste, Merelie. Wir sind hier oben auf Dauer nicht sicher. Vielleicht findest du einen Unterschlupf, wo die Gefahr geringer ist, dass uns jemand entdeckt. Und etwas zu trinken wäre nicht schlecht."

Diese Worte gaben für sie letztendlich den Ausschlag. Ihr blieb nichts Anderes übrig, als ohne ihn die Umgebung zu erkunden.

„Also gut", meinte sie. „Aber ich verspreche dir, dass ich bis spätestens zum Mittag wieder zurück bin."

Er musterte sie und sagte: „Aber so kannst du nicht raus."

Merelie sah an ihrem schwarzen T-Shirt und ihrer schwarzen Hose hinab.

„Da war noch mehr in der Truhe als die Felle", erinnerte sie sich.

Sie stand auf und öffnete den Deckel.

Vor ihr lag ungefärbtes, grobes Leinen. Als sie es hervorholte, entpuppte es sich als ein schlecht verarbeiteter, mehrfach geflickter Rock und ein langärmliges Oberteil von ähnlicher Qualität. Dazu eine Haube.

Sie hielt sich den Rock an den Körper.

„Sieht wie ein Sack aus."

„Ach was, steht dir ganz hervorragend."

„Ein geflickter, schmutziger Sack steht mir also ganz hervorragend, ja?"

„Ähm …" Elias suchte nach Worten. „So habe ich es nicht gemeint."

Merelie lachte auf, verstummte aber sofort wieder. Sie hatte Angst, jemand von der Bauernfamilie könnte sie hören.

„Alles gut. Wollte dich nur ärgern. Ich gehe ja zu keinem Schönheitswettbewerb."

Ohne sich vorher ihre eigenen Sachen auszuziehen, schlüpfte sie hinein.

„Das ist so weit geschnitten, da kann ich meine Jeans und mein T-Shirt drunter anbehalten."

An den Armen, wo das Leinen ihre Haut berührte, juckte es.

„Und deine Schuhe auch."

Merelie blickte an sich hinab. Der Rock war ihr viel zu lang, der Saum stieß am Boden auf.

„Super! Die würden bestimmt auffallen."

„Du siehst aus wie jemand aus der Bettlergruppe von den Wallensteinfestspielen."

Merelie nahm es als Kompliment.

An der Seite des Oberteils entdeckte sie einen großen, dunklen Fleck. Sie hoffte, dass nur ein Nahrungsmittel die Ursache dafür gewesen war.

„Was, wenn die Sachen jemand vermisst?“, fragte Elias.

„Dem Staub auf dem Tisch nach zu urteilen, war die letzten Wochen niemand in dieser Kammer.“

„Vielleicht wohnt während der Sommermonate eine Magd hier oben, die den Bauersleuten bei der Ernte hilft.“

Das erschien Merelie plausibel.

Sie legte Elias noch einmal die Hand auf die Stirn. Keine Veränderung.

„Kann ich dich wirklich alleine lassen?“

„Das sollst du sogar.“

Doch Elias’ Aussehen gefiel Merelie gar nicht. Seine Gesichtsfarbe wirkte noch blasser als sonst, seine Lippen bläulich. In unregelmäßigen Abständen ging ein Zittern durch seinen Körper.

„Du schaffst das, Merelie.“

Sie beugte sich zu ihm und drückte ihn zum Abschied.

Dann ging sie zur Leiter und stieg hinab. Anschließend schlüpfte sie durch das Tor hinaus ins Freie.

19. Kapitel

Als Erstes sah Merelie sich vorsichtig um.

Gestern Abend war alles viel zu schnell gegangen. Sofort hatten sie losrennen müssen, ohne sich groß orientieren zu können.

In einigen Metern Entfernung fegte ein Mann mit einem Reisigbesen die Straße. Diese bestand aus festgetretener Erde, keine Spur von Teer und Asphalt, wie es Merelie gewohnt war.

Eine junge Frau kam auf sie zu, mit beiden Armen einen Korb vor sich haltend, sein Inhalt war mit einem Tuch bedeckt. Die Frau musterte sie misstrauisch.

Im ersten Augenblick befürchtete Merelie, die Frau könnte sie als die Unbekannte vom Weinmarkt identifizieren und würde gleich losschreien. Doch nichts dergleichen geschah. Sie ging einfach an Merelie vorüber; ihre einfache Kleidung glich der, die Merelie nun trug, wenngleich sie besser in Schuss war. Da wuchs ihre Hoffnung, dass die Tarnung funktionieren könnte.

Die Gebäude in der Nachbarschaft kannte Merelie nicht, doch der Straßenverlauf führte direkt auf die Stadtmauer zu.

Am besten wäre es wohl, dort hinzugehen und sich die Stelle einzuprägen, an der sie abbiegen musste, um zu Elias zurückzufinden.

Sie ertappte sich dabei, dass sie ständig staunend umherblickte. Dies könnte schnell wieder Argwohn bei den Passanten wecken, deswegen fasste sie den Vorsatz, sich ab sofort möglichst unauffällig zu verhalten.

Ihre Umgebung fühlte sich immer noch sehr unwirklich an, als würde sie in einer virtuellen Realität stecken. Holz und Stein waren die vorherrschenden Baumaterialien, nur selten bedeckte Putz das Mauerwerk der Häuser. Keine Autos, keine Straßenlaternen, keine elektrischen Leitungen.

Dafür, als sie an der Stadtmauer ankam, eine Kutsche, die sich von links in langsamem Tempo auf sie zubewegte. Ein Ochsengespann zog sie und Merelie hatte - anders als gestern Abend - ausreichend Zeit, um auf die Seite zu gehen.

Der vollbärtige Mann auf dem Kutschbock würdigte sie keines Blickes, geladen hatte er mehrere Baumstämme, die mit Seilen auf der Ladefläche mehr schlecht als recht gesichert schienen. Es rumpelte laut, als die Kutsche an ihr vorüberfuhr.

Als sie fort war, hörte Merelie über sich ein Geräusch und schaute nach oben. Dort, dicht unter dem Dachfirst, flatterte eine Schwalbe und klebte gerade mit dem Schnabel Baumaterial an ein halbfertiges Nest.

Diese Stelle gegenüber der Stadtmauer sollte sie wiederfinden können, dachte sie. Dann bräuchte sie nur abzubiegen, die Straße ein paar Meter weiter zu laufen und schon wäre sie wieder bei Elias.

Auf ihrem weiteren Weg gab sie sich Mühe, sich möglichst viele Details einzuprägen. Ihre ganze Umgebung, die Bauweise der Gebäude und die Bekleidung der Menschen, sprachen dafür, dass sie sich tatsächlich nicht mehr im 21. Jahrhundert aufhielt, sondern deutlich früher.

Was diese Zeitreise ausgelöst hatte, konnte sie sich allerdings nicht erklären. Sie musste dringend herausfinden, was passiert war und wie Elias und sie wieder in ihre eigene Zeit zurückkehren konnten.

Wenn es in die eine Richtung funktionierte, dann sollte es auch in die andere klappen, überlegte sie.

Aber wie sollte sie vorgehen?

Wohin sollte sie sich wenden?

Alles hatte am Weinmarkt begonnen, also wäre es wahrscheinlich am Sinnvollsten, dorthin zurückzukehren. Auch wenn es an dieser Stelle gefährlich sein könnte. Jemand könnte sie wiedererkennen.

Doch ihre langen Haare steckten inzwischen unter der Haube, ihr T-Shirt und ihre Jeans unter den weiten Kleidungsstücken aus Leinen. Sie sah jetzt völlig anders aus. Zur Sicherheit schmierte sie sich noch etwas Straßendreck ins Gesicht.

Selbst ihre Großmutter müsste vermutlich zwei Mal hingucken, um sie zu identifizieren.

Dann ging sie an der Stadtmauer entlang bis zum Schweizerberg und diesen hinab in Richtung Weinmarkt. Während des Laufens streifte ihr Rocksaum über den schmutzigen Boden und färbte sich zunehmend braun. Sie erreichte den Bachlauf, bei dem sie gestern Abend abgebogen waren, und stand kurz darauf vor der Kramerzunft. Heute bewachte sie niemand mit einer Hellebarde, dennoch war die Eingangstür geschlossen.

Mit sämtlichen Sinnen nahm sie die vertraute und doch so fremde Umgebung in sich auf: Um sie herum war zweifellos der Memminger Weinmarkt, aber der von vor Hunderten von

Jahren. Ochsenkarren und Pferdekutschen. Menschen in historischer Kleidung, die durcheinanderliefen, manche gemächlich, andere eilenden Schritts. Händler, die Stände aufgebaut hatten oder aus ihren Häusern heraus Waren verkauften.

Eine Vielzahl unterschiedlicher Gerüche kitzelten Merelie in der Nase. Nicht alle waren angenehmer Natur.

Nichts war so, wie es sein sollte.

Wie – um alles in der Welt – waren sie nur hierher gekommen?

Mit einem Mal wurde Merelie traurig. Sie fühlte sich allein und verlassen. In ihren Gedanken versunken stand sie da und bemerkte nicht, dass sich von hinten jemand näherte.

Als an ihrer Kleidung gezupft wurde, drehte sie sich ruckartig um.

Der Junge, der vor ihr stand, erschrak und machte einen Satz von ihr weg. Dabei verhielt er sich so ungeschickt, dass er stolperte und beinahe hingefallen wäre.

Als er sich wieder gefangen hatte, bemerkte Merelie seine krumme Körperhaltung. Sein linkes Bein schien etwas kürzer zu sein als das rechte.

Sein Gesicht war schmutzig, seine Kleidung armselig. Ein ähnliches Bild, wie sie es vermutlich selbst gerade abgab.

Merelie schätzte ihn im Grundschulalter und glaubte nicht, dass Gefahr von ihm ausging. Sein ehrlich wirkendes Lächeln stützte ihre Hoffnung.

Und jetzt erkannte sie ihn wieder. Er hatte ihr gestern Abend freundlich zugewinkt - inmitten der feindseligen Menschenmenge.

Um sich zu versichern, sah sie auf seine rechte Hand. Ja, er war es: Der Ringfinger und der kleine Finger standen unnatürlich ab.

Als er zu sprechen begann, entblößte er schmutzige Zähne und dazwischen zwei Lücken.

„Na, endlich. Ich habe schon auf dich gewartet.“

20. Kapitel

Merelie hatte keine Ahnung, was der Junge meinte. Wie sollte er wissen können, dass sie jetzt und hier auftauchte?

„Ich bin Maximilian“, sagte er fröhlich. „Aber alle nennen mich ‚Maxi‘.“

Sie war viel zu perplex, um darauf reagieren zu können.

„Und wie ist dein Name?“

Zumindest schien er nicht zu wissen, wie sie hieß.

„Merelie“, antwortete sie instinktiv und bereute es im selben Moment. Strategischer wäre es gewesen, sich einen Namen auszudenken, anstatt ihren wahren zu verraten.

Zu spät.

„Freut mich, Merelie“, meinte er. „Ich wollte dich schon gestern Abend abholen, aber du bist sehr schnell verschwunden.“

Jetzt grinste er.

Ja, so konnte man es auch nennen, dachte Merelie, und wunderte sich noch mehr.

„Ich bringe dich aus der Stadt heraus.“

Er packte ihre Hand und zog daran. Es lag kaum Kraft darin.

„Halt. Nicht so schnell. Wer bist du?“

„Maxi. Hab ich doch schon gesagt. Komm jetzt.“

Seine Ungeduld machte Merelie stutzig.

„Wo möchtest du mich hinbringen?“

„Zu meiner Mama.“

„Wer ist deine Mama?“

„Mama.“

Okay, so kam sie nicht weiter. Nach wie vor hatte sie keine Ahnung, um wen es sich bei den beiden handelte, und schon gar nicht, ob sie dem Jungen vertrauen konnte.

„Woher hast du gewusst, dass ich hier bin?“

„Von Mama.“

„Und woher hatte sie diese Information?“

Maxi zuckte mit den Schultern und sein gesamter Körper bewegte sich mit, als habe er ihn nicht ganz unter Kontrolle.

„Sie weiß solche Sachen eben."

„Was will sie von mir?"

„Reden?"

Hörte sich für Merelie so an, als hätte der Junge selbst keinen blassen Schimmer.

Von ihm selbst ging keine Gefahr für sie aus. Er war ihr körperlich völlig unterlegen. Ein Anschubsen würde ausreichen, um ihn zu Boden zu bringen.

Außerdem wirkte er keinesfalls bösartig auf sie.

Diese komische ‚Mama' dagegen konnte sie überhaupt nicht einschätzen. Worauf sollte sie sich hier einlassen? Sie musste Näheres in Erfahrung bringen.

„Wo wohnt deine Mama?"

„Da!"

Er deutete mit dem Zeigefinger in Richtung Südosten. Erneut registrierte Merelie die merkwürdig abstehenden Finger.

„Wie weit ist es?"

„Weiß nicht. Tausend Meilen oder so."

Merelie stutzte, hatte dann aber schnell eine Vermutung, wie sie diese seltsame Antwort einordnen musste.

„Wie weit ist es von hier bis zur Kramerzunft?", fragte sie und schaute hinüber.

„Hm", überlegte er. „Eine Meile?"

Nun war sich Merelie sicher, dass er Entfernungen überhaupt nicht einschätzen konnte. Also versuchte sie es über einen Umweg: „Wie lange brauchen wir, um zu ihr zu kommen?"

Wieder überlegte Maxi. Es dauerte ...

So langsam wurde Merelie ungeduldig. Schließlich hielt sie es nicht länger aus und fragte: „Wenn wir jetzt losgehen, sind wir dann bei ihr, solange es noch Tag ist?"

„Aber sicher", sagte Maxi und strahlte dabei. Er schien erleichtert, dass er nicht weiter darüber nachdenken musste.

„Und auch vor Einbruch der Dunkelheit wieder zurück?"

Maxi nickte aufgeregt.

Das grenzte die Entfernung doch schon erheblich ein.
„Also, worauf warten wir noch?"
Wieder zerrte er an ihrer Kleidung.
„Elias. Ohne ihn gehe ich nicht."
Merelie ertappte sich dabei, dass sie Maxi damit indirekt in Aussicht gestellt hatte, ihm zu folgen.
„Der, mit dem du gestern Abend abgehauen bist?"
„Genau."
„Wo ist er?" Maxi schaute sich um.
„Er ist krank – und in einem Versteck."
„Wo?"
Merelie war noch nicht dazu bereit, ihm den Ort zu verraten. Aber sie glaubte nicht, dass sie den Jungen wieder loswerden könnte. Wie eine Klette würde er an ihr hängen. Und auffällig war sein Humpeln außerdem. Sie hätte keine Chance, weiter die Stadt zu erkunden und Informationen zu sammeln, ohne Aufsehen zu erregen. Aber vielleicht konnte sie von ihm wenigstens erfahren, was sie am Brennendsten interessierte: „Welches Datum haben wir heute?"
„Keine Ahnung."
„Und welches Jahr?"
Maxi zuckte mit den Schultern, dann fiel ihm ein: „Aber Mama kann dir das bestimmt sagen. Sie weiß alles. Wirklich."
Seine Mutter schien ja ein wahres Genie zu sein, vermutlich eine zeitgenössische Version von Google, dachte Merelie und musste grinsen.
Vielleicht ging von dem Jungen Gefahr aus, vielleicht jedoch war er ihre einzige Chance. Sie beschloss, sich auf ihn einzulassen, zumindest für den Moment.
„Also gut, ich führe dich zu Elias."
Jetzt ließ er ihre Kleidung los und nahm sie an der Hand. Sie ging los in Richtung westlicher Stadtmauer und es fühlte sich an, als wäre sie mit einem kleinen Bruder unterwegs. Ihr fiel auf, dass er humpelte, doch ihn schien dies weder zu beeinträchtigen noch zu stören.
„Servus, Maxi", sagte ein Mann, der ihnen begegnete.

Maxi blieb stehen und erwiderte freundlich: „Grüß Gott, Herr Kümmerle. Wie geht's?"
„Muss ja. Und bei dir?"
„Auch."
„Meld' dich die nächsten Tage bei mir. Vielleicht habe ich einen kleinen Auftrag für dich."
„Sehr gerne, Herr Kümmerle. Habe die Ehre."
Auf dem kurzen Weg begegneten sie zwei weiteren Passanten, die Maxi grüßten. Er schien bekannt zu sein wie ein bunter Hund.
Oder kannte hier einfach nur jeder jeden?
Dann wäre es für Elias und sie umso gefährlicher ...
Sie erreichte die Stelle mit dem Schwalbennest und bog in die Gasse ein, in der Elias auf sie wartete. Vor dem Stall legte sie den Zeigefinger auf ihre Lippen. Maxi nickte.
Drinnen stieg sie die Leiter nach oben. Elias sah immer noch erbärmlich aus. Aber zumindest hatte er sich inzwischen auf dem Strohsack aufgesetzt.
Er warf Maxi, der hinter Merelie aus der Luke kletterte, einen ängstlichen Blick zu.
Ehe Merelie den Jungen vorstellen konnte, sagte Maxi: „Der hat aber komische Sachen an!"
„Was hat er gesagt?", fragte Elias.
„Was hat er gesagt?", fragte gleich darauf auch Maxi.
Merelie begriff nicht.
„Wer ist das?", wollte Elias nun wissen.
„Das ist Maxi. Er hat versprochen, uns zu helfen."
Der Junge nickte und sein ganzer Körper schüttelte sich dabei. Voller Stolz meinte er: „Ich bringe euch zu meiner Mama!"
„Was will er? Ich habe nur das Wort ‚Mama' verstanden."
„Hat Elias gerade von meiner Mama gesprochen?"
Merelies Verwirrung wurde immer größer.
Hatte Elias gestern Abend nicht behauptet, auch der Ruf des Nachtwächters wäre nur Kauderwelsch für ihn? Und bei den Leuten aus der Menschenmenge sei es ihm genauso ergangen?

So langsam fiel bei ihr der Groschen …
„Aber ihr versteht beide, was ich sage?“
Elias und Maxi nickten.
„Sag etwas zu ihm, Elias.“
„Hallo Maxi.“
„Mehr.“
Elias überlegte. Dann grinste er.
„Wir sind Reisende aus der Zukunft. Wir sind mit einem Rennwagen hierhergekommen. Er hat einen Flux-Kompensator.“
Seinen Humor schien er trotz seines schlechten Zustands wenigstens nicht verloren zu haben.
„Was hat er gesagt, Maxi?“
„Keine Ahnung.“
„Jetzt du. Erzähl uns etwas!“
„Ich heiße Maxi und wohne mit meiner Mama im Ried. Sie hat mich hierher geschickt, damit ich dich zu ihr bringe.“
„Elias?“
„‘Maxi‘ und ‚Mama‘, dazwischen nur böhmische Dörfer, irgendwas mit ‚geschickt‘. Interessanterweise hört es sich trotzdem wie deutsch an. Habt ihr auch Walther von der Vogelweide in der Schule durchgenommen? Ganz so schlimm ist es nicht.“
„Es sieht so aus, als wäre es für mich kein Problem, dieses alte Deutsch zu verstehen. Und wenn ich spreche, hört es sich für alle wie ihre eigene Sprache an. Ganz automatisch. Es passiert ohne mein Zutun.“
„Na ja, von uns beiden bist du die Magiebegabte.“
„Was meinst du mit ‚altem Deutsch‘?“
„Egal, Maxi, ich werde einfach zwischen euch beiden übersetzen.“
Sie wandte sich wieder an Elias: „Seine Mutter weiß anscheinend etwas, das uns betrifft.“
Dann berichtete sie Elias von ihrer Begegnung mit dem Jungen. Elias stimmte ihr zu, dass sie sich erst einmal auf Maxi einlassen sollten. Was hatten sie auch groß für eine andere Wahl?

„Aber kannst du denn laufen?"
„Müsste ich versuchen", sagte er und stand auf. Das sah sehr wacklig aus, doch er konnte sich ohne ihre Hilfe auf den Beinen halten.
„Mit diesen Klamotten wirst du in der Stadt aber tatsächlich sehr auffallen."
Maxi inspizierte die Truhe.
„Die ist leer", sagte Merelie.
„Kein Problem, dann lasse ich eben meine Kontakte spielen. Aber ihr kommt mit zu Mama, wenn ich ihm anständige Kleidung besorge, versprochen?"
„Also gut", gab Merelie nach und schon schlüpfte Maxi durch die Luke und kletterte wieder nach unten.
Jetzt kam sie aus der Nummer wohl nicht mehr heraus …

21. Kapitel

Nach einer gefühlten Stunde kehrte Maxi in die Dachkammer des Stalls zurück. Stolz grinsend präsentierte er eine graue Hose und ein schwarzes Wams für Elias. Auch sie waren so weit geschnitten, dass er seine eigenen Sachen darunter anbehalten konnte. Sogar Schuhe und Wollsocken hatte Maxi organisiert.
Merelie und Maxi halfen Elias beim Anziehen und als sie fertig waren, sahen sie tatsächlich wie eine zusammengehorende Gruppe zeitgenössischer Leute des gleichen Standes aus.
„Wie hast du die Sachen so schnell besorgen können?", wollte Merelie wissen.
„Ach, die sind nur geliehen. Ich erledige hin und wieder ein paar Angelegenheiten in der Stadt und da schuldet mir eben der ein oder andere einen Gefallen."
Zu gerne hätte Merelie gewusst, was genau er damit meinte, doch sie wollte keine Zeit verlieren. Seit die Entscheidung

feststand, sich mit Maxi auf den Weg zu machen, wollte sie schnellstmöglich aufbrechen.

Nachdem sie die Tierfelle wieder in der Truhe verstaut hatten, kletterte Merelie nach unten. Als Elias folgte, stützte sie ihn wieder, damit er nicht herabfiel. Unten stand er zwar wacklig auf den Beinen, versicherte aber, alleine gehen zu können.

Zu Merelies Überraschung nahm Maxi draußen nicht ihre Hand, sondern die von Elias. Sie interpretierte es so, dass er ihm damit Unterstützung und Kraft geben wollte.

Einerseits blieb ihr der Junge verdächtig, andererseits konnte sie sich immer noch nicht vorstellen, dass eine Gefahr von ihm ausging. Trotz aller Bedenken wirkte er ehrlich auf sie und sie hoffte, dass sie bei seiner Mutter keine böse Überraschung erleben würden.

Die drei bewegten sich entlang der Stadtmauer in Richtung Süden.

Es strengte Merelie an, all die Eindrücke in sich aufzunehmen und einzuordnen: Eine Stadt, die sie eigentlich kannte wie ihre Westentasche, zurückversetzt in der Zeit und dadurch vertraut und fremd zugleich. Menschen in historischer Kleidung, die lange vor ihrer Geburt gestorben sein mussten. Unbekannter Lärm und fremde Gerüche. Pferde, Ochsen, Kutschen und Karren.

Keine Autos; keine Fahrräder; keine Menschen, die auf ihre Handys starrten.

Sie selbst schienen in den geborgten Kleidern nicht mehr aufzufallen.

Schon bald gelang es Merelie, die Epoche besser einzugrenzen, in der sie gestrandet waren. Zu den alle vier Jahre stattfindenden Memminger Wallensteinfestspielen fand immer das sogenannte Lagerleben in der Altstadt statt. Die Einwohner simulierten die Zeit, in der während des Dreißigjährigen Kriegs der bekannte böhmische Feldherr der Katholischen Liga mitsamt seinem umfangreichen Tross durch die Stadt gezogen war. Falls Kleidung und Ausrüstung historisch halbwegs exakt waren, vermutete sie, dass Elias und sie mindestens in diese Zeit zurückgereist waren, wahrscheinlich lag dieser leidvolle Krieg sogar noch in der Zukunft.

„Gab es in letzter Zeit Kampfhandlungen, Maxi?"

„Im Winter nicht. Aber davor schon. Mama sagt, ich soll gut auf mich aufpassen. Sie meint, es geht jetzt erst richtig los. Sobald es wärmer wird. Und wegen der Bauern."

„Was meinst du mit den Bauern?"

„Na, die, die sich gestern in der Kramerzunft getroffen haben. Sie haben irgendwelche Forderungen aufgestellt."

Bingo!

Jetzt wusste Merelie, wann sie gelandet waren. Sie waren exakt zum Datum der Versammlung eingetroffen, die so viel Veränderungen gebracht hatte und in die Geschichtsbücher eingegangen war.

„Wenn ich Maxi richtig verstanden habe, wurden gestern die Zwölf Bauernartikel niedergeschrieben", übersetzte sie für Elias. „Dann müsste jetzt 1525 sein."

Im Stadtarchiv hatte sie ausgiebig darüber gelesen.

„An das genaue Datum erinnere ich mich allerdings nicht", ergänzte sie.

„Ich auch nicht." Elias' Stimme klang schwach. Und prompt begann er zu husten.

„Streng dich möglichst wenig an. Konzentrier dich aufs Gehen."

Elias nickte.

Sie gelangten ans Kempter Tor, das aus der Stadt hinaus nach Süden führte, und konnten es problemlos passieren. Eine der Wachen nannte Maxi beim Namen und wünschte ihm einen guten Nachhauseweg. Im Gegenzug bat Maxi ihn, liebe Grüße an seine Frau und Kinder auszurichten.

In der Ferne konnte Merelie die Silhouette der Alpen erkennen. Sie genoss den Anblick: wenigstens dieses fantastische Panorama hatte sich nicht verändert.

Als sie außer Hörweite der Torwächter gelangten, fasste sie noch einmal zusammen: „Das alles können keine Zufälle sein! Ein Bild von uns beiden vor der Kramerzunft, exakt an diesem historischen Termin. Und die Zeichnung existiert nur, weil wir durch die Zeit gereist und tatsächlich dort gelandet sind."

Sie biss sich auf die Lippen. Durfte sie überhaupt so offen vor Maxi sprechen?

„Die Frage ist: Was ist Ursache und was ist Wirkung?", sagte Elias leise. Sein Verstand funktionierte also, doch Merelie sah ihm an, dass ihn jeder Schritt anstrengte. Maxi hielt weiterhin seine Hand, Merelie griff nun nach seiner anderen.

„Zeitreisen sind kompliziert", meinte sie.

„Die Perspektive auf dem Bild, Merelie."

„Stimmt, der Zeichner muss exakt gegenüber gewesen sein. Wieso? Hat er gewusst, dass wir auftauchen würden? Ich würde mir das Bild so gerne noch einmal ansehen. Schade, dass dein Handy am Denkmal heruntergefallen ist."

„Was ist ein Handy? Und wovon redet ihr da überhaupt?", wollte Maxi wissen. „Ich verstehe kein Wort."

Doch Merelie ging nicht auf die Frage ein, stattdessen sagte sie: „Apropos Handy: Bei meinem ist übrigens der Akku leer. Na ja, großen Nutzen hätte es hier ohnehin nicht. Auf den Netzausbau müssten wir ja noch ein halbes Jahrtausend warten."

„Ein paar Fotos hätten wir zumindest schießen können …", bemerkte Elias traurig.

Er wurde langsamer und blieb schließlich stehen. Die Augen geschlossen, atmete er tief aus und ein. Sofort hatte Merelie ein schlechtes Gewissen. Vielleicht sollte sie ihm keine Fragen mehr stellen. Das strengte ihn zu sehr an.

Sie bot ihm den Arm an und er hakte sich ein. Er lächelte dabei.

„So geht es mir schon besser", beteuerte er und ging mit ihr weiter.

„Wir sind wie eine kleine Familie bei einem Sonntagsausflug", meinte Maxi und freute sich.

„Du erzählst immer von deiner Mama. Was ist eigentlich mit deinem Vater?"

„Keine Ahnung."

„Ist er schon ...“, Merelie machte eine Pause, „... verstorben?“

„Weiß nicht. Hab ihn nie kennengelernt.“

Zu Merelies Verwunderung erreichten sie schon bald nach Verlassen der Stadt das Benninger Ried. Es erstreckte sich in südöstlicher Richtung der Stadt und existierte auch noch in Merelies Zeit. Mit ihren Großeltern war sie schon häufig auf den befestigten Wegen des kümmerlichen Restgebiets spazieren gegangen. Jetzt dagegen begannen Morast, Sumpfpflanzen und kleine Wasserlöcher schon bald nach der Stadtmauer und schienen sich über eine deutlich weitläufigere und erheblich unwegsamere Fläche auszubreiten als fünfhundert Jahre später.

Merelie betrachtete wehmütig die Umgebung: Besiedelung und Ackerbau würden die Landschaft im Laufe der Zeit verändern und ihr den wildromantischen Charme nehmen. Fabriken und Firmenparkplätze würden sich immer näher an das Naturschutzgebiet heranfressen und die Idylle stören. Genau wie die Straße zur Nachbargemeinde Benningen, auf der die Autos unsinnigerweise für knapp dreihundert Meter auf Tempo achtzig beschleunigen durften. Sie schüttelte den Gedanken ab und freute sich lieber an der jetzt noch unberührten Natur.

Zielstrebig fand Maxi seinen Pfad durchs Ried, der zwar zickzack, aber sicher hindurchführte.

Aus der Ferne hörte Merelie das Geläut von Glocken und sie fragte sich, ob es die Riedkapelle in diesen Tagen schon gab.

Dunst stieg auf und verdichtete sich zu Nebel, je weiter sie sich von der Stadt entfernten. Schon bald konnte Merelie nur noch grobe Umrisse der Landschaft um sich herum erkennen. Sie bemerkte, dass Elias‘ Atemprobleme schlimmer wurden.

„Sehr lange wird er nicht mehr durchhalten, Maxi.“

Der Junge hielt an, um Elias eine Verschnaufpause zu gönnen.

„Es ist nicht mehr weit.“

Die Antwort hätte sie froher gestimmt, wenn Maxi vorhin auf dem Weinmarkt nicht von einer Tausend-Meilen-Wanderung gesprochen hätte ...

Als Elias meinte, es ginge wieder, setzten sie ihren Marsch fort. Sie bogen so oft links oder rechts ab, dass Merelie die Orientierung verlor. Wenn Maxi sie jetzt alleine ließe, würden sie hilflos mitten im Sumpfgebiet stehen, dachte sie. Er wirkte zwar pfiffig auf sie, andererseits aber einfach gestrickt und naiv. Zwar glaubte sie kaum, dass er selbst Böses im Schilde führte, allerdings schlich sich der Gedanke in ihren Kopf, dass Menschen mit solchen Charaktereigenschaften relativ leicht instrumentalisiert werden konnten.

Mit einem Mal schälte sich eine Blockhütte aus dem Nebel, nur wenige Meter entfernt.

Wie sie so davorstanden, Elias bei ihr untergehakt, Maxi an seiner anderen Hand, fühlte es sich für Merelie an, als hätten sie das Lebkuchenhaus aus dem Märchen von Hänsel und Gretel entdeckt.

Doch dieses Gebäude war aus groben Holzstämmen errichtet worden, Merelie erkannte morsche Stellen und solche, an denen sich Holzwürmer durchgefressen hatten; die Wände wirkten, als würden sie nicht mehr im rechten Winkel zur Erde stehen. Oben ragte Reet aus dem Nebel hervor. Merelie kannte solche Dächer nur aus dem Norden Deutschlands, hier im Allgäu gab es sie in ihrer Zeit nicht mehr.

Diese Unterkunft wäre einer Hexe wahrlich würdig, dachte sie, was für ihr Vertrauen in die Bewohnerin nicht gerade zuträglich war.

„Hab doch gesagt, dass es nicht mehr weit ist“, platzte Maxi in ihre Überlegungen und ließ Elias los. Ohne weiter abzuwarten, ging er auf die Tür zu und öffnete sie.

Sofort drangen Essensgerüche nach draußen. Inzwischen musste es nachmittags sein und Merelies knurrender Magen erinnerte sie daran, dass sie heute – abgesehen von der Pfefferbreze – noch nichts zu sich genommen hatte.

„Wollen wir reingehen?“, fragte sie Elias ein wenig beklommen.

Er nickte - und so bleich und erschöpft wie er aussah, glaubte sie auch nicht, dass es eine Alternative dazu gab. Also führte sie ihn hinein.

Das Innere der Hütte bestand aus einem einzigen großen Raum; zu Merelies Überraschung befand sich niemand darin. In der Mitte hing ein Kessel über einem offenen Feuer, dessen Rauch gemeinsam mit dem Dampf aus dem Kessel nach oben stieg und durch eine Öffnung im Reetdach ins Freie verschwand.

Um das Feuer einfache Sitzbänke, in einer Ecke auf dem Boden zwei Schlafplätze; dazu ein Schrank, ein Tisch, zwei Stühle und eine Truhe. Am interessantesten fand Merelie ein Regal, das eine der Wände fast vollständig bedeckte; darin Fläschchen, Schüsseln, Dosen und Holzschatullen neben Schriftrollen und Büchern.

Merelie geleitete Elias zu einer der Bänke. Als er sich endlich setzen konnte, atmete er hörbar auf. Merelie nahm neben ihm Platz und flüsterte ihm zu: „Falls es sich bei ‚Mama' um eine Hexe handeln sollte, ist sie zumindest sehr belesen."

„Merelie, du meinst doch nicht wirklich, es gibt Hexen ..."

Als hätte sie dies als Stichwort genommen, erschien eine Gestalt im Türrahmen. Zuerst wurde Merelie durch das Flackern des Feuers geblendet, dann glaubte sie kurz, ein bläuliches Wabern zwischen sich und ihr zu erkennen. Die Person trat ein und Merelie konnte sie genauer in Augenschein nehmen.

Eine Greisin. Ihr langes Leben hatte ihr unzählige tiefe Furchen ins Gesicht gezogen. Anders als die Hexen im Märchen hatte sie keinen Buckel; sie ging aufrecht und maß dennoch maximal anderthalb Meter. Ein ausgemergelter Körper mit so dünnen Armen und Beinen, dass kaum mehr Fleisch und Muskeln auf den Knochen sein konnten. Ihr Haar, nicht weniger voll und üppig als das einer jungen Frau, war schneeweiß und sie trug es zu einem Zopf gebunden. Die Alte hielt ein Büschel grüner Pflanzen in ihrer runzligen Hand, die Merelie nicht kannte.

Diese Greisin konnte unmöglich die Mutter von einem kleinen Jungen wie Maxi sein!

Als sie sich näherte, drehte sie sich leicht und Merelie bemerkte, dass ihr das Haar bis zum Hintern reichte. Jetzt lächelte sie Merelie an.

„Du bist tatsächlich hier“, sagte sie mit klarer, fester Stimme.

Ihre dunklen, tiefgründigen Augen wirkten auf Merelie, als würde sich dahinter ein ganzes Universum verbergen, und sie musste sich gewaltsam losreißen, um nicht völlig darin zu versinken.

„Wer … was … sind Sie?“, stammelte sie. „Woher haben Sie gewusst, dass wir kommen?“

„Ich bin Marlies. Und wir beide sind vom selben Blut.“

22. Kapitel

„Hab doch gesagt, dass ich sie bringe“, plapperte Maxi munter drauf los und Merelie fühlte sich, als würde sie aus einer Art Trance erwachen. „Sie heißt Merelie und sie ist sehr nett. Elias auch.“

Marlies zerrupfte die Pflanzen und streute sie in den Kessel.

„Das rundet das Ganze geschmacklich ab.“

„Mama kocht am Besten“, kommentierte Maxi, nachdem er über den Kesselrand geblickt und mit einem glücklichen Gesichtsausdruck daran geschnuppert hatte.

Merelie glaubte, Mohrrüben zu riechen.

Sie fühlte sich inzwischen völlig überfordert mit dem, was ihr seit gestern widerfahren war. Ihre Gedanken überschlugen sich und fuhren Karussell. Im Moment gelang es ihr nicht, auch nur einen davon einzeln zu greifen.

Mit einer hölzernen Schöpfkelle rührte Marlies um, dann bat sie Maxi, vier Schalen aus dem Regal zu holen, und füllte diese mit einer dünnflüssigen Suppe.

Maxi verteilte die Schalen und gab jedem dazu einen Löffel. Merelie drückte beide Hände an die Tonschüssel. Die Wärme fühlte sich angenehm an.

In der Suppe schwammen vereinzelte Stücke von Kohlblättern und Rüben. Auch Linsen glaubte Merelie zu erkennen.

Als Marlies sich gesetzt und mit dem Essen begonnen hatte, fing auch Merelie zu löffeln an. Es schmeckte relativ fade und sie hätte gerne das Rührei oder die Pfannkuchen ihrer Großmutter dagegen eingetauscht.

Aber es tat gut, etwas in den Magen zu bekommen.

Elias dagegen würgte. Er sprang auf. Die Schüssel fiel ihm aus den Händen und ging zu Bruch. Der Inhalt verteilte sich auf dem Boden.

„Ich muss raus“, brachte er noch hervor, dann stürmte er bereits aus der Hütte. Merelie stellte rasch ihre eigene Schale zur Seite und eilte ihm nach.

Sobald er im Freien war, beugte er sich nach vorn und übergab sich.

„Was ist bloß los mit dir?“, meinte Merelie verzweifelt. „An der Suppe kann es nicht liegen. Mir geht es einwandfrei. Und Maxi und Marlies haben auch davon gegessen.“

„Du hättest ihn nicht mitbringen dürfen, Merelie“, hörte sie hinter sich die strenge Stimme von Marlies.

„Warum?“

„Er gehört nicht hierher.“

Seltsam. Vorhin hatte Merelie den Eindruck gehabt, sie wären der Alten beide willkommen.

Als hätte Marlies Merelies Gedanken gelesen, ergänzte sie: „Nicht in diese Zeit.“

Merelie drehte sich zu ihr.

„Sie wissen, dass wir aus der Zukunft kommen?“

„Ja.“

„Haben Sie uns hierher gebracht?“

„Nein, das hast du ganz alleine geschafft.“

Elias würgte erneut.

„Einen Tag seid ihr nun hier. Wenn er nichts trinkt, wird er übermorgen tot sein.“

Auf eine seltsame Art hörte sich die alte Frau teilnahmslos an, als sie dies aussprach.

„Aber wieso kann er denn nichts trinken?"

„Er gehört nicht hierher", wiederholte Marlies.

„Und ich? Warum muss ich mich nicht übergeben?"

„Bei dir ist es etwas Anderes. Kommt wieder rein. Ich werde euch alles erklären, was ich weiß."

Merelie war sich unschlüssig, ob sie ihr das wirre Zeug glauben sollte, das sie von sich gab. Doch welche Alternative bot sich? Also folgte sie ihr, Elias stützend, zurück ins Innere der Hütte.

Als sie sich setzte, legte sich Elias der Länge nach auf die Bank, den Kopf bettete er auf ihren Schoß.

Der Duft der Kohlsuppe kitzelte sie in der Nase, aber ihre Neugier war größer als ihr Hunger.

„Was haben Sie damit gemeint, wir wären vom selben Blut?"

„Wir entstammen derselben Blutlinie, Merelie. Du bist eine Nachfahrin von mir. Ich spüre es ganz deutlich."

„Sie meinen, Sie sind so etwas wie meine Urururrahnin?"

„Vermutlich sind es noch jede Menge ‚Ur'‚s mehr."

„Wie kommen Sie darauf?"

„Ich habe die Verbindung gespürt, als ich dich das erste Mal gesehen habe."

„Vorhin? Als Sie in die Hütte eingetreten sind?"

Merelie erinnerte sich an die blauen Schlieren vor ihren Augen, über die sie sich gewundert hatte.

„Nicht ganz", widersprach Marlies mit geheimnisvollem Gesichtsausdruck.

„Mama kann Dinge erkennen, die anderen verborgen bleiben", mischte sich Maxi, der ungerührt weiter gegessen hatte, mit vollem Mund ein. „Und manchmal sogar, bevor sie passieren."

„Du bist am Weinmarkt aufgetaucht, das andere Mädchen auf einer Wiese", erläuterte Marlies.

„Moment, welches andere Mädchen?"

„Meine andere Ururururenkelin."

„Ich verstehe nicht?“

„Wirklich nicht?“, fragte Marlies und blickte Merelie herausfordernd an.

Merelie brummte der Schädel.

Die Angst um Elias quälte sie. Konnte es sein, dass er tatsächlich hier sterben würde? In nur zwei Tagen?

Dazu die rätselhaften Andeutungen dieser alten Frau, von der sie immer noch nicht wusste, ob sie ihr trauen konnte.

Ein anderes Mädchen …

Genauso aus dem Nichts gekommen wie sie selbst …

Hilfesuchend blickte sie zu Elias, doch der hatte die Augen geschlossen und atmete ruhig und regelmäßig.

Die Worte ihrer Oma fielen ihr wieder ein, vor wenigen Tagen ausgesprochen: „Doch da stand sie: Malu! In zerfetzter, altmodischer Kleidung, die nicht die ihre war. Das Gesicht blutig, Arme und Beine aufgeschürft. Sie wirkte mindestens zehn Jahre älter, obwohl es kaum mehr als einen Tag her war, dass sie uns verlassen hatte.“

Endlich gelang es ihr, eins und eins zusammenzuzählen.

„Meine Mutter“, flüsterte sie und Marlies nickte.

Malu war also ebenfalls in die Vergangenheit gereist. Und sofort schöpfte Merelie neue Hoffnung: Malu musste wissen, wie man zurück gelangen konnte; sonst hätte sie nicht ihr Baby zu ihren Eltern - Merelies Großeltern - bringen können.

Jetzt, da sich die Puzzleteile ergänzten, fuhr es Merelie kalt den Rücken hinab.

„Wo ist sie?“, fragte sie erwartungsvoll, doch zu ihrer Enttäuschung zuckte Marlies mit den Schultern.

„Bei der Vision, die ich von ihrem Auftauchen hatte, erkannte ich nur grüne Wiesen um sie herum. Einen Tag später habe ich gespürt, dass sie eingetroffen ist. Bei dir habe ich das Zunfthaus der Weber im Hintergrund gesehen.“

„Und dann hat Mama mich losgeschickt, damit ich dich abhole.“

Maxi saß inzwischen auf einer Decke auf dem Boden und spielte mit grob geschnitzten Tierfiguren. Merelie glaubte, eine Kuh, einen Hirsch und ein Pferd zu erkennen. Jetzt sah er auf.

„Genau, Maxi, das hast du gut gemacht."

Maxi freute sich sichtlich über das Lob, dann widmete er sich wieder seinen Holztieren und sprach dabei weiter: „Ich bin beinahe jeden Tag in der Stadt. Ich bin Mamas Augen und ihre Ohren."

„Und meine Beine", ergänzte Marlies. „Meine eigenen fühlen sich von Tag zu Tag schwerer an. Ganz abgesehen davon, dass ich in der Stadt nicht gerne gesehen bin."

„Wieso das?"

„Ach, das ist eine andere Geschichte", wiegelte Marlies ab. „Warum seid ihr eigentlich hierhergekommen?"

„Es war keine Absicht", sagte Merelie. „Ich habe selbst keine Ahnung, wie es passiert ist."

Mit der Hand strich sie über Elias' Wange. Sie glühte.

Nur zwei Tage, wurde ihr immer mehr bewusst, nur zwei Tage hatte sie Zeit, um Antworten und einen Rückweg zu finden.

„Erzähl mir von dir", bat Marlies.

Merelie kam zu dem Ergebnis, dass ihr gar nicht viel Anderes übrigblieb, als Marlies zu vertrauen. Falls die Alte ihr eine Falle gestellt hatte, so saß sie ohnehin bereits darin gefangen. Die Alternative wäre, hier zu verschwinden und woanders nach Hilfe zu suchen, und das unter erheblichem Zeitdruck. Also klammerte sie sich an diesen Strohhalm und berichtete Marlies alles, was ihr in den letzten Tagen widerfahren war. Vom Leben in ihrer eigenen Zeit, von den mysteriösen Ereignissen um ‚Das Buch, das dich findet' bis hin zu der Suche nach ihrer Mutter.

Während Marlies all dies ohne größere Regung zur Kenntnis nahm, hörte Maxi mit offenem Mund zu. Als Merelie endete, rief er: „Ja, verreck im Schächtele! Was es nicht alles gibt!"

Marlies dagegen schien das Erzählte erst einmal sacken zu lassen und ihre eigenen Schlussfolgerungen zu ziehen. Merelie fragte sich, wie viele fantastische Dinge die alte Frau wohl in ihren Visionen schon gesehen hatte, um dermaßen unbeeindruckt zu bleiben.

„Elias glaubt, meine Gabe wäre, fantastische Phänomene zu entdecken.“ Sie selbst war unschlüssig, ob er damit richtiglag.

„Das wäre möglich.“ Marlies überlegte. „Andererseits könnte es auch eine Art Fluch sein.“

„Was meinst du damit?“ Ganz automatisch war Merelie irgendwann zum Duzen übergegangen. Die förmlichere Anrede hatte sich für sie zunehmend falsch angefühlt, gerade so, als würde sie eine Tante siezen.

„Hast du Feinde, Merelie?“

„Nicht, dass ich wüsste“, meinte Merelie nach kurzem Überlegen.

„Vielleicht hat dir jemand ‚Das Buch, das dich findet‘ auf den Hals gehetzt.“

„Wer sollte so etwas tun?“

Marlies zögerte kurz.

„Es muss nicht unbedingt etwas Persönliches sein“, rückte sie schließlich heraus.

„Ich verstehe nicht.“

„Es könnte mit unserer Blutlinie zu tun haben.“

„Du hast gerade schon einmal davon gesprochen. Was ist damit gemeint?“

„So wie deine Großmutter es sagt: Eine besondere Gabe vererbt sich von Mutter zu Tochter, zeigt sich auf immer andere Weise und geht mitunter seltsame Wege.“

„Deine Gabe ist es, Geschehnisse vorherzusehen?“

Marlies nickte.

„Und meine?“

„Nun, wie es aussieht, können deine Mutter und du in der Zeit reisen. Auch wenn du noch nicht herausbekommen hast, wie es funktioniert. Seltsam, dass ihr beide dieselbe Fähigkeit habt, davon habe ich noch nie gehört. Oh, möchtest du noch etwas vom Eintopf?“

Ganz unbewusst hatte Merelie ihre Schüssel leer gelöffelt. Sie fühlte eine wohlige Wärme im Magen.

„Gerne.“

„Freut mich, dass es dir schmeckt. Hat dir deine Großmutter etwas von der zweiten Blutlinie erzählt?"

„Welche zweite Blutlinie?"

„Dann scheint das Wissen darüber verloren gegangen zu sein", erklärte sie mit einem Stirnrunzeln und schöpfte sich selbst nun ebenfalls nach. „Es gibt auch eine männliche Blutlinie, Merelie. Und wir müssen uns vor ihr in Acht nehmen. Zumindest vor ihrem aktuellen Vertreter."

„Warum? Wer ist das?"

„Er wohnt in Memmingen, er ist Mitglied des Stadtrates und sein Name ist Magnus Gmeininger. Er ist dein Ururururgroßvater, Merelie."

23. Kapitel

„Aber wie kann er mein Ururururgroßvater sein? Das hieße …"

Mitten im Satz hielt Merelie inne, denn plötzlich drängte sich eine weitere Erkenntnis in ihr Bewusstsein: „Du musst eine Tochter haben! Was ist mit ihr? Warum ist sie nicht hier?"

„Sehr schön! Du erkennst die Zusammenhänge und stellst die richtigen Fragen."

Bislang hatte Merelie den Eindruck gehabt, dass Marlies über den Dingen stand, doch jetzt senkte sie den Blick. Sie schien peinlich berührt, als sie weitersprach: „Magnus war in jungen Jahren überaus galant, ein schneidiger Bursche. Es hat mir außerordentlich geschmeichelt, dass er mir schöne Augen gemacht hat. Schließlich zählte ich etwa doppelt so viele Jahre wie er, als wir uns kennengelernt haben. Er übte eine so starke Anziehungskraft auf mich aus, dass ich ihm nicht widerstehen konnte. Heute weiß ich, dass die Gründe dafür in seiner Abstammung und in seiner Gabe lagen, doch damals wusste ich selbst noch nichts von der männlichen Blutlinie. Auch konnte ich das Unheil nicht wie sonst auf mich zukommen sehen.

Magnus jedoch kannte meine Fähigkeit und sein Plan war von Anfang an, ein Kind mit mir zu zeugen. Ein Kind, geboren aus beiden Blutlinien, das er für seine Zwecke einsetzen wollte. Er war regelrecht besessen von der Überzeugung, dass es so mächtig wäre, wie niemand aus einer der beiden Blutlinien zuvor."

„Wie kam er darauf?"

„Du meinst, ob er dazu auf irgendwelches altes Wissen zurückgriff?"

Merelie nickte.

„Das weiß ich nicht. Meiner Meinung nach handelte es sich lediglich um eine fixe Idee. Doch seine Taktik ist aufgegangen und ich habe Magnus erst durchschaut, als ich schwanger war."

„Und dann?"

„Zeigte er sein wahres Gesicht. Ich wollte fliehen. Doch Magnus war bereits damals so einflussreich, dass er mich überall gefunden hätte. Zudem hat mich die Schwangerschaft sehr mitgenommen. Die letzten vier Monate habe ich nur noch gelegen."

Elias bewegte sich und Merelie strich ihm übers Haar.

„Ich muss zugeben, dass er sich überaus fürsorglich um mich gekümmert hat. Aber schließlich wollte er ja etwas von mir: mein Kind."

Bisher hatte Marlies auf Merelie sehr gefasst gewirkt, nun wurden ihre Augen glänzend.

„Die Wehen setzten viel zu früh und sehr schmerzhaft ein. Zum Glück war gerade eine Freundin bei mir, Thea, Gott habe sie selig."

Ganz automatisch machte Marlies ein Kreuzzeichen, bislang hatte sie nicht sehr religiös auf Merelie gewirkt; Maxi schloss sich an.

„Thea hat mir geholfen, beide Kinder zur Welt zu bringen."

„Beide?", fragte Merelie verwirrt.

Maxi mischte sich ein: „Madlen und Maximilian."

Merelie glaubte ihren Ohren nicht zu trauen. „Maxi ist tatsächlich dein Sohn?"

„Nein", sagte Marlies. „Maximilian war tot. Madlen dagegen wirkte zwar schwach, aber lebte."

Merelie wurde immer ungeduldiger: „Was passierte weiter?"

„Ich habe Magnus seinen toten Sohn präsentiert. Er war am Boden zerstört, aber mein Plan ging auf und er glaubte mir. Thea hat Madlen in ein Kloster am Bodensee gebracht. Magnus hat nie erfahren, dass sie existiert. Wäre ich mit ihr geflohen, so hätte er die richtigen Schlüsse gezogen und uns bis ans Ende der Welt verfolgt, um ihrer habhaft zu werden. Auf die Idee, dass ich Zwillinge geboren hatte, kam er zum Glück nicht. Ich konnte danach keine Kinder mehr bekommen, zum Glück, so war ich sicher vor Magnus. Danach hat er sich an die Holdenried Sophia herangemacht."

„Wer ist das?"

„Ludwig Holdenried war ein angesehener Kaufmann und Stadtrat. Obwohl er ein hervorragender Schwimmer war, ist er damals unter mysteriösen Umständen in der Iller ertrunken, als er die Flößer beaufsichtigte. Schon kurze Zeit später hat Magnus seiner Witwe den Hof gemacht und sie schließlich geheiratet. Nachdem er zuvor auf eher zwielichtige Weise sein Geld verdient hatte, bedeutete dies für ihn einen gesellschaftlichen Aufstieg, und für Sophia, dass sie ihren zweijährigen Sohn Bartholomäus nicht alleine aufziehen musste. Er hat Holdenrieds Geschäfte weitergeführt und wurde bereits nach wenigen Monaten in den Stadtrat aufgenommen. Wie ich ihn einschätze, lief alles nach seinem Plan. Außer vielleicht, dass Sophia ihm keine Nachfahren schenkte."

„Was ist aus deiner eigenen Tochter geworden? Madlen?"

„Ich habe sie nie wiedergesehen, aber ich spüre, dass sie lebt und dass es ihr gut geht. Und wie deine Anwesenheit mir zeigt, ist sie irgendwann selbst Mutter geworden." Bei den letzten Worten blinzelte Marlies Merelie zu.

Merelie war überwältigt. Dafür, dass sie bis vor wenigen Tagen so gut wie nichts über ihre eigene Mutter gewusst hatte, kannte sie plötzlich fünfhundert Jahre alte Teile ihres Stammbaums.

„Und ich wurde nach Maximilian benannt“, verkündete Maxi stolz. „Mama hat mich gefunden, gell, Mama?“

„Ja, genau so war es. Eines frühen Morgens hörte ich einen Säugling weinen. Ich stand auf, ging vor die Tür und da lag er. Eingewickelt in Leinen, in einem brüchigen Binsenkorb. Ich blickte umher, aber weit und breit war niemand zu sehen. Als ich ihn näher betrachtete, hatte ich eine Vermutung, warum seine Mutter ihn abgewiesen hatte. Er hatte zahlreiche Missbildungen und sie konnte wahrscheinlich nicht damit umgehen.“

Marlies machte eine kurze Pause.

„Du musst wissen, Merelie, dass ich einen gewissen Ruf in der Stadt habe. Die einen halten mich für eine Hexe, die anderen für eine weise Frau. Ich habe keine Ahnung, was Maxis Mutter in mir sah, doch wahrscheinlich hielt sie mich für die einzige Chance für ihr Kind. Ich hatte damals selbst nicht geglaubt, dass Maxi lange leben würde, aber sieh ihn dir nur heute an. Er ist mein ganzer Stolz!“

Maxi grinste breit.

„Ich möchte mindestens so alt werden wie Mama“, meinte er und sie sah ihn liebevoll an.

„Als er da vor mir lag, mitsamt seinen Problemen, habe ich ihn sofort in mein Herz geschlossen. Ich hatte immer darunter gelitten, dass mein eines Kind so weit weg und mein anderes tot war; so benannte ich ihn nach meinem Sohn. In all den Jahren hat er mir mindestens ebenso viel gegeben wie ich ihm.“

Für einige Zeit herrschte Schweigen in Marlies’ Hütte. Merelie beobachtete das Feuer, das sich durch die Holzscheite fraß und lauschte dem Knistern und Knacken. Sie dachte über all das nach, was sie von Marlies erfahren hatte, bis diese sich wieder zu Wort meldete.

„Magnus hat ebenfalls Visionen.“

Es klang bitter.

„Er hat dieselbe Fähigkeit wie du?“

„Ich weiß es auch erst seit gestern Vormittag.“

„Seit gestern Vormittag?“

„Er war hier. Hat mich unter Druck gesetzt. Er wollte in Erfahrung bringen, ob ich kürzlich ungewöhnliche Visionen von jungen Frauen gehabt hätte. Ich habe ihm nichts gesagt, aber es stellte sich heraus, dass er bereits Kenntnis von dir und deiner Mutter hatte. Was er genau gesehen hatte, weiß ich nicht. Zumindest nicht deine Ankunft am Weinmarkt. Sonst hätte nicht Maxi, sondern er dort gewartet."

„Ich verstehe es nicht. Du hast gesagt, er sei aus der männlichen Blutlinie. Also muss er doch schon früher eine besondere Fähigkeit besessen haben."

„Er kann Menschen beeinflussen und manipulieren. Es geht eine hypnotische Wirkung von ihm aus. Die Leute erkennen mehr in ihm als er tatsächlich ist, glauben ihm sogar Lügen. Er stammt aus sehr ärmlichen Verhältnissen und ist heute trotz seiner vielen schmutzigen Spiele ein angesehener, wohlhabender Bürger und Mitglied des Stadtrates."

„Deswegen bist auch du damals auf ihn hereingefallen?"

„Ja."

„Aber er hat eine zweite Fähigkeit?"

„Wie es aussieht, hat er meine übernommen. Wie das geschehen ist, darüber kann ich auch nur spekulieren. Wesentlich mehr als deine Großmutter weiß ich auch nicht. Früher hatte Magnus jedenfalls keine Visionen. Ich befürchte, er ist mächtiger als ich bisher glaubte."

„Wir müssen sehr vorsichtig sein, Merelie", meldete sich Elias zu Wort und Merelie schaute zu ihm hinab.

„Oh, du bist wach?"

„Ich habe alles mit angehört", behauptete er.

„Wie geht es dir?"

„Nicht gut." Er drehte den Kopf zu Marlies. „Aber wie kommen wir wieder nach Hause?"

Merelie übersetzte.

„Das ist tatsächlich die drängendste Frage", bestätigte Marlies. „Es sieht nicht so aus, als würde dein Freund etwas aus dieser Zeit bei sich behalten können. Weder Essen noch Trinken. Ihr müsst dringend zurück!"

Einen Moment lang schien Marlies zu überlegen, dann wandte sie sich wieder an Merelie: „Erzähl mir noch einmal in allen Einzelheiten, wie ihr hierhergekommen seid."

Und Merelie folgte ihrer Bitte. Sie berichtete erneut, wie sie das historische Bild vom Weinmarkt im Stadtarchiv entdeckt und mit dem Handy abfotografiert hatten; wie sie über das seltsame T-Shirt mit den drei ‚F' gerätselt und wie sie am Freiheitsbrunnen gestanden und sich das Bild noch einmal angesehen hatten.

Nach ihrer Zusammenfassung schöpfte Merelie Hoffnung, dass Marlies eine Idee haben könnte, doch die alte Frau schüttelte lediglich den Kopf.

„Ich befürchte, es bleibt uns nichts Anderes übrig, als deine Mutter zu suchen. Sie muss es wissen. Schließlich ist sie auch hierher gereist."

„Aber wo sollen wir da anfangen? Sie könnte längst überall sein."

„Sieht sie so ähnlich aus wie du?", fragte Maxi und legte den Kopf schief, als er sie betrachtete.

Mit Wehmut dachte Merelie daran, wie sie gemeinsam mit ihren Großeltern und Elias die alten Fotos aus dem Umzugskarton angeschaut hatte. Es war erst zwei Tage her und doch schien ihr inzwischen eine Ewigkeit vergangen.

„Ja, man erkennt sofort, dass wir verwandt sind."

„Dann habe ich sie vorgestern gesehen", ließ er beiläufig fallen, als sei es das Selbstverständlichste der Welt.

Merelie und Marlies blickten überrascht zu Maxi; sogar Elias schien ihn verstanden zu haben, denn er richtete sich neugierig auf.

„Wo hast du sie beobachtet?", fragte Merelie aufgeregt.

„Sie ist gemütlich durch die Stadt gegangen. Mit dem ältesten Sohn von den Haupts. Eine Bauernfamilie, wohnt nur unweit vom Lindentörle."

„Maxi, du bist ein Schatz", lobte ihn Merelie. „Wir müssen sofort zu ihr."

„Ich glaube, das geht nicht."

„Warum?"

„Ich habe es heute Morgen am Weinmarkt gehört, als ich auf euch gewartet habe. Sie haben letzte Nacht eine Fremde in den Hexenturm am Marktplatz geworfen. Von der Beschreibung her könnte es deine Mutter sein."

Merelie zuckte zusammen.

In Gedanken sah sie den Turm, wie er in ihren Tagen ein wenig windschief an der Stadtmauer lehnte. Ebenerdig gab es keinen Eingang, erst in drei, vier Metern Höhe war eine Tür. Während man den Turm ursprünglich über einen Wehrgang betreten konnte, brauchte man inzwischen eine Leiter, wenn man hineinwollte.

Das durfte doch nicht wahr sein! Nun war sie ihrer Mutter so nahe gekommen und jetzt steckte sie unerreichbar in einem Verlies! Ganz abgesehen von den Nöten, die die Ärmste auszuhalten hatte.

„Wieso hast du uns das denn nicht früher gesagt?", fragte Marlies.

Maxi zuckte mit den Schultern.

„Ich wusste ja bisher nicht, dass es so wichtig ist."

„Es ist ohnehin schon zu spät. Draußen wird es bereits dunkel. Selbst Maxi hat dann Probleme, einen sicheren Weg durchs Ried zu finden. Wir müssen den Sonnenaufgang abwarten."

Zu gerne hätte Merelie Malu so schnell wie möglich geholfen und damit hoffentlich auch Elias. Doch so leid ihr die beiden auch taten, im Moment schien sie zur Untätigkeit verdammt. Alles, was ihr blieb, war, sich möglichst gut auf den morgigen Tag vorzubereiten. Marlies würde sie kaum begleiten können und Elias erst recht nicht.

„Kommst du mit mir, Maxi?"

„Klar doch", freute er sich. „Wie würdest du dich denn ohne mich zurechtfinden?"

Wieder grinste er. Er schien einen unzerstörbaren Optimismus zu besitzen. Dies ließ auch Merelie hoffen.

Sie saßen noch lange am Feuer und unterhielten sich. Marlies erzählte von der Welt des 16. Jahrhunderts und Merelie, wie sie sich in den nächsten fünfhundert Jahren verändern würde. Mehrfach zweifelte Maxi ihre Worte an, doch gleichzeitig schien er völlig fasziniert zu sein. Marlies nickte nur und Merelie hatte den Eindruck, die alte Frau hätte manche Entwicklungen bereits in ihren Visionen gesehen.

Doch bei aller Neugierde und Aufregung stellte sich dennoch im Laufe des Abends die Müdigkeit ein. Merelie entschied, vernünftig zu sein und sich hinzulegen. Schließlich hatte sie morgen viel vor und wollte fit dafür sein.

Sie führte Elias zu einem der beiden Schlafplätze, er legte sich hin und sie kuschelte sich an ihn; Marlies und Maxi betteten sich auf dem anderen zur Ruhe.

Als Merelie die Augen schloss, verfolgten sie die Bilder der letzten Stunden. Ihre Ankunft auf dem Weinmarkt, ihre Unterkunft im Stall, der Gang durch das historische Memmingen und das angrenzende Ried.

Vor allem beschäftigte sie der Zustand von Elias. Sein Körper glühte und immer wieder wurde Elias von Schüttel- und Hustenattacken gequält.

Es lastete schwer auf ihr, dass sie ihren Freund in diese große Gefahr gebracht hatte, auch wenn es ohne Absicht geschehen war.

Hoffentlich konnten sie Malu ausfindig machen.

Und hoffentlich wusste ihre Mutter, wie sie in ihre Zeit zurückkehren konnten.

Merelie wurde schmerzhaft klar, dass sie keinen Plan B hatte.

Irgendwann fiel sie in einen traumlosen Schlaf.

IV. Teil
Malus Gefangenschaft

24. Kapitel

Malu erwachte und mit ihrem Bewusstsein kehrte langsam und träge auch die Erinnerung zurück.

Was war ihr widerfahren?

Sie hatte auf ihrem Bett in ihrer Studenten-WG in München gelegen und Geschichtsbücher gewälzt. Irgendetwas hatte sie von dort fünfhundert Jahre in die Vergangenheit katapultiert, mitten auf eine Wiese vor den Toren ihrer Heimatstadt Memmingen.

Danach hatte sie Kilian getroffen, später Barthel und schließlich dessen Vater Magnus.

Jedem hatte sie vertraut und alle hatten sie verraten.

Am meisten schmerzte sie, dass Kilian sie im Stich gelassen hatte. Wenn er ihren Rauswurf aus dem Hause der Haupts verhindert hätte, wäre alles Weitere erst gar nicht passiert. Sie hätte nicht mitten in der Nacht mutterseelenallein nach einem sicheren Schlafplatz Ausschau halten müssen und wäre niemals auf die Idee gekommen, bei den Gmeiningers Unterschlupf zu suchen. Der Übergriff Barthels hätte nicht stattgefunden und Magnus Gmeininger hätte nicht dafür gesorgt, dass man sie mitten in der Nacht erbarmungslos aus dem Haus gezerrt hatte.

Solange sie die Augen geschlossen hielt, konnte sie sich der Vorstellung hingeben, ihre mysteriöse Reise wäre nur ein böser Traum gewesen und in Wirklichkeit läge sie glücklich und zufrieden im Bett in ihrem Studentenzimmer. Doch schon die unbequeme Unterlage bestätigte ihr, dass sie auf keiner Federkernmatratze ruhte, sondern auf Stroh.

Außerdem spürte sie starke Schmerzen an den Oberarmen, dort wo die Männer der Stadtwache sie brutal festgehalten und dann durch die Straßen der Stadt geschleift hatten.

Doch am eindringlichsten machte ihr klar, nicht zu träumen, dass es nach Kot und Urin stank.

Allen Mut zusammennehmend öffnete sie die Augen. Über sich erblickte sie eine schwache Lichtquelle in der Form eines Quadrats. Nur wenig Helligkeit drang zu ihr, doch es genügte, um zu erkennen, dass der Raum, in dem sie sich befand, kaum größer war als das Badezimmer in ihrer Studenten-WG. In kurzer Entfernung standen zwei Eimer, an einer der Wände spiegelte sich spärlich das Licht.

Sonst sah sie nichts.

Malu versuchte, sich aufzusetzen, doch sofort wurde ihr schwindlig. Sie hatte ein flaues Gefühl im Magen und würgte.

Langsam, sagte sie sich, immer mit der Ruhe.

Als sie sich etwas besser fühlte, erhob sie sich. Sobald sie den linken Fuß belastete, stach ihr ein kaum auszuhaltender Schmerz in den Knöchel. Ganz automatisch sackte sie wieder zu Boden. Sie tastete nach der Stelle und spürte, dass sie stark angeschwollen war.

So konnte sie unmöglich gehen!

Sie konnte sich nicht daran erinnern, wie dies passiert war. In ihrem Gedächtnis befanden sich nur noch Bruchstücke.

Waren es vier oder fünf Männer gewesen, die ins Gästezimmer der Gmeiningers gestürzt waren und sie herausgeschleift hatten? Sie konzentrierte sich, doch die Mitglieder der Stadtwache blieben gesichtslos. Der nächtliche Weinmarkt blitzte vor ihrem inneren Auge auf und der Marktplatz. Sie hatte von unten nach oben gesehen, zum Sternenhimmel, also musste sie zu Boden gefallen sein. Die Männer hatten sie grob wieder auf die Beine gezerrt und weitergeschleppt.

Dass sie Schmerzen in den Oberarmen und am Knöchel hatte, wunderte sie nicht.

Wenn sie Pech hatte, war sogar ein Knochen gebrochen, mit großem Pech sogar mehrere.

Ihre Zunge fühlte sich dick und pelzig an.

Wann hatte sie zuletzt getrunken? Sie hatte keine Ahnung; sie wusste ja noch nicht einmal, welche Tageszeit gerade war.

Was die Eimer wohl enthielten? Vielleicht fand sie dort ja etwas Wasser vor.

Sie drehte sich auf den Bauch und stützte sich auf Hände und Knie. Der Knöchel blieb entlastet, so funktionierte es.

Auf allen Vieren kroch sie zu den Eimern. Über dem einen summte es und schon traf etwas ihre Wange und prallte davon ab: eine Fliege. Obwohl sie den Inhalt schon erahnte, blickte sie über den Rand und erkannte ihn trotz des schummrigen Lichts: Jemand hatte seine Notdurft dort hinein verrichtet. Wieder würgte sie.

Rasch widmete sie sich dem anderen Kübel. Tatsächlich: Wasser.

Doch es roch abgestanden und verschmutzt. Zudem ekelte sie die bloße Nähe zu dem anderen Eimer.

Trotz ihres Durstes verzichtete sie darauf zu trinken.

Ein Geräusch!

Sie drehte den Kopf. Wo war es hergekommen?

Es hatte sich wie Rascheln angehört.

„Hallo?“, sagte sie leise. „Ist da jemand?“

Niemand antwortete.

Ihre Stimme hörte sich fremd an, kratzig und rau, und sie hallte nach. Der kleine Raum musste also recht hoch sein.

Sie tastete die Wand ab. Die Mauersteine fühlten sich an, als hätten sie kleine Löcher und Aussparungen und Malu vermutete, dass sie aus Tuffstein bestanden. Dann widmete sie sich der Stelle, an der sich das Lichtviereck spiegelte, und entdeckte einen Metallring, der im Gemäuer verankert war. Sie erschrak, als ihr klar wurde, wozu er diente. Zum Glück war ihr erspart geblieben, dort angekettet zu sein.

Kein Zweifel: Man hatte sie in irgendein Verlies geworfen! In dem spärlichen Licht von oben vermutete sie einen Spalt um eine quadratische Falltür.

Sie kroch hinüber, bis sie sich genau darunter befand. Dann biss sie die Zähne zusammen und stand auf. Es schmerzte höllisch. Dennoch streckte sie ihren rechten Arm nach oben, erreichen konnte sie die Falltür jedoch nicht.

Erschöpft fiel sie zu Boden.

Es ist egal, wo ich liege, dachte sie, ein Platz ist hier wie der andere.

Ob sie um Hilfe rufen sollte?

Sinnlos. Es würden sie ohnehin nur die hören, die sie hierhergebracht hatten.

Sie fühlte sich allein und verloren.

Als sie die Augen schloss, quälte sie wieder der Durst, aber der Ekel vor dem schmutzigen Wasser blieb stärker.

Je ruhiger sie sich verhielt, desto weniger schmerzte ihr Körper.

Vor ihrem geistigen Auge erschien ein Gesicht – Kilians Gesicht. Trotz seines Verrats vermisste sie ihn ganz schrecklich. Wenn er nur hier bei ihr sein könnte, dann ließe sich alles viel leichter ertragen. Bei genauer Betrachtung war ihm wahrscheinlich gar keine andere Wahl geblieben, als seinen Eltern zu gehorchen. Schließlich war er in einem ganz anderen Geiste erzogen worden als sie selbst. In dieser Zeit war es vermutlich kaum vorstellbar, sich gegen Vater und Mutter aufzulehnen, schon gar nicht in deren eigenem Haus. Und was hatte Malu schon vorzuweisen? Für ihn musste sie lediglich eine seltsame Fremde sein, die sich ständig in Widersprüche verwickelte und auf jeden normalen Menschen verdächtig wirkte. Wie hatte sie nur erwarten können, dass er ihr vertraute? Bei dem Gedanken, ihn vielleicht niemals wiederzusehen, befiel sie eine tiefe Traurigkeit. Seltsamerweise fühlte sich dies schlimmer an als die Angst um ihr eigenes Schicksal.

Malu dämmerte weg und erwachte wieder. Irgendwann knurrte ihr auch der Magen.

Die konnten sie doch nicht einfach hier verhungern lassen, oder?

So lag sie einfach nur da und es fiel ihr zunehmend schwerer, einen klaren Gedanken zu fassen.

Es blieb ihr gar nichts Anderes übrig, als das Wasser aus dem Eimer zu probieren. Ansonsten würde ihr Zustand nur noch schlimmer werden.

Sie kroch hinüber, tauchte ihre Rechte hinein und schöpfte sich eine Handvoll heraus. Es schmeckte schal und erdig und verursachte einen Hustenreiz. Dennoch trank sie weiter.

Danach blieb sie einfach neben dem Eimer liegen, schlief erneut ein und kam wieder zu sich, als es über ihr knarzte.

Das plötzliche Licht von oben blendete sie und sie musste wiederholt blinzeln, um sich an die Helligkeit zu gewöhnen. Eine Leiter wurde nach unten gelassen. Dann kletterte jemand, mit dem Rücken zu ihr, daran herab.

Erst als er unten ankam und sich zu ihr umdrehte, erkannte sie, wer es war: Magnus Gmeininger.

25. Kapitel

Gmeininger stand exakt im Lichtschein, der durch die Öffnung in das Verlies fiel. Malu lag vor ihm und musste zu ihm aufblicken. Aus diesem Winkel wirkte sein Kopf, als trüge er einen quadratischen Heiligenschein. In seinem Gesichtsausdruck konnte Malu keine Gefühlsregung erkennen.

„Grüß Gott, Marie", sagte er.

Gmeininger musterte die Umgebung.

„Nicht ganz so bequem hier wie unser Gästezimmer. Hast du dennoch gut geschlafen, Marie?"

Sie wusste nicht, was sie erwidern sollte. Außerdem schämte sie sich, so schmutzig und geschunden, wie sie inzwischen aussehen musste. Doch sie erkannte rasch, dass Gmeininger im Moment ihre einzige Chance war, hier herauszukommen.

„Es war alles ein Missverständnis, Herr Gmeininger, Sie müssen mir glauben."

„So so, ein ‚Missverständnis‘. Was genau war denn das ‚Missverständnis‘, Marie?“

Sie überlegte.

Jetzt nur nichts falsch machen. Und auf keinen Fall irgendwelche Beschuldigungen aussprechen.

„Das mit Ihrem Sohn. Sicher hat er sich nur in der Tür geirrt.“

„Du hast ihm also keine schönen Augen gemacht, Marie?“

Wieso wiederholte er so penetrant ihren Namen?

„Ähm, möglicherweise hat er meine Blicke fehlinterpretiert …“

„Du hast ihm also nicht zugeflüstert, er solle in dein Zimmer kommen, ja?“

Wenn sie die Wahrheit sagte, dann stand Aussage gegen Aussage. Warum sollte Gmeininger einer Fremden mehr glauben als seinem eigenen Sohn?

„Soll ich dein Schweigen als Schuldeingeständnis deuten, Marie?“

Kaum hörbar flüsterte sie: „Nein.“

Er wartete kurz, dann sagte er: „Bartholomäus ist ein Fall für sich. Seine Mutter hat ihn mit viel zu viel christlicher Barmherzigkeit erzogen. Er hätte schon als Kind öfter eine harte Hand gebraucht. Außerdem neigt er dazu, sich in Schwierigkeiten zu bringen.“

„Heißt das, Sie glauben mir?“

„Nein!“, zerstörte seine scharfe Antwort sofort jegliche Hoffnung.

„Aber ich wollte ihn nicht verführen.“

„Was wolltest du dann in meinem Haus?“

Malu hatte dort nach einer Zuflucht gesucht und war letztendlich dadurch noch tiefer in Gefahr geraten, als sie es sich hatte vorstellen können.

„Schutz“, erwiderte sie leise.

„Schutz wovor?“

Konnte es ihr helfen, wenn sie ihm die Wahrheit erzählte?

Unwillkürlich musste sie daran denken, welche Reaktion die Worte der kleinen Elsslin bei Kilians Mutter ausgelöst hatten.

Wenn sie sich offenbarte, würde Gmeininger vermutlich genauso reagieren wie Frau Haupt.

„Nun?", drängte Magnus ungeduldig.

„Ich bin keine Hexe", sie versuchte, ihre Stimme selbstbewusst klingen zu lassen, und hörte sich dennoch unsicher und gebrochen an.

„Dein Gedächtnis ist also wieder zurückgekehrt!"

Hatte er eben versucht, ein triumphierendes Lächeln zu unterdrücken?

„Also, woher stammst du? Wer bist du?"

Malu fühlte sich in die Enge getrieben. Sie glaubte nicht mehr daran, dass sie sich weiterhin mit Lügen durchlavieren könnte. Geschichten, dass sie aus Ottobeuren käme oder irgendjemandes Base wäre, ließen sich viel zu leicht überprüfen.

Doch die Wahrheit würde ihr niemand glauben. Man würde sie erst recht vor ein Gericht stellen. Sie hatte genügend Dokumente über Hexenverfolgungen gelesen, um zu ahnen, was ihr schlimmstenfalls passieren könnte.

In Gedanken sah sie sich an einen Pfahl gefesselt, auf einem Reisighaufen stehend. Dutzende gaffende und johlende Menschen um sie herum, die sie mit Unrat bewarfen und unflätig beschimpften. Ein Mann, der eine brennende Fackel an das Material unter ihr hielt. Die Flammen, die sich rasch zu ihr vorfraßen, erst ihre Kleider und dann sie selbst in Brand steckten. Sie hörte sich schreien, lauter und lauter, dann immer leiser werdend.

„Ich bin keine Hexe", wiederholte sie flüsternd.

Magnus' Antwort entpuppte sich als eine frohe Überraschung für sie: „Aber selbstverständlich bist du keine Hexe, Marie!"

Doch bereits sein Nachsatz holte sie auf den Boden der Tatsachen zurück: „Falls dies dein richtiger Name ist."

Spielte er ein Spiel mit ihr?

Heucheln von Verständnis, dann wieder Anklage? Zuckerbrot und Peitsche?

Ihre Gedanken wirbelten durcheinander und sie erkannte, dass dies vermutlich genau das war, was er bezweckte. Er wollte sie mürbemachen. Er wollte, dass ihr Fehler unterliefen.

„Ich weiß, dass du aus der Zukunft stammst."

„Woher?", entfuhr es ihr spontan und im selben Augenblick wusste sie, dass sie sich damit verraten hatte.

„Es stimmt also", seine Reaktion war mehr Bestätigung als Frage. „Dein seltsames Verhalten hat dich verraten. Dein unsicherer Umgang mit unseren Gebräuchen, beim Essen, beim Beten. Deine glänzenden, perfekt geformten Fingernägel. Deine gleichmäßigen, weißen Zähne. Die Tatsache, dass dich überhaupt niemand zu kennen scheint. Viele Details, die sich für einen logisch denkenden Menschen zu einem klaren Bild zusammensetzen. Dazu mein Wissen, dass du nicht hierhergehörst."

Was er mit dem letzten Satz meinte, erschloss sich ihr nicht.

„Also, wie viele Jahre bist du zurückgereist?"

Sie schwieg.

„20 Jahre? 100 Jahre?"

Auffällig, wie genau er sie beobachtete. Ihre Hände, ihre Augen, ihr Gesicht.

„Mehr?"

Warum wollte er es überhaupt wissen? Konnte er mit dieser Information etwas anfangen? Oder entsprangen seine Fragen rein der Neugierde?

„Glaub mir, ich habe eine gute Menschenkenntnis", behauptete er. „Ich kann in dir lesen wie in einem Buch. Bei dem Wort ‚mehr' haben deine Gesichtsmuskeln gezuckt."

Hatten sie das tatsächlich getan oder bluffte er?

„Jetzt schon wieder."

„Was wollen Sie von mir? Es geht um mehr als den Übergriff durch Ihren Sohn, oder?"

„Du bist schlau! Aber das wusste ich bereits."

Jetzt schritt er langsam um sie herum. Sie wollte ihn nicht in ihrem Rücken haben und drehte den Kopf mit, bis es nicht mehr ging. Dann veränderte sie ihre Position, um ihn auch weiter im Auge behalten zu können.

Falls er diese Runde erneut drehte, könnte sie dann einfach zur Leiter stürmen und schnell nach oben hasten?

Sofort wusste sie, dass dies aus verschiedenen Gründen nicht funktionieren konnte. Erstens war sie verletzt und zu schwach, um zu stürmen; zweitens wäre Gmeininger mit einem einzigen Ausfallschritt bei ihr, noch ehe sie auf die erste Sprosse gestiegen war; und drittens hielt oben mit Sicherheit eine Person Wache, wenn nicht sogar mehrere.

„Du überlegst, ob du fliehen kannst."

Konnte Gmeininger in ihren Kopf hineinschauen?

Jetzt keinesfalls daran denken, dass du ein halbes Jahrtausend aus der Zukunft stammst. Mist, ihr kam diese alte These in den Sinn: Stellen Sie sich jetzt keinesfalls einen rosafarbenen Elefanten vor! Man konnte nicht versuchen, an etwas nicht zu denken!

Doch ganz so zuverlässig schienen ihm seine Künste nicht zu dienen. Zumindest reagierte er nicht auf ihre Überlegungen.

Vermutlich hatte er doch nur ihre Reaktionen beobachtet und seine Schlüsse gezogen.

„Du weißt, dass es kein Entkommen von hier gibt."

Er stand wieder vor ihr, drückte seinen Rücken durch und sagte mit großer Bestimmtheit: „Du wirst mir haarklein beschreiben, wie du es gemacht hast!"

„Was?"

„Durch die Zeit zu reisen."

Er machte eine Pause.

„Also, wie funktioniert es?"

Sofort wurde Malu klar, dass sie ihm auf keinen Fall erzählen durfte, dass sie selbst keine Ahnung hatte. Vermutlich wäre sie dann wertlos für ihn und er würde sie hier ihrem Schicksal überlassen. Dieses Geheimnis stellte im Moment vielleicht ihre einzige Lebensversicherung dar.

Was konnte sie nur tun?

Pokern?

Allen Mut zusammennehmend schlug sie einen Handel vor: „Bringen Sie mich hier heraus, dann erzähle ich Ihnen alles."

„Marie, Marie", meinte er süffisant. „Warum nur glaube ich dir nicht?"

„Ich verspreche es Ihnen", log sie.

„Du wirst die erste Möglichkeit nutzen, um dich dünn zu machen."

Da hatte er recht.

„Selbst wenn ich dich bewachen lasse, muss ich befürchten, dass du abhaust, sobald du die Gelegenheit dazu erhältst. Du verstehst doch sicher, dass ich eine Rückkehr in deine eigene Zeit unterbinden muss, so lange du mir nicht verraten hast, wie es funktioniert."

„Ich könnte auch von hier verschwinden", behauptete sie.

„Dann hättest du es längst getan!"

Er lachte.

„An der guten Verpflegung liegt es bestimmt nicht, dass du noch hier bist."

Prompt meldete sich ihr Magen zu Wort. Ihr Hunger war auch dafür verantwortlich, dass es ihr zunehmend schwerer fiel, sich auf die Situation zu konzentrieren.

„Ich möchte alles erfahren, was die Zukunft betrifft – und wie man durch die Zeiten reist. Das wird mir einen enormen Vorteil verschaffen."

Er kam auf sie zu und streichelte ihr sanft mit der Hand über die Wange. Malu ekelte sich, doch sie hielt seine Berührung tapfer aus. Die Genugtuung, dass sie den Kopf zurückzog, wollte sie ihm nicht geben.

„Ich werde dich schon bald bei mir haben. Ganz. Mit Haut und Haar. Du wirst mir nicht entfliehen können. Du hast die Chance, mir alles freiwillig zu erzählen – und ohne Schmerzen. Oder …"

Den Rest des Satzes ließ er unausgesprochen.

Mit einer schnellen Bewegung packte er ihr Kinn und zwang sie, ihm in die Augen zu schauen.

„Was siehst du?"

In diesem Moment wirkte er wesentlich älter und erfahrener auf sie als ein Mann zwischen vierzig und fünfzig. Und sie erkannte seine Entschlossenheit.

„Ich habe bisher in meinem Leben stets erreicht, was ich wollte. Und ich bin schon mit weitaus mächtigeren Widersachern fertig geworden."

Wovon sprach er nur?

Sie versuchte ihn abzuschütteln, überraschenderweise ließ er los.

„Ich gebe dir 24 Stunden Bedenkzeit. Dann komme ich wieder."

Er drehte sich um und stieg die Leiter hoch.

„Was ist, wenn ich mich weigere?", rief sie ihm hinterher.

„Dann werde ich dafür sorgen, dass man dich als Hexe anklagt."

„Aber Sie haben doch selbst bestätigt, dass ich keine bin."

Ohne ein weiteres Wort verschwand er durch die Luke, gleich darauf wurde die Leiter hinaufgezogen und die Falltür fiel mit einem lauten Rumms zu.

Erneut saß Malu in der Finsternis.

26. Kapitel

Wie lange sie vor sich hingedämmert hatte, konnte Malu nicht abschätzen.

In ihrem Traum erklang eine Stimme, die sie kannte, aber sie konnte nicht zuordnen, wem sie gehörte, und nicht verstehen, was sie sagte. Es handelte sich um einen Mann, der immer lauter und eindringlicher wurde.

Irgendwann begriff sie, dass er sich mit mindestens zwei anderen Männern stritt und dass der Disput tatsächlich stattfand.

Über ihr. Jenseits der Luke.

„Ich möchte einfach nur mit ihr sprechen!", hörte sie jetzt jemanden schreien, die Entgegnung verstand sie nicht.

„Was soll das heißen, ihr habt eure Order? Von wem?"

Endlich erkannte sie die Stimme und ihr Herz schlug schneller: Kilian!

Hoffnung keimte in ihr. Er war gekommen, um sie hier herauszuholen! Allein, ihn in der Nähe zu wissen, gab ihr wieder Kraft. So laut sie konnte, rief sie seinen Namen und: „Ich bin hier unten!"

Sie glaubte, die Worte müsste eine andere Frau hervorgestoßen haben, so fremd klangen sie in ihren Ohren.

„Marie", überschlug sich seine Stimme. „Es tut mir leid, was passiert ist."

„Hol mich hier raus!"

„Sie lassen mich nicht zu dir."

„Bitte. Ich habe Durst. Ich habe Hunger."

„Macht, verdammt noch mal, diese Falltür auf."

Wieder eine Entgegnung, die deutlich leiser war als Kilians Aufforderung.

„Wie lange kennen wir uns nun, Endres? Seit wir Kinder waren, oder?"

Malu krabbelte hinüber bis unter die Luke und stemmte sich dann nach oben. Sofort schoss wieder der Schmerz in ihren Knöchel, ihre Beine wackelten und sie kämpfte um ihr Gleichgewicht. Selbst wenn sie es geschafft hätte, ihre Arme auszustrecken oder hochzuhüpfen: Die Falltür wäre unerreichbar geblieben. Sie erschrak darüber, in welcher Geschwindigkeit ihr Körper abgebaut hatte.

Zumindest konnte sie jetzt auch die andere Stimme verstehen.

„Ich habe meine Anweisung, Kilian. Von ganz oben."

„Von wem, Endres, von wem?"

„Von ganz oben, das muss dir reichen."

Malu wusste genau, wer die Anweisung gegeben hatte.

„Sie leidet. Das könnt ihr doch nicht machen."

„Es wird gerade eine Anklage gegen sie vorbereitet."

„Eine Anklage? Heißt das, ihr glaubt diesen Hexerei-Unsinn?“

„Es ist egal, was wir glauben. Wir tun nur unsere Pflicht.“

„Endres, ich bitte dich. Marie ist unschuldig.“

Malu wollte etwas ergänzen, doch sie brachte keinen Ton hervor. Stattdessen spürte sie, dass Tränen über ihre Wange rannen. Ein Kloß bildete sich in ihrem Hals.

„Das wird sich herausstellen, ob sie unschuldig ist“, stellte die dritte Person ungerührt fest. „Und du, Kilian, sei vorsichtig, was du sagst; vor allem, auf wessen Seite du dich stellst. Es wäre nicht das erste Mal, dass ein ganzes Nest von Teufelsanbetern ausgehoben wird.“

„Marie ist eine gute Christin, so wie ihr und ich.“

Malus Groll gegen Kilian schwand. Zu ihrer großen Enttäuschung war er einfach stumm geblieben, als seine Eltern sie vor die Tür gesetzt hatten. Vielleicht spürte er nun ja doch - genau wie sie - dass sie etwas ganz Besonderes miteinander verband. Sie hoffte, dass seine Meinungsänderung nicht zu spät kam.

„Bitte, ich möchte sie nur einmal sehen, bitte.“

„Das entspricht nicht unserer Anweisung.“

„Bitte, um unserer langjährigen Freundschaft willen.“

Nach einer kurzen Pause lenkte der, den Kilian mit ‚Endres‘ angesprochen hatte, endlich ein: „Also gut, einen kurzen Augenblick.“

Wieder knarzte es über ihr.

Malu hoffte, gleich würde wieder die Leiter herabgelassen, doch die Luke öffnete sich lediglich einen Spalt breit. Zuerst musste sie blinzeln, doch dann erkannte sie Kilians Augen und sein Erschrecken, als er sie erblickte. Gleichzeitig durchflutete sie tiefe Zuneigung.

„Ich bin keine Hexe, Kilian“, flüsterte sie eindringlich. „Du musst mir glauben.“

„Ich weiß, Marie. Ich verspreche dir, dass ich dich da herausholen werde. Egal, was meine Mutter oder irgendjemand anderes sagt. Niemand wird sich mir mehr in den Weg stellen.“

Es hörte sich derart entschlossen an, dass Marie Angst bekam.

„Bitte sei vorsichtig, Kilian, versprich es mir."

Doch bevor er etwas entgegnen konnte, fiel mit lautem Krachen die Falltür wieder zu.

„Das reicht, Kilian, du hast sie nun gesehen."

„Kann ich ihr etwas Brot geben? Ich habe welches mitgebracht."

„Sie hat Wasser unten. Das muss reichen."

„Aber sie muss auch etwas essen."

„Sie bekommt frühestens morgen etwas. So schnell verhungert uns niemand."

„Das könnt ihr doch nicht machen!"

„Wir möchten, dass du nun gehst, Kilian. Du weißt, dass wir dir schon mehr erlaubt haben, als wir dürfen."

Der andere ergänzte: „Und wir werden auch unsere Waffen einsetzen, wenn du unserer Aufforderung nicht nachkommst."

Malu erkannte, dass Kilian für den Moment verloren hatte. Er selbst wohl auch, denn er rief: „Ich komme wieder, Marie."

Sie wollte etwas erwidern, doch ihre Stimme versagte. Zudem verloren ihre Beine die Kraft und sie fiel an Ort und Stelle in sich zusammen.

„Magnus Gmeininger, er ist schuld. Geh zu ihm."

Sie hatte es rufen wollen, doch es war kaum mehr als ein Flüstern über ihre Lippen gekrochen.

Sie wünschte sich, Kilian hätte es gehört.

V. Teil
Merelies Suche

27. Kapitel

Die Sonne war vor etwa einer Stunde aufgegangen.

Merelie stapfte durch das Ried, immer dem kleinen Maxi hinterher.

Wie gerne hätte sie nach dem Aufstehen einen Kaffee getrunken und sich am reich gedeckten Frühstückstisch ihrer Oma bedient, anstatt die nahezu geschmacklose Gemüsesuppe zu sich zu nehmen, die ihr Marlies vorgesetzt hatte.

Doch sie wollte nicht undankbar sein, schließlich konnte sie – im Gegensatz zu Elias – das Essen immerhin bei sich behalten. Auf ihre Worte hatte er heute Morgen kaum reagiert. Seine Stirn war heiß gewesen und Marlies hatte ihr versprochen, sich um ihn zu kümmern. Schweren Herzens war sie schließlich ohne ihn aufgebrochen.

Vor ihr fand Maxi zielsicher den Pfad durch das Gelände; in der Ferne konnte sie die Stadtmauer Memmingens sehen. Doch Maxi steuerte sie nicht an, stattdessen hielt er sich östlich.

Als die Sumpflandschaft in Wiesen und Felder überging, deutete er auf einen Bauernhof.

„Da wohnen die Haupts."

Merelie fragte sich, wie dieser Kilian wohl auf sie reagieren würde.

Was sollte sie ihm sagen?

„Hallo, ich komme aus der Zukunft."

„Hallo, ich bin die Tochter von der, die man wegen Hexerei eingesperrt hat."

„Hallo, hast du meine Mama gesehen?"

Während des Näherkommens entdeckte sie, dass jemand am Haus mit dem Spaten zu Gange war. Mit aller Kraft schob er ihn in den Boden, hob ihn voller Erde wieder heraus und kippte diese nach hinten weg; immer wieder, in schneller Folge, gerade so, als müsse er sich beim Umgraben abreagieren.

„Da ist er ja schon", klärte Maxi Merelie auf.

Instinktiv verglich sie den jungen Mann, den sie auf ungefähr zwanzig schätzte, mit Elias. Im Gegensatz zu ihm hatte er einen deutlich dunkleren Teint – vermutlich von der vielen Arbeit im Freien. Diese hatte ihm zudem einen muskulösen Oberkörper verschafft. Von seinem Gesicht tropfte Schweiß und er fuhr sich mit der Hand über die Stirn.

Nein, dachte Merelie, im 16. Jahrhundert musste niemand ein Bodybuilding-Studio besuchen, um sich fit zu halten.

Der Mann unterbrach seine Tätigkeit, als er die beiden herankommen sah. Während er zunächst misstrauisch auf Maxi blickte, erhellte sich sein Blick, nachdem er Merelie wahrgenommen hatte.

Sein Mund öffnete sich, als wolle er etwas sagen, doch dann schloss er ihn wieder.

Stattdessen runzelte er die Stirn.

Auf eine merkwürdige Art wirkte er Merelie vertraut, so als sähe sie ihn gerade nicht zum ersten Mal.

„Servus, Kilian", begrüßte ihn Maxi, doch er reagierte nicht darauf.

Auf seinen Spaten gestützt stand er da und hatte lediglich Augen für Merelie. Stirnrunzelnd musterte er sie, verharrte bei ihrer oberen Gesichtshälfte, ließ seinen Blick wieder weiterwandern und schüttelte schließlich verwundert den Kopf.

„Es ist unglaublich", meinte er.

„Was?", fragte Maxi.

Er antwortete Maxi, ohne ihn anzusehen: „Diese Ähnlichkeit."

„Mit wem?"

„Im ersten Moment dachte ich, man hat sie freigelassen und sie ist zurückgekehrt."

„Wer?"

„Doch du bist es leider nicht. Dabei hatte ich es mir so gewünscht."

Maxi wurde immer ungeduldiger: „Von wem redest du?"

„Bist du ihre Schwester?"

Merelie begriff schneller als Maxi und bevor der Junge sich verplappern konnte, sagte sie schnell: „Ja."

Die Wahrheit wäre im Moment zu kompliziert für Kilian. Außerdem musste Merelie ihn zunächst besser kennenlernen, ehe es in Frage kam, ihn weiter ins Vertrauen zu ziehen.

Welche Rolle spielte er?

Was hatte er mit ihrer Mutter und der Verhaftung zu tun?

„Sie ist leider nicht hier." Kilian senkte den Kopf. „Und ich bin schuld daran."

„Mein Name ist Merelie", versuchte sie, das Eis zu brechen, doch Kilian starrte weiter stur zu Boden.

„Wieso bist du schuld daran?", fragte Maxi forsch.

„Ich habe einfach geschwiegen. Und jetzt lassen sie mich nicht zu ihr."

„Was meinst du mit ‚geschwiegen'?", wollte Maxi wissen.

„Als meine Mutter sie hinausgeworfen hat." Endlich sah er wieder auf, seine Augen glänzten feucht. „Es tut mir sehr leid wegen deiner Schwester, so unglaublich leid."

Merelie erkannte, dass er mit den Tränen kämpfte, und war hin- und hergerissen. Den Verrat an ihrer Mutter nahm sie ihm übel, doch er litt sichtlich an dieser Last; sein schlechtes Gewissen plagte ihn. Merelie spürte das Bedürfnis, ihn tröstend in den Arm zu nehmen, doch sie traute sich nicht. So blieb sie einfach an Ort und Stelle stehen und wartete, bis er sich gefangen hatte und weitersprach.

„Ich hatte gestern einen heftigen Streit deswegen mit meinen Eltern. Ich weiß, dass mein Vater normalerweise nicht der Mensch ist, der eine junge Frau mutterseelenallein in die Dunkelheit jagt, aber er wollte meiner Mutter nicht in den

Rücken fallen. Jetzt ist es sowieso zu spät. Man hat sie in den Hexenturm am Marktplatz geworfen."

Merelie schüttelte sich bei der Vorstellung, dass ihre Mutter darin eingesperrt war. Weswegen saß Malu dort? Wie lange weilte sie überhaupt schon in dieser Zeit? War ihr Baby - also Merelie selbst - schon auf der Welt und bei den Großeltern in Sicherheit? Was würde passieren, wenn dies nicht der Fall war und man Malu als Hexe verbrannte? Würde Merelie sich im gleichen Moment einfach in Luft auflösen? Oder diente ihre Existenz als Beweis, dass alles gut ausgehen würde? Die Fragen stürzten mit einem Male auf sie ein und sie massierte sich die Schläfen, um keine Kopfschmerzen zu bekommen. Ihre Grübeleien brachten sie im Moment auf jeden Fall nicht weiter, erst musste sie Genaueres erfahren - und möglichst die Nerven behalten.

„Erzähl uns mal alles der Reihe nach. Was ist passiert?"

Kilian biss nervös auf seinen Lippen herum, bevor er zunächst stockend, dann jedoch immer flüssiger berichtete und schließlich sehr umfassend sein Herz ausschüttete. Er vermittelte nicht den Eindruck, dass er bisher überhaupt mit jemandem darüber gesprochen hatte.

Er fasste zusammen, wie er eine seltsam gekleidete junge Frau auf einer Wiese bei der Papiermühle entdeckt hatte und seine Augen glänzten, während er sie beschrieb. Als ‚Marie' hatte sie sich ihm vorgestellt und ihn zum Bauernhaus seiner Eltern und weiter in die Stadt begleitet. Abends hätte sie sich leider nicht ganz so gottesfürchtig benommen, wie seine Mutter es für geboten hielt. Dies hatte zu einem Streit geführt, Marie hatte das Haus verlassen und war alleine ihres Weges gezogen. Zuerst hatte Kilian sich nicht getraut, ihr gegen den Willen seiner Eltern hinterherzulaufen. Als er sich endlich ein Herz gefasst hatte, konnte er sie nicht mehr finden. All sein Suchen und Rufen brachte nichts: Sie blieb in der Dunkelheit verschwunden.

Tags darauf musste er pausenlos an sie denken, konnte keinen klaren Gedanken mehr fassen. Er hatte sich gefühlt, als hätte er das Kostbarste verloren, das ihm jemals begegnet war. Und einen weiteren Tag später erfuhr er, dass die Stadtwache sie mitgenommen und eingesperrt hatte. Die Hintergründe dazu wusste er allerdings nicht.

„Du sollst Vater und Mutter ehren“, seufzte er bitter. „So lautet das vierte Gebot. Doch ich habe meiner Mutter schwere Vorwürfe gemacht. Marie wollte doch nichts Böses, das spüre ich in jeder Faser. Nun bin ich wütend auf meine Mutter, weil sie schuld ist, dass Marie im Hexenturm schmachtet. Und noch zorniger bin ich auf mich selbst, weil ich nicht den Mut hatte, Marie beizustehen. Doch alle Reue ist vergebens. Die Wachen lassen mich nicht einmal kurz zu ihr, um ihr etwas Brot zu reichen.“

„Hast du es schon versucht?“

„Ja, gestern am späten Nachmittag, sofort als ich es erfahren habe. Aber ich durfte nur einen kurzen Blick auf sie werfen. Sie sah so elend aus.“

Er schluckte.

„Wie geht es weiter mit ihr?“, wollte Merelie wissen und wünschte sich, dass ihre Befürchtungen übertrieben waren.

Kilian zuckte mit den Schultern.

„Zuerst werden wohl die Zeugen befragt.“

„Wer ist das?“

„Ich habe keine Ahnung, wer für ihre Festnahme verantwortlich ist. Aber vermutlich ist es nur eine Frage der Zeit, bis sie auch auf meine Mutter stoßen, und ich kann mir schon gut vorstellen, was sie aussagen wird.“

„Wieso meinst du, kommen sie auf deine Mutter?“

„Barthel hat mich mit Marie gesehen. Er kann sich bestimmt daran erinnern, denn er hat ihr schöne Augen gemacht. Sicher wird er früher oder später zu Protokoll geben, dass ich gemeinsam mit ihr unterwegs war.“

„Wer ist dieser Barthel?“

„Er ist Mitglied der Stadtwache. Sein Vater ist im Stadtrat.“

Merelie horchte auf. Konnte das ein Zufall sein?

„Wie lautet sein Nachname?“

„Gmeininger. Er heißt Barthel Gmeininger, also eigentlich Bartholomäus.“

„Und sein Vater Magnus Gmeininger?“

„Ja. Ist eure Familie näher mit ihm bekannt?“ Die auflodernde Hoffnung war ihm deutlich anzusehen. „Falls ja, dann können wir vielleicht über ihn etwas erreichen.“

„Nein, man hat mir lediglich von ihm erzählt“, enttäuschte Merelie ihr Gegenüber und fragte sich, ob Kilian wusste, dass Barthel gar nicht der leibliche Sohn von Magnus war.

„Mama hält ihn für einen schlimmen Menschen“, mischte sich Maxi ein.

„Aber er hat viel für unsere Stadt getan. Er ist in Memmingen sehr angesehen und hat gute Kontakte. Bin ihm selbst aber erst ein oder zwei Mal begegnet.“

„Könnte er etwas mit Maries Verhaftung zu tun haben?“, fragte Merelie.

Kilian überlegte. „Ich habe keine Ahnung, aber vielleicht ist sie in der Nacht ja zu Barthel gegangen. Sie kennt doch sonst niemanden.“

Merelie nickte. Inzwischen hielt sie es für sehr wahrscheinlich, dass Magnus Gmeininger etwas mit der Sache zu tun hatte. Schließlich war er auch bei Marlies gewesen und hatte gewusst, dass Malu Geheimnisse mit sich trug. Sie selbst hütete ebenfalls welche. Deswegen musste sie vorsichtig sein. Mit allem, was sie unternahm.

Andererseits durfte sie es mit ihrem Misstrauen nicht übertreiben. Alleine würde sie nichts erreichen, hier in der Fremde war sie auf Verbündete angewiesen. Immerhin vertraute sie bereits Maxi und Marlies. Sie tendierte dazu, Kilian in den Kreis mit einzuschließen, denn er schien ernstlich darunter zu leiden, dass Marie im Hexenturm steckte. Sein Kummer klang ehrlich, zudem spürte sie eine Verbundenheit, die sie nicht einordnen konnte.

Und außer Zweifel stand für sie, dass sich Kilian in ihre Mutter verliebt hatte. Die Art, wie er über sie sprach, überzeugte Merelie, dass er alles tun würde, um sie zu befreien.

„Wir gehen zu Barthel und fragen ihn“, schlug Maxi vor, als wäre es die logischste und einfachste Sache der Welt. Es war eine interessante Mischung aus Bauernschläue und Naivität, die der Junge ausstrahlte und ihn solche Vorschläge machen ließ. Merelie merkte, dass sie ihn gerade deswegen sehr mochte.

Sie blickte sich um und fragte: „Wo ist eigentlich deine Familie?“

„Sie helfen diese Woche bei meinem Onkel auf dem Hof mit; meine Eltern und alle meine Geschwister sind dort. Ich hätte mitgehen sollen, doch ich wollte lieber alleine sein.“

Zu Merelies Überraschung stieß er nun mit all seiner Kraft den Spaten in die Ackerkrume und ließ ihn dann los.

„Aber Maxi hat recht, wir sollten Barthel aufsuchen. Ich habe jetzt die dritte Nacht in Folge kaum ein Auge zugemacht. Aus Sorge um Marie und aus Ärger über mich selbst. Weil ich nicht auf mein Herz gehört habe. Weil ich sie ziehen ließ. Ich kann nicht die Felder fürs Frühjahr herrichten, während sie in einem Verlies sitzt. Ich muss etwas tun - und zwar jetzt. Egal, was meine Mutter sagt oder mein Vater.“

Und prompt marschierte er los, geradewegs in Richtung Stadtmauer.

Merelie war zu perplex, um zu reagieren.

Da drehte er sich um.

„Was ist? Kommt ihr nicht mit?“

28. Kapitel

Zielstrebig steuerte Kilian auf das nahe gelegene Lindentörle zu, so zügig, dass Merelie und Maxi Mühe hatten, mit ihm Schritt zu halten. Merelie fragte sich, welche Geschichte Malu ihm wohl über ihre Herkunft aufgetischt hatte. Zum Glück hatte er bisher diesbezüglich noch nichts von ihr wissen wollen. Sie musste erst herausfinden, was genau Malu ihm erzählt hatte, damit sie sich in keine Widersprüche verwickelte.

Für den Moment überlagerte sein Eifer, nach Barthel zu suchen, alles andere. Aber irgendwann würde er wieder klarer denken können und Fragen stellen.

In Begleitung von Kilian und Maxi fühlte sie sich zumindest deutlich sicherer als gestern Morgen, als sie sich alleine durch die ihr fremd gewordene Stadt bewegt hatte.

Am Lindentörle stand zwar eine Wache, aber Merelie bemerkte, dass sich der Bewaffnete Neuankömmlinge lediglich kurz ansah. Vor ihnen ging ein Mann mit einem Handkarren durch den Torbogen, dahinter eine Familie mit neun Kindern. Alle ließ er anstandslos passieren.

Auch Kilian und Maxi nickte er lediglich zu. Als sein Blick auf sie selbst fiel, wirkte er zunächst irritiert, aber anscheinend reichte ihm die Begleitung von Kilian und Maxi aus, um sie, die ihm Fremde, ebenfalls in die Stadt zu lassen.

Kilian grüßte ihn und fragte sogleich: „Weißt du, ob der Gmeininger Barthel gerade Dienst hat?"

„Hm, glaube, der steht heute am Luginsland. Was wollt ihr denn von ihm?"

„Ist etwas Persönliches", wich Kilian aus. „Danke."

Weiter ging es quer durch die Innenstadt, die so viel Unbekanntes für Merelie bereithielt. Doch sie hatte keine Zeit, sich irgendetwas näher anzusehen, denn Kilian marschierte stramm und ohne Rücksichtnahme weiter. Er stoppte erst, als sie beim höchsten Turm der Stadt angelangt waren. Dort hielten zwei mit Hellebarden ausgerüstete Männer Wache. Einer der beiden starrte Merelie mit offenem Mund an und sofort war ihr klar, dass es ihm genauso erging wie zuvor Kilian: Im ersten Moment hielt er sie für Malu.

Kilian brauchte ihn nicht mehr vorzustellen, sofort begriff sie, dass sie den Gesuchten vor sich hatte.

Barthel war der Typ junger Mann, nachdem sich die älteren Mädchen auf dem Schulhof umdrehten, ein Schönling. Auch Merelie spürte im ersten Moment eine gewisse Anziehung, doch als er sie anlächelte, entdeckte sie auch etwas Verschlagenes darin und schon war der Zauber gebrochen.

Nachdem Barthel seinem Kameraden etwas ins Ohr geflüstert hatte, kam er auf sie zu und blieb mit einer Körperlänge Abstand vor ihnen stehen.

„War Marie bei euch?“, fragte Kilian ohne große Umschweife. „In der Nacht, nachdem ich sie dir vorgestellt hatte?“

Barthel gab vor zu überlegen; so schlecht, dass jeder Laienschauspieler eine glanzvollere Darbietung gegeben hätte.

„Oh, meinst du die, die sie in den Hexenturm gesperrt haben?“

„Du weißt genau, von wem ich rede!“

„Aber warum denn so feindselig? Waren wir nicht immer gute Freunde, mein geliebter Fast-Schwager?“

„Ich weiß nicht, ob wir jemals gute Freunde waren. Aber spätestens, seit du meine Schwester hast sitzen lassen, sind wir es nicht mehr.“

Barthel zuckte mit den Schultern, dann wandte er sich an Merelie: „Und wer bist du?“

Sie erschrak, denn plötzlich wurde ihr bewusst, dass sie zu unvorsichtig vorgegangen war. Marlies hatte sie eindringlich vor Magnus Gmeininger gewarnt. Er konnte ihr sehr gefährlich werden, da er nicht nur von ihrer Existenz wusste, sondern zudem ahnte, dass Malu und sie nicht in diese Zeit gehörten. Wenn er nun seinen Stiefsohn eingeweiht hatte?

„Das geht dich nichts an“, antwortete Kilian an ihrer Stelle.

„Ist ja auch egal“, mimte Barthel den Gleichgültigen. „Die Frauen, die mit dir was zu tun haben, bringen mir sowieso nie Glück.“

„Wage es nicht, so über meine Schwester und über Marie zu sprechen, sonst …“

Kilian hatte die Augen zusammengekniffen und seine Fäuste geballt.

Davon unbeeindruckt forderte ihn Barthel weiter heraus: „Sonst was?“

Merelies Blick fiel auf seine Hellebarde, die er wie zufällig ein wenig Richtung Kilian absenkte. Zweifellos war er geübt im Umgang mit der Waffe.

„Lass es gut sein“, versuchte sie, Kilian zu besänftigen, und fasste nach seinem Arm; sogleich schüttelte er sie ab.

„Hör auf das Mädchen“, meinte Barthel und lachte. „Sie scheint klüger zu sein als du.“

Entschlossen ging Kilian auf Barthel zu. Dieser neigte seine Hellebarde weiter und richtete die Spitze auf die Brust seines Gegenübers. Mit einem einzigen Ausfallschritt könnte er jetzt zustoßen. Merelie hielt den Atem an.

„Schaut!“, rief plötzlich Maxi ganz aufgeregt und zeigte nach oben in die Luft. „Da fliegt ein toter Vogel.“

Sofort lachte er laut auf und die Ablenkung genügte, um die bedrohliche Situation aufzulösen.

Erneut griff Merelie nach Kilians Arm und nun ließ er es geschehen. Sie zog ihn von Barthel weg, der seine Hellebarde wieder aufrecht neben sich stellte.

„Verschwindet, Gesindel!“, zischte er, drehte sich um und kehrte zu seinem Kameraden zurück.

Jegliche Energie schien aus Kilian gewichen zu sein. Seine Arme baumelten kraftlos nach unten, in seinem Gesicht machte sich Enttäuschung breit.

„Was machen wir jetzt?“, wollte Maxi wissen und blickte abwechselnd zu Merelie und Kilian.

Es blieb nur noch eine Option, wurde Merelie schmerzhaft bewusst, doch sie wollte sie nicht aussprechen.

Sie zog Kilian mit sich in eine Seitengasse, damit Barthel sie nicht mehr beobachten konnte. Maxi folgte ihnen und wiederholte seine Frage.

„Wir müssen sie da rausholen!“, meinte Kilian, mehr zu sich selbst gewandt.

„Aber wie?“, bohrte Maxi weiter.

„Wir gehen zu Barthels Vater und stellen ihn zur Rede“, bestimmte Kilian. „Ich bin mir inzwischen sicher, dass die Gmeiningers etwas damit zu tun haben, dass Marie im Hexenturm schmort.“

Kilian wusste nicht, dass Marlies sie unmissverständlich vor Magnus Gmeininger gewarnt hatte. Alles in ihr sträubte sich dagegen, ihn zu treffen.

Im Gegensatz dazu schien Kilians Motivation zurück zu sein, denn er marschierte los.

„Aber Mama sagt, dass er böse ist", rief Maxi ihm nach. Als Kilian nicht darauf reagierte, rannte er hinterher. Merelie blieb nichts Anderes übrig, als sich anzuschließen.

Wieder ging es quer durch die Stadt. Erst in Sichtweite der südlichen Stadtmauer stoppte Kilian vor einem großen Wohnhaus.

Merelie betrachtete den gusseisernen Türklopfer in Form eines Löwenkopfes und fühlte gleichzeitig ein merkwürdiges Unwohlsein in der Magengrube.

Nein, sie wollte nicht anklopfen. Sie wollte nicht, dass diese Tür aufging. Und sie wollte nicht, dass sie Magnus Gmeininger gegenüberstand.

Kilian merkte ihr dies wohl an, denn er sagte: „Vielleicht ist es besser, wenn ich ohne euch mit ihm spreche."

Aber auch das schmeckte Merelie nicht, denn sie wollte Kilian nicht alleine lassen.

„Der Gmeininger Magnus sollte wissen, wer ich bin. Du dagegen bist ihm unbekannt, Merelie. Er wird offener sprechen, wenn ich ohne euch vor ihm stehe."

Merelie wollte dies gerne glauben. Es verschaffte ihr die Möglichkeit, einer Konfrontation aus dem Weg zu gehen, zumindest für den Moment. Eigentlich erledigte sie ihre Angelegenheiten lieber selbst und früher oder später, so ahnte sie, würde sie sich Magnus Gmeininger stellen müssen. Aber noch verfügte sie über zu wenig Hintergrundinformationen zu seiner Person.

„Also gut", willigte sie daher ein.

„Ich bleib bei Merelie", beschloss Maxi und Kilian nickte. Dann nahm der Junge ihre Hand und zog sie von der Haustür weg. In einigen Metern Abstand blieben sie stehen und beobachteten.

Kilian ließ den Löwenkopf auf die Tür krachen. Es ist niemand zu Hause, dachte Merelie, als sich zunächst nichts rührte, doch schließlich öffnete sich die Tür. Kilian sprach mit einer Person, die Merelie nicht sehen konnte, und verschwand dann im Haus.

Schon im selben Moment quälte es Merelie, dass sie zur Untätigkeit verdammt war. Einfach dastehen und abwarten, das passte nicht zu ihr.

„War gut, gell?“, unterbrach Maxi ihren Gedankengang.

„Was meinst du?“

„Das mit dem toten Vogel.“

Über das ganze Gesicht grinste er und das brachte sie zum Lachen. Mit seiner Art, alles nicht allzu ernst zu nehmen, gelang es ihm immer wieder, Anspannungen zu lösen.

Sie würde ihn vermissen, wenn sie zu ihren Großeltern zurückkehrte, und sie wollte gar nicht daran zweifeln, dass ihr dies irgendwann gelingen würde. Schon allein wegen Elias. Mit einem Mal kehrten alle ihre Sorgen zurück und machten das Warten noch schlimmer.

Nach elend langen Minuten öffnete sich endlich wieder die Tür und Kilian trat auf die Straße. Als er sich näherte, wirkte er nachdenklich.

„War er gar nicht zu Hause?“

„Doch, Maxi, das war er.“

„Was hat er gesagt?“

„Er will mich in zwei Stunden treffen. Außerhalb der Stadt.“

Sofort läuteten bei Merelie die Alarmglocken.

„Da ist etwas oberfaul“, stellte sie fest und Kilian nickte.

„Er zeigte sich überaus freundlich und hilfsbereit. Wenn ihr mich fragt: zu freundlich und zu hilfsbereit.“

„Wo genau soll das stattfinden?“

„Er hat von einem kleinen Wäldchen gesprochen, nördlich der Stadt. Da sei ein kleines, baufälliges Haus.“

„Wieso da?“

„Er meinte, dort könne er ungezwungen sprechen. Eventuell seien Maßnahmen für Maries Befreiung notwendig, von denen niemand anders wissen dürfe.“

„Ist es denn in seinem eigenen Haus nicht sicher?“

„Seine Frau ginge das alles nichts an, meinte er. Sie würde sich nur darüber aufregen, wenn sie mitbekäme, dass er Marie hilft."

„Das ist mit Sicherheit eine Falle, Kilian!"

„Aber was soll er denn schon unternehmen, Merelie? Er wirkte nicht feindselig."

„Diesmal begleiten wir dich", mischte sich Maxi ein.

Kilians Reaktion war schnell und scharf: „Nein!"

Dann ergänzte er: „Er hat ausdrücklich gesagt, dass ich alleine kommen soll. Ich dürfte es euch noch nicht mal erzählen."

„Ich kenne das Haus", meinte Maxi. „Da haben die Voglgsangs gewohnt. Ein altes Ehepaar. Die sind beide vorletzten Winter gestorben und hatten keine Kinder. Das Haus kann man nur noch abreißen. Wundert mich ohnehin, dass sich noch niemand das Holz zum Heizen geholt hat."

Merelie quälte noch eine andere Frage: „Hat Magnus Gmeininger sich nach mir erkundigt?"

„Nein, warum sollte er?"

„Und du hast auch nichts von mir erzählt?"

Kilian schüttelte den Kopf.

Magnus Gmeininger wusste, dass sie hier war, aber anscheinend nicht, dass sie – wie zuvor schon Malu – auf Kilian Haupt getroffen war. Das könnte von Vorteil sein.

„In dem Wäldchen habe ich mich schon mal versteckt", sagte Maxi.

„Wieso das denn?"

„Ach, ein Geschäftspartner und ich hatten unterschiedliche Meinungen darüber, wie hoch meine Bezahlung ausfallen sollte. Da habe ich mich selbst bedient."

Er freute sich sichtlich, schränkte aber sogleich ein: „Ich habe mir aber nicht mehr genommen, als mir zustand. Mama sagt immer, dass man anständig bleiben muss. Auch wenn die Leute versuchen, einen zu betrügen."

„Wir gehen dorthin und erkunden die Lage", bestimmte Merelie und diesmal widersprach Kilian nicht.

Gemeinsam erreichten sie den Marktplatz und als Merelie zwischen den Häusern hindurch den Hexenturm sah, musste sie unwillkürlich an die Bilder aus dem Fotoalbum denken: Malu, ihre Mutter, lachend, fröhlich und lebenslustig. Wie mochte es ihr inzwischen ergehen?

Man hatte ihr schlimme Vorwürfe gemacht und sie schließlich eingesperrt. Jetzt wartete sie auf einen Prozess. Anschuldigungen wegen Hexerei hatten in dieser Zeit in den seltensten Fällen zu Freisprüchen geführt, und selbst nach positiven Ausgängen waren die Angeklagten für immer von den brutalen Verhörmethoden gezeichnet.

Mit Schaudern dachte Merelie an all die Folterinstrumente, die sie aus den Geschichtsbüchern kannte: Daumenzwingen, die Finger gleich Nüssen knackten; eiserne Jungfrauen, die blutige Wunden in ihre Insassen stachen; Streckbänke, die Knochen aus ihren Verankerungen rissen.

Merelie kämpfte mit den Tränen.

Ähnlichen Gedanken schien Kilian nachzuhängen.

„Ich würde alles tun, um Marie zu befreien“, brach es aus ihm heraus. „Alles.“

VI. Teil
Malus Täuschung

29. Kapitel

Wie lange sie inzwischen eingekerkert war, wusste Malu nicht, ihr Zeitgefühl hatte sie völlig verloren. Die 24 Stunden, von denen Gmeininger gesprochen hatte, sollten inzwischen doch um sein, oder?

Beim Licht, das durch die Ritzen der Falltür schien, ließ sich nicht erkennen, ob es seinen Ursprung in der Sonne hatte oder in einer Laterne oder einer Kerze.

Ihre Kleidung muffelte, ihre Kopfhaut juckte. Sie sehnte sich nach einer heißen Dusche und vor allem nach Shampoo.

Einmal hatte ein Uniformierter die Falltür geöffnet und mit einer Laterne herabgeleuchtet. In ihrer Verzweiflung hatte sie gebettelt und gefleht, er möge sie freilassen. Er hatte nicht darauf reagiert und so hatte sie ihn angeschrien und sogar beschimpft.

Sie erkannte sich selbst kaum wieder.

Zu essen hatte man ihr immer noch nichts gegeben.

Obwohl sie sich schwach fühlte wie nie zuvor in ihrem Leben, zwang sie sich zu Kniebeugen und Liegestützen, um nicht völlig ihre Kräfte zu verlieren.

Die Schmerzen in ihrem Knöchel ignorierte sie, so gut es ging.

Zuweilen hörte sie von oben Stimmen. Sie wechselten gelegentlich, blieben aber stets männlich. Verstehen konnte sie so gut wie nichts, nur manchmal einzelne Wortfetzen, die ihr nicht weiterhalfen.

Geweint hatte sie schon lange nicht mehr. Ihr fester Vorsatz war durchzuhalten; komme, was wolle.

Immer wieder schloss sie die Augen und versuchte, sich zurück nach München in ihre Studenten-WG zu wünschen, oder nach Hause zu ihren Eltern.

Doch es funktionierte nicht. Sollte sie aus diesem Loch jemals wieder herauskommen, stand sie immer noch vor dem Problem, dass sie keine Ahnung hatte, wie sie in ihre Zeit zurückkehren konnte. Aber auf keinen Fall wollte sie sich ihrer Verzweiflung hingeben.

Die Hoffnung stirbt zuletzt, dachte sie und nahm sich vor, zuversichtlich zu bleiben. Es würde alles gut werden, ganz bestimmt.

Oben wurde es lauter. Stimmen erhoben sich und übertönten einander, als führten sie einen Wettstreit.

„… ihr nicht machen."

„… haben Befehl."

„… nicht zu ihr."

Es ging durcheinander.

„… sofort auf."

„Verschwinde!"

„… flehe euch …"

Und endlich erkannte sie eine der Stimmen. Kein Zweifel: Kilian.

Ihr Herz schlug schneller. Sie stand auf, humpelte zur Falltür und rief seinen Namen, danach etwas leiser: „Bitte hol mich hier raus!"

Der Streit wurde intensiver, doch zu Malus Enttäuschung ebbte er dann wieder ab.

„Also gut", schien Kilian einzulenken.

Nein, dachte Malu und sackte zu Boden.

Gleich darauf hörte sie ein lautes Poltern. Als sie nach oben blickte, konnte sie nicht mehr das komplette Lichtquadrat sehen, das die Falltür umrahmte. Jemand schien quer darüber zu liegen.

Malu blinzelte. Etwas war in ihr Auge getropft. Jetzt fühlte sie die Flüssigkeit auch auf der Stirn. Mit der Hand wischte sie darüber und spürte Ekel in sich hochkriechen, denn es fühlte sich klebrig an. Schnell streifte sie ihre Finger an ihrem Kleid ab und hob gleich noch den Rock zu ihrem Gesicht, um mit dem Stoff auch über Stirn und Auge zu streichen. Sicherheitshalber rutschte sie etwas zur Seite, um nicht noch mehr Blut abzubekommen.

Von oben erklang ein Stampfen und kurz darauf ein Krachen, als sei ein Möbelstück zu Bruch gegangen. Jemand schrie. Malu konnte nicht identifizieren, ob es sich dabei um Kilian oder einen der Wächter handelte.

Das helle Quadrat über ihr vervollständigte sich wieder; der Körper, der es nach Malus Vermutung teilweise verdunkelt hatte, wurde anscheinend zur Seite gezogen.

Knarzend öffnete sich die Falltür. Malu hielt den Atem an. Das hereinströmende Licht blendete sie. Als sie wieder sehen konnte, entdeckte sie Kilians Gesicht in der Öffnung.

Ihre Freude darüber verwandelte sich sofort in Erschrecken, als sie erkannte, wie angespannt Kilian wirkte; die Lippen aufeinander gepresst, die Augen zusammen gekniffen. Keine Spur mehr von der Fröhlichkeit und der Lebensfreude, die sie in Erinnerung hatte. Er wirkte wie ein völlig anderer Mensch.

Dann verschwand er wieder und für einen Moment befürchtete sie, er wäre dermaßen entsetzt über ihren Anblick, dass er das Weite gesucht hatte.

Ihre Haare waren verfilzt, ihre Kleider und ihr Körper völlig verdreckt. Vermutlich stank sie mittlerweile genauso wie ihre Umgebung. Sie schämte sich für das erbärmliche Bild, das sie inzwischen abgab.

Doch als sich die Holzleiter durch das Loch in der Decke schob, schöpfte Malu neue Hoffnung und konnte es kaum erwarten, bis ihr unteres Ende auf den Boden stieß. Mit beiden Händen griff sie danach und kletterte so schnell hinauf, wie es ihr schmerzender Knöchel zuließ.

Sobald sie in Kilians Reichweite gelangte, half er ihr und zog sie den Rest der Leiter nach oben.

Noch nie war ihr ein Raum so hell vorgekommen. Das Licht blendete sie und zwang sie immer wieder dazu zu blinzeln. Als ihre Augen sich nach und nach an die Helligkeit gewöhnten, hätte Malu sie am liebsten gleich wieder geschlossen, denn hier oben hatte sich Schreckliches abgespielt.

Ein Uniformierter lag auf dem Bauch in einer Lache aus Blut, die Spuren darin deutete Malu so, dass er über der Falltür zusammengebrochen und dann aus dem Weg gezerrt worden war.

Ein anderer saß mit dem Rücken zur Wand an der steinernen Mauer. Die Hand presste er auf seinen Hals, zwischen seinen Fingern quoll ebenfalls Blut hervor. Er röchelte.

Daneben ein zerstörter Hocker und ein zu Boden gestürztes Regal, dessen Böden zum großen Teil herausgebrochen waren.

Malu hörte etwas, das wie das Reißen von Stoff klang. Als sie sich zu Kilian drehte, sah sie, dass er ein Stück von seinem Hemd abgerissen hatte. Er drückte es dem Verletzten in die Hand und der stoppte damit seine Blutung.

„Es tut mir leid“, flüsterte Kilian und Malu wusste nicht, ob dies ihr oder den Wachen galt.

Sie hoffte, dass auch der andere Mann noch lebte, denn es fühlte sich schrecklich an, dass jemand ihretwegen gestorben sein könnte.

„Wir müssen weg hier“, mahnte Kilian.

Malu erschrak, wie abgebrüht er sich zeigte. Hatte sie sich in ihm getäuscht?

„Aber die beiden …“

„Keine Zeit“, fiel Kilian ihr ins Wort und packte sie rüde am Arm. Es tat weh, als er sie mit sich zu einer Tür zog und diese öffnete. Zu Malus Überraschung führte sie nicht ebenerdig ins Freie, sondern auf einen Wehrgang, der sich mehrere Meter über dem Bodenniveau befand.

Kilian riss sie mit sich, dann bremste er ab. Malu hatte dadurch einen Moment Zeit, um sich zu orientieren. Im Bruchteil einer Sekunde konnte sie das Gebäude identifizieren, das sie eben verlassen hatte; quadratischer Grundriss, unten Tuffstein, oben Ziegel: der Hexenturm in der Nähe des Marktplatzes. Jeder in Memmingen kannte ihn. Nachdem Kilians Mutter sie des Hauses verwiesen hatte, war sie an ihm vorbeigekommen. Dunkel und bedrohlich hatte er sich in den Nachthimmel gereckt. Im Nachhinein kam es ihr wie ein böses Omen vor.

In Laufrichtung entdeckte sie einen Uniformierten, der die Ursache für Kilians Zögern war. Er trug eine Pike und wirkte irritiert.

Und schon schien Kilian eine Entscheidung getroffen zu haben, denn er zerrte sie weiter. Sie konnte gar nicht anders als mitzurennen und den Schmerz so gut es ging zu ignorieren. Der Wächter stürmte jetzt ebenfalls los, seine Waffe in Angriffsstellung und laut nach Unterstützung rufend. Etwa auf halber Strecke zwischen ihnen führte eine Holztreppe vom Wehrgang hinab.

Malu mochte gar nicht daran denken, was passierte, wenn sie gleichzeitig den Treppenabsatz erreichen sollten. Kilian würde geradewegs in die zweifellos scharfe Spitze laufen.

Immer noch blendete sie das helle Tageslicht, ihr Knöchel und ihre Muskeln schmerzten, bei jedem Schritt fürchtete sie zu stolpern. Doch Kilian hastete in rasender Geschwindigkeit vorwärts, um schneller als der Pikenier zu sein und zog sie unbarmherzig mit sich.

Es klappte: Sie erreichten die Treppe als Erste.

Der Abstieg gestaltete sich als noch größere Herausforderung für Malu; die Stufen waren ungleichmäßig und schlüpfrig, ein Geländer existierte nicht. Doch ihr blieb keine Zeit, sich Gedanken darüber zu machen, dass sie hinunterfallen könnte, denn der Pikenier folgte ihr unmittelbar und könnte jeden Moment die Waffe in ihren Rücken stoßen.

Ihr kam es fast wie ein Wunder vor, dass Kilian und sie trotzdem unversehrt unten ankamen.

Weiter ging es durch eine Menge neugieriger Menschen. Wenn sie sich ihnen in den Weg gestellt oder nach ihnen gegriffen hätten, wäre es aus gewesen, doch sie glotzten sie lediglich verwundert an.

Malu hatte keine Zeit, um nachzusehen, ob der Wächter noch hinter ihnen war, denn Kilian zerrte sie weiter mit sich.

Wo waren sie jetzt plötzlich hingeraten? Der Hexenturm stand in unmittelbarer Nähe des Rathauses. Eigentlich war Malu die Gegend alles andere als fremd, aber das kleine Gässchen, in das Kilian nun abbog, war ihr gänzlich unbekannt.

Um eine weitere Ecke herum und um noch eine.

Eine Brücke über den Stadtbach, ein Teil von der Stadtmauer, ein Sprint über einen verdreckten Hinterhof, in eine Scheune hinein und zu einem Hinterausgang wieder raus.

Malus Beine bewegten sich automatisch, sie funktionierten wie ein Uhrwerk in Höchstgeschwindigkeit. Aber sie glaubte nicht, dass ihr Knöchel noch lange mitspielen würde.

Kilian hielt sie inzwischen an der Hand. Wann er ihren Arm freigegeben und den Griff verändert hatte, konnte sie sich nicht erinnern.

Hinter einer mannsgroßen Mauer aus grob behauenen Steinen blieb er endlich stehen und ließ sie los. Sofort sank sie zu Boden. Ihre Seite stach, ihre Füße taten weh, sie schnappte nach Luft.

Sie schloss kurz die Augen, doch sogleich kam die Angst zurück und sie öffnete sie wieder.

Kilian streckte gerade vorsichtig seinen Kopf um die Mauerecke. An seinem Bauch, der sich in schneller Folge ausdehnte und zusammenzog, konnte sie erkennen, dass er ebenfalls nach Atem rang. Sie stellte sich darauf ein, gleich wieder durchzustarten, doch Kilian wurde zunehmend ruhiger. Als er sich zu ihr umdrehte, wirkte er zufrieden.

„Scheint so, als hätten wir sie abgehängt."

Malu antwortete nicht. Erst allmählich wurde ihr bewusst, dass sie nun zwar frei war, jedoch keinen Plan hatte, wie es weitergehen sollte.

In der Stadt konnte sie jedenfalls nicht bleiben!

Kilian schien zu dem gleichen Ergebnis gekommen zu sein, denn er sagte: „Wir müssen raus hier!"

Diesmal packte er mit seiner Hand nicht zu, sondern reichte sie ihr, um ihr aufzuhelfen. Dankbar griff sie danach und stand auf. Sie wunderte sich, dass es nichts in ihr auslöste. Hatte sie sich in ihren Träumen nicht danach gesehnt, von Kilian berührt zu werden?

In Gehgeschwindigkeit führte er sie weiter. Ihr Knöchel meldete sich bei jedem Schritt, doch sie lernte, den Fuß so zu belasten, dass sie den Schmerz aushalten konnte.

Es kam Malu vor, als liefe Kilian im Zick-Zack-Kurs. Er bewegte sich durch enge und dunkle Seitengassen, die ihr nur zum Teil bekannt vorkamen, und vermied es, auf breitere Straßen zu wechseln. Wenn sie an sich hinabsah, wusste sie warum. In ihren zerfetzten und verschmutzten Kleidern wäre sie jedem sofort aufgefallen.

Malu kratzte sich am Kopf. Das Jucken war kaum noch auszuhalten. Ob sich inzwischen Läuse in ihren Haaren angesiedelt hatten?

Als sie das nächste Mal um eine Ecke bogen, entdeckte sie das Ulmer Tor, durch das man die Stadt nach Norden verlassen konnte.

Anscheinend war die Kunde, dass jemand aus dem Hexenturm geflohen war, noch nicht bis hierher vorgedrungen, denn es stand nur ein einzelner Hellebardenträger Wache. Eher gelangweilt besah er sich die Ein- und Ausreisenden.

Aber würde er jemanden in ihrem Zustand einfach so passieren lassen?

Kilian schien davon auszugehen, denn er näherte sich – mit ihr im Schlepptau – zielstrebig dem Tor.

Der Uniformierte stutzte, als er Malu sah, doch dann suchte er Blickkontakt zu Kilian. Der zog etwas aus einem Beutel und reichte es dem Wächter, dieser nickte. Alles ging so schnell, dass Malu einen Moment brauchte, um zu begreifen, dass Kilian die Wache bestochen hatte.

Rasch führte Kilian sie nach draußen.

In Malus Zeit war die Stadt längst über das Ulmer Tor hinausgewachsen. Doch jetzt lagen vor ihr weitläufige Äcker und Wiesen und in nicht allzu weiter Entfernung ein kleines Dorf. Das musste Amendingen sein, in Malus Gegenwart als Stadtteil mit Memmingen verschmolzen.

Aber sie hatte keine Zeit, sich weitere Gedanken zu machen. Kilian rannte zwar nicht mehr, doch schritt er zügig voran. Bald schon konnte sie erkennen, worauf er zusteuerte: ein altes, windschiefes Bauernhaus vor einem kleinen Wäldchen.

„Dort sind wir in Sicherheit“, behauptete Kilian.

Malu wusste nicht warum, doch es gelang ihr nicht, ihm zu glauben.

30. Kapitel

Während sie weiter eilten, schaute Malu kurz zurück und atmete auf: Niemand war ihnen auf den Fersen.

„Was ist?“, fragte Kilian.

Sein Blick irritierte Malu. Seinem Gesichtsausdruck fehlten die Wärme und die Herzlichkeit, die sie vor dem Bauernhaus auf Papier festgehalten hatte.

Natürlich, sagte sie sich, er hat gerade wegen mir sein bisheriges Leben in die Luft gesprengt.

Kilian war in den Hexenturm eingedrungen und hatte sie herausgeholt, dabei zwei Menschen verletzt, einen davon vielleicht sogar getötet. Sehr unwahrscheinlich, dass niemand ihn identifizieren konnte, bei den vielen Leuten, die sie auf ihrer Flucht beobachtet hatten. Wegen seiner Befreiungsaktion würde er wohl nie mehr zu seiner Familie oder in die Stadt zurückkehren können.

Und doch las Malu noch etwas Anderes in seinen Augen. Etwas, das sie nicht einordnen konnte.

Es kam ihr fremd und doch auf eine mysteriöse Art vertraut vor. Auf jeden Fall fühlte es sich völlig falsch an.

Während sie sich Mühe gab, ihm zu folgen, musterte sie ihn. Die breiten Schultern, die muskulösen Arme und Beine schienen unverändert, auch seine knapp schulterlangen, leicht gewellten Haare. Doch sie wurde das Gefühl nicht los, dass er sich irgendwie anders bewegte, zudem waren seine Gestik und Mimik nicht so, wie sie diese in Erinnerung hatte.

Lag es an ihr? Hatte die qualvolle Zeit im Verlies ihr Gedächtnis beeinflusst? Oder spielten aufgrund dessen ihre Sinneswahrnehmungen verrückt?

Am Schlimmsten jedoch war, dass all ihre Gefühle für ihn erstorben waren.

Wie schnell hatte ihr Herz doch geklopft, als Kilian neben ihr gesessen und sie ihn porträtiert hatte. Ihre Haut hatte gekribbelt und im Bauch waren die sprichwörtlichen Schmetterlinge geflattert. Ihr war gleichzeitig kalt und heiß gewesen.

All dies vermisste sie nun.

Kilian sah sie an und löste nichts in ihr aus, gar nichts.

Konnte sie sich so getäuscht haben?

„Du brauchst jetzt keine Angst mehr zu haben", versuchte er, sie zu beruhigen.

Seine Worte erreichten ihre Ohren, aber nicht ihr Herz.

„Hier kann dich der Gmeininger Magnus nicht finden."

Bei dem Namen drehte sich ihr der Magen um. Warum erwähnte Kilian ausgerechnet ihn? Hatte sie ihm vom Besuch des Stadtrats erzählt? Sie kramte in ihrem Gedächtnis. Doch dort verschwammen die letzten Tage und Stunden im Hexenturm zu einem wirren Durcheinander.

Ihr Instinkt sagte ihr, sie müsste seine Hand loslassen. Wegrennen. Ein eigenes Versteck finden. Sich erst einmal klar werden, was mit ihr passiert war. Sich sortieren. Herausfinden, wie sie in ihre eigene Zeit zurückkehren konnte.

Ihr Verstand hielt dagegen: Kilian war der einzige Mensch hier, dem sie vertrauen konnte. Er wollte ihr sicher nichts Böses. Warum hätte er sonst sein eigenes Leben riskiert, als er sie befreite? Er stellte ihre einzige Hoffnung dar. Außerdem würde sie - ausgehungert und mit verletztem Knöchel - ohnehin nicht weit kommen.

Das Bauernhaus, das Kilian angesteuert hatte, lag nur noch wenige Schritte entfernt. Das Dach kaum noch bedeckt, die Wände schief und krumm, die holzwurmzerfressene Tür hielt lediglich ein einzig verbliebenes Scharnier im Rahmen. So wie das Gebäude aussah, würde es beim nächsten schweren Unwetter in sich zusammenbrechen.

Hier sollte sie in Sicherheit sein?

Es quietschte, als Kilian die Tür öffnete. Entschlossen zog er Malu ins Innere des Hauses.

Mobiliar gab es keines mehr in dem etwa 50 Quadratmeter großen Raum, der nach Malus Schätzung das gesamte Erdgeschoss einnahm. Braunes, vergammeltes Stroh im hinteren Bereich deutete darauf hin, dass die früheren Bewohner hier auch Tiere gehalten hatten.

Kilian führte Malu zu einer Falltür im Boden. Er klappte sie auf und deutete nach unten.

Alles in Malu sträubte sich, dort hinabzusteigen, nachdem sie gerade erst ihrem Verlies entkommen war. Sie zögerte …

Als Kilian eindringlich „Bitte!“ flüsterte, entschied sie - trotz ihres mulmigen Gefühls - seiner Aufforderung Folge zu leisten.

Mit einem Blick zurück vergewisserte sie sich, dass er hinter ihr die ausgetretenen Stufen der Holztreppe hinabstieg. Zu ihrer Überraschung hielt Kilian plötzlich eine Fackel in der Hand, die er nun entzündete. Woher sie kam, wusste Malu nicht. Sie stand in einem kurzen Gang, der genau auf eine Tür zuführte. Sie sah so morsch aus, als könnte man sie mit einem einzigen kräftigen Fußstoß eintreten. Links und rechts von ihr Kellerräume, bei denen die Türen bereits fehlten.

„Einfach geradeaus.“ Kilians Stimme klang sanft und gleichzeitig bestimmend.

Malu ging vorwärts. Auf der Tür erschien ihr Schatten, den die lodernde Fackel hinter ihr hin und her tanzen ließ.

Wie in Trance drückte sie die Klinke. Da die Tür klemmte, presste sie ihren Körper leicht dagegen.

Ein lautes Ächzen begleitete das Aufschwingen.

Malu trat ein, Kilian folgte.

Sobald das flackernde Licht der Fackel in den Raum fiel, versetzte sie das, was sie entdeckte, sofort in Angst und Schrecken.

Magnus Gmeininger.

Er lag am Boden. Auf Säcken. Seine Augen geschlossen, als würde er schlafen.

Malu begriff noch immer nicht, was hier geschah, da hörte sie jemanden sprechen.

„Wie schön. Dein Plan hat also geklappt.“

Die Stimme hinter ihrem Rücken schien ihr bekannt, gehörte aber sicher nicht zu Kilian. Blitzartig drehte sie sich um und sah ihren entsetzlichen Verdacht bestätigt. Neben ihrem Befreier stand Barthel Gmeininger. Er hatte sich hinter der Tür versteckt und grinste nun über das ganze Gesicht.

Jetzt verstand sie überhaupt nichts mehr.

Machten die drei gemeinsame Sache?

Das konnte nicht sein! Kilian hasste Barthel.

Warum sollte er sich auf die Gmeiningers eingelassen haben?

Ihretwegen?

Waren es deren Verbindungen, die ihm geholfen hatten, sie zu befreien und aus der Stadt zu bringen?

Es würde auch erklären, warum er über genug Geld verfügte, um die Wache am Ulmer Tor zu bestechen.

Aber was sollte die Gmeiningers dazu bewogen haben, sich mit ihm zu verbünden? Das ergab alles keinen Sinn!

Auch Kilian lächelte nun.

Bei ihrem ersten Zusammentreffen an der Papiermühle hatten seine Augen geglänzt; er hatte sie angestrahlt, freundlich, sympathisch, einnehmend. Nichts davon erkannte Malu in dem Gesicht vor ihr wieder.

Barthel Gmeininger und Kilian Haupt kamen Malu wie Max und Moritz vor: Zwei böse Buben, die etwas ausgeheckt hatten, das alles andere als tugendhaft oder legal war. Fehlte nur noch, dass sie sich verschwörerisch die Hände rieben.

Beide kamen nun auf Malu zu und unter ihren Blicken fühlte sie sich wie ein Reh, das von zwei Wölfen gestellt wurde.

Das war nicht Kilian!

Nicht der, den sie in Erinnerung hatte.

Seine nächsten Worte bestätigten das: „Fessele sie, Bartholomäus!“

Seltsam: Bisher hatten nur seine Eltern seinen vollen Namen verwendet.

Malu war viel zu perplex, um Gegenwehr zu leisten. Ehe sie sich versah, hatte Barthel sie umrundet und zerrte ihre beiden Arme nach hinten. Um ihr rechtes Handgelenk fühlte sie einen Strick, der sich zuzog.

Endlich erwachte ihr Widerstand. Sie versuchte, sich aus Barthels Griff zu befreien. Doch sofort stand Kilian bei ihr und unterstützte Barthel.

Der Aufenthalt im Hexenturm und der Hunger hatten Malu geschwächt, doch selbst in gesundem Zustand hätte sie keine Chance gegen zwei junge Männer gehabt, die körperliche Arbeit gewöhnt waren. Kilian brauchte lediglich seine muskulösen Arme um sie zu legen, damit sie ihre eigenen nicht mehr bewegen konnte. Sie fühlte sich wie in einer Schraubzwinge.

Warum tat er das?

Warum nur?

Schon spürte sie den Strick auch am linken Handgelenk und nur wenige Sekunden später waren beide Hände hinter ihrem Rücken aneinandergefesselt.

Ihre Beine wurden schwach.

Kilian schien dies bemerkt zu haben, denn er stützte sie, als sie langsam zu Boden glitt. Mit dem Rücken lehnte er sie an die Wand.

„Warum?“, flüsterte sie, erwartete aber keine Antwort.

Alles schien ihr verloren.

Ihre Heimreise. Ihre Eltern. Ihr Zuhause.

Wie hatte dies alles so weit kommen können?

Wie - um alles in der Welt - hatte sich ihr glückliches und wohlbehütetes Leben in so kurzer Zeit in solch eine Katastrophe verwandeln können?

Kilian würdigte sie keines Blickes mehr.

Stattdessen ging er hinüber zu dem am Boden liegenden Magnus Gmeininger.

Zu Malus Überraschung legte er ihm seine Hand auf die Stirn, gerade so, als prüfe er, ob Gmeininger Fieber hatte. Ein unangenehmes Kribbeln erfasste sie, als läge plötzlich etwas Seltsames in der Luft. Sie konnte förmlich fühlen, wie die Spannung im Raum anstieg. Kilian schloss seine Augen, sein Gesicht wirkte angestrengt und konzentriert; so verharrte er für mehrere Sekunden. Zwischen den beiden bildeten sich blaue Schlieren. Malu hatte sie schon einmal wahrgenommen, als sie Gmeininger zum ersten Mal begegnet war …

Plötzlich brach Kilian in sich zusammen, ohne Vorwarnung, als hätten sämtliche Muskeln seines Körpers gleichzeitig versagt.

Im selben Moment schlug Gmeininger seine Augen auf.

VII. Teil
Merelies Erkenntnis

31. Kapitel

Kurze Zeit zuvor.

In einem großen Bogen hatten Merelie, Kilian und Maxi das marode Haus der verstorbenen Eheleute Voglgsang umrundet und sich ihm von der Rückseite her wieder genähert. Hinter einer mächtigen, bestimmt anderthalb Meter breiten Linde suchten sie Schutz und Maxi spähte um den Stamm herum.

„Von hier aus ist das Haus gut zu sehen“, stellte er fest. „Und wir sind schnell bei dir, sollte es Probleme geben.“

Der letzte Satz war zweifellos an Kilian gerichtet. Der drückte den Rücken gerade und atmete tief durch.

„Also gut, dann hinein in die Höhle des Löwen.“

„Besser, du nimmst ebenfalls einen Umweg zum Haus und näherst dich wieder aus Richtung der Stadt. Falls Magnus Gmeininger schon eingetroffen ist und die Umgebung beobachtet, würde es nur unnötige Aufmerksamkeit hierher zu uns ziehen, wenn du direkt hinüber gehst.“

Kilian stimmte Merelie nickend zu.

„Wünscht mir Glück. Hoffentlich ist der Gmeininger Magnus auf unserer Seite.“

Merelie spürte ein Grummeln in ihrer Magengrube. Eigentlich hielt sie es für keine gute Idee, dass Kilian alleine das Haus der Voglgsangs betrat. Doch leider wollte ihr keine Alternative einfallen.

„Alles Gute“, wünschte sie ihm leise. Einem plötzlichen Impuls folgend pfiff sie auf alle etwaigen Konventionen, nahm Kilian in den Arm und drückte ihn. Es fühlte sich auf eine seltsame Art und Weise vertraut an. Nicht, als würde sie einen Fremden umarmen. Aber auch nicht so wie bei Elias. Eher wie bei ihren Großeltern.

Er erwiderte ihre Umarmung und für diesen Augenblick schienen ihr sämtliche Probleme lösbar, wenn sie nur fest zusammenstanden. Als Kilian sich wieder von ihr trennte, spürte Merelie allerdings erneut große Hilflosigkeit.

Malu im Hexenturm, Elias erkrankt im Ried.

Und das alles in einer fremden Zeit, in der sie sich nur schwer zurechtfand und immer noch nicht wusste, wie sie wieder nach Hause zurückkehren konnte.

Ein Schritt nach dem anderen, beruhigte sie sich, während sie zusah, wie Kilian zwischen den Bäumen verschwand.

Maxi spähte weiter zum Haus, sie selbst setzte sich mit dem Rücken zur Linde auf den Boden und wartete.

„Er kommt", verkündete Maxi nach ein paar Minuten aufgeregt. Schnell stand sie auf und lugte um die andere Seite des alten, ehrwürdigen Baums. Sie beobachteten, wie Kilian sich dem Haus näherte, konnten aber nicht sehen, wie er es betrat. Merelie ärgerte sich, dass der Eingang auf der abgewandten Seite lag

„Was machen wir jetzt?", fragte Maxi.

„Im Moment können wir nichts tun."

„Ob der Gmeininger Magnus schon da ist?"

„Ich weiß es nicht, Maxi."

„Wenn Kilian um Hilfe ruft, dann renne ich sofort los. Ich habe schon einmal einen Jungen zu Boden geworfen, der zwei Köpfe größer war als ich. Hab mich dann einfach auf ihn draufgesetzt und ihn nach unten gedrückt, bis er um Gnade gewinselt hat."

Merelie bezweifelte, dass es mit Magnus Gmeininger genauso einfach sein würde. Wahrscheinlich übertrieb der Junge ohnehin, doch sie widersprach ihm nicht. Sie mochte optimistische Menschen.

„Das war der Riedmiller Schorsch. Hat mich davor immer und immer wieder geärgert. Danach nicht mehr."

Ohne Maxis Gesicht zu sehen, fühlte sie förmlich, dass er gerade zufrieden grinste.

„Am Besten geht es, wenn man irgendwie von hinten in die Kniekehlen stoßen kann, dann knicken die Beine weg. So habe ich es auch mit dem Riedmiller Schorsch gemacht.“

Maxi plapperte einfach vor sich hin. Vermutlich versuchte er, diese elende Wartezeit zu überbrücken. Merelie hatte kein Interesse daran, ihn zu bremsen. Es lenkte auch sie ab. Außerdem flüsterte er. Sie war überzeugt, dass nur sie ihn hören konnte.

„Der hat vielleicht Augen gemacht, der Riedmiller Schorsch, als er in den Pferdeäpfeln lag und ich auf ihm drauf. Seine Kumpels haben ihn alle ausgelacht. Der hat sich danach nie wieder so vor mir aufgemandelt.“

Er kicherte leise.

„Oder der Schwegle Sepp. Der hat immer behauptet, Mama wäre eine Hexe und sollte verbrannt werden. Hab ihm dann mal im Dunkeln aufgelauert und ihm so richtig die Ohren langgezogen. Vielleicht habe ich ihn auch etwas stärker als gewollt mit dem Messer gepikst. Jedenfalls hat er danach nie wieder ein Wort über Mama verloren.“

Noch von zwei weiteren Jungen erzählte er, dann erschien Kilian wieder an der Hausecke: Die Begegnung mit Magnus Gmeininger hatte also vermutlich stattgefunden. Kilian schien unversehrt zu sein und schritt zielstrebig voran. Sogleich verloren sie ihn wegen der vielen Bäume wieder aus den Augen.

Nun brauchten sie das Haus nicht länger zu beobachten und so drehten sie sich zueinander.

„Bin neugierig, was er uns berichten wird“, meinte Maxi.

Erwartungsvoll blickten die beiden in die Richtung, in der Kilian vorhin verschwunden war, denn sie gingen davon aus, dass er erneut einen Bogen schlagen würde, um sein Ziel zu verschleiern.

Doch auch nach mehreren Minuten tauchte er nicht bei ihnen auf.

„Wo bleibt er nur?“

„Ich weiß es nicht, Maxi.“

Damit hatte Merelie nicht gerechnet.

Dass irgendetwas in dem alten Haus passieren könnte, ja; aber nicht, dass er es unversehrt verlassen und dann nicht zu ihnen zurückkehren würde.

Sie überlegte. Weitere wertvolle Sekunden vergingen, bis sie zu einem Entschluss gelangte: „Wir müssen ihm nach. Sehen, wo er hinmöchte."

Maxi stimmte zu. Als sie das Wäldchen verlassen hatten, hielten sie Ausschau.

„Da", sagte Maxi und zeigte in die Ferne. Merelie kniff die Augen zusammen. Kleidung und Statur stimmten: Ja, das war Kilian. Unmittelbar vor der Stadt bewegte er sich, zwischen etwa einem Dutzend weiterer Personen, auf das Ulmer Tor zu. Kurz unterhielt er sich mit dem Wachhabenden, dann trat er durch.

„Mist", schimpfte Maxi. „Den finden wir in der Stadt niemals wieder."

Auch Merelie ärgerte sich. Wenn sie schneller reagiert hätten, wäre es sicher möglich gewesen, ihm auf den Fersen zu bleiben. Aber wer hätte schon ahnen können, dass Kilian eigene Ziele verfolgte! Spielte er ein falsches Spiel? Dabei hatte sie ihm so sehr vertraut, vor allem nach ihrer Umarmung. Versagte ihre Menschenkenntnis hier völlig? Tickten die Leute von vor fünfhundert Jahren anders als die aus ihrer Zeit?

Konnte sie sich dann am Ende auch auf Maxi und Marlies nicht verlassen?

„Wir sollten es zumindest versuchen", riss Maxi sie aus ihren Gedanken. Er schnappte sich ihre Hand und zog Merelie mit sich.

Nein, das konnte nicht sein, sagte sie sich, dieser Junge führt nichts Böses im Schilde!

In einer Mischung aus Gehen und Rennen eilten sie zum Ulmer Tor. Der Torwächter musterte sie von oben bis unten, ließ sie aber anstandslos durch.

Suchend blickten sie sich um, doch von Kilian fehlte weit und breit jegliche Spur.

„Wohin wollen wir nun?“, fragte Maxi. Sein Blick wirkte so, als müsste Merelie einen Plan haben, doch sie fühlte sich ebenso ratlos.

„Vielleicht ist Magnus Gmeininger nicht in der Hütte gewesen und Kilian war so sauer, dass er jetzt zu ihm nach Hause gegangen ist, um ihn zur Rede zu stellen.“

„Aber warum ist er dann nicht zuerst zu uns gekommen?“

„Ich weiß es doch auch nicht, Maxi!“

„Eine andere Idee haben wir nicht, oder?“

„Ich nicht.“

„Ich auch nicht.“

Merelie fiel auf, dass sie immer noch Hand in Hand gingen. Als Kind hatte sie immer davon geträumt, Geschwister zu haben. Jetzt fühlte es sich an, als sei Maxi ihr kleiner Bruder. Sie war froh, ihn an ihrer Seite zu haben.

Um zum Haus der Gmeiningers zu gelangen, mussten sie den Marktplatz passieren.

Auf dem zentralen Punkt der Stadt herrschte im Sommer sicherlich mehr Betriebsamkeit. Jetzt im März gab es nur vereinzelt Stände, an denen Bauern ihre Waren feilboten, vorrangig Wintergemüse wie Weißkohl, Steckrüben, Möhren und Pastinaken. Männer und Frauen der unterschiedlichsten Stände gingen über den Platz oder feilschten mit den Händlern um die Verkaufspreise.

Plötzlich ertönten ungewöhnlich laute Rufe auf der anderen Seite des Marktplatzes, die sofort Merelies Aufmerksamkeit auf sich zogen. Auch die Leute rings um sie herum hielten jetzt inne und drehten sich zum Ursprung des Lärms.

Schlagartig wurde Merelie bewusst, dass genau dort hinten der Hexenturm stand.

Ein Zufall?

Nein, sicher nicht.

Entschlossen zog Merelie an Maxis Hand und gemeinsam rannten sie über den Platz. Auch andere Besucher des Marktes liefen neugierig in Richtung des Turms.

Als Merelie und Maxi ankamen, fanden sie sich inmitten einer Gruppe von Schaulustigen wieder. Oben auf dem

Wehrgang und unten vor dem Hexenturm versammelten sich auch immer mehr Mitglieder der Stadtwache. Ein älterer Vollbärtiger übernahm das Kommando und brüllte Befehle. Mit den Händen deutete er auf Uniformierte und dann in verschiedene Richtungen. Die Angesprochenen liefen sofort los. Ihre Waffen gezückt: Piken, Hellebarden, Armbrüste.

Zwischen die Befehle gesellten sich Satzfetzen:

„… Gefangene geflohen …"

„… Mann eingedrungen …"

„… sah aus wie der Älteste von den Haupts …"

„… Bluttat …"

„… fünf Wachleute abgeschlachtet …"

Der Zusammenhang wurde Merelie sofort klar: Kilian hatte Malu im Alleingang befreit!

Hatte er Maxi und sie schützen wollen, indem er ihnen vorab nichts davon erzählt hatte?

Auf Merelie wirkte es wie ein großes Tohuwabohu, alles ging durcheinander. Der Kommandierende schien keine Ahnung zu haben, wohin die Flüchtenden gerannt waren, denn er schickte seine Leute in sämtliche Himmelsrichtungen.

Sie dagegen hatte eine Idee, wohin er Malu bringen wollte.

„Wir müssen zurück zum Haus der Voglgsangs", sagte sie zu Maxi, so leise, dass es niemand anders hören konnte.

Maxi nickte aufgeregt und schon drängelten sich die beiden aus der Menschenmenge heraus, hasteten quer über den Marktplatz und zurück zum Ulmer Tor.

Doch dort versperrten bereits zwei Wachleute den Weg und hielten ihnen die Spitzen ihrer Hellebarden entgegen.

„Das ist sie!", schrie einer der beiden und deutete auf Merelie.

Merelie erschrak. Ihr Herz schlug rasend schnell, ihre Hände zitterten.

Das durfte doch nicht sein!

Man verwechselte sie mit Malu!

Kein Wunder, auch Kilian und Barthel hatten gestutzt, als sie ihnen das erste Mal begegnet war.

„Ergreift sie!"

Und schon spürte sie, dass jemand von hinten nach ihr griff und sie festhielt. Sie versuchte, die Person abzuschütteln. Es gelang ihr nicht; auch nicht, nachdem sie Maxis Hand losließ.

Rücksichtslos wurden ihr die Arme auf den Rücken gepresst.

Die beiden Hellebardenträger gingen wohl davon aus, dass sie keine Möglichkeit mehr hätte, sich zu befreien, denn sie entspannten sich und ließen in aller Ruhe ihre Waffen sinken.

„Das war aber ein kurzer Ausflug, gell?", verhöhnte sie einer der beiden.

„Ich bin nicht die, die ihr sucht."

Und als sie es aussprach, wurde Merelie bewusst, dass es sie genauso ängstigen würde, hätten die Torwachen Malu an ihrer Stelle festgesetzt.

„Du siehst aber genauso aus!"

„Ich bin es trotzdem nicht." Merelie ärgerte sich, dass ihr nichts Besseres einfiel.

„Das würde ich auch behaupten. Jetzt fesseln wir dich erstmal. Und dann bringen wir dich zurück zum Turm."

Merelie wand sich, aber sie merkte schnell, dass sie kräftemäßig nicht den Hauch einer Chance hatte.

Wo war eigentlich Maxi?

Sie versuchte sich umzudrehen, doch der Unbekannte hinter ihr hielt sie erbarmungslos fest.

Hatte Maxi das Weite gesucht?

„Bitte", flehte sie. „Ihr müsst mir glauben."

Inzwischen hatten sich auch Passanten hinzugesellt. Es war im 16. Jahrhundert das Gleiche wie im 21.: Sobald es etwas zu gaffen gab, ließen die Schaulustigen nicht lange auf sich warten.

Ein Mann, vermutlich betrunken, grölte etwas, das Merelie nicht verstehen konnten, und alle um ihn herum lachten, sogar die Wachleute.

„Hier in Memmingen wissen wir sehr wohl, wie man mit Hexen umgeht", rief eine Frau.

Wie in einem Blitzlichtgewitter sah Merelie plötzlich Bilder vor sich: Folterwerkzeuge, misshandelte Körper und verstümmelte Gliedmaßen, ein brennender Scheiterhaufen, eine um Hilfe schreiende Frau.

„Halt!", hörte sie plötzlich und die Stimme kam ihr bekannt vor. Sie brauchte einen Moment, um zu begreifen, dass Maxi sich lautstark zu Wort gemeldet hatte.

„Das ist nicht die entflohene Frau!", verkündete er. Er versuchte, wichtig zu klingen, doch seine Stimme kippte immer wieder vor Aufregung weg. Es klang, als quieke er bei den ‚i'-Lauten und dem ‚o', und prompt machten sich die Umstehenden über ihn lustig.

Doch Maxi ließ sich davon nicht beirren: „Sie und ich sind heute schon einmal durch das Ulmer Tor stadtauswärts gegangen und vor etwa zehn Minuten zurückgekehrt."

„Verschwinde, Kleiner!", bellte ihn der eine Hellebardenträger an und der andere meinte: „Mit dir haben wir sowieso noch ein Hühnchen zu rupfen. Du bist doch der Buuscht, der nachts immer heimlich in der Stadt herumschleicht."

„Ich schleiche nicht", entrüstete sich Maxi, presste sich seine kleinen Fäuste in die Seite und streckte die Brust heraus. „Ich arbeite!"

Wieder erntete er große Heiterkeit. Die Leute schienen Gefallen an dem Spektakel zu finden, allerdings nicht auf die Weise, die Maxi erhofft hatte.

Merelie verstand seine Strategie nicht. Falls er überhaupt eine hatte …

Hoffentlich deutete er nicht wieder nach oben und zeigte auf imaginäre tote Vögel …

„Verschwinde oder wir verhaften dich gleich mit!"

„Wahrscheinlich ist er auch mit diesen Teufelsanbetern im Bunde."

Maxi drehte sich und fixierte einen Wachmann, der etwas abseits im Hintergrund stand.

„Du hast uns gesehen, Melchior", rief er ihm zu, doch der Angesprochene reagierte nicht.

„Gell?“, versuchte er, sich Bestätigung zu holen. „Es stimmt doch, oder?“

Melchior blieb eine Antwort schuldig, aber Merelie glaubte, ein leichtes Nicken wahrzunehmen.

„Ist das wahr, Melchior?“, hakte jetzt auch einer der Hellebardenträger nach. „Hast du das Mädchen heute schon einmal die Stadt verlassen sehen?“

„Ja“, gab der Angesprochene zu.

Und sofort ergänzte Maxi: „Sag ich doch!“

Wieder lachten die Leute, gleichzeitig lockerte sich der Griff an Merelies Armen.

„Das Mädchen ist gemeinsam mit dem Jungen durchs Ulmer Tor stadtauswärts gegangen und vorhin wieder stadteinwärts. Es stimmt.“

„So!“, machte sich Maxi wichtig. Er schien es zu genießen, dass man ihm Recht gegeben hatte und die Leute ringsum nach und nach verstummten und ihn anstarrten. Einer Person nach der anderen grinste er triumphierend ins Gesicht.

Aber viel wesentlicher für Merelie war, dass einer der Wachleute sagte: „Lass sie los! Das ist nicht die Gesuchte.“

Der Mann hinter ihr führte den Befehl widerspruchslos aus. Sobald er sie freigab, schwang sie ihre Arme nach vorne und verschränkte sie. Gerade so, als seien sie dadurch vor seinem erneuten Zugriff sicher.

„Dann können wir jetzt also gehen und einfach ein weiteres Mal das Tor passieren.“

Maxi schien die Situation schnell ausnutzen und Fakten schaffen zu wollen. Im Moment steckten die etwas trägen Gehirne der Wachleute noch mitten im Denkprozess: Eben hatten sie die geflohene Hexe gefasst und nun hatte sich herausgestellt, dass sie sich getäuscht hatten.

Die beiden Hellebardenträger nickten. Maxi humpelte rasch zu Merelie und nahm ihre Hand wieder in die seine. Unter den erstaunten Blicken der Umstehenden führte er die noch wie erstarrte Merelie mit sich durch das Ulmer Tor und pfiff sogar ein Lied dabei. Sie drehten sich nicht mehr um.

Merelie bemerkte, dass sie zitterte. Der Schrecken und die Todesangst steckten ihr in den Gliedern. Zudem zog sich der Himmel immer weiter zu, ein Witterungsumschwung kündigte sich an.

Erst als sie ein Stück entfernt waren, atmete Maxi auf: „Puh! Das war aber ganz schön knapp!"

Merelie kniff die Augen zusammen und entdeckte, wie sich zwei Personen dem kleinen Wäldchen näherten. Kein Zweifel, um wen es sich dabei handelte, doch Kilian und Malu befanden sich längst außer Rufreichweite.

„Da sind sie!", machte sie Maxi darauf aufmerksam, drückte seine Hand fester und lief schneller. Trotz seiner Behinderung hatte Maxi keine Probleme, mit ihr Schritt zu halten.

Obwohl Kilian sich so seltsam verhalten hatte, glaubte Merelie nicht, dass von ihm eine Gefahr für sie ausging. Natürlich hatte sie gesehen, wie seine Augen geleuchtet hatten, wenn er über Malu sprach. Und natürlich hatte sie auch gespürt, dass er sich aus einem ganz besonderen Grund für Malu und ihr Wohlbefinden interessierte. Vielleicht waren gerade deswegen die Gäule mit ihm durchgegangen und er hatte spontan entschieden, seinen eigenen Plan durchzuführen.

Merelie hielt sein Vorgehen für alles andere als strategisch, doch auf eine gewisse Art konnte sie Kilian verstehen: Wenn man verliebt war, schaltete zuweilen das logische Denken aus.

Nun mussten sie allerdings dringend mit Kilian besprechen, wie es weitergehen sollte. Und mit Malu.

Ja, Malu!

Sie würde endlich ihrer Mutter gegenüberstehen.

Sie freute sich sehr - und gleichzeitig wurde ihr flau im Magen. Welch eine verrückte Situation! Malu wusste ja nichts von Merelies Existenz, sie würde mit einer Tochter konfrontiert, die sie noch gar nicht geboren hatte.

Es fiel Merelie selbst schwer, dies zu begreifen und zu akzeptieren. Sie musste an das allseits bekannte und ungelöste ‚Großvater-Paradoxon' denken: Wenn jemand in der Zeit zurückreiste und seinen eigenen Großvater tötete, würde das die eigene Geburt verhindern. Also könnte man erst gar nicht aufbrechen, um den Großvater zu ermorden. Also käme man doch zur Welt und könnte die Reise antreten. Und so weiter und so weiter.

Merelie glaubte, ihr Gehirn würde sich verknoten, wenn sie zu lange darüber nachdachte.

In dem Zusammenhang fragte sie sich, ob ihre Mutter auf dem Scheiterhaufen gestorben wäre, wenn Kilian sie nicht befreit hätte. Dann hätte sie selbst nie das Licht der Welt erblickt und wäre auch nicht hierher ins 16. Jahrhundert verschlagen worden.

Hieß dies, dass Malu im Moment gar nicht sterben konnte und daher in Sicherheit weilte?

Oder war Geschichte veränderbar?

Völlig außer Atem erreichten die beiden das Haus der Voglgsangs.

Ehe Merelie etwas dagegen einwenden konnte, drückte Maxi bereits vorsichtig gegen die Haustür. Sie war unverschlossen. Leise quietschend schwang sie auf.

32. Kapitel

Merelie folgte Maxi ins Innere, einen großen, verschmutzten Raum, und eines erregte sofort ihre Aufmerksamkeit: eine geöffnete Falltür.

Maxi schlich zielstrebig darauf zu, Merelie hinterdrein.

Stufen aus Holz führten in den Keller.

Bei jedem Schritt hatte Merelie Angst, die Treppe könnte knarzen. Doch die beiden kamen geräuschlos unten an und fanden sich in einem kurzen Gang wieder. Dieser führte zu drei Kellerräumen; rechts und links fehlte die Tür, geradeaus gab es eine, doch sie war nicht ganz geschlossen. Durch einen Spalt flackerte Licht und Merelie hörte von dort jemanden sprechen. Sie tippte Maxi auf die Schulter. Als er sich umdrehte, legte sich Merelie den Zeigefinger auf die Lippen und Maxi nickte zustimmend.

Vorsichtig näherten sie sich und spähten durch den Spalt ins Zimmer.

Kilian lag auf dem Boden; Barthel kniete bei ihm und fesselte ihn. Daneben ein provisorisches Lager aus Leinensäcken, von dem sich gerade ein Hüne von einem Mann erhob, sich streckte und die Augen rieb. Ohne ihm persönlich bisher begegnet zu sein, wusste Merelie, wen sie vor sich hatte: Magnus Gmeininger.

Nur einen Augenblick hatte sie Zeit, sich zu fragen, wo Malu steckte, da näherten sich bereits schnelle Schritte der Tür. Bevor sie aufgerissen wurde, konnten Merelie und Maxi gerade noch in den angrenzenden linken Raum huschen und schon schoss jemand daran vorbei. Geistesgegenwärtig zog Merelie Maxi ein Stück weiter hinein in den Schutz der Dunkelheit.

Bereits im nächsten Moment hörten sie, wie jemand der flüchtenden Person folgte.

Es polterte auf der Treppe.

„Lass mich los“, hörte Merelie eine Frau schreien, vermutlich Malu, und nach weiterem Radau wiederholte sie die Forderung. Dann brüllte eine männliche Stimme auf und fluchte. Ein Klatschen wie von einer Ohrfeige. Der Mann schnaufte schwer, die Frau war verstummt. Etwas wurde über den Boden geschleift. Die Geräusche bewegten sich wieder in Richtung des hinteren Kellerraums.

Merelie und Maxi sahen sich im Dämmerlicht an. Noch traute sich keiner von ihnen, den Kopf aus der Deckung zu strecken.

Zwei Männer sprachen jetzt miteinander. Wenn sie etwas davon verstehen wollte, musste Merelie näher ran.

Sie nickte Maxi zu, schlich sich zurück in den Gang und näherte sich wieder der Tür, die wie vor Malus Fluchtversuch einen Spalt breit offen stand. Von Maxi hörte sie keinen

Mucks, dennoch war sie sich sicher, dass er ihr auf den Fersen blieb.

All ihren Mut zusammennehmend linste sie in den Raum.

Malu lehnte inzwischen an der seitlichen Wand, die Arme hinter dem Rücken; Barthel fesselte gerade ihre Füße aneinander. Sein Vater stand daneben und beobachtete ihn. Sein Blick wanderte weiter zu Malus Gesicht. Während die junge Frau blass und verstört wirkte, zeigte sich in Magnus' Zügen ein Ausdruck der Zufriedenheit.

„Also“, fragte er. „Woher kommst du?“

Malu drehte ihren Kopf weg. Als Barthel prüfend an den Stricken rüttelte, schrie sie vor Schmerzen auf. Keiner der beiden Männer zeigte Mitleid.

„Ich weiß bereits, dass du aus einer anderen Zeit stammst, Marie,“ behauptete Magnus Gmeininger. „Falls dies dein wirklicher Name ist. Bist du wegen mir hier?“

Merelie fragte sich, was er damit meinte. Spielte er auf die Blutlinien an, von denen Marlies erzählt hatte?

„Ich weiß, wie man jemanden zum Reden bringt, Vater.“

Mit einem Mal hielt Barthel ein Messer in der Hand. Spielerisch ließ er den Schaft durch die Finger gleiten und warf es dann von der Rechten in die Linke und wieder zurück.

Zu Malu gewandt meinte er: „Ich habe erst heute Morgen einen Feldhasen damit ausgenommen.“

„Später, Bartholomäus.“

Magnus trat ganz nahe an Malu heran, beugte sich nach vorn und nahm ihr Kinn in seine Pranke. Malu wehrte sich, doch Magnus drehte brutal ihren Kopf in seine Richtung, damit sie ihm in die Augen sehen musste.

„Wie weit bist du gereist, Mädchen?“

„Lassen Sie mich gehen“, flüsterte Malu verängstigt. „Ich habe nichts getan.“

Dort wo Magnus' Daumen drückte, wurde Malus Gesichtsfarbe rot. Merelie konnte kaum hinsehen und glaubte, den Schmerz an ihrem eigenen Kiefer und ihrer eigenen Wange zu spüren.

„Wenn du mir alles erzählst, wirst du frei sein.“

Würde Malu ihm glauben? Merelie jedenfalls zweifelte stark an seinen Worten.

„Ich frage dich noch einmal: Wie weit bist du gereist?"

Doch Malu kniff nur die Augen zusammen und starrte ihn widerspenstig an.

„Ich sage es Ihnen nicht!"

„Es stimmt also, dass du aus der Zukunft kommst!"

Merelie fühlte sich furchtbar. Ihr Harmoniebedürfnis und ihr Gerechtigkeitsempfinden waren seit jeher stark ausgeprägt. Wurde ein kleineres Kind von einem größeren bedroht, mischte sie sich stets ein, auch wenn sie dadurch selbst in Gefahr geriet. Zusehen zu müssen, wie jemand unter Druck gesetzt wurde, konnte sie nur schwer ertragen. Und nun wurde auch noch ihre eigene Mutter von einem riesigen Kerl bedroht, während sie gefesselt und damit völlig wehrlos war. Sie musste sich stark beherrschen, nicht sofort die Tür aufzureißen und dazwischen zu gehen.

Aber das wäre nicht besonders klug ...

Malu und Kilian bewegungsunfähig; sie und ein kleiner Junge gegen zwei große, erwachsene Männer: keine gute Idee.

Sie suchte Blickkontakt zu Maxi, doch der starrte wie hypnotisiert auf Magnus und Malu.

„Dein Schweigen deute ich als Zustimmung."

Gmeininger ging ganz nahe an Malus Gesicht heran.

„Also: Wie hast du das gemacht, Mädchen?"

Obwohl Malu eine Antwort verweigerte, sprachen ihre Augen für Merelie Bände: Malu hatte selbst keine Ahnung, wie sie hierhergekommen war.

Merelies Hoffnungen zerplatzten mit dieser Erkenntnis wie eine Seifenblase.

Keine rasche Heimreise.

Keine schnelle Genesung für Elias.

Dabei hatte sie so fest daran geglaubt, dass alles wieder gut werden würde, wenn sie nur mit Malu reden könnte. Keinerlei Zweifel hatte sie gehegt, dass ihre Mutter ihr den Rückweg weisen könnte.

Merelie fühlte, wie sich Verzweiflung in ihr breit machte. Doch sie musste dagegen ankämpfen. Jetzt und hier ging es um Malu. Darum, sie zu retten. Alle anderen Überlegungen mussten warten. Wenn Malu jetzt starb, brauchte sich Merelie aller Wahrscheinlichkeit nach über gar nichts mehr Gedanken zu machen, weil sie dann schlichtweg nie existiert hatte.

„Soll ich sie etwas motivieren, Vater?“

Barthels Messer näherte sich bedrohlich Malus Hals, die Spitze berührte die Haut.

Malu schluchzte kurz auf, biss dann aber die Zähne zusammen und bedachte ihn mit einem bitterbösen Blick. Sie schien fest entschlossen, ihn keine Träne sehen zu lassen.

„Das wird nicht viel bringen, Bartholomäus. Die Frauen in dieser Familie sind hart im Nehmen.“

Nur für einen kurzen Augenblick atmete Merelie auf, dann offenbarte Magnus bereits seine nächste teuflische Idee: „Allerdings kenne ich ihre Schwachstelle: Sie haben ein weiches Herz. Kümmere dich also besser um den jungen Haupt! Das erkennt ein Blinder, wie viel er ihr bedeutet.“

Zunächst schien Barthel nicht auf seinen Vater zu hören und verharrte in seiner Position. Gierig starrte er auf Malus Hals, als könne er kaum erwarten, sein Messer daran auszuprobieren. Sein Interesse an Kilian war offensichtlich deutlich geringer als das an der jungen Frau.

„Bartholomäus!“, kommandierte Magnus nun scharf, als weise er einen ungehorsamen Hund zurecht.

Mit einem widerwilligen Ausdruck im Gesicht drehte sich Barthel um und näherte sich Kilian, der verkrümmt neben den Leinensäcken auf dem schmutzigen Boden lag, die Arme auf dem Rücken.

Doch als Barthel sich neben Kilian kniete und ihn unsanft in eine sitzende Stellung zerrte, stahl sich schon wieder ein Lächeln in seine Miene. Kilian erwachte und blickte verwirrt umher. Als Barthel die Messerklinge gegen seine Wange drückte, verharrte er in seiner Position.

„Sprich: Wie bist du hierhergekommen?“, forderte Magnus. „Dann bleibt er unversehrt.“

Panik machte sich in Malus Gesicht breit – und Hilflosigkeit.

Magnus Gmeininger starrte sie zuerst wütend an, wenige Sekunden später dagegen mit maßloser Enttäuschung. Zu Merelies großer Erleichterung schien er zum selben Schluss gekommen zu sein wie sie: „Du weißt es selbst nicht!"

Mit einer ruckartigen Bewegung stieß er ihr Kinn von sich und Malu gelang es gerade noch zu verhindern, dass ihr Kopf gegen die Rückwand krachte.

Nur ganz kurz ließ Barthel sein eigenes Opfer aus den Augen, weil er seine Aufmerksamkeit auf seinen Vater und Malu richtete. Kilian nutzte diese Chance. Sofort ließ er seinen Oberkörper nach hinten fallen, zog die Beine an und schlug Barthel mit den Füßen die Waffe aus der Hand. Während Barthel noch überrascht seinem Messer hinterher starrte, wie es den Boden entlangschlitterte, nahm Kilian erneut die Beine nach hinten, um damit Schwung zu holen und sich mit einer kraftvollen Bewegung in eine aufrechte Position zu bringen. Im nächsten Moment warf er sich bereits mit seinem vollen Gewicht gegen Barthel und brachte ihn zu Fall.

Kilians mutige Aktion beeindruckte Merelie, dennoch hielt sie seinen Kampf mit gefesselten Armen für aussichtslos.

Er rang noch mit dem Gleichgewicht, während Barthel sich schon wieder erhob und ihn mit den Fäusten attackierte.

Keine guten Karten für Kilian …

Es sei denn …

„Jetzt!", kommandierte Merelie gerade so laut, dass Maxi sie hören konnte, und hoffte, dass er verstand und schnell reagierte.

Sie sprintete los und im nächsten Moment prallte sie bereits gegen Barthels Körper. Sofort stachen ihr Schmerzen in Schulter und Arm und für einen Moment wurde ihr schwarz vor Augen. Als nächstes nahm sie Barthels überraschten Gesichtsausdruck wahr, während sie gemeinsam zu Boden gingen. Er landete unmittelbar auf dem harten Untergrund und Merelie auf ihm.

Dass er genügend Energie hatte, um lautstark zu fluchen, erschreckte sie. Es zeigte ihr, dass er noch keinesfalls außer Gefecht gesetzt war. Schon griffen seine Hände nach ihr. Als er versuchte, sie von sich weg zu stemmen, wehrte sie sich mit aller Kraft. Aber was konnte sie, ein siebzehnjähriges Mädchen, einem kampferprobten, jungen Mann, schon entgegensetzen?

Das sieht nicht gut aus, schoss es ihr durch den Kopf.

Warum kam ihr Maxi nicht zu Hilfe?

Wo war er?

Aus den Augenwinkeln heraus nahm sie wahr, dass er an Kilians Unterarmen herumnestelte. In seiner Hand glänzte etwas. Gut. Vermutlich sinnvoller, zuerst Kilian zu befreien, damit er ihnen beistehen konnte.

Im nächsten Moment konnte Merelie sich nicht länger halten, wurde von Barthel weggepresst und fortgestoßen. Unsanft landete diesmal sie auf dem Rücken und schnappte nach Luft. Sie rechnete damit, dass Barthel sofort nachsetzen würde, doch zu ihrer Überraschung blieb ein weiterer Angriff aus.

Schnell rappelte sie sich auf und peilte die Lage.

Magnus fingerte an einem Gegenstand herum, den sie nicht erkennen konnte. Und offensichtlich hatte Maxi nicht nur die Fesseln rechtzeitig durchschneiden können, sondern Kilian dann auch gleich die Waffe in die Hand gedrückt, denn zu Merelies Erstaunen fuchtelte jetzt dieser mit dem Messer herum; Barthel bemühte sich, ihm auszuweichen.

„Kilian“, hörte sie Maxi rufen, der auf allen Vieren über den Boden krabbelte und sich direkt hinter Barthel positionierte.

Sie verstand, was er plante. Und Kilian augenscheinlich auch. Er näherte sich bedrohlich seinem Kontrahenten, der mit dem Rücken zu Maxi stand und ihn daher nicht wahrnehmen konnte. Nun brauchte Kilian ihn nur noch zu schubsen - schon stolperte er über das unerwartete Hindernis und ging abermals zu Boden. Ehe er sich neu orientieren konnte, nutzte Kilian die Gunst des Augenblicks, stürzte sich auf ihn und drückte ihm sein Knie auf den Brustkorb, um ihn zu fixieren. Nun hielt er ihm seinerseits das Messer an den Hals.

Sein Gesichtsausdruck suggerierte, dass er nicht zögern würde, die Waffe einzusetzen, wenn Barthel nicht aufgab.

„Runter mit dem Messer!“, fuhr Magnus’ Stimme scharf und befehlend dazwischen.

Erschrocken drehte sich Merelie ihm zu und blickte geradewegs in die Mündung einer klobig anmutenden Pistole.

Im ersten Moment wunderte sie sich nur: Im Stadtbild hatte sie keine Schusswaffen gesehen.

Dann realisierte sie panisch, dass die Pistole auf sie gerichtet war.

Ein kurzes Zucken des Zeigefingers und schon wäre es vorbei mit ihr. Auf diese kurze Distanz konnte Magnus Gmeininger sie kaum verfehlen, egal wie treffsicher dieses altertümliche Modell auch sein mochte.

Schlagartig wurde ihr kalt und sie stellte fest, dass sie zitterte.

Zwischen Gmeininger und ihr bildeten sich bläuliche Schlieren; eine Art Energie schien zu fluktuieren. Was war das? Auch Magnus schien es wahrzunehmen: Er lächelte, als wisse er, was hier geschah.

Gleich darauf ließ er seinen Fokus zu Kilian wandern, der immer noch das Messer an Barthels Hals drückte.

„Ich sage es nur noch ein einziges Mal: Runter mit dem Messer!“, knurrte er.

Magnus Gmeininger war nicht der Typ, der bluffte. Er würde abdrücken, wenn Kilian nicht das machte, was er verlangte; daran zweifelte Merelie keine Sekunde.

Endlich gehorchte Kilian.

„Sehr schön“, lobte Gmeininger. „Und jetzt gib das Messer wieder Bartholomäus.“

Kilian zögerte, die schwer erkämpfte Waffe so einfach wieder wegzugeben.

Gmeininger wiederholte seine Worte, bedrohlicher und ungeduldiger: „Gib das Messer jetzt wieder Bartholomäus!“

Dann ergänzte er: „Ich zähle jetzt bis drei. Bei drei wird deine kleine Freundin hier ihre Reise ins Jenseits antreten.“

Die „Eins“ folgte unmittelbar.

Merelie starrte wie hypnotisiert in die Pistolenmündung. So musste sich ein Reh fühlen, das sich plötzlich vor einem Auto stehend wiederfand und einfach nur ins Scheinwerferlicht starrte, anstatt wegzulaufen.

„Zwei!“

Aus den Augenwinkeln bemerkte Merelie eine Bewegung, da kroch etwas, hinter Magnus …

„Und …“

Gmeininger schoss und Merelie zuckte zusammen. Es dröhnte derart laut in ihren Ohren, dass sie fürchtete, taub geworden zu sein, doch zu ihrer Überraschung spürte sie keinen Schmerz.

Stattdessen krachte Gmeininger zu Boden; neben ihm erhob sich Maxi, der ihn triumphierend anschaute und dabei seine Zahnlücken entblößte.

Merelie versuchte, die verschiedenen Puzzleteilchen zusammenzusetzen, und ihr wurde klar, dass Maxi seine Füße von hinten in die Kniekehlen von Gmeininger gerammt haben musste, wie beim Riedmiller Schorsch, von dem er ihr erzählt hatte. Im selben Moment, als Gmeininger den Abzug gedrückt hatte, war er nach hinten gekippt. So war die Pistolenkugel über sie hinweggeschossen.

Gmeininger war viel zu sehr auf sie und Kilian konzentriert gewesen, um auch noch auf Maxi achtzugeben. Vermutlich war er nicht davon ausgegangen, dass von dem kleinen Jungen mit der verkrüppelten Hand und den ungleichen Beinen eine Gefahr ausging. Das war ihm zum Verhängnis geworden.

Merelie sprang hinzu und riss Gmeininger, ehe er sich neu orientieren konnte, die Waffe aus der Hand. Ohne lange zu überlegen, drehte sie die Pistole um und hieb mit voller Kraft den Schaft auf seine Schläfe. Moralische Bedenken konnte sie sich im Moment nicht leisten, schließlich hätte Gmeininger sie nur wenige Sekunden zuvor skrupellos erschossen.

Sofort erschlafften all seine Muskeln.

Mit einem Blick zu Kilian stellte sie fest, dass er Barthel erneut die Klinge an den Hals hielt.

Daneben stand Maxi und grinste breit und zufrieden. Zu Recht, denn sie hatten die Gmeiningers besiegt und er hatte maßgeblich dazu beigetragen. Alles schien unter Kontrolle.

"Wer bist du?", fragte kaum hörbar eine weibliche Stimme.

Merelie drehte den Kopf und ihr Blick traf den von Malu.

Wieder entstanden diese bläulichen Schlieren, wie vorhin zwischen ihr und Magnus Gmeininger.

Und Merelie spürte eine ganz besondere Verbindung.

In ihrem Herzen. In ihrer Seele. In jeder Faser ihres Körpers.

Und Malu schien es ähnlich zu ergehen, ihr Gesichtsausdruck wechselte zwischen Erkennen, Zweifel und Verwunderung. Denn sie wusste nicht, was Merelie wusste …

Immer noch war Malu an Armen und Beinen gefesselt, sie stöhnte auf und Merelie eilte zu ihr.

Zuerst lockerte sie die Knoten an den Handgelenken, anschließend kümmerte sie sich um die Füße. Erschrocken sah sie, dass einer der Knöchel stark angeschwollen war, und versuchte, die Stricke so vorsichtig wie möglich zu lösen. Kaum hielt sie diese in ihren Fingern, war Maxi bei ihr und nahm sie ihr ab. Im nächsten Augenblick fesselte er damit dem immer noch bewusstlosen Magnus die Hände auf den Rücken.

Malu massierte kurz die Stellen, an denen sich das Seil eingeschnitten hatte, und wackelte mit den Fingern, damit das Blut zurückkehrte.

Dann wandte sie sich wieder Merelie zu, verwirrt und neugierig.

„Wer bist du?", flüsterte sie erneut.

Und Merelie antwortete, ebenso leise: „Ich bin deine Tochter."

33. Kapitel

Malu runzelte ungläubig die Stirn.

„Du bist was? Ich verstehe nicht. Ich habe keine Tochter."

Merelie nahm Malus Hände in die ihren.

„Kannst du es nicht fühlen? Das Band zwischen uns?"

Malu zögerte, überlegte, ging in sich.

„Doch", sagte sie schließlich. „Es ist etwas zwischen dir und mir. Und zwar eindeutig mehr als die offenkundige Ähnlichkeit."

Merelie nickte und lächelte sie freundlich an.

„Aber wie sollte das gehen? Ich schätze, du bist gerade mal drei, vier Jahre jünger als ich. Und, wie gesagt: Ich habe gar keine Tochter."

„Emma und Benno Ferner", meinte Merelie lapidar.

Ratlos starrte Malu sie an.

„Was haben sie mit dem Ganzen zu tun? Das sind meine Eltern!"

„Und meine Großeltern. Sie haben mich aufgezogen, nachdem du …"

Merelie wusste nicht, wie sie es ausdrücken sollte. Sie wollte nicht, dass es nach einem Vorwurf klang.

„Nachdem ich was?", drängte Malu.

„Ähm." Kilian räusperte sich. „Ich unterbreche wirklich ungern, aber …"

Merelie hatte für kurze Zeit völlig ausgeblendet, dass sich noch andere Menschen im Raum aufhielten. Jetzt drehte sie sich um. Inzwischen lagen sowohl Magnus als auch Barthel Gmeininger fest verschnürt auf dem Boden, Kilian stand dazwischen.

„… kann mir mal jemand erklären, was hier passiert ist?"

Ratlos schaute er zunächst zwischen Malu und Merelie hin und her, doch schließlich blieb sein Blick bei Malu hängen.

Merelie kannte diesen Gesichtsausdruck. Elias sah sie manchmal ganz genauso an, und ebenso der Großvater die Großmutter.

Schlagartig wurde ihr bewusst, dass für Malu hier noch eine weitere Beziehung zu klären war, mitsamt den Konsequenzen, die eine Entscheidung für ihr weiteres Leben bedeutete: Ihre Mutter stand an einem Scheideweg.

Kilian beugte sich zu Malu hinab und nahm sie in die Arme. Mehrere Sekunden verblieben sie so, hielten sich einfach nur fest.

Ohne es zu sehen, wusste Merelie, dass beide weinten. Die mächtigste Verbindung, die es zwischen zwei Menschen geben konnte, auch Merelie spürte sie hier und jetzt.

Und als sich Kilian nach einer gefühlten Ewigkeit wieder zu ihr drehte, wusste sie endlich, warum er ihr von Anfang an so bekannt vorgekommen war.

Es waren seine dunkelgrünen Augen, die sie jedes Mal anschauten, wenn sie in einen Spiegel blickte.

34. Kapitel

Malu löste sich von Kilian und musterte ihn.

„Du warst es gar nicht, oder?", fragte sie ihn.

„Was meinst du?"

„Meine Befreiung, aus dem Hexenturm."

Er wirkte ratlos und blieb stumm.

„Dein brutales Vorgehen. Du hast die Wachen niedergeschlagen, vielleicht sogar getötet. Aber es passte überhaupt nicht zu dir. Es fühlte sich völlig falsch an. Du fühltest dich falsch an."

„Ich verstehe nicht …"

Seine Stirn legte sich in Falten.

„Das letzte, woran ich mich erinnern kann, ist, dass ich mich von Merelie und Maxi verabschiedet habe und in das alte Haus der Voglgsangs gegangen bin. Danach bin ich hier auf den Leinensäcken aufgewacht und wurde gerade von Barthel gefesselt. Im Turm soll ich gewesen sein?“

„Aber wie kann das sein, dass du dich nicht daran erinnerst?“, wunderte sich Maxi. „Es haben ganz viele Menschen beobachtet, dass du mit ihr abgehauen bist.“

Kilian zuckte mit den Schultern und Malu berichtete nun ausführlich von der gemeinsamen Flucht.

„Ich kann das kaum glauben“, sagte Kilian danach und kratzte sich am Kopf.

„Mir ist so einiges aufgefallen“, meinte Malu und zögerte.

„Nun sag schon“, forderte Maxi sie auf.

Zunächst ein wenig stockend, doch dann immer flüssiger berichtete sie, wie seltsam ihr Kilian während ihrer Flucht vorgekommen war, wie entsetzt sie über seine rohe Gewalt gewesen war und wie enttäuscht über seinen Verrat, als er sie den Gmeiningers ausgeliefert hatte. Am Ende hätte er dem schlafenden Magnus die Hand auf die Stirn gelegt und dieser dann die Augen aufgeschlagen; im selben Moment sei Kilians Körper erschlafft.

Marlies’ warnende Worte kamen Merelie in den Sinn. Der Stadtrat schien noch weitaus mächtiger und skrupelloser zu sein, als Marlies befürchtete.

„Das muss Magnus gewesen sein, der dich befreit hat“, folgerte sie. „In Kilians Körper. Anders ergibt es keinen Sinn.“

„Zu diesem Ergebnis bin ich auch gekommen“, stimmte Malu ihr zu. „Wie er das allerdings fertig gebracht hat, weiß ich auch nicht.“

„Wir fragen Mama deswegen. Mama weiß alles.“

Maxi wirkte unbekümmert wie eh und je. Kein Anzeichen dafür, dass sie alle bis vor ein paar Minuten in Todesgefahr geschwebt hatten.

Dann legte er den Kopf schief und musterte Kilian. Auf seiner Stirn bildeten sich Falten.

„Wir sagen einfach, dass du es nicht warst“, präsentierte er schließlich das Ergebnis seiner Überlegung.

Doch Kilian teilte seine Zuversicht nicht: „Was glaubst du: Wem wird man eher glauben? Einem Mitglied des Stadtrats und seinem Sohn, der seinen Dienst bei der Stadtwache verrichtet? Oder zwei unbekannten, reichlich seltsamen Frauen, einem Waisenjungen und jemandem, der in den Hexenturm eingedrungen ist?“

„Und dabei von unzähligen Menschen beobachtet wurde“, ergänzte Malu.

„Nein, ich kann nicht mehr in die Stadt zurück.“

Kilian überlegte, dann wurde er traurig.

„Und auch nicht zu meiner Familie. Dort werden sie als erstes suchen.“

Malu nahm seine Hand und drückte sie.

„Ich werde bei dir bleiben“, versprach sie.

Trotz der widrigen Umstände fühlte Merelie für einen Moment großes Glück: Nach ihrer Mutter hatte sie gesucht und nun sogar ihre beiden Elternteile gefunden. Sie konnte es kaum glauben.

„Was machen wir jetzt?“, unterbrach Maxi ihren Gedankengang.

„Wir lassen die beiden erstmal hier“, bestimmte sie. „Oben schließen wir die Falltür und hoffen, dass sich niemand hierher verirrt.“ Sie überlegte, dachte an Elias. „Dann gehen wir in einem großen Bogen um die Stadt und weiter zu Marlies.“

Maxi klatschte aufgeregt in seine Hände.

„Ja, so machen wir das. Alles wird gut.“

Wie gerne hätte Merelie seine Zuversicht geteilt.

35. Kapitel

Merelie fror, als sie das Haus der Voglgsangs verließen.

Die letzten Tage hatten sich überdurchschnittlich warm für März präsentiert. Die Strahlkraft der Sonne hatte der Stadt und dem Land eine trügerische Hoffnung auf einen baldigen Frühjahrsbeginn gebracht. Erste Blumenknospen reckten sich aus den Wiesen und auf den Äckern war mit Pflügen und Aussähen begonnen worden.

Nun waren graue Wolken aufgezogen, es wurde kälter und diesig, Schneefall kündigte sich an.

Die Stadtmauer war aus der Ferne gut zu erkennen, einzelne Personen jedoch, die durchs Ulmer Tor ein- und ausgingen, aufgrund der schlechter gewordenen Sichtverhältnisse nicht mehr. Im Umkehrschluss bedeutete dies immerhin, dass man auch sie aus der Ferne kaum beobachten, geschweige denn identifizieren konnte. Daher brauchten sie keinen allzu großen Abstand zur Stadtmauer einzuhalten.

Es lag etwas in der Luft. Und zwar nicht nur ein Wetterumschwung.

Mit großer Sorge dachte Merelie an das, was sie im Stadtarchiv gelesen hatte: Schon bald würde es hier zu Kampfhandlungen kommen.

Die Bauernschaften hatten in der Kramerzunft ihre Forderungen gestellt. Das Heer des Schwäbischen Bundes versammelte sich bereits in der 50 Kilometer nördlich gelegenen Stadt Ulm, um nach Süden zu marschieren und das Aufbegehren der Bauern brutal und blutig niederzuschlagen.

Eine große Traurigkeit ergriff Merelie. Es war das eine, über Ereignisse zu lesen, die fünfhundert Jahre in der Vergangenheit lagen, aber etwas ganz Anderes, den Menschen gegenüber zu stehen, die vermutlich in Kürze darin verwickelt sein würden.

Sie sah zu Maxi, der an ihrer Hand lief und unangemessen fröhlich wirkte.

Welches Schicksal blühte ihm wohl?

Und welches Kilian?

Würden sie den Bauernkrieg wohlbehalten überstehen?

Ihnen voraus ging ihre Mutter, Arm in Arm mit Kilian. Ihr schien die Kälte nichts anzuhaben, sie wirkte glücklich.

Jetzt drehte sie sich zu ihr um.

„Stimmt es wirklich?“, fragte sie.

Merelie nickte und schloss gemeinsam mit Maxi zu den beiden auf.

Natürlich wusste sie, was Malu meinte. Das Trauma, von ihrer Mutter nicht gewollt und einfach vergessen worden zu sein, hatte Merelies ansonsten glückliches Leben stets überschattet. Jetzt, nachdem sie bereits einen Teil der Wahrheit kannte, fühlte sie sich wohler.

„Aber wie kann das sein?"

„Wie es aussieht, sind wir beide zu unterschiedlichen Zeitpunkten gestartet und dann in die selbe Woche in der Vergangenheit gereist."

„Du bist die Tochter, die ich irgendwann einmal bekommen werde."

Merelie konnte nicht identifizieren, ob dies eine Frage oder eine Feststellung war.

„Zweifelst du daran?"

„Nicht mehr. Ich fühle es jetzt genauso wie du. Du bist meine Tochter."

„Wovon redet ihr überhaupt?", mischte sich Maxi ein. „Also mir ist das alles zu kompliziert. Mama hat gesagt, man kann frühestens Mutter werden, wenn man 13 Jahre alt ist. Und wie seid ihr überhaupt aus der Zukunft zu uns gekommen?"

„Ich wäre froh, wenn ich darauf eine Antwort hätte."

Kilian hörte aufmerksam zu, äußerte sich aber nicht. Schon Merelie konnte kaum begreifen, was genau hier passierte. Wie erging es dann erst einem jungen Mann aus dem 16. Jahrhundert mit all diesen rätselhaften Geschehnissen?

„Erzähl mir von meinen Eltern", bat Malu und Merelie berichtete, dass sie das Rentenalter erreicht hatten, dass es hier zwickte und dort zwackte und der Großvater ständig seine Lesebrille verlegte. Abgesehen davon war es ihnen all die Jahre gut gegangen.

Malu lächelte.

„Sind sie glücklich?"

„Ja."

Merelie hatte vor ihrer Antwort etwas gezögert und Malu schien es bemerkt zu haben, denn sie blickte sie fragend an.

„Dass du damals nicht wieder aufgetaucht bist, steckt wie ein Stachel in ihrer Seele."

„Was genau ist aus ihrer Sicht passiert?"

„Du bist spurlos aus deiner Studenten-WG verschwunden."

Malu nickte.

„Ja, dort war ich zuletzt. Und plötzlich fand ich mich 500 Jahre früher auf der Wiese vor Städeles Mühle wieder."

„Du bist am nächsten Tag noch einmal aufgetaucht. Hast mich als Baby bei ihnen abgegeben und bist ein zweites Mal verschwunden. Diesmal für immer."

Während sie weitergingen, blickte Malu ihr tief in die Augen, danach in die von Kilian und wieder zu ihr.

Sie hatte die Ähnlichkeit also ebenfalls bemerkt.

„Für mich ist das noch nicht passiert", meinte sie versonnen.

„Es wird geschehen, ..." Merelie wollte Malu beim Namen nennen, doch sie zögerte.

Malu verstand und lachte.

„Nein, das wäre sehr seltsam für mich, wenn du ‚Mutti' oder ‚Mama' zu mir sagen würdest. Bleib lieber bei meinem Vornamen. Und erzähl mir: Wie genau hat es sich abgespielt, als ich dich zu deinen Großeltern gebracht habe?"

„Du hast mitten in der Nacht an der Tür ihrer Wohnung geklingelt. Du hättest viel älter gewirkt als am Tag zuvor, an dem du zurück nach München gefahren bist. Außerdem warst du komisch angezogen und hattest Arme und Beine verkratzt. Am seltsamsten fanden sie aber, dass du ein Baby bei dir hattest, eingewickelt in ein Leinentuch. Und kurz darauf warst du schon wieder weg."

„Und ich habe ihnen nichts über mein weiteres Schicksal erzählt?"

Merelie schüttelte den Kopf.

„Und auch sonst keine Nachricht hinterlassen?"

Da fiel Merelie die Seite aus der Memminger Zeitung ein. „Doch", sagte sie und berichtete ihr davon.

„Ich verstehe das nicht“, meinte Malu. „Warum sollte ich eine Seite aus der Tageszeitung in das Leinentuch wickeln? Und wo sollte ich sie herhaben?“

„Ich kann es mir auch nicht erklären.“

„Sicher kann Mama euch helfen. Mama …“

Beim Rest des Satzes stimmte Merelie mit ein: „… weiß alles.“

Und als sie danach auflachte, merkte sie, dass ein Teil der Anspannung der letzten Stunden von ihr abfiel. Sofort bekam sie ein schlechtes Gewissen, denn schlagartig kehrten ihre Sorgen um Elias zurück. Wie ging es ihm inzwischen? Unwillkürlich beschleunigte sie ihre Schritte.

Aber möglicherweise war es tatsächlich so, wie Maxi sagte: Vielleicht wusste Marlies die Lösung aller Rätsel.

An diese Hoffnung klammerte sie sich.

36. Kapitel

Während sie die Stadt umrundeten, zog sich der Himmel immer weiter zu und als sie das Ried erreichten, fielen die ersten Schneeflocken. Trotz schlechter werdender Sicht führte Maxi sie, ohne auch nur einmal zu zögern, durch das sumpfige Gebiet. Merelie verlor schnell die Orientierung und – wie bei ihrem ersten Besuch – stand sie wieder sehr plötzlich vor Marlies’ Hütte, gerade so, als sei sie aus dem Nichts aufgetaucht.

Maxi ließ ihre Hand los und stürmte hinein. Malu und Kilian blieben unschlüssig stehen, bis Merelie ihnen mit einem Nicken signalisierte, dass sie hier sicher waren. Dann trat sie ein. Maxi hing bereits in einer überschwänglichen Umarmung an Marlies und drückte sie; die hagere, alte Frau rang dabei sichtlich um ihr Gleichgewicht. Zudem redete er ohne Punkt und Komma auf sie ein.

Es duftete nach Pfefferminz.

Doch Merelie registrierte dies nur am Rande, ihre ganze Aufmerksamkeit richtete sich sofort auf Elias. Er lag neben der Feuerstelle auf dem Rücken, bewegungslos. Marlies hatte ihm aus Fellen und Tüchern ein einigermaßen kuschliges Lager bereitet. Er schien nicht bemerkt zu haben, dass sie und Maxi zurückgekehrt waren. Noch nicht einmal sein Brustkorb hob und senkte sich und Merelies Beine wurden weich. Ihre Angst wurde so übermächtig, dass sie zu zittern begann.

Hatte sie ihn wirklich allein lassen dürfen?

Wäre sie nicht besser bei ihm geblieben?

Vorsichtig näherte sie sich und kniete sich zu ihm. Elias' Lider waren geschlossen; seine Gesichtsfarbe unnatürlich blass; die Lippen so blau, als hätte er bis gerade eben in kaltem Wasser gebadet. Als sie sich nach vorne beugte, hielt sie die Luft an, um sein Atmen hören zu können. Es rasselte leise, wenn er Luft einsog und ausstieß. Sie legte ihre Hand auf seine Stirn und zog sie sofort wieder erschrocken zurück.

Kein Fieberthermometer war notwendig, um zu erkennen, dass er unter einer solch hohen Temperatur litt, dass sie unter normalen Umständen einen Notarzt rufen müsste.

Doch hier – im Jahre 1525 – gab es weder ein Telefon noch ein Krankenhaus. Wenn sie überhaupt einen Arzt dazu bringen würde, ihn zu behandeln, würde er ihn vermutlich zur Ader lassen und damit sein Leben erst recht in Gefahr bringen.

„Ich habe ihm bereits einen Weidenrindensud mit Fieberklee und Galgant eingeflößt", berichtete Marlies nun von ihren Bemühungen um ihn. „Aber auch den hat er nicht bei sich behalten. Ich konnte sein Leiden mit Wadenwickeln etwas lindern, aber sein Zustand verschlechtert sich immer weiter. Er trocknet aus. Er muss zurück!"

Als Merelie sich zu ihr drehte, nahm sie die alte Frau und den Jungen an ihrer Hand nur verschwommen wahr. Und wieder flackerten bläuliche Schlieren. Durch ihre Tränen hindurch konnte Merelie sie wabern sehen. Sie flossen von Marlies zu Malu und wieder zurück.

Malu zögerte etwas, dann setzte sie sich zu ihr und legte tröstend den Arm um sie.

Endlich hatte Merelie ihre Mutter gefunden.

Doch womit hatte sie sich diese Begegnung erkauft?

Mit Elias' Siechtum.

Wohin würde das alles führen, wenn sie nicht bald den Rückweg fanden?

Merelie weigerte sich, diesen Gedanken zu Ende zu überlegen.

Wieso hatte sie sich nicht einfach zufriedengeben können mit ihrem Leben?

Sie hatte Großeltern, die sie liebten. Und sie hatte Elias. Alles war gut gewesen, so wie es war.

„Du trägst keine Schuld." Marlies hörte sich an, als wüsste sie ganz genau, was in ihr vorging. „Wir können nicht einfach stillsitzen und die Welt ihren Gang gehen lassen", sagte sie. „Wir wollen Antworten auf unsere Fragen und die Rätsel des Lebens lösen. Das liegt in unserer Natur."

„Aber er ist wegen mir hier", widersprach Merelie.

Malu zog sie zu sich und drückte sie.

Am liebsten hätte sie einfach weitergeweint, sich dem Schmerz hingegeben, bis er alles andere verdrängt hatte.

Es war Maxi, dem es gelang, sie aus ihrem Selbstmitleid herauszulösen.

„Mama findet bestimmt eine Lösung, Merelie. Mama findet immer für alles eine Lösung. Gell, Mama?"

„Zumindest hilft es Elias nur weiter, wenn wir nach einer suchen. Und zwar so schnell wie möglich!"

Merelie erkannte, dass Marlies Recht hatte. Sie musste sich zusammenreißen und einen klaren Kopf behalten. Nur so würde Elias eine Chance haben.

Sie bettete sein Haupt auf ihren Schoß, vielleicht konnte sie ihm damit Kraft geben; nicht einmal davon erwachte er.

Bereits auf dem Weg hierher hatte Merelie von Marlies berichtet. Dass sie ihre Ahnin war und über viele Generationen hinweg eine Art magische Fähigkeit an sie vererbt hatte, die sich jedoch bei jeder Nachfahrin anders manifestierte. Jetzt stellte sich Marlies vor und musterte mit zusammengekniffenen Augen zuerst Malu, dann Kilian. Beide nannten ebenfalls ihre Namen und auf Marlies' Einladung hin setzten sie sich auf eine der Bänke und rutschten eng zueinander.

Man müsste ein Stück Totholz sein, dachte Merelie, wenn man nicht spürte, dass die beiden zueinander gehörten.

Mit der Hand strich sie sanft über Elias' Wange, während Marlies Malu und Kilian die Zusammenhänge erklärte. Maxi wich dabei nicht von ihrer Seite und nickte eifrig bei beinahe jedem Satz.

Auf Kilians Stirn bildeten sich Falten. Immer wieder sah es aus, als wolle er widersprechen und Marlies' Worte in Zweifel ziehen. Doch sobald er zu Malu oder Merelie blickte, schien er zu begreifen, dass hier etwas vor sich ging, das sein bisheriges Weltbild ins Wanken brachte.

„Man sieht es uns nicht an", meinte Marlies lapidar, als hätte sie in seinen Gedanken gelesen.

Für einen Menschen des Jahres 1525 fand Merelie sein entspanntes Verhalten überaus erstaunlich. Die Zeit war stark geprägt von harter Arbeit, starren Strukturen und Gottesfurcht. Andersdenkende hatten es schwer. Wenn sie überhaupt überleben konnten, dann nur am Rande der Gesellschaft. Kilian akzeptierte, was er gerade hörte. All die mysteriösen Geschehnisse der vergangenen Tage schienen ihm Beweise genug zu sein, um Marlies' Geschichte Glauben zu schenken.

Als Marlies geendet hatte, widmete sie sich dem Kessel, der über dem Feuer hing. Sie wies Maxi an, Becher zu holen, befüllte sie mit Tee und Maxi verteilte anschließend die Getränke.

Merelie wärmte ihre Hände an ihrem Becher und hielt ihre Nase darüber. Das Pfefferminz-Aroma tat ihr gut. Nachdem sie genippt hatte, fasste sie zusammen, was sie seit ihrem morgendlichen Aufbruch in der Stadt und dem Haus der Voglgsangs erlebt hatte. Maxi ergänzte stolz die Situationen, in denen er selbst eine tragende Rolle gespielt hatte.

Abschließend fügten Malu und Kilian für Marlies ihre eigenen Erlebnisse hinzu.

Als sie zu der Stelle ihres Berichts kamen, an der Magnus Gmeininger im Keller die Augen aufgeschlagen hatte, erschien ein merkwürdiger Ausdruck in Marlies' Gesicht. Gerade so, als würde sie sich an etwas erinnern.

„Es gibt Tage, da häufen sich die Ereignisse", sagte sie schließlich. „Bereits vor langer Zeit habe ich in einer Vision gesehen, dass dieser furchtbare Krieg aufziehen wird. Die Bauern begehren auf. Die Mächtigen wehren sich. Rechen gegen Hellebarden. Dreschflegel gegen Schwerter. Malu und Merelie, ihr wisst, wovon ich rede."

Merelie dachte mit Schrecken daran, wie alles enden würde, und auch daran, dass Marlies ihre Ururururahnin war. Nur schwer konnte sie abschätzen, wie viele Generationen von Frauen zwischen Marlies und ihr gelebt hatten. Frauen, die ebenfalls eine besondere Fähigkeit besessen hatten.

„Mir war bisher nicht bekannt, dass sich eine Gabe wiederholt."

Marlies sah zuerst zu Malu, dann zu Merelie. Dort verharrte ihr Blick.

„Und ebenfalls nicht, dass jemand mehrfach gesegnet ist."

Merelie hatte es noch nie gefallen, im Mittelpunkt zu stehen. Am liebsten war ihr stets, Dinge vom Rande des Geschehens zu beobachten und erst einzugreifen, wenn ihre Zeit gekommen war.

„Was bedeutet das?", fragte sie daher mit schwerer Zunge.

„Dass du etwas ganz Besonderes bist", lautete die Antwort, die sie erwartet und gleichzeitig gefürchtet hatte. Mit einem Mal spürte sie eine schwere Last auf sich. Konnte sie die Verantwortung tragen oder würde sie darunter zusammenbrechen?

Sie sah zu Elias und sofort wurde ihr klar, dass sie stark sein musste.

Ja, wenn sie Elias retten und einen Weg nach Hause finden wollte, durfte sie nicht abwarten, bis andere aktiv wurden. Sie musste den Stier selbst bei den Hörnern packen.

Aber wie?

„Du hast mir von diesem ominösen Buch erzählt, das versucht hat, dich zu verschlingen, und nun bist du – wie zuvor deine Mutter – durch die Zeit gereist“, fasste Marlies zusammen.

„Aber in beiden Fällen weiß ich nicht, was genau passiert ist. Woher ist dieses Buch gekommen? Wie ist es mir gelungen, ins Jahr 1525 zu wechseln?“

„Denk noch einmal nach: Was ist das letzte, woran du dich erinnerst, bevor du durch die Zeit gefallen bist?“

Sie überlegte und versuchte, sich jedes noch so kleine Detail ins Gedächtnis zurückzurufen.

Während sie sich noch das Gehirn zermarterte, antwortete Malu statt ihrer: „Ich lag auf dem Bett. In meiner Studenten-WG in München. Um mich herum all die Bücher, Schriften und Bildbände, die ich mir für mein Studium besorgt hatte.“

Sie schloss die Augen, bevor sie weitersprach: „Die Predigten von Pfarrer Schappeler. Die Flugschriften Sebastian Lotzers. Die Reformation im Allgäu. Das Verfassen der Zwölf Bauernartikel. Der Einmarsch der Schwäbischen Bundestruppen.“

Ihre Augenbrauen zogen sich zusammen, ihre Stirn legte sich in Falten.

„Meine Erinnerungen kehren immer mehr zurück! Ich sah Zeichnungen. In Schwarz-Weiß. Ein Panorama der Stadt, komplett umschlossen von der schützenden Mauer, außerhalb Felder und Wiesen. Ein historisches Bild vom Rathaus. Eins vom Kempter Tor. Eins von …“

Malu stutzte, dann öffnete sie ihre Augen wieder, drehte ihren Kopf zu Kilian und schaute ihn unverwandt an. Danach erst sprach sie den Satz zu Ende: „… von dir, dahinter die Papiermühle so wie sie früher aussah, und die Eisenburg. Der Zeichenstil kam mir bekannt vor, auch die Handschrift, in der die Ziffern des Datums geschrieben waren. Jetzt weiß ich warum: Es war meine eigene.“

Kilian wirkte, als würde er kein Wort von dem verstehen, was Malu eben erzählte.

„Das Portrait von dir, als wir bei dir zu Hause waren. Die Papiermühle habe ich aus dem Gedächtnis hinter dich gesetzt, weil ich dich dort das erste Mal getroffen hatte."

Mühsam nickte er.

„Die Zeichnung interessierte mich zuerst nur, weil sie das Datum ‚19. März 1525' trug. Nur ein Tag vor dem Treffen der Bauernschaften in der Kramerzunft."

„Der Tag, an dem wir uns zum ersten Mal begegnet sind", ergänzte Kilian.

„Ich hatte mir so sehr gewünscht, dabei zu sein und alles persönlich zu erleben!"

Nach kurzem Zögern fuhr sie fort: „Und diesen mysteriösen Mann kennenzulernen, der mich aus einer Zeichnung heraus intensiv anschaute und mein Herz berührte."

Sie streichelte Kilian über die Wange und küsste ihn schließlich.

Merelie spürte, dass sich im hintersten Winkel ihres Verstandes etwas öffnete; dass sie kurz davor stand, eine Erklärung zu finden. Doch noch konnte sie den Gedanken nicht richtig fassen.

„Und wie war es bei dir, Merelie?", fragte Marlies.

Merelie blickte zu der alten Frau, nahm sie aber nicht wirklich wahr, sondern schaute geradewegs durch Marlies hindurch, als sie antwortete: „Ich stand am Freiheitsbrunnen auf dem Weinmarkt und Elias ist in seinem ‚Fridays-For-Future'-T-Shirt auf mich zugekommen. Da hatte ich plötzlich die Vermutung, dass die Personen auf dieser alten Zeichnung von der Kramerzunft Elias und ich sein könnten, und wir haben sie noch einmal genau auf dem Handy betrachtet. Ich habe mir sehnlich gewünscht zu wissen, was das bedeutete. Ich wollte unbedingt dort sein, damals, als die Zeichnung angefertigt wurde."

Und endlich begriff sie.

„Es ist die Kraft eurer Wünsche, die euch hierher geführt hat", bestätigte Marlies ihre Überlegungen. „Die historischen

Zeichnungen waren eure Hilfsmittel, eure Tore in die Vergangenheit."

Mit dem Verstehen erkannte Merelie sofort auch die logische Konsequenz daraus: „Ich benötige ein Bild aus meiner Gegenwart, um dorthin zurückzukehren!"

„Das vermute ich auch", meinte Marlies.

Aber, dachte Merelie, falls ich tatsächlich so besonders bin, wie Marlies behauptet, dann brauche ich das am Ende vielleicht gar nicht.

Sie nahm Elias' Hand, schloss die Augen und konzentrierte sich. Sie stellte sich vor, wie ihre Großmutter am Herd stand, vor ihr eine Pfanne mit Rührei; ihr Großvater saß am Küchentisch und las in der Memminger Zeitung.

Ich will nach Hause, ich will nach Hause, ich will nach Hause.

Zu ihrer Enttäuschung hielt sich jedoch hartnäckig der Geruch von Pfefferminz und verwandelte sich nicht in den von Rührei.

Noch bevor sie die Augen wieder aufschlug, wusste sie, dass es nicht funktioniert hatte.

Abwechselnd blickte sie zu Marlies und Malu. Beide schienen zu ahnen, was sie versucht hatte, denn sie wirkten traurig.

„Möchtest du auch zurück?", flüsterte Kilian ängstlich. Malu zog ihn noch enger an sich und beantwortete damit seine Frage.

„Hast du irgendein Bild dabei?", wollte Marlies wissen.

Merelie schüttelte den Kopf. Mit ihrem Handy hatte sie im Laufe der Zeit unzählige Fotos geschossen. Doch inzwischen war der Akku leer und Steckdosen und Ladekabel gab es erst in mehreren hundert Jahren. Und das Mobiltelefon von Elias lag in ferner Zukunft am Freiheitsbrunnen.

„Vermutlich ist auch wichtig, dass ein Datum dabei steht", warf Malu ein. „Erst dann konkretisiert sich der Ankunftszeitpunkt. Ich hatte auf die eine Zeichnung den neunzehnten März 1525 geschrieben, auf die andere den zwanzigsten."

Als Merelie fragend zu ihr sah, bestätigte Malu: „Ja, Merelie, euer Bild stammt ebenfalls von mir. Ich habe dich und Elias bei eurer Ankunft gesehen – und gezeichnet. So wie kurz zuvor das Bild von Kilian. Ohne mich daran zu erinnern, dass es der Auslöser für meine eigene Reise gewesen war."

„Das verstehe ich nicht", beschwerte sich Maxi. „Sie sind durch die Zeit gereist mit einer Zeichnung, die noch gar nicht angefertigt war? Geht das überhaupt?"

„Wir erleben die Zeit als eine Abfolge von Ereignissen", meinte Marlies unbeeindruckt. „Doch was ist, wenn alles gleichzeitig stattfindet und die Zeit selbst nur eine Einbildung ist?"

Merelie dachte an Albert Einstein, seiner Vorstellung von Raum und Zeit als einer Einheit, an die Theorien und Erkenntnisse der modernen Wissenschaft. Immer schon gab es Menschen, die ihrer eigenen Gegenwart weit voraus waren, Leonardo da Vinci zum Beispiel. Auch Marlies schien auf eine Art und Weise die Dinge um sich herum zu analysieren, wie Merelie es keinem Menschen des 16. Jahrhunderts zugetraut hätte.

„So deute ich auch meine Visionen. Ich glaube nicht, dass ich in die Zukunft sehe, denn ich denke, es gibt keine. Alles, was kommt, findet just in diesem Moment statt, und ebenso alles, was wir als ‚Vergangenheit' bezeichnen. Meine Gabe liegt lediglich darin, hinter die Schranken zu blicken."

„Ich hab doch gesagt, dass die Mama alles weiß!", mischte sich Maxi ein und Merelie musste deswegen schmunzeln. Dennoch fiel es ihr schwer, sich vorzustellen, dass es keinen chronologischen Ablauf geben sollte. Dass die Saurier, das Römische Reich und die Mondlandung nicht hintereinander stattgefunden haben sollten, sondern ebenso wie der Bauernkrieg und ihre eigene Gegenwart genau jetzt existierten, jetzt in dieser Sekunde.

Sie hatte das Gefühl, in ihrem Kopf würde sich etwas verknoten. Schon wieder.

Zu gerne hätte sie mit Elias darüber diskutiert. Mit ihm kam sie immer vom Hundertsten ins Tausendste, wenn sie über Gott und die Welt und das Universum philosophierten.

Auch wenn er direkt neben ihr lag, vermisste sie ihn schrecklich. Ihr fehlte sein Beistand, seine unkonventionellen Ideen in jeder Lebenslage.

Besorgt stellte sie fest, dass seine Augenlider flackerten.

Er öffnete die Lippen und sie stellte fest, dass sie erste Risse aufwiesen. Leise röchelte er.

Sie vermutete, dass er etwas sagen wollte, beugte sich hinab und legte ihren Kopf schräg, um ihr Ohr ganz nah an seine Lippen zu bringen.

Zuerst glaubte sie, sie hätte sich verhört, doch als er das Wort wiederholte, konnte sie es besser verstehen: „Pfefferbreze."

Bei dem unglaublichen Durst, den er inzwischen haben musste, fragte er allen Ernstes nach einer Pfefferbreze?

Das war das Letzte, was er zu sich genommen hatte, fiel ihr ein. Ob er den Geschmack davon immer noch im Mund hatte? Ob ihm das Gebäck gerade eben aufstieß und er im Fieberwahn einfach seine erste Sinneswahrnehmung von sich gab?

Merelie fühlte sich überfordert.

„Ich habe keine", flüsterte sie. „Und du würdest sie nicht bei dir behalten."

Schlich sich da so etwas wie Zorn in seinen Gesichtsausdruck?

„Versuch, deine Kräfte zu sparen, Elias. Alles wird wieder gut."

Daran wollte sie selbst so gerne glauben.

„Ich hatte vorhin erwähnt, dass ich es noch nie erlebt habe, dass eine Gabe sich wiederholt", sinnierte Marlies, deren Geist in der Zwischenzeit offensichtlich nicht untätig gewesen war. „Und jetzt ist es gleich zwei Mal passiert. Eine Frau und ihre Tochter, die beide durch die Zeit reisen."

Ihr Blick wanderte von Malu zu Merelie und weiter zu Kilian.

„Und zwei Menschen, die in den Körper eines anderen schlüpfen können."

„Du kennst bereits jemanden mit der Fähigkeit von Magnus Gmeininger?", fragte Merelie überrascht.

„Ja, meine Base Sibylle. Unsere Mütter waren Zwillinge, dadurch setzte sich die Blutlinie wohl in zwei Strängen fort. Wir haben uns als Kinder oft gesehen, als unsere Großmutter noch lebte. Ihre Familie ist später weggezogen, ins Bregenzer Land. Seit mehr als dreißig Jahren habe ich keinen Kontakt mehr zu ihr."

„Wie genau hat das funktioniert?"

„Wenn jemand schlief, konnte sie sich in ihn hineinversetzen und ihn übernehmen. Ihr eigener Körper erschlaffte dabei und fiel in sich zusammen. Um wieder dorthin zurückzukehren, genügte es, ihn zu berühren und sich darauf zu konzentrieren. Derjenige, dessen Körper übernommen wurde, konnte sich im Nachgang nicht an diese Zeit erinnern."

„Genau wie bei mir!", rief Kilian.

„Ja, deswegen hatte ich vorhin gestutzt bei eurer Erzählung. Vermutlich haben dich die Gmeiningers bewusstlos geschlagen."

„Er hat seitdem einen kleinen blauen Fleck an der Schläfe", bestätigte Malu und zeigte mit dem Finger darauf.

„War mir gar nicht bewusst", meinte Kilian und tastete nach der Stelle. „Fühlt sich auch leicht erhöht an, wie eine kleine Beule."

„Da haben wir es", sagte Marlies. „Sybille und ich haben den Erwachsenen Streiche mit ihrer Fähigkeit gespielt, als wir noch Kinder waren."

„Du warst mal ein Kind, Mama?", staunte Maxi ungläubig und zum ersten Mal hörte Merelie die Alte lachen.

„Ja, Maxi, auch ich war mal ein Kind, vor gefühlten einhundert Jahren."

Merelie überlegte.

„Du hast gesagt, man habe immer nur eine Fähigkeit und die Gaben wiederholen sich nicht."

„Das war mein Kenntnisstand, bevor ich dich kennengelernt habe und bevor ich wusste, wozu Magnus Gmeininger inzwischen fähig ist."

„Hast du ihm damals von deiner Base erzählt?"

Die Antwort fiel Marlies sichtlich schwer: „Ich wünschte, dem wäre nicht so, aber: ja."

„Er kann die Fähigkeiten von anderen übernehmen", schloss Merelie.

„So sehe ich es auch", bestätigte Marlies. „Wie es funktioniert, weiß ich nicht. Enger Körperkontakt?"

„Du kannst dies ebenfalls, Merelie", mischte sich Malu ein. „Du kannst, was ich kann."

„Aber wir sind uns heute zum ersten Mal begegnet!"

„Du wirst mir neun Monate lang so nahe sein, wie man jemandem nur sein kann!"

Wieder diese verwirrende Theorie um die Einheit von Raum und Zeit, dass die Ereignisse nicht chronologisch, sondern parallel geschahen, dass Ursache und Wirkung sich verdrehten. Merelies Gedanken fuhren abermals Achterbahn.

Und wäre dies noch nicht genug, murmelte Elias erneut etwas von Pfefferbrezen.

„Wenn wir wieder zu Hause sind", beruhigte sie ihn. „Bald."

Auf Elias' Stirn erschienen Falten. Mit zittrigen Händen fingerte er an seiner Kleidung herum, gerade so, als suche er etwas.

Merelie fürchtete, dass seine hohe Körpertemperatur ihn unweigerlich in einen Fieberwahn geführt hatte.

Sie sah in die Runde. Trotz der Umstände wirkte ihre Mutter glücklich. Und Kilian nicht weniger. Da saßen sie nun, ihre Eltern, die sie so lange gesucht hatte. Malu, ihre Mutter, würde nur noch ein einziges Mal in ihre eigene Zeit heimkehren. Mit ihrem kleinen Baby.

„Warum bringst du mich zurück?", fragte Merelie.

An Malus Stelle antwortete Marlies: „Du wirst hier niemals in Sicherheit sein, Merelie. Magnus wird herausfinden, wie stark deine Fähigkeiten sind. Er wird wissen wollen, was du kannst, und es für seine Zwecke einsetzen wollen. Und dass er keine lauteren Absichten hat, haben wir zur Genüge erlebt."

„Wir müssen ebenfalls weg", sagte Malu, während sie sich zu Kilian drehte.

„Ich befürchte, so ist es", bestätigte Marlies. „Magnus wird alles in Bewegung setzen, um dich und Kilian in den Hexenturm zu bringen. Er wird versuchen, auch deine Fähigkeit zu übernehmen. Sofern ihm dies nicht schon gelungen ist."

Merelie dachte mit Entsetzen daran, was dies in der Konsequenz bedeuten könnte.

„Aber hier ist meine Heimat, meine Familie", wurde Kilian bewusst; sein großes Glück hatte einen hohen Preis. „Ich war noch nie weiter als bis Ottobeuren."

„Du wirst noch weiter reisen, als du dir vorstellen kannst. Die nächsten Wochen werden sehr stark vom Krieg geprägt sein und viel Leid nach sich ziehen. Da wird es euch sicherlich gelingen, eure Spuren zu verwischen."

Merelie ergänzte Marlies' Vermutung: „Ja, das wird klappen. Ihr habt schließlich noch ein Kind zu kriegen."

Sie zwinkerte Kilian zu und endlich schien auch er zu begreifen, wen er mit Merelie vor sich hatte. Seine Gesichtszüge hellten sich wieder auf.

Elias wurde immer zappeliger.

Was nestelte er da nur in seiner Hosentasche herum?

Auch Marlies schien Elias' Unruhe bemerkt zu haben. Sie sagte: „All dies ändert nichts daran, dass wir für Elias eine Lösung finden müssen. Er kann genauso wenig in dieser Zeit existieren wie Kilian in der euren. Er muss zurück. So rasch wie möglich."

„Aber wie?", suchte Merelie verzweifelt nach einer Antwort und merkte, dass Elias an ihrem Ärmel zupfte. Sie griff nach seiner Hand und spürte, dass er darin etwas festhielt, das er ihr nun in die Finger drückte.

Es handelte sich um ein kleines, zerknülltes Stück Papier. Als Merelie es auffaltete und glattstrich, konnte sie es genauer erkennen.

‚Zwei Pfefferbrezen' stand darauf, daneben der Preis der Backwaren. Am oberen Ende des Bons der Name und die Anschrift der Bäckerei am Weinmarkt, am unteren das Datum und die Uhrzeit, zu der Elias die Brezen gekauft hatte.

Das hatte er ihr also die ganze Zeit sagen wollen!

Sie streckte Marlies den Beleg entgegen und Marlies lächelte.

„Probier' es aus!", forderte sie Merelie auf.

„Noch nicht", bremste dagegen Malu ihren Eifer. Sie fingerte an ihrer Kleidung herum und holte einen Bleistift hervor.

„Ich habe Papier", sagte Marlies, die sogleich verstanden hatte, und wies Maxi an, es zu holen.

Maxi erhob sich, ging zu einer Truhe und kehrte mit einem Blatt zurück, das er Malu überreichte.

Erst jetzt wurde Merelie bewusst, wie geschickt ihre Mutter beim Zeichnen war. Sie benötigte nur wenige Minuten, bis sie Merelie das fertige Ergebnis entgegenstreckte.

Verblüfft betrachtete Merelie das lebhaft lodernde Feuer, um das sich alle gruppierten.

Malu und Kilian, sich umarmend; Marlies, die kleine, alte Frau mit ihren wachen Augen; Maxi, der am Boden mit seinen Holzfiguren spielte; und sie selbst, das bleiche Haupt von Elias auf ihrem Schoß.

Sogar das aktuelle Datum, den 22. März 1525, hatte sie dazu geschrieben und ‚spätnachmittags'.

Merelie faltete es zusammen und steckte es ein.

Dann nickte sie und griff nach Elias' Hand.

In der anderen hielt sie die Bäcker-Quittung und konzentrierte sich auf das Datum. Sie stellte sich den Freiheitsbrunnen vor, wie er seinen Wasserdampf in die Umgebung blies, gegenüber die Kramerzunft und die Bäckerei. Die Autos, die im Schritttempo über den verkehrsberuhigten Bereich des Weinmarkts schlichen. Den leisen Straßenlärm und die Geräusche der Menschen, die auf dem Platz in den Cafés saßen oder ihren Geschäften nachgingen.

Mit all ihren Gedanken wünschte sie sich dorthin zurück. Prompt schwanden ihr die Sinne.

37. Kapitel

Mist, dachte sie, als sie die Augen aufschlug, es hat nicht funktioniert.

Um sie herum der Rauch des Feuers, vor ihr Maxi, der sie mit offenem Mund anstarrte.

Erst im zweiten Moment erkannte sie, dass es nicht Maxi war, der vor ihr stand, sondern ein Mädchen mit kurzen Haaren und etwa der gleichen Körpergröße wie der Junge.

Und der Nebel, der umherwaberte, entpuppte sich als der Dampf des Freiheitsbrunnens, auf dessen Sockel sie saß. Elias' Kopf ruhte nach wie vor auf ihrem Schoß, seine Hand in der ihren.

Als suche sie eine letzte Bestätigung, drehte sie den Kopf und erkannte zu ihrer großen Erleichterung das Gebilde aus Bronze, das dem Verfassen der Bauernartikel gedachte: der Freiheitsbrunnen.

„Wie habt ihr das gemacht?", fragte das Mädchen und leckte an dem Eis in ihrer Hand.

Elias hustete. Sein Körper bäumte sich auf.

„Ihr habt doch eben noch gestanden und auf euer Handy geguckt. Und dann wart ihr weg und jetzt seid ihr wieder da und hockt am Boden rum. Ist das ein Trick? Wie geht der?"

„Joyceline?", hörte Merelie eine Frauenstimme aus der Ferne rufen.

„Ist ihm schlecht geworden?"

Elias muss dringend etwas zu trinken bekommen, war Merelies einziger Gedanke.

Vor ihr rauschte eine Frau heran und packte die Hand des Mädchens.

„Ich habe dir doch gesagt, dass du nicht mit Fremden sprechen sollst, Joyceline."

„Aber mit denen stimmt was nicht!"

Die Frau musterte Merelie und Elias, dann rümpfte sie die Nase und zog das Kind mit sich.

„Schluss jetzt, Joyceline. Das ist kein Umgang für uns."

Merelie wurde bewusst, dass sie immer noch die mittelalterliche Kleidung trug. Aber sie hatte keine Zeit, sich weitere Gedanken darüber zu machen. Sie bettete Elias' Kopf, so gut es ging, auf den steinernen Sockel, rannte zur Bäckerei und forderte ohne ein weiteres Wort der Begrüßung: „Kann ich bitte ein Glas Wasser haben!"

Der Blick der Verkäuferin glich dem der Mutter von gerade eben.

„Wie siehst du denn aus?"

„Dafür haben wir jetzt keine Zeit. Meinem Freund geht es nicht gut."

Sie deutete nach draußen, wo sich Elias eben erneut unter Schmerzen krümmte.

Die Verkäuferin begriff. „Ach, du meine Güte."

Sie nahm einen Kaffeebecher und hielt ihn unter einen Wasserhahn.

Anstatt ihn Merelie zu geben, eilte sie selbst nach draußen zu Elias; Merelie hinterher. Während sie seinen Rücken stützte, flößte ihm die Verkäuferin das Wasser ein. Erst hustete er und Merelie fürchtete, er würde sich ein weiteres Mal übergeben. Doch er behielt die Flüssigkeit bei sich und sie atmete auf.

„Hat der nicht eben Brezen bei mir gekauft? Da sah er aber noch ganz gesund aus."

Merelie wusste nicht, was sie darauf erwidern sollte, doch die Verkäuferin erwartete wohl gar keine Antwort.

„Ich hole nochmal einen Becher voll!"

Merelie freute sich sehr über ihre Hilfsbereitschaft. Elias sah sie an und obwohl er kein Wort sagte, erkannte sie doch mit großer Erleichterung, dass sein Blick bereits etwas klarer wirkte.

Voller Überschwang drückte sie ihn an sich, nur um ihn sofort wieder loszulassen.

Er war sehr geschwächt, vielleicht tat sie ihm ja weh.

„Geht es dir etwas besser?“

Elias nickte.

Als die Verkäuferin zurückkehrte, brachte sie nicht nur Wasser, sondern auch eine Halbliterflasche Kakao und eine unbelegte Semmel mit.

Merelie, die immer an das Gute in den Menschen glauben wollte, fühlte sich durch die Großzügigkeit der Frau bestätigt.

„Seid ihr in einer Wallensteingruppe?“

Was meinte sie damit?, fragte sich Merelie. Ach so, fiel ihr dann ein, wegen der Klamotten.

Da es die Sache vereinfachte, bestätigte sie.

„Aber es sind doch gerade gar keine Festspiele. Habt ihr irgendein Selbst-Experiment gemacht? Ein Survival-Training?“

Dass Elias hungrig auf die Semmel stierte, lenkte sie zum Glück ab. Merelie nahm ihr die Semmel ab, riss ein Stück herunter und reichte es ihm. Mit zittrigen Händen steckte Elias es sich in den Mund. Er kaute langsam, nahm dann noch einen Schluck Wasser und schluckte es sichtlich mühevoll hinab.

Auch die Semmel blieb drin.

Elias lächelte, zum ersten Mal seit Tagen, und Merelies Herz ging auf.

Er war über den Berg, alles würde gut werden.

„Ihr solltet so schnell wie möglich zu einem Arzt“, empfahl die Verkäuferin und drückte Merelie den Kakao in die Hand.

„Ich muss dringend zurück an die Theke. Da warten schon Leute und werden ungeduldig.“

Sie war verschwunden, ehe Merelie danke sagen konnte.

Das würde sie nachholen, nahm sie sich vor.

Suchend blickte sie umher und entdeckte rasch Elias‘ Handy, das neben dem Freiheitsbrunnen auf dem Pflaster lag. Als sie es hochhob, erschrak sie, denn quer über das Display zog sich ein Riss. Sie schaltete das Mobiltelefon ein und atmete auf: Glücklicherweise funktionierte es noch.

In die Suchmaschinenleiste tippte sie ‚Taxi' und ‚Memmingen' und bereits zwei Minuten später stoppte ein beigefarbener Mercedes neben ihr.

Inzwischen hatten sich um sie herum mehrere Menschen versammelt, die sie anstarrten. Schon wieder. Gleicher Ort, andere Zeit. Es fühlte sich unangenehm an. Sie wollte nicht im Mittelpunkt stehen, nein, das hatte sie noch nie gewollt. So war sie froh, den neugierigen Gaffern entfliehen zu können, half Elias auf die Rückbank und stieg dann auf der anderen Seite ein, um neben ihm zu sitzen.

Der türkisch aussehende Fahrer wandte sich zu ihnen um, musterte sie und verzog das Gesicht. Sogleich bekam Merelie Angst, er könnte sie hinauswerfen. Rasch nannte sie ihr Ziel, um Fakten zu schaffen. Der Fahrer zögerte kurz, doch dann drehte er sich um und fuhr los.

Zuhause in der Blattergasse angekommen, musste Merelie Elias den kurzen Weg vom Auto bis zum Hauseingang stützen.

Sie war wieder daheim. Endlich.

Auf den ersten Blick wirkte alles wie immer.

Doch war dem tatsächlich so?

Sie fragte sich, ob ihr Besuch in der Vergangenheit nicht zu irgendwelchen Veränderungen in der Gegenwart geführt haben könnte.

Während sie die Haustür aufsperrte, musste sie unwillkürlich an diesen alten Film denken, den sie kürzlich mit Elias angesehen hatte: ‚Zurück in die Zukunft'. Marty McFly, die Hauptperson, war in die Zeit vor seiner Geburt zurückgereist, wo er alles Mögliche durcheinander brachte und versehentlich fast verhindert hätte, dass sich seine Eltern ineinander verliebten. Damit hätte er beinahe seine eigene Existenz vernichtet.

War so etwas überhaupt möglich?

Oder stimmte die These von Marlies, dass alles, was seit dem Urknall passiert war, just in diesem Augenblick existierte?

Dann hätte es ihren eigenen Trip ins Jahr 1525 immer schon gegeben, er wäre vorherbestimmt gewesen.

Die Treppen hinaufzugehen, erwies sich als überaus anstrengend für Elias. So gut es ging, half sie ihm dabei.

Als sie die Wohnungstür öffnete und niemanden hörte, beschlich sie ein ungutes Gefühl.

Oft vernahm sie ein Klappern aus der Küche oder ihre Oma rief ihr von irgendwoher aus der Wohnung etwas zu, wenn sie nach Hause kam.

Diesmal nicht.

„Hallo?", rief sie bang. „Seid ihr daheim?"

Niemand antwortete ihr. Nur Elias stöhnte auf. Sie brachte ihn in ihr Zimmer und legte ihn auf ihr Bett.

Sofort schloss er die Augen, sein Atem wurde ruhiger und regelmäßiger. Seine Stirn fühlte sich noch nicht nach Normaltemperatur an, doch bei weitem nicht mehr so heiß wie in Marlies' Hütte.

„Ich mache dir einen Tee", sagte sie und ging in die Küche.

Auch hier wirkte alles vertraut.

Konnte es sein, dass ihre Großeltern sich aufgelöst hatten, ansonsten aber alles so geblieben war, wie sie es kannte?

Zumindest Minnie entdeckte sie. Sie lag zwischen zwei Blumentöpfen auf einem Kissen auf dem Fenstersims. Merelie streichelte ihr über den Rücken, doch Minnie blickte noch nicht einmal auf. Also alles wie gehabt.

Da bemerkte Merelie einen Zettel auf dem Küchentisch und als sie die Schrift ihrer Großmutter erkannte, fiel ihr ein Stein vom Herzen:

„Wir sind noch rüber zu den Wölflingers. Dem Josef geht es nicht so gut und die Anni macht sich große Sorgen."

Josef Wölflinger war ein ehemaliger Arbeitskollege ihres Großvaters und stark übergewichtig. Er hatte immer mal wieder mit gesundheitlichen Problemen zu kämpfen.

Auch dies bestätigte Merelie, dass mit ihrer Gegenwart alles stimmte und ihre phantastische Reise keine unerwünschten Nebenwirkungen nach sich gezogen hatte.

Ebenfalls auf dem Küchentisch lag eine Ausgabe der Memminger Zeitung. An den Verfärbungen merkte sie sofort, dass es sich um ein altes Exemplar handeln musste, und als sie die Zeitung näher betrachtete, erkannte sie darauf das Datum, das auch auf ihrem Personalausweis stand. Es lief ihr kalt den Rücken herunter, als ihr bewusst wurde, dass sie fünfhundert Jahre früher das Licht der Welt erblickt hatte als bisher gedacht. Geboren im 16. Jahrhundert. Das fühlte sich unglaublich verrückt an.

Sie setzte das Teewasser auf.

Dass ihre Großeltern nicht zu Hause waren, betrachtete sie inzwischen eher als positiv, nun, da sie wusste, dass sie noch existierten.

Natürlich ging es Elias immer noch schlecht, aber ihre Oma hätte vermutlich darauf bestanden, einen Notarzt zu rufen.

Was das für Fragen nach sich gezogen hätte!

Nein, es reichte sicher aus, wenn Elias morgen zu seiner Hausärztin ging, denn seit er etwas gegessen und getrunken hatte, wirkte er deutlich stabiler. Bis dahin könnten sie sich auch eine schlüssige Ausrede überlegen, warum er sich in solch schlechter Verfassung befand.

Als das Wasser kochte, füllte sie es in eine Kanne und hängte zwei Beutel mit Kamillentee hinein. Auf einem Tablett brachte sie die zusammengefaltete Zeitung, den Tee und zwei Tassen in ihr Zimmer.

Elias lag noch genauso da wie gerade eben.

Sie steckte ihr Handy ans Netz und tippte ‚Fieber‘ und ‚Hausmittel‘ in die Suchmaschine. Anschließend ging sie zurück in die Küche, schnappte sich zwei Abtrockentücher und hielt sie unter lauwarmes Wasser. Nachdem sie diese ausgewrungen hatte, kehrte sie zu Elias zurück und wickelte sie ihm um die Waden.

„Bist du wach?“, flüsterte sie und Elias murmelte irgendetwas, das sie nicht verstehen konnte.

Sie setzte sich zu ihm und nahm seine Hand. Auf seinem Gesicht erschien ein Lächeln.

„Es wird alles wieder gut“, sagte sie. „Das verspreche ich dir.“

Sie dachte daran, dass sie noch einmal zurück musste, zurück in die Hütte im Benninger Ried, zurück zu ihrer

Mutter, zu ihrem Vater und zu ihrer Urururur-wie-auch-immer-Ahnin.

Doch es eilte nicht. Elias sollte erst einmal zu Kräften kommen. Die Geduld wollte Merelie gerne aufbringen, denn es spielte keine Rolle, ob sie sich sofort auf die Reise begab oder erst etwas später; ihre Ankunftszeit veränderte das nicht.

38. Kapitel

Es dauerte über eine Stunde, bis Elias wieder die Augen aufschlug.

„Wie geht es dir?", fragte Merelie.

„Besser."

Er setzte sich auf und wirkte bereits deutlich agiler. Auch die Farbe war in sein Gesicht zurückgekehrt.

„Ich habe Hunger", meinte er.

„Na, wenn das kein gutes Zeichen ist!"

Inzwischen hatte sie eine Scheibe Brot mit Käse belegt und eine mit Nuss-Nougat-Creme bestrichen.

„Was magst du lieber?", wollte sie wissen.

„Kann ich beide haben?"

Diese Frage gab ihr endgültig die Sicherheit, dass er über den Berg war.

Sie lachte fröhlich und bemerkte auch bei Elias den Ansatz eines Lächelns.

Dann tranken sie gemeinsam Tee und Merelie sah Elias zu, wie er die Brote zwar langsam, doch vollständig aufaß. So sehr hatte sie sich noch nie im Leben darüber gefreut, dass jemand Nahrung zu sich nahm.

Er hielt inne und es schien Merelie, als lasse er die Geschehnisse der vergangenen Tage noch einmal innerlich Revue passieren. Dann kam er zu einem Resümee: „Wir müssen zurück."

„Nein“, widersprach Merelie sofort und vehement. „Ich muss zurück.“

„Ich lasse dich nicht a…“

Sie fiel ihm ins Wort: „Das ist viel zu gefährlich für dich. Da lasse ich überhaupt nicht mit mir diskutieren!“

Elias blickte sie verwundert an: „Ich habe dich noch nie so streng erlebt!“

„Innerhalb kürzester Zeit ist es dir immer schlechter gegangen und ich musste das mit ansehen. Ich hatte irrsinnige Angst um dich und mir große Vorwürfe gemacht. Auf gar keinen Fall setze ich dich dieser Gefahr erneut aus!“

Elias setzte zu einer Entgegnung an, doch ein Hustenanfall verhinderte dies.

Danach schwieg er. Merelie nahm das als Eingeständnis, dass er ihr recht gab.

Lieber wäre sie erneut mit Elias aufgebrochen und nicht allein. Dennoch freute sie sich, dass er seinen Widerstand gegen ihren Plan so rasch aufgegeben hatte. So gern sie ihn bei sich hatte, das Risiko eines Rückschlags war es nicht wert.

Sie stand auf, nahm ihr Handy vom Netz und stellte sich gegenüber dem Bett an die Zimmerwand.

„Ich habe den Akku aufgeladen, während du geschlafen hast.“

Sie tippte das Kamera-Icon, zielte mit der Aufnahmeoptik auf Elias und blickte aufs Display: Elias in altertümlicher Leinenkleidung auf ihrem schwarzen Bettbezug liegend; auf ihrem Nachtkästchen das Tablett mit der Zeitung, der Teekanne und den zwei Tassen darauf; sie erkannte sogar ein paar übrig gebliebene Brotkrümel.

Als er sie anlächelte, drückte sie den Button und ein leises, schnarrendes Geräusch ertönte.

Dann setzte sie sich wieder zu ihm.

„Also, wie möchtest du es anstellen?“, wollte er wissen.

„Erinnerst du dich an die Zeitung vom Tag meiner Geburt, die Opa aufgehoben hat?“

Elias nickte und Merelie schob den Gedanken beiseite, dass sie eigentlich gar nicht wusste, wann genau sie zur Welt gekommen war.

„Er hat sie wiedergefunden."

Sie griff nach der alten Ausgabe der Memminger Zeitung, faltete sie auseinander und blätterte bis zu der Rubrik mit den Kleinanzeigen. Als sie die Zeilen erkannte, die sie vor ein paar Tagen wieder und wieder gelesen hatten, lächelte sie. Irgendeinen geheimen Code hatten sie dahinter vermutet und diverse Theorien über eine mögliche tiefere Bedeutung aufgestellt. Dabei war die Seite im Endeffekt nichts Anderes als ein Reiseticket. Vorsichtig riss sie die Seite heraus, die ihrer Mutter ermöglichen sollte, ihr Kind zu ihren Eltern zu bringen. Einem inneren Impuls folgend, öffnete sie die Schublade ihres Nachtkästchens, holte einen Kugelschreiber hervor und schrieb rechts oben neben das Datum in Großbuchstaben das Wort MERELIE.

Anschließend fingerte sie mit einem mulmigen Gefühl die Zeichnung aus Marlies' Hütte aus der Gesäßtasche ihrer Hose und steckte stattdessen die zusammengefaltete Zeitungsseite hinein.

Ehe sie Malus Zeichnung auseinanderklappen konnte, griff Elias nach ihrer Hand. Seine Augen sahen sie ängstlich an.

„Willst du es tatsächlich tun?"

Merelie beugte sich zu ihm, nahm ihn in die Arme und drückte ihn an sich. Es fühlte sich gut an. Als wäre sie genau dort, wo sie hingehörte.

„Ich muss", flüsterte sie ihm ins Ohr. „Der Kreis muss sich schließen."

Dass er zustimmend nickte, konnte sie spüren.

„Bitte sei vorsichtig, ja?"

Sie löste sich aus der Umarmung, breitete Malus Zeichnung in seinem Schoß aus, strich sie glatt und betrachtete sie.

Ihr Blick wanderte von Marlies zu Maxi, dann weiter zu Kilian und schließlich zu Malu. Dann fixierte sie die Buchstaben und Ziffern, die ihre Mutter in der Ecke notiert hatte: 22. März 1525, spätnachmittags.

Merelie schloss die Augen und konzentrierte sich. Sie hörte das Knacken der Holzscheite im Feuer und roch das Aroma des Pfefferminztees. Der Weg, der in die Vergangenheit führte, lag einladend vor ihr.

„Ich bin gleich wieder da“, verabschiedete sie sich lapidar und wünschte sich, sie wäre dort.

Im nächsten Augenblick fühlte sie sich, als würde sie in das Bild hineingezogen.

Aufgeregt tastete sie nach dem Handy in ihrer vorderen Hosentasche und nach der Zeitungsseite in ihrer hinteren. Zum Glück war alles da.

Erst dann nahm sie ihre veränderte Umgebung wahr.

Alle Blicke waren auf sie gerichtet.

„Hat alles geklappt?“, fragte Malu.

Ehe Merelie bestätigen konnte, meldete sich bereits Marlies zu Wort: „Das hat es, nicht wahr, Merelie?“

Es hörte sich nicht nach einer Frage an, eher nach einer Feststellung. Wusste Marlies mehr, als sie zugab? Welche Informationen mochte sie noch haben?

„Wie geht es Elias?“, wollte Kilian wissen. „Ist er ...“

„Schon viel besser. Er wird wieder ganz der Alte werden.“

„Sehr gut.“

„Und du hast alles für deine Rückreise in die Wege geleitet, Merelie?“

Merelie zückte ihr Handy und zeigte es Marlies.

„Ich weiß zwar nicht, was das ist, aber ich bin mir sicher, dass du die richtigen Vorkehrungen getroffen hast.“ Marlies nickte bei ihren Worten. Und dann, an alle gewandt, sagte sie: „Frau Gmeininger macht sich bestimmt Sorgen darüber, wo wohl ihr Mann und ihr Sohn stecken. Wir müssen es ihr mitteilen.“

„Wir wollen ihn tatsächlich frei lassen?“, fragte Kilian ungläubig.

Merelie gefiel der Gedanke genau so wenig. Doch welche Alternative gab es dazu?

„Wir können ihn und Barthel nicht dort im Keller verhungern lassen. Dann wären wir nicht besser als er“, unterstützte Malu Marlies‘ Vorschlag.

Doch Kilian wirkte weiterhin skeptisch: „Er wird alles in Bewegung setzen, um uns beide zu finden.“

„Wir können ohnehin nicht in Memmingen bleiben, Kilian. Die ganze Stadt sucht nach dir.“

„Unser Platz ist ebenfalls nicht mehr hier, Maxi“, wandte sich Marlies an den Jungen. „Wir werden das Ried verlassen. Bist du so gut und gibst Frau Gmeininger Bescheid? Ich packe unsere Habseligkeiten zusammen. Sobald du zurückkehrst, brechen wir auf.“

„Wo wollen wir denn hin, Mama?“

Seine Frage klang eher neugierig als ängstlich.

„Wir werden meine Tochter suchen. Auch Madlen muss vor Magnus gewarnt werden. Er könnte sie in seinen Visionen sehen und dann in seine Macht bringen wollen. Sie ist in großer Gefahr.“

Merelie erschrak bei der Vorstellung, dass diese gebrechliche, alte Frau sich auf eine solch beschwerliche Reise begeben wollte. Sie erinnerte sich daran, dass Marlies erzählt hatte, dass sie ihre Tochter als Baby in ein Kloster am Bodensee gebracht hatte. Nicht mal eben ein Katzensprung zu Fuß, zumal sie ihre Habseligkeiten mit sich tragen müssten. Als sei dies noch nicht genug, verkündete Marlies sogar noch weitere Pläne: „Und ins Bregenzer Land müssen wir ebenfalls. Ich muss herausfinden, was aus meiner Base Sibylle geworden ist. Ich habe kein gutes Gefühl.“

„Au ja“, freute sich Maxi und strahlte jetzt übers ganze Gesicht. „Wir machen eine Reise!“

Merelie musste daran denken, dass es ihm schon nicht gelungen war, die Strecke zwischen der Stadt und dem Ried vernünftig einzuschätzen. Er hatte keinen blassen Schimmer, was da auf ihn zukam.

„Und ich kümmere mich auf dem Weg um unsere Sachen“, ergänzte er. „Dann musst du nicht so schwer tragen, Mama.“

Vor ihrem inneren Auge sah Merelie die beiden bereits über Äcker und Felder ziehen, Marlies am Stock, Maxi das Gepäck auf dem Rücken.

Aber vielleicht fand die Alte auch einen einfacheren Weg, um an ihr Ziel zu gelangen, als zu Fuß zu marschieren …

Maxi zerstreute Merelies Gedanken, als er auf sie zukam, sie in die Arme nahm und so stark drückte, wie er konnte.

Merelie fühlte, dass es ein Abschied für immer war. Der erste von vieren.

Maxi löste sich von ihr. Ohne sich ein weiteres Mal umzudrehen, verschwand er durch die Hüttentür nach draußen. Dabei fiel ihr zum ersten Mal wieder sein Humpeln auf. Er ging dermaßen selbstbewusst mit seiner Behinderung um, dass Merelie sie gar nicht mehr wahrgenommen hatte. Als läge nicht die Spur einer Last auf ihm, hörte Merelie, wie er draußen fröhlich ein Lied pfiff, das immer leiser wurde und schließlich verklang.

„Merelie? Alles in Ordnung mit dir?"

Marlies schien zu spüren, wie sehr sie die Situation bewegte.

„Es liegt noch ein erfülltes Leben vor dir."

Erneut kam es Merelie vor, als wüsste Marlies weitaus mehr, als sie ihnen verriet.

„Du musst nicht traurig sein. Auch nicht wegen mir. Zwar habe ich mein Leben gelebt, doch im Moment noch nicht vor, es so bald zu beenden. Dieser Tag liegt nicht mehr fern, aber er ist nicht heute und nicht morgen."

Marlies' Worte klangen, als sei sie ihrer Sache sicher.

Ob sie in einer ihrer Visionen bereits gesehen hatte, wann und wo sie sterben würde?

Und ihr eigenes Schicksal? Hatte Marlies darüber ebenfalls Kenntnisse?

Nein, Merelie wollte das gar nicht wissen. Weder was die Zukunft brachte, noch wann und wie sie sterben würde. Es wäre eine viel zu große Last für sie.

Sie dachte an Malus Zukunft.

Einen kleinen Teil davon kannte sie. Sie holte die Seite aus der Memminger Zeitung aus ihrer Gesäßtasche und überreichte sie ihr.

„Die wirst du brauchen. Gib sie an Oma und Opa, wenn du mich zu ihnen bringst. Sie darf nicht hier bleiben."

Merelie war überzeugt, dass Magnus Gmeininger auch weiterhin alles unternehmen würde, um Malus Fähigkeit zu adaptieren; sofern ihm dies nicht bereits gelungen war. Auf keinen Fall durfte er einen Gegenstand in die Hände bekommen, der ihm ermöglichte, in die Zukunft zu reisen.

Malu verstand und nickte.

Wie zuvor Maxi drückte auch sie nun Merelie an sich, Kilian gesellte sich dazu und umschlang beide mit seinen Armen.

„Wir werden dich wiedersehen, Merelie", flüsterte er.

Und auch wenn sie sich nicht daran erinnern konnte, wusste Merelie, dass er recht hatte: In einiger Zeit würden die beiden ein Kind zur Welt bringen.

„Ihr müsst sie dann loslassen, so wie Merelie jetzt euch loslassen muss", sagte Marlies. „Magnus Gmeininger wird euch Zeit seines Lebens suchen. Euch und Merelie. Er wird schon bald in Erfahrung bringen, dass sie genauso mächtig ist wie er. Auch wenn dir dies heute noch nicht bewusst ist, Merelie."

Schweren Herzens löste Merelie sich aus der engen Umarmung.

Zum Schluss drückte sie Marlies. Vorsichtig, denn sie hatte Angst, dass sie ihr weh tun könnte.

Kaum zu glauben, dass sie in diesem hohen Alter und ihrem Zustand noch heute einen langen, beschwerlichen Marsch antreten wollte.

Doch nun stand Merelies eigene Reise an.

Sie freute sich auf ihre Großmutter und ihren Großvater, vor allem auf Elias.

Ein wenig bange schaltete sie ihr Handy ein und war erleichtert, dass es ordnungsgemäß funktionierte. Dann betrachtete sie sein Bild: Auf dem Bett liegend und lächelnd. Das gefiel ihr.

Noch ein letztes Mal blickte sie in die Runde.

Auf Wiedersehen, Mama, dachte sie.
Auf Wiedersehen, Papa.
Und auf Wiedersehen, Urururahnin.
Dann sah sie wieder auf ihr Handydisplay.
Elias. Sie wollte gerne bei ihm sein. Jetzt.
Sogleich erfüllte sich ihr Wunsch und erneut erlebte sie dieses seltsame Gefühl, von irgendetwas eingesogen und gleich danach wieder freigegeben zu werden.
Elias wartete bereits auf sie. Sie legte sich zu ihm und weinte. Und er hielt sie fest und weinte mit ihr.

39. Kapitel

Als Merelie an diesem Morgen zum zweiten Mal erwachte, hatte sie immer noch Elias' Körpergeruch in der Nase. Dazu mischte sich der Geruch von Leinen, die Düfte aus Marlies' Hütte und der von brennendem Holz. Sie glaubte sogar, es knacken zu hören.
Als sie die Augen aufschlug, stellte sie fest, dass es nur die Erinnerungen an die letzten Tage waren, die ihr diese Sinneswahrnehmungen vorgaukelten, und war froh, die vertraute Umgebung ihres Zimmers zu sehen.
Das Poster der Gothic-Band ‚Melankolia' an der Wand; daneben das Foto, das ihr Elias geschenkt hatte: eine fliegende Fledermaus über einem in der Dämmerung liegenden Wald; den Spruch ‚Carpe Noctem', den sie sich in hübschen, schwarzen Buchstaben auf den Kleiderschrank gezeichnet hatte. ‚Pflücke die Nacht' hieß es im übertragenen Sinne und in Abwandlung des allseits bekannten lateinischen Spruchs ‚Carpe diem'.
Auch die Vergangenheit lag zu einem großen Teil in der Nacht, verborgen hinter einem dunklen Schleier, sowohl die eigene als auch die der gesamten Menschheit. Merelie war es gelungen, einen Blick hinter diesen Schleier zu werfen.

Ihr Handy summte und riss sie aus ihren Gedanken.

„Alles gut“, lautete die WhatsApp-Nachricht von Elias. „Ich bin gleich bei dir.“

Natürlich war sie erleichtert deswegen, dennoch ärgerte sie sich ein wenig über Elias. Als sie heute Morgen zum ersten Mal erwacht war, hatte sie alleine im Bett gelegen und lediglich einen handgeschriebenen Zettel auf ihrem Nachttisch vorgefunden: „Bin gleich los zu meiner Ärztin. Wollte dich nicht aufwecken.“

Sie musste daran denken, wie schwach Elias gestern gewesen war. Wie sie ihn am Weinmarkt und im Treppenhaus hatte stützen müssen.

Absolut leichtsinnig von ihm, in seinem Zustand schon alleine loszuziehen! So gerne hätte sie ihn begleitet … Wollte er ihr damit demonstrieren, wie fit er sich schon wieder fühlte?

Warum mussten Männer anderen so oft etwas beweisen? Eigentlich mochte sie es lieber, wenn man auch Gefühle zeigen konnte und sich nicht für unverletzlich und unbesiegbar hielt.

Aber sie konnte Elias auch nicht böse sein. Das konnte sie nie. In den allermeisten Fällen tickte er zum Glück nicht ‚typisch männlich‘ und das fühlte sich für sie genau richtig an.

Die Praxis seiner Hausärztin lag erfreulicherweise nicht weit entfernt, er musste nur in die Parallelstraße. Das sollte er schaffen. Mit diesem Gedanken war sie dann vorhin noch einmal eingeschlafen. Die turbulenten Ereignisse der letzten Tage forderten allmählich doch ihren Tribut.

Es klingelte.

Kaum zehn Minuten waren seit der WhatsApp-Nachricht vergangen und Merelie war überrascht, wie gut Elias schon wieder zu Fuß war.

Sie sprang aus dem Bett, riss ihre Zimmertür auf und rannte durch den Gang.

Währenddessen rief sie in Richtung der Küche: „Ich mach auf!“

An der Wohnungstür angekommen drückte sie den Öffner für den Hauseingang ein Stockwerk tiefer. Beim Warten wechselte sie permanent vom einen Fuß auf den anderen.

Mist, dachte sie, ich hätte mir zumindest Socken anziehen sollen.

Sie sah an sich hinab.

Und eventuell richtige Kleidung.

Na ja, dachte sie, Elias hat mich vorhin auch schon im Nachthemd gesehen.

Er kam langsam die Treppe nach oben, als fehlte ihm noch Kraft, doch er wirkte nicht so, als ob er Hilfe benötigte.

Er hob den Kopf und strahlte sie an. „Geht alles schon wieder", meinte er. „Außer Marathonlaufen."

Unwillkürlich musste sie daran denken, wie oft er über seinen Sportunterricht geschimpft hatte. Die Bundesjugendspiele waren ihm immer ein großes Grauen gewesen.

Sie mochte es, wenn er Witze machte. Und vor allem, dass er sich schon wieder dazu in der Lage fühlte.

Als er bei ihr angekommen war, umschlang sie ihn mit den Armen. Ohnehin schon recht hager, fühlte er sich nun noch dünner an. Er drückte sie ebenfalls und wirkte dabei unbeholfen, so wie immer.

Der Duft von Kaffee und Rührei drang in ihr Bewusstsein. Auch Elias schien ihn wahrzunehmen, denn sie bemerkte, wie er schnupperte. Er löste sich von ihr und schielte in Richtung Küche.

„Freut mich, dass dein Appetit wieder da ist."

„Oh, der war gar nie weg", behauptete er und lachte.

Merelie nahm ihn bei der Hand und ging mit ihm nach hinten.

Zwei lange, ereignisreiche Tage hatten sie in der Vergangenheit verbracht, dagegen waren sie in der Gegenwart nur für einen Augenblick vom Weinmarkt verschwunden gewesen, hatten hier also gar nicht gefehlt. Ob den Großeltern trotzdem etwas auffallen würde? Merelie sehnte sich nach einer herzlichen Begrüßung, so wie nach der Rückkehr von einer langen Reise.

Zu ihrer Enttäuschung stand die Großmutter mit dem Rücken zu ihnen am Herd und der Kopf des Großvaters steckte – wie so oft – hinter der Memminger Zeitung.

Minnie lag auf einem Küchenstuhl und putzte sich. Diesmal sprang sie wenigstens auf, als sie Merelie sah, kam auf sie zu und strich ihr um die Waden. Merelie beugte sich zu ihr und kraulte ihr den Nacken, was Minnie zu lautem Schnurren animierte.

„Guten Morgen“, sagte die Großmutter, ohne sich umzudrehen. „Setzt euch doch.“

Der Frühstückstisch war bereits gedeckt und Merelie und Elias nahmen nebeneinander Platz.

Die Bratpfanne vor sich her balancierend wandte die Großmutter sich ihnen zu. Merelie griff nach dem Pfannenwender und bugsierte zuerst Rührei auf die Teller ihrer Großeltern und den von Elias, dann schob sie voller Vorfreude den Rest auf ihren eigenen. Wie oft hatte sie in den letzten Tagen von Großmutters Rührei geträumt?

Niemand bereitete es dermaßen lecker zu wie ihre Großmutter. Inzwischen war sie sich sicher, dass ein Geheimnis dahinter steckte.

Die Großmutter stellte die Pfanne zurück auf den Herd und gesellte sich zu ihnen.

„Benno“, mahnte sie streng. „Die Kinder sind da. Wir wollen frühstücken.“

Doch der Großvater reagierte nicht.

Wie ungewöhnlich. Sonst war er meist der Erste, der zu essen begann.

„Wir haben im Lotto gewonnen, Benno, sechs Richtige mit Zusatzzahl.“

„Hm?“

Die Großmutter griff nach seinen Fingern und löste sie sanft von den Zeitungsblättern.

„Oh“, heuchelte der Großvater Überraschung, allerdings mit recht unterdurchschnittlichen schauspielerischen Fähigkeiten. „Ihr seid schon auf?“

„Glaub nur nicht, dass du dich vor diesem Gespräch drücken kannst“, schalt ihn die Großmutter und Merelie fragte sich, was die Großmutter damit wohl meinte. Irgendwie verhielten beide sich merkwürdig. Wussten sie doch von ihrem ungewöhnlichen Ausflug in die Vergangenheit?

In aller Seelenruhe faltete der Großvater die Zeitung zusammen und legte sie neben den Teller.

Merelie sah Elias’ leidenden Blick auf das Rührei und spürte seine Ungeduld.

„Können wir anfangen? Sonst wird es noch kalt.“

Die Großmutter nickte.

Während Merelie sich mit dem Messer nach und nach das Rührei auf die Gabel schob und zum Mund führte, dachte sie zurück an Marlies’ Hütte und das kärgliche Mahl dort. Sie nahm sich fest vor, die Annehmlichkeiten des 21. Jahrhunderts künftig mehr zu würdigen. Und nicht nur die kulinarischen, auch die technischen. Die modernen Fortbewegungsmöglichkeiten, das elektrische Licht, das Gesundheitssystem. Für die Menschen von vor 500 Jahren müsste die Gegenwart wie das Paradies erscheinen. Noch nie war Merelie so froh gewesen, im Hier und Heute zu leben.

Als alle aufgegessen hatten, beugte sich die Großmutter neugierig nach vorne und musterte zunächst Merelie, danach Elias.

„Na, ist irgendetwas vorgefallen?“

Es irritierte Merelie, dass ihre Großmutter etwas zu ahnen schien.

„Wollt ihr uns was erzählen?“

Hatte sie bereits Kenntnis von ihrer ungewöhnlichen Reise? Noch immer hatte sie Merelie nicht verraten, was ihre eigene Gabe war. Konnte sie etwa Gedanken lesen?

Und was sollte dieses verschwörerisch wirkende Zuzwinkern?

„Habt ihr Gesprächsbedarf?“

Merelie bemerkte, wie Elias bereits unruhig auf dem Stuhl hin und her rutschte. Sollten sie einfach mit der Sprache herausrücken? Oder erstmal vorfühlen, was die Großmutter tatsächlich wusste?

Nun drehte die Großmutter den Kopf zu ihrem Mann: „Jetzt sag doch auch mal was, Benno!“

Doch der Großvater zuckte nur mit den Schultern und schwieg.

„Wir haben doch vorhin darüber gesprochen!“

Jetzt wurde Merelie doch ungeduldig: „Was ist denn los, Oma? Worüber willst du sprechen?“

„Ja, worüber, Emma?“

Die Großmutter sah den Großvater vorwurfsvoll an. Augenscheinlich verwirrte sie seine Reaktion und brachte sie aus dem Konzept. Mit offenem Mund starrte sie auf ihren Mann und brachte keinen Ton mehr heraus. Hatte er es tatsächlich vergessen oder spielte er ihr einen Streich?

Sie benötigte mehrere Sekunden, ehe sie reagierte: „Also, das ist ja wohl die Höhe, Benno! Wir haben uns gerade eben noch darauf geeinigt, dass wir es ansprechen wollten!“

„Nein“, widersprach er. „Nicht ‚wir‘ wollten. ‚Du‘ wolltest das. Ich habe von Anfang an gesagt, dass es ihre eigene Angelegenheit ist.“

Der Großvater grinste. Manchmal wurde Merelie nicht schlau aus ihm, aus der Großmutter im Moment allerdings auch nicht.

„Mensch, Oma, worum geht es denn überhaupt?“

Den Kopf schüttelnd wandte sich die Großmutter vom Großvater ab und sah zu Merelie.

Schlich sich da Röte in ihre Wangen?

„Nun“, druckste sie herum. „Es ist so …“

Sie suchte nach Worten.

„Elias hat ja nun das erste Mal bei dir übernachtet …“

Jetzt ging Merelie ein Licht auf.

Ach, darum ging es!

Merelie konnte nicht mehr an sich halten und prustete los.

„Was ist daran so lustig, Merelie?“

„Nichts, Oma.“ Sie versuchte, wieder ernst zu werden.

Doch als Elias sagte: „Wir haben nichts Schlimmes gemacht, Frau Ferner, ehrlich!“, da musste sie erneut laut auflachen. Sie konnte es sich einfach nicht mehr verkneifen. Nein, sie hatten nichts Schlimmes gemacht, waren nur mal eben für zwei Tage in die Vergangenheit gereist und knapp dem Tod entronnen. Nebenbei hatte sie ihre Eltern kennengelernt und ihnen das Leben gerettet. Nach all der Aufregung empfand sie die vergleichsweise banalen Sorgen der Großmutter geradezu als befreiend.

Und dazu Elias’ Blick! Er wusste nicht, ob er mitlachen sollte, und wenn ja, warum.

„Ich habe dir doch gesagt, dass sie alt genug sind“, deutete der Großvater die Heiterkeit seiner Enkelin in eine völlig falsche Richtung.

„Aber es sind doch noch Kinder! Du drückst dich immer um dieses Thema herum!“

„Wir sind doch schon siebzehn, Frau Ferner. Und wir wissen alles aus dem Internet.“

Seine Bemerkung klang für Merelie, als würden sie sich öfter miteinander pikante Dinge am Computer ansehen. Und für die Großmutter wohl auch, denn sie kniff die Augen zusammen und blickte missbilligend zu Elias.

„Nein, Frau Ferner, nicht das, was Sie denken“, wehrte er erschrocken ab. „Merelie und ich sind immer ganz brav.“

Jetzt hörte er sich tatsächlich so an wie früher, als sie noch kleine Kinder gewesen waren. Beinahe immer war es Merelie gewesen, die auf dumme Gedanken gekommen war und etwas angestellt hatte. Elias hatte sich dann immer schützend vor sie gestellt und sie verteidigt. Selten mit Erfolg, denn die Großmutter hatte die Kinder meist durchschaut.

Merelie freute sich schon darauf, bald volljährig zu sein, aber sie dachte genauso gerne an diese schöne Zeit zurück, die für immer vergangen war.

„Jetzt lass es doch gut sein, Emma. Wir Männer reden eben nicht so gerne darüber.“

Die Großmutter öffnete noch einmal den Mund, um etwas zu sagen, schloss ihn dann aber wieder.

Sie überlegte kurz, bevor sie weitersprach: „Hast du wenigstens deinen Eltern Bescheid gegeben, dass du die Nacht bei uns verbringst?"

„Aber selbstverständlich, Frau Ferner", antwortete Elias und Merelie fragte sich, wann er das wohl getan hatte …

„Kann ich mir noch Brot nehmen?", lenkte er rasch ab.

„Natürlich", sagte die Großmutter. „Du bist doch hier zu Hause."

Elias griff sich eine Scheibe und bestrich sie mit Frischkäse.

„Meine Ärztin hat gerade gemeint, dass ich viel essen soll. Das lasse ich mir nicht zwei Mal sagen."

„Ich habe gehört, wie du heute Morgen das Haus verlassen hast. Ich wusste natürlich nicht, dass du zur Ärztin wolltest. Ein wenig blass siehst du ja schon aus und deine Augenringe sind auch nicht zu übersehen. Was ist denn los mit dir? Bist du krank?"

„Ähm, …" Elias sah hilfesuchend zu Merelie.

„Wir müssen euch etwas erzählen, Oma." Merelie glaubte, es wäre am Besten, wenn sie es direkt aussprach: „Wir haben meine Mutter getroffen."

„Wie? Wann? Ich verstehe nicht."

„Sie ist in die Vergangenheit gereist. Unabsichtlich. Und dann dort geblieben. Wegen meines Vaters."

„Wegen deines Vaters?", meinte die Großmutter ungläubig und mit etwas zeitlicher Verzögerung wiederholte Elias die Frage.

„Hast du es denn nicht bemerkt, Elias?"

Merelie dachte an das Fieber, das ihren Freund so sehr geplagt hatte. Ob es ihm im gesunden Zustand aufgefallen wäre, dass sie die dunkelgrünen Augen von Kilian hatte? Mit Sicherheit!

„Kilian Haupt ist mein Vater, Elias. Ich zweifle nicht eine Sekunde daran."

„Wer ist Kilian Haupt? Und worüber redet ihr überhaupt?"

„Von euch aus gesehen waren wir gestern nur einen Augenblick verschwunden, Oma. Aber wir haben uns zwei Tage in der Vergangenheit aufgehalten."

„Und ich habe die zwei Tage lang nichts gegessen. Mein Magen verträgt keine 500 Jahre alten Nahrungsmittel."

Für einen Moment waren die Großeltern sprachlos. Dann flüchtete die Großmutter zu dem Thema, bei dem sie sich am Sichersten fühlte: Essen.

„Nimm dir einfach noch mal ein Brot, Elias."

„Okay."

„500 Jahre?"

„Ja, Oma."

Die Großmutter wurde blass. Auch der Großvater wirkte mit der Situation sichtlich überfordert; er sah lediglich immer wieder zwischen Merelie und Elias hin und her, mit einem Blick, als säßen zwei Außerirdische in seiner Küche.

„Genauer gesagt: Wir sind zum 20. März 1525 zurückgereist."

„Als die Bauernartikel verfasst wurden", fügte Elias mit vollem Mund hinzu.

„Und ich dachte, es sei schon fantastisch, was ich dir über unsere Vorfahrinnen und unsere Gabe erzählt habe", sagte die Großmutter fassungslos

„Ich habe unsere Urururahnin kennengelernt. Sie heißt Marlies und wohnt im Ried."

In diesem Moment wurde ihr traurig bewusst, dass sämtliche Menschen, denen sie in der Vergangenheit begegnet war, inzwischen gestorben waren.

„Sie hieß Marlies und wohnte im Ried", verbesserte sie sich.

Marlies, Maxi, Kilian und Malu. Alle tot. Begraben und verwest. Der Gedanke gefiel ihr ganz und gar nicht.

„Weinst du?", fragte die Großmutter.

Elias hörte auf zu essen, rutschte mit seinem Stuhl zu ihr herüber und legte den Arm um ihre Schultern.

„Vielleicht solltet ihr uns einfach alles der Reihe nach erzählen", meldete sich der Großvater zu Wort. „In aller Ruhe."

Merelie nickte, dann berichtete sie vom Besuch im Stadtarchiv, von der seltsamen Zeichnung, die – wie sie inzwischen wusste – Elias und sie selbst zeigte und dass ihre Mutter sie angefertigt hatte. Bei der Erwähnung von Malu wurden auch die Augen der Großmutter feucht. Der Großvater bemerkte es und griff nach ihrer Hand.

Haarklein schilderte Merelie den Ablauf ihrer letzten zweieinhalb Tage, das komplette Abenteuer, das sie mit Elias erlebt hatte.

Von seiner Krankheit; von Malus Verhaftung und von den mysteriösen Umständen ihrer Befreiung.

Wie sie herausgefunden hatten, was Malus und ihre Zeitreise ausgelöst hatte.

Von dem Bäckerbon, den Elias achtlos eingesteckt hatte und der zu ihrer Rettung wurde, und was es mit der Seite mit den Kleinanzeigen auf sich hatte.

Und dass Malu sich aus dem allerwichtigsten Grund, den es überhaupt geben konnte, gegen eine Rückreise entschieden hatte.

Während der Großvater wiederholt ungläubig den Kopf schüttelte, lauschte die Großmutter mit offenem Mund. In ihren Augen ein stetiger Wechsel von Neugier, Staunen und Traurigkeit.

„Kilian hätte in unserer Gegenwart genauso wenig überleben können wie Elias in seiner“, schloss Merelie ihren Bericht und die Großmutter stimmte zu.

„Bei Malu und dir gab es keine Probleme. Ihr wart die Verursacherinnen des Zeitsprungs“, vermutete sie.

„Ja, Oma, zu diesem Ergebnis bin ich auch gekommen. Deswegen konnten wir auch die Sprache verstehen und die Leute von damals uns.“

„Das klang echt wie furchtbares Kauderwelsch, Frau Ferner. Ich habe immer nur einzelne Fetzen mitbekommen.“

„Oh“, sagte der Großvater. „Da fällt mir ein Limerick ein, den ich mir einmal aus einer Zeitschrift ausgeschnitten habe.“

„Du kennst Limericks, Opa?“

„Was meinst du, was ich alles für Schätze in meinem Büro hüte. Eines Tages gehört das alles dir!“

„Da freut sich Merelie bestimmt heute schon drauf, Benno. Nun, wie ging der Limerick?“

„Moment, ich hab's gleich.“

Er erhob sich, atmete tief ein und rezitierte mit stolz geschwellter Brust, als wäre er der Bundeskanzler und gäbe eine Regierungserklärung ab:

„There was a young lady named Bright,
Whose speed was far faster than light;
She started one day
In a relative way,
And returned on the previous night.“

Merelie applaudierte amüsiert, was der Großvater mit einer eleganten Verbeugung quittierte.

„So etwas kann er sich merken“, frotzelte die Großmutter und schüttelte den Kopf. „Doch wenn ich ihm sage, dass der Müll hinuntergebracht werden muss, hat er es vergessen, sobald ich den Satz beendet habe.“

Unwillkürlich musste Merelie lachen, doch dann fiel ihr auf, dass Elias unglücklich wirkte.

„Was ist?“, fragte sie.

„Da reisen wir einmal durch die Zeit und ich verschlafe alles!“

Merelie drückte ihn fest an sich, was seine Laune sichtlich steigerte.

Er überlegte, dann ergänzte er: „Aber das mit der Seite mit den Kleinanzeigen verstehe ich nicht. Hat Merelie sie nun zuerst aus der Zeitung gerissen oder Malu sie ihr zuerst ins Tuch gesteckt? Wie konnten wir ihren Namen auf der Seite lesen, wenn sie ihn erst später dort notiert hat? Was ist Ursache, was ist Wirkung?“

„Es ist die alte Frage danach, was zuerst da war“, bemerkte der Großvater. „Die Henne oder das Ei?“ Beim letzten Wort sah er traurig hinüber zur leeren Bratpfanne.

„Möglicherweise ist alles vorherbestimmt“, startete die Großmutter einen Erklärungsversuch und Merelie dachte an die These von Marlies, dass sämtliche Ereignisse im selben Augenblick passierten und die Zeit nur eine Illusion wäre.

Elias widersprach: „Aber das kann nicht sein! Das hieße, dass wir keine freien Entscheidungen treffen können!“

Merelie zog ihn zu sich und küsste ihn auf die Wange.

„Fühlt sich für mich auch überhaupt nicht so an.“ Sie beobachtete, wie Elias rot und sprachlos wurde.

„Ach, Malu“, seufzte die Großmutter. „Ich vermisse dich so sehr.“

Selten hatte Merelie sie so schwermütig erlebt.

„Es ging ihr gut, Oma. Sie war glücklich“, versuchte sie, Trost zu spenden.

„Ich frage mich, was aus ihr geworden ist“, sagte Elias.

Und die Großmutter meinte traurig: „Ob wir das jemals erfahren werden?“

Epilog

Merelie fand sich auf einem Balkon wieder, vor dem sich ein wunderbares Panorama ausbreitete.

In nicht allzu weiter Ferne erkannte sie die beiden markanten Türme der Klosteranlage, die sie sich eben auf der Replik einer alten Zeichnung angesehen hatte. Das Kloster selbst und die vielen Nebengebäude wurden von einer mannshohen Steinmauer umschlossen. Hinter der Anlage erstreckte sich eine städtische Bebauung, davor lagen einzelne Häuser und Bauernhöfe in einer malerischen, hügeligen Landschaft; Merelie entdeckte arbeitende Bauern, grasende Kühe und eine Schafherde samt Hirten und Hütehund. Die Farbe des Laubs war bei den ersten der vereinzelt stehenden Bäume bereits zu Braun übergegangen, so wie es typisch für den Herbst war.

Mit dem Rücken zu Merelie saß auf einem Holzstuhl eine Frau mit langem, grauem Haar, vor der Frau stand eine Staffelei. Merelies Herz begann wild zu klopfen, als sie ihr über die Schulter und auf das Abbild der Klosteranlage blickte, bei der nur noch wenige Zeichenstriche fehlten. Es war nahezu perfekt, die alte Frau eine wahre Künstlerin.

Merelie trat neben sie und beobachtete, wie sie zielsicher ihren Stift führte.

In aller Ruhe brachte die Frau ihr Werk zu Ende. Erst dann drehte sie sich zu Merelie.

In ihr Gesicht hatten sich unzählige Falten gegraben, die Haut wirkte ledrig und trocken. Ihre Augen dagegen funkelten neugierig und gütig, genauso wie in ihrer längst vergangenen Jugend. Unwillkürlich fasste sich Merelie an ihre eigene leicht gekrümmte Nase und die Frau folgte ihrer Bewegung wie ein Spiegelbild.

„Ich wusste, dass du eines Tages kommst und wir uns wiedersehen."

Malu erhob sich und jede Bewegung schien sie anzustrengen. Dennoch verließ kein Klagen ihre Lippen. Als sie endlich stand, wirkte sie kleiner, als Merelie sie in Erinnerung hatte.

„Du kannst mich ruhig umarmen. Ich breche nicht auseinander. Noch nicht."

Malu hatte sie gut eingeschätzt: Merelie hatte tatsächlich gefürchtet, sie könnte ihrer Mutter wehtun. Nun drückte sie Malu an sich und fühlte großes Glück. Als sie Malu nach einiger Zeit losließ, schwankte ihre Mutter kurz und nahm dann wieder Platz.

„Drinnen ist noch ein Stuhl, Merelie, hol ihn dir."

Merelie drehte sich und erkannte, dass der Balkon zu einem Schlafzimmer gehörte, einfach eingerichtet; ein Bett, ein Kleiderschrank, ein Nachttisch; alles wirkte alt, der Schrank sogar wurmstichig. In der Ecke ein Stuhl, nach dem Merelie nun griff und neben den ihrer Mutter stellte, um sich ebenfalls zu setzen.

Mehrere Minuten lang sahen sich die beiden Frauen einfach nur an, lasen in ihren Gesichtern und ließen auf sich wirken, dass sie endlich wieder vereint waren.

Obwohl dieser Ort hier nicht ihre Heimat war, beschlich Merelie ein Gefühl des Nach-Hause-Kommens.

Malu drehte den Kopf und blickte in die Ferne auf das ummauerte Areal.

„Die Klosteranlage von St. Gallen", sagte sie.

„Hier habe ich dich in einer Vision gesehen. Dich und die beiden Kirchtürme. Sofort habe ich im Internet nach ihnen gesucht. Es dauerte nicht lange, bis ich sie identifizieren konnte. Dann bin ich mit der Bahn nach St. Gallen gefahren. Ich wusste nicht, ob eine Zeichnung von dir erhalten geblieben ist. Doch ich habe im Stiftsarchiv danach gesucht und schließlich dieses Bild entdeckt."

Malu nickte.

„Sie haben eine unglaubliche Menge an historischen Dokumenten dort. Ich habe das Archiv zu meinen Studienzeiten einmal besucht."

In Gedanken sah Merelie die junge Malu vor sich; die junge Malu, die in München Geschichte studiert hatte.

Zu Merelies Überraschung schmunzelte Malu.

„In den letzten Jahren war ich natürlich häufiger dort", sagte sie. „Es ist ein wahrer Schatz."

„Wie hat es dich hierher verschlagen?", wollte Merelie wissen.

„Der Deutsche Bauernkrieg dauerte lange und war in der Realität viel grausamer, als es historische Quellen vermitteln können. Ich bin sehr dankbar, dass Kilian und ich ihn überlebt haben."

Malus Augen glänzten.

„Und eines Tages habe ich sie kennengelernt."

Ihre Betonung lag auf dem ‚sie' und noch bevor Malu die Namen aussprach, ahnte Merelie bereits, wen ihre Mutter meinte.

„Christoph Schappeler und Sebastian Lotzer."

In Malus Augen leuchtete eine Begeisterung wie bei anderen Menschen, wenn sie die signierte Autogrammkarte eines Popstars oder eines erfolgreichen Fußballspielers in den Händen hielten.

„Wir folgten ihnen nach St. Gallen. Und weißt du was, Merelie? Ich habe sogar mit Ulrich Zwingli gesprochen. Ich durfte Christoph Schappeler auf einer seiner Reisen nach Zürich begleiten und dort bin ich ihm begegnet. Ein aufmerksamer, weiser Mensch."

Plötzlich wurde Merelie bewusst, dass das Bett im Zimmer zu schmal für zwei Personen war.

„Was ist mit …"

Merelie überlegte, ob sie ihn beim Vornamen nennen sollte, da ergänzte Malu: „… deinem Vater?"

„Ja, mit meinem Vater", bestätigte Merelie und genoss es, dieses Wort zu sagen, obwohl Kilian dies bedauerlicherweise nie für sie hatte sein können.

„Abgesehen von der Sehnsucht nach dir, habe ich es keine Sekunde meines Lebens bedauert, bei ihm geblieben zu sein. Bei Kilian, meinem Lumpensammler."

Es klang nicht bitter oder abwertend, Malu sah vielmehr träumerisch aus bei dieser Bezeichnung. Unwillkürlich musste Merelie an das englische Sprichwort denken, dass man ein Buch nie nach seinem Umschlag beurteilen sollte.

„Jeder definiert selbst, was Glück bedeutet. Meines war es, einen Mensch zu lieben und von diesem ebenso geliebt zu werden. Man braucht weder Internet noch Auto, Flugzeug oder Eisenbahn für ein erfülltes, frohes Leben, Merelie. Glück findet sich nur im eigenen Herzen."

Dann erstarb Malus Lächeln, sie rang sichtlich nach Fassung und suchte nach Worten.

„Es war im Frühling vor fünfeinhalb Jahren", sprach sie schließlich weiter. „Ohne jegliche Vorankündigung. Er war immer gesund, fröhlich und voller Tatendrang. Wir haben den Kräutergarten umgegraben. Er ließ den Spaten fallen und griff sich ans Herz. Dann fiel er um und war sofort tot."

Merelie dachte an den großen, muskulösen Kilian Haupt, jung und sonnengebräunt. Mit seinen dunkelgrünen, tiefgründigen Augen.

„Das tut mir sehr leid", sagte sie und erkannte, wie floskelhaft dies wirkte, doch ihr fielen keine angemesseneren Worte ein, so sehr rang sie mit ihren eigenen Gefühlen.

„Ja, mir auch. Und wie."

Danach schwieg Malu. Einige Zeit lang schien sie in Erinnerungen zu schwelgen, dann sprach sie weiter: „Deswegen freut es mich zu sehen, dass er in dir weiterlebt. In dir und deinen beiden Brüdern."

„Ich habe Geschwister?"

„Ja, Christoph und Sebastian. Sie kümmern sich um mich. So, wie auch du dich um mich gekümmert hättest."

Malu stand auf und stützte sich zuerst am Stuhl, dann am Geländer des Balkons ab. Ihr Körper zitterte leicht dabei.

„Komm", forderte sie Merelie auf. „Schau sie dir an."

Sie beugte sich etwas nach vorn und sah nach rechts, Merelie folgte ihrem Beispiel.

Ein Mann hackte Holz, ein anderer schichtete die Scheite an einer Hauswand auf. Beide ähnelten von der Statur her Kilian.

Sie waren deutlich älter als Merelie, obwohl es sich um ihre jüngeren Geschwister handelte.

„Wir leben alle gemeinsam auf diesem Hof. Deine Brüder, meine Schwiegertöchter und meine sieben Enkelkinder."

Merelie konnte es kaum fassen. So lange Zeit hatte sie früher über die Identität ihrer Eltern gerätselt und nach ihnen gesucht. Sie hatte sie nicht nur gefunden, nun stellte sich sogar heraus, dass sie zu einer Großfamilie gehörte und außerdem schon siebenfache Tante war.

Gleichzeitig spürte sie Wehmut, dass sie ihre Neffen und Nichten nicht aufwachsen sehen konnte, denn bald schon würde sie wieder ein halbes Jahrtausend von ihnen entfernt sein.

Merelie wollte gar nicht daran denken, ihre Mutter wieder zu verlassen, doch sie wusste, dass es unweigerlich geschehen musste.

„Was ist aus Marlies geworden? Und aus Maxi?", fragte sie.

„Leider kann ich dir darüber nichts berichten. Der Krieg hat Tausende Menschenleben gekostet. Viele sind aus ihrer Heimat geflüchtet und haben sich woanders niedergelassen."

Merelie ließ die Antwort äußerst unbefriedigt zurück. Von Kriegen zu lesen, war etwas Anderes, als seine Auswirkungen am eigenen Leib zu spüren und die Leute persönlich zu kennen, deren Schicksale mit ihm verknüpft waren.

Doch in Gedanken sah sie Maxi als erwachsenen Mann vor sich, sein Humpeln und die zwei missgebildeten Finger beeinträchtigten ihn nicht. Sein Selbstbewusstsein war groß genug, um seine körperlichen Einschränkungen zu kompensieren. Er hatte den Krieg überstanden und lebte glücklich. Daran zweifelte sie nicht und allein die Vorstellung beruhigte sie.

Dann drängte sich eine andere Person in den Vordergrund. Eine, die sie am liebsten gleich wieder verscheucht hätte.

„Und aus Gmeininger?", fragte sie nach leichtem Zögern.

Malu zuckte mit den Schultern.

„Zuerst hat er versucht, mich zu finden. Doch Kilian und ich, wir hielten uns gut versteckt. Etwa vierzehn Tage nach dem Verfassen der Bauernartikel ist Magnus verschwunden und Barthel mit ihm. Von einem Tag auf den anderen. Spurlos. Wir haben uns noch mehrere Wochen in der Nähe von Memmingen aufgehalten, Magnus ist nicht wieder aufgetaucht. Erst als ich kurz vor der Niederkunft stand."

Merelie erschrak.

„Ja, ehrlicherweise hatten Kilian und ich bereits mit dem Gedanken gespielt, dich zu behalten, weil wir uns sicher vor ihm wähnten. Die Vorstellung, dich kurz nach der Geburt wegzugeben, hat mich fast wahnsinnig gemacht. Als Gmeininger dann wie aus dem Nichts wieder in Erscheinung trat, wurde klar, dass wir das Schicksal nicht überlisten konnten. Inmitten eines Gefechts mussten wir vor ihm fliehen und schweren Herzens haben wir die Entscheidung getroffen, dich zu meinen Eltern zu bringen. Ich muss einen furchtbaren Eindruck bei ihnen hinterlassen haben."

„Der Kreis musste sich schließen."

„Ja, leider. Es musste alles sehr schnell gehen und so hatte ich keine Zeit, die Reise vernünftig zu planen. In all der Aufregung habe ich nicht daran gedacht, dass es keine Rolle spielt, wie lange ich in der Zukunft bleibe, wenn ich nur im richtigen Moment zurückkehre. Ich habe mich in all den Jahren immer wieder darüber geärgert, dass ich bei dieser letzten Gelegenheit nicht mehr Zeit mit meinen Eltern verbracht habe."

„Du wurdest von den Ereignissen überrollt …"

„Sozusagen. Aber eigentlich stand ja ohnehin schon seit Langem fest, wie dieser letzte Besuch abläuft, weil alles bereits passiert war. Die Geschichte hat mich eingeholt, meine Geschichte."

„Wie hat Gmeininger reagiert?"

„Überraschenderweise verschwand er erneut. Ich kann es mir bis heute nicht erklären."

„Seltsam."

„Ja."

„Ob es mit seinen Fähigkeiten zu tun hat?"

„Nicht auszuschließen. Auch nicht, dass er noch irgendwo am Leben ist."

„Oder irgendwann", fügte Merelie hinzu.

„Oder irgendwann", bestätigte Malu und Merelie hoffte inständig, dass es ihm nicht gelungen war, Malus und ihre Gabe zu übernehmen.

„Aber lass uns aufhören, über Gmeininger zu sprechen. Erzähl mir lieber von dir! Schließlich sind nicht nur Töchter neugierig, sondern auch Mütter."

„Was meinst du?", fragte Merelie, obwohl sie wusste, worauf Malu hinauswollte. Sie spürte, wie ihre Wangen erröteten.

„Elias."

Ohne weiteren Kommentar zückte Merelie aus ihrer Hosentasche ihr Smartphone. Sie schaltete es ein und brachte das Foto aufs Display, das sie unmittelbar vor ihrer Zeitreise geschossen hatte.

Elias lag der Länge nach auf dem Rücken auf der Tagesdecke eines Doppelbettes. In dem Hotelzimmer, das sie sich wegen ihrer Recherchen in St. Gallen angemietet hatten. Er wirkte entspannt, seine Arme hatte er hinter dem Kopf verschränkt. Er lächelte glücklich – und verliebt.

„Er ist für mich da", sagte Merelie. „Wie immer."

Nachdem Merelie das Handy wieder weggesteckt hatte, betrachtete sie erneut die Zeichnung der Klosteranlage.

„Ich habe gewusst, dass du dieses Bild eines Tages finden wirst, Merelie. Der kommende Winter wird mein letzter sein. Ich spüre das. Es war an der Zeit, es zu zeichnen."

„Es fehlt noch etwas", meinte Merelie und ergänzte leise: „Mama."

Malu lächelte sanft, als sie dies hörte.

„Ich weiß", entgegnete sie und schrieb das Datum in die rechte untere Ecke: 12. September 1575; daneben setzte sie ihren Namen: Marie-Luise Haupt.

Nun sahen Bild und Signatur exakt so aus wie die Replik, die Merelie im Stiftsarchiv von St. Gallen entdeckt hatte.

„Und erneut schließt sich ein Kreis", meinte sie.

„Sei nicht allzu traurig, Merelie. Ich hatte ein langes und erfülltes Leben voller Glück und bin mir sicher, dass auch du dies eines fernen Tages sagen kannst."

Nach kurzem Schweigen fügte sie hinzu: „Ich sehe dich heute zum letzten Mal."

Merelie wollte das nicht hören. Warum nur mussten Freud und Leid so dicht beieinanderliegen?

„Aber ich habe noch eine Überraschung für dich", fuhr Malu fort und deutete auf ein Päckchen, das neben der Staffelei lag. Sie lächelte geheimnisvoll; Merelie beugte sich nach vorn und holte es zu sich.

Es handelte sich um einen Packen Papier, zusammengeschnürt mit einem Seidenband. Neugierig drehte Merelie ihn in der Hand hin und her.

„Was ist das?"

Eine tiefe Zufriedenheit spiegelte sich in Malus Gesichtsausdruck wieder.

„Wie gerade gesagt: Ich sehe dich heute zum letzten Mal. Doch du wirst mich noch oft besuchen kommen."

Sie deutete auf das Bild der Klosteranlage und Merelie folgte ihrem Blick.

„Dieser Kreis, der sich gerade eben schließt, war nur einer von vielzähligen anderen."

Erneut betrachtete Merelie das Päckchen und schließlich ging ihr ein Licht auf.

„Das sind Zeichnungen."

Malu nickte.

„Bei jedem unserer Treffen habe ich festgehalten, wo es stattgefunden hat. In der Ecke habe ich den Tag deines Besuchs notiert, auf der Rückseite das Datum deiner Abreise, das du mir genannt hast."

Eine Woge des Glücks durchfuhr Merelie, als sie den Papierstapel näher betrachtete. Es mussten mindestens zwei Dutzend Blätter sein.

Was dies für sie bedeutete, konnte Merelie noch kaum erfassen.

Sie würde ihre Mutter nicht nur wiedersehen, nein, sie beide würden sich ihr Leben lang begleiten.

Anders als bei einer normalen Mutter-Tochter-Beziehung, aber sicher nicht weniger innig.

Vermutlich würde sie auch ihrem Vater wieder begegnen und sogar ihre Brüder kennenlernen.

Vielleicht wartete sogar noch das eine oder andere Abenteuer auf sie, das sie gemeinsam mit ihrer Mutter erleben konnte.

Wer wusste das schon?

Auch wenn ihre Zukunft möglicherweise bereits geschehen war, so lag sie doch noch immer vor ihr:

Alles zu seiner Zeit!

„Ich würde gerne noch etwas hier bei dir auf dem Balkon sitzen bleiben", sagte sie.

„Nichts lieber als das", freute sich Malu.

Das Praktische an Zeitreisen war, dass man abreisen konnte, wann immer man wollte, dachte Merelie, man kam stets pünktlich an.

Nachwort

Liebe Leserin, lieber Leser,

Die Geschichte, die dich einholt ist mein bisher elfter Roman. Man könnte meinen, allmählich würde sich so etwas wie eine Routine entwickeln, doch er stellte mich vor ganz besondere Herausforderungen.

Vom Genre her könnte man ihn sowohl der Fantasy (übernatürliche Elemente) als auch der Science Fiction (Zeitreise) zuordnen; für mich selbst ist er in erster Linie ein historischer Roman geworden.

Genau wie bei einem solchen habe ich versucht, die damalige Zeit – die Geschehnisse, die Örtlichkeiten und das Leben im März 1525 – geschichtlich möglichst korrekt wiederzugeben.

Vieles ist aus der Stadt Memmingen jener Tage dokumentiert, einiges nicht. Hier nahm ich mir die künstlerische Freiheit, meine Fantasie spielen zu lassen und die Gegebenheiten meiner Geschichte und meiner Dramaturgie anzupassen.

Beispielsweise ist unsicher, ob der Hexenturm am Memminger Marktplatz 1525 bereits diesen Namen trug. Der Einfachheit halber habe ich mir erlaubt, ihn auch in der damaligen Zeit so zu benennen.

Oder die Druckpresse im Pfarrhaus der Martinskirche: Historisch überliefert ist, dass es in Memmingen eine Druckerei gab, die von einem gewissen Albrecht Kunne betrieben wurde. Kunne ist wahrscheinlich 1520 oder 1521 an der Pest verstorben. Dokumente, die nachweislich mit Kunnes Presse gedruckt wurden, tauchten etwa zehn Jahre später im benachbarten Ottobeuren auf. Wo die Druckpresse während der fehlenden Jahre war? Ungewiss. Aber vielleicht stand sie ja tatsächlich im Pfarrhaus von St. Martin …

Den Bauernhof der Haupts habe ich dort verortet, wo ich selbst im Augenblick der Niederschrift dieser Zeilen wohne. Tatsächlich gingen die Ausläufer des Benninger Rieds (historisch: Memminger Ried) damals vermutlich bis hierher. Eine landwirtschaftliche Nutzung dieses Gebiets hätte wahrscheinlich kaum Erträge eingebracht. Aber mir gefiel der Gedanke, Kilian und Malu in meiner Nähe zu wissen.

Eine weitere grundsätzliche Überlegung stellte die Sprache dar. Wörtliche Reden in altertümlicher Sprache oder im Dialekt sind meiner Meinung nach kaum zumutbar. Zumal es sich um ein historisches Schwäbisch/Allgäuerisch hätte handeln müssen, das sich heute kaum noch nachvollziehen lässt.

Hier habe ich mich darauf beschränkt, ein paar Dialekt-Ausdrücke einzupflegen, die mir aus meiner eigenen Jugend bekannt sind, die ich in den heutigen Tagen aber nur noch selten oder gar nicht mehr höre. Alleine daran kann man erkennen, wie schnell Sprache sich wandelt und wie schwierig es daher ist, sich vorzustellen, wie sie vor fünfhundert Jahren war.

Die Dialekt-Ausdrücke (z. B. Fehl, Lällabätscher, Buuschd, aufmandeln, Gai, ‚verreck im Schächtele') sollten sich allesamt aus dem Zusammenhang erklären. Falls nicht: Fragt bei Maxis Mama nach oder sucht bei Google. :-)

Bei Google Maps lassen sich auch die Wege nachvollziehen, die Malu und Merelie im Laufe des Romans gegangen sind, da die meisten der erwähnten historischen Gebäude auch heute noch stehen und in der Stadt besichtigt werden können.

Ob Sebastian Lotzer persönlich die Bauernartikel schriftlich zusammengefasst hat, ist nicht abschließend bewiesen, die meisten Historiker gehen aber davon aus.

Auch ist nicht eindeutig klar, an welchem Datum sie niedergeschrieben wurden. Vermutlich aber bei der letzten der vier belegten Zusammenkünfte am 6., 14., 15. und 20. März 1525.

Mit Sebastian Lotzer, Christoph Schappeler und Ulrich Zwingli tauchen historische Persönlichkeiten im Roman auf. Marlies und Maxi und die Familien Haupt und Gmeininger dagegen habe ich frei erfunden. Genauso wie die Zeichnungen von Malu. Es wäre schön, wenn es sie gäbe, denn von der alten Papiermühle und der früheren Eisenburg sind keine Bilddokumente mehr vorhanden.

Abschließend bedanke ich mich bei meinen Testlesern Andreas Strehl, Dirk Müller-Hagen, Julia Mann, Martina Bänecke, Matthias Habenicht, Natalie Reichert und Tina Reißner; bei Anna Auriga und Markus Collet für Lektorat und Korrektorat, bei Ralf Bänecke für die Gestaltung des Covers und bei Christoph Engelhard, dem Stadtarchivar von Memmingen, für all die Antworten auf meine vielen Fragen.

Liebe Grüße aus dem magischen Memmingen

Siegfried Langer

PS:
Wenn dir der Roman gefallen hat, vergiss nicht, eine Bewertung zu hinterlassen, z. B. bei Amazon oder Thalia. Dankeschön dafür!
Auch freue ich mich immer über Likes auf meiner Facebook-Autorenseite und natürlich ebenso über E-Mails (mail@siegfriedlanger.de).

Das Buch, das dich findet

von

Siegfried Langer

~ Leseprobe ~

1. Kapitel
Merelies Geschichte

„Hallo Merelie, danke, dass du mir gestern zugehört hast. Das hat mir einen richtigen Powerschub gegeben. Nun bin ich gerade auf einen seltsamen Roman gestoßen: ‚Das Buch, das dich findet'. Der Anfang verwirrt mich sehr und macht mir Angst. Ich muss unbedingt mit dir darüber reden. Wir treffen uns dann morgen wie verabredet, ja?"

(Letzte WhatsApp-Nachricht, die Merelie von ihrer Freundin Alina erhalten hat.)

Merelie erschrak: Am Gartenzaun vor dem Haus ihrer Freundin Alina parkte ein Streifenwagen.

Sie stieg von ihrem Fahrrad ab und schob es die letzten Meter. Trotz der Hitze dieses sonnigen Augusttages spürte sie eine plötzliche Kälte.

Ihre Gedanken überschlugen sich.

War etwas passiert? Mit Alina? Sie hatte sich doch nicht etwa …?

Oder mit Alinas Mutter? War sie schon wieder betrunken mit dem Auto unterwegs gewesen? Vor Kurzem hätte sie beinahe einen Unfall verursacht.

Nachdem Merelie das Rad abgestellt hatte, legte sie den kurzen Weg durch den Vorgarten der Rieders mit einer unguten Vorahnung zurück. Ihre Hand zitterte, als sie den Klingelknopf drückte.

Es erschien ihr ungewöhnlich lange zu dauern, bis sie endlich Schritte hörte, die sich der Haustür näherten. Ihr Erstaunen wuchs, als ein Mann öffnete, den sie noch nie zuvor gesehen hatte. Er runzelte die Stirn und sah sie fragend an.

„Ja, bitte?“, wollte er schließlich wissen.

„Ähm, ich bin Merelie, ich wollte zu Alina. Wir sind verabredet.“

Der Mann wirkte unschlüssig und machte keine Anstalten, sie hinein zu lassen.

Jetzt wurde Merelie neugierig: „Wer sind Sie?“

„Ich bin Alinas Vater.“

Ohne weiteren Kommentar trat er nun zur Seite und Merelie schlüpfte an ihm vorbei in die Diele.

Alinas Vater? Sie verstand überhaupt nichts mehr. Alina hatte ihr erzählt, er habe sich nie um seine Kinder gekümmert. Seine Karriere sei ihm immer wichtiger gewesen und deswegen wäre er ununterbrochen in der ganzen Welt herumgejettet. Sie hätte ihn auf der Beerdigung ihres Bruders David das erste Mal seit Jahren gesehen.

Was machte er so unerwartet hier?

An der Treppe, die nach oben zu Alinas Zimmer führte, hielt Merelie an. Sie drehte sich zu Alinas Vater um, doch der schüttelte den Kopf. Sein Blick wies in Richtung des Wohnzimmers, das gegenüber der Haustür lag. Merelie verstand und ging hinein.

Obwohl das Fenster offenstand, roch es nach Alkohol. Im Fernsehsessel saß Alinas Mutter; nein, sie lag mehr darin, als dass sie saß. Sie sah Merelie mit verweinten, glasigen Augen an. Auf dem Sofa daneben hatten eine Polizistin und ein

Polizist Platz genommen. Der Polizist hatte einen Schreibblock in der einen Hand, einen Kugelschreiber in der anderen. Auch die Blicke der Beamten richteten sich nun auf Merelie.

„Das ist Merelie“, stellte Alinas Vater sie vor, als würde er sie bereits seit langem kennen.

„Weißt du, wo Alina ist?“

Die Worte, die die Mutter sprach, klangen undeutlich. Doch Merelie hatte inzwischen Übung darin, Frau Rieder zu verstehen. Wenn sie Alina besuchte, traf sie die Mutter selten nüchtern an.

„Nein, ich war mit ihr verabredet. Jetzt. Siebzehn Uhr.“

„Sie ist nicht mehr da.“

Merelie versuchte zu begreifen: Was sollte das heißen, sie sei nicht mehr da?

„Wo ist sie denn?“

„Wir wissen es nicht, Merelie“, räumte Alinas Vater ein.

Die Polizistin stand auf und streckte Merelie ihre Rechte entgegen: „Ich bin Polizeihauptmeisterin Bettina Guthe.“

Ganz instinktiv griff Merelie nach der Hand und schüttelte sie.

„Mein Kollege ist Polizeiobermeister Dieter Reindl. Dürfen wir noch ‚du‘ sagen?“

„Ja, klar.“

Dies mochte Merelie ohnehin lieber. Sie empfand es immer wieder als seltsam, dass sie seit einiger Zeit von Fremden gesiezt wurde. Obwohl sie sich darüber freute, als Erwachsene wahrgenommen zu werden, fühlte sich die förmliche Anrede für sie immer noch sehr ungewohnt an.

„Kannst du uns sagen, wann du Alina zum letzten Mal gesehen hast?“

Da brauchte sie nicht lange zu überlegen: „Vorgestern, wir saßen bis spät in die Nacht in ihrem Zimmer.“

„Warst du gestern nicht auch da?“, mischte sich Frau Rieder ein.

Merelie schüttelte den Kopf.

Für den Moment schien Alinas Mutter mit der Antwort zufrieden zu sein. Sie setzte sich auf und blickte suchend im Wohnzimmer umher. Merelie ahnte, dass sie nach einer Flasche Ausschau hielt, doch sie konnte keine entdecken. Üblicherweise standen hier immer mehrere herum, leere, volle und angefangene. Irgendjemand musste aufgeräumt haben, ehe die Polizei eingetroffen war. Kraftlos sackte die Mutter wieder in sich zusammen. Merelie konnte sich auf all das keinen Reim machen.

„Aber was ist denn überhaupt los?"

„Entschuldige bitte", sagte die Polizistin. „Alina ist verschwunden."

„Was? Ich verstehe nicht."

Die Polizistin blickte auffordernd zu Alinas Vater, der noch im Türrahmen stand. Merelie drehte sich zu ihm.

„Alinas Mutter hat mich angerufen. Alina sei die Nacht nicht zu Hause gewesen. Ich bin sofort hierhergekommen und habe mir nicht anders zu helfen gewusst, als die Polizei hinzuzuziehen. Sie sind gerade eben, kurz vor dir, eingetroffen."

„Kann sie nicht einfach beim Shoppen sein oder spazieren?", fragte die Polizistin.

„Alina geht nicht spazieren", widersprach Frau Rieder, „und zum Shoppen auch nicht mehr."

Aus einer Sesselritze zog sie ein Taschentuch hervor und schnäuzte lautstark hinein, ehe sie fortfuhr: „Das Bett war unberührt, als ich heute Mittag in ihr Zimmer bin."

Zum ersten Mal hörte Merelie nun die Stimme des männlichen Beamten. „Vormittags hatten sie gar nicht nach ihr gesehen?"

„Ich schlafe immer so schlecht. Und dann bin ich morgens so müde. Komme dann kaum aus den Federn. Meistens ist Alina vor mir wach. Auch jetzt, in den Ferien."

„Kann sie nicht einfach bei einer Freundin übernachtet haben?"

„Sie trifft sich in letzter Zeit ja nur noch mit dieser Merelie."

Merelie wusste, dass Alinas Mutter sie nicht leiden konnte. Es war ihr ein kleiner Trost, dass Alinas Mutter zurzeit überhaupt niemanden leiden konnte, am wenigsten sich selbst.

„Sehen Sie sich das Mädchen doch an, in ihren schwarzen Klamotten. Da muss man doch depressiv werden."

Merelies erster Impuls war es, sich zu verteidigen, aufzubegehren, doch sie begriff schnell, dass es hier nicht um sie ging, und hielt sich zurück.

„Glauben Sie, dass Ihre Tochter depressiv ist?", fragte Frau Guthe und blickte zwischen den beiden Eltern hin und her. Herr Rieder zuckte hilflos die Achseln; Frau Rieder musterte Merelie abschätzig von oben bis unten. Dann giftete sie:

„Wundert Sie das? Wenn man sich mit solchen Grufties abgibt …"

Das Wort, verbunden mit dem verächtlichen Tonfall, traf Merelie wie ein Stich ins Herz. Ja, sie mochte gerne schwarze Kleidung und zuweilen schminkte sie sich auch etwas unkonventioneller, dennoch gab es niemandem das Recht, sie in eine Schublade zu stecken.

Am liebsten hätte sie Alinas Mutter widersprochen, doch sie spürte den Kummer, der aus ihr sprach. Er suchte sich einen Kanal. Alinas Mutter war nicht sie selbst. Sie wusste nicht mehr, was sie tat. Schon lange nicht mehr. Seit …

„Merelie?", wandte sich Frau Guthe nun direkt an sie.

„Ja?"

„Glaubst du, dass Alina depressiv ist?"

Aufgrund der Reaktion der Eltern hielt die Polizistin Merelie anscheinend für kompetenter, ihr eine aussagekräftige Antwort auf diese Frage zu geben. Doch auch sie konnte nur die Schultern hochziehen.

„Ich weiß es nicht."

„Hat sie dir gegenüber je von Selbstmord gesprochen?"

Merelie zögerte.

„Nein", log sie dann. Denn es konnte nicht sein, was nicht sein durfte.

„Sie glauben, dass sich meine Tochter …?"

Frau Rieder begann zu weinen und Alinas Vater trat zu ihr. Er hob die Hände, als wolle er sie in den Arm nehmen und trösten, aber er ließ es dann doch bleiben.

„Wir müssen allen Spuren nachgehen, Frau Rieder. Dann haben wir die größte Chance, Alina wiederzufinden. Allerdings ist ihre Tochter bereits 18 und damit volljährig."

Merelie vergaß oft, dass Alina ein Jahr älter war als sie selbst. Die Freundin kam ihr eher jünger vor, was ihre Reife und ihre Anschauungen betraf.

„Was soll das heißen?", hakte Alinas Mutter nach.

„Natürlich nehmen wir Ihre Vermisstenanzeige ernst. Aber ein erwachsener Mensch kann tun und lassen, was er will. Es liegen keine Anzeichen für ein Verbrechen vor, oder?"

Die Hand, in der Frau Rieder immer noch das Taschentuch hielt, ballte sich zur Faust.

„Muss erst etwas passiert sein, ehe Sie ermitteln?"

Der Vorwurf in ihrer Stimme war nicht zu überhören. Die Polizistin versuchte sie zu beschwichtigen:

„Nein, natürlich nicht. Selbstverständlich werden wir Untersuchungen anstellen. Aber zu Ihrer Beruhigung kann ich Ihnen versichern, dass die meisten vermissten Personen innerhalb weniger Tage wieder wohlbehalten nach Hause kommen."

„Ich habe doch schon meinen Sohn verloren."

Alinas Mutter hörte sich kläglich an. Sie faltete das Taschentuch wieder auseinander und wischte sich damit Tränen aus dem Gesicht. Sogleich erschienen neue in ihren Augenwinkeln.

„Wir haben im Moment keine Meldungen, die wir mit dem Verschwinden Ihrer Tochter in Verbindung bringen könnten. Das ist ein gutes Zeichen."

Merelie verstand, was die Polizistin eigentlich damit sagen wollte: In den letzten Stunden war nirgendwo eine Leiche gefunden worden, bei der es sich um Alina handeln könnte.

„Das ist alles nur deine Schuld!"

Merelie zuckte zusammen. Doch diesmal hatte Frau Rieder nicht sie gemeint, sondern warf ihrem Ex-Mann wütende Blicke zu.

„Wenn du uns damals nicht verlassen hättest, wäre das alles nicht passiert. Dann wäre David noch am Leben."

Die beiden Beamten sahen Alinas Mutter fragend an.

„David ist Alinas älterer Bruder", erläuterte Merelie, nachdem sich offensichtlich niemand zuständig fühlte, die Polizisten aufzuklären. „Er ist vor zwei Monaten bei einem Autounfall gestorben."

„Jetzt bin ich ganz allein."

Erneut hielt Frau Rieder Ausschau nach etwas Trinkbarem. Aus ihrem Gesicht sprach tiefe Verzweiflung. Merelie verspürte trotz der offen zur Schau getragenen Ablehnung in diesem Moment großes Mitleid mit ihr.

Am liebsten hätte sie ihr eine Flasche Rotwein aus der Küche geholt.

Frau Guthe beachtete Alinas Mutter nicht weiter, sondern setzte ihre Befragung fort: „Hat sie vorgestern zu dir irgendetwas gesagt, Merelie? Pläne, dass sie verreisen möchte? Oder etwas Anderes, das in diese Richtung weist?"

„Nein."

„Und, Merelie, du musst jetzt ehrlich sein: Habt ihr wirklich nicht über Selbstmord gesprochen?"

Merelie senkte den Kopf, antwortete aber nicht. Die Polizistin wartete kurz, dann bohrte sie nach: „Ich liege richtig mit meiner Vermutung, oder?"

Da Merelie weiterhin schwieg, stellte Frau Guthe eine andere Frage: „Du bist in der Gothic-Szene, oder?"

Angesichts ihrer schwarzen Kleidung und des schwarzen Lippenstifts, den sie aufgetragen hatte, konnte sie schlecht verleugnen, dass sie zumindest eine gewisse Affinität dazu hatte. Einer ‚Szene', wie es die Polizistin bezeichnete, fühlte sie sich jedoch nicht zugehörig.

„Ich wiederhole meine Frage: Habt ihr über Selbstmord gesprochen? Über den Tod?"

Natürlich lag die Polizistin mit ihrer Vermutung richtig: Merelie hatte mit Alina fast ausschließlich über dieses Thema gesprochen. Das war es nämlich, was Alina seit zwei Monaten bewegte, was sie wieder und wieder umtrieb. Tod und Sterben: Der Austausch darüber hatte sie zusammengeführt und zu Freundinnen werden lassen.

Merelie nickte.

„Hat sie Selbstmordabsichten geäußert?“

„Ja“, flüsterte Merelie beschämt, ohne den Blick zu heben.

Die Polizistin hakte weiter nach: „Ist sie dabei konkreter geworden?“

„Wir ...“, Merelie zögerte, bevor sie den Satz zu Ende sprach. „...haben über verschiedene Möglichkeiten gesprochen.“

Merelie nahm ein kratzendes Geräusch wahr. Sie erkannte, dass es vom Sessel stammte, der ruckartig über den Laminatboden geschoben wurde. Im nächsten Moment war das Gesicht von Alinas Mutter bereits direkt vor ihr, die Augen weit aufgerissen und voller Wut. Und schon spürte sie, wie ihr Hals zugedrückt wurde.

„Du bist schuld! Du hast meine Tochter in den Tod getrieben!“

Aus den Augenwinkeln sah Merelie, dass sich Herr Rieder und der Polizist von verschiedenen Seiten aus mühten, die Hände von Alinas Mutter zu lösen, die im Gegensatz zu ihrer sonstigen Lethargie plötzlich erstaunliche Kräfte entwickelte.

„Lassen Sie los“, hörte Merelie eine Stimme, als ihr schwarz vor Augen wurde. Sie rang nach Luft, kämpfte gegen eine Ohnmacht an.

Merelie hatte keine Ahnung, wie lange sie von Alinas Mutter gewürgt und geschüttelt wurde, doch irgendwann löste sich schließlich der Druck. Als die beiden Männer es geschafft hatten, die Hände wegzuziehen, schnappte Merelie nach Luft und sackte in sich zusammen. Reflexhaft streckte sie ihre Arme aus, um sich abzustützen, und verhinderte damit, dass sie ungebremst auf den Boden krachte.

Die Polizistin kniete sich zu ihr und legte ihr den Arm um die Schultern. Merelies Hals schmerzte sehr. Sie zwang sich, wieder ruhig und regelmäßig zu atmen. Die Schwärze vor ihren Augen verschwand und als sie aufblickte, saß Frau Rieder wieder in ihrem Sessel. Ganz entspannt wirkte sie, gerade so, als sei nichts gewesen.

Merelie wurde die Berührung durch Frau Guthe langsam unangenehm.

„Es geht wieder", meinte sie. Die Polizistin verstand und ließ los. Langsam, auf ihr Gleichgewicht achtend, erhob sich Merelie.

„Ich habe versucht, es ihr auszureden", sagte sie dann.

Da niemand etwas entgegnete, wiederholte sie ihre Aussage.

„Ich habe versucht, ihr einen Selbstmord auszureden. Das müssen Sie mir glauben."

Die Polizistin nickte.

„Möchtest du Anzeige gegen Frau Rieder erstatten, Merelie?"

Merelie schüttelte den Kopf.

„Wenn Merelie vorgestern bei Ihrer Tochter war, dann haben Sie sie gestern als letzte Person gesehen, Frau Rieder. Haben Sie über irgendetwas gesprochen, das mit ihrem Verschwinden in Zusammenhang stehen könnte?"

Alinas Mutter starrte teilnahmslos zu Boden.

„Frau Rieder?"

„Ich erinnere mich nicht", flüsterte sie schließlich.

„Sie erinnern sich nicht mehr, worüber Sie gesprochen haben?"

„Ich erinnere mich überhaupt nicht mehr an den gestrigen Tag. Einer ist wie der andere."

Merelie dachte an das Handy-Video von Davids Abiturfeier, das ihr Alina gezeigt hatte: Frau Rieder in ihrem knallroten Ballkleid; hochhackige Schuhe; stark geschminkt; voller Stolz war sie mit ihrem Sohn zu Walzerklängen über das Tanzparkett geschwebt. Jetzt kauerte sie vor ihr in ihrem Wohnzimmersessel: verweintes Gesicht, die Haare ungekämmt, einen Morgenmantel mit Rotweinflecken tragend. Was war nur aus der einst so selbstbewussten, gepflegten Frau geworden?

Merelie bekam nun selbst feuchte Augen.

„Fehlt etwas im Zimmer Ihrer Tochter, Frau Rieder?"

Keine Antwort.

„Soll ich nachsehen?", bot sich Merelie an.

„Das wäre sehr hilfreich."

„Ich fasse auch nichts an."

Sie hatte das Gefühl gehabt, etwas in dieser Art sagen zu müssen. Dann ging sie zurück zur Treppe und weiter nach oben in den ersten Stock.

In Alinas Zimmer sah alles normal aus. Schrank und Kommode geschlossen; das Bett gemacht, die Bettwäsche mit den Blumen und Schmetterlingen aufgezogen; das Poster von den Jungs der Popband ‚Halo 22' an den senfgelb gestrichenen Wänden. Der Bürostuhl an Alinas Schreibtisch war ein Stück zurückgefahren. Mitten auf dem Schreibtisch lag ihr Handy, die weiße Schutzhülle aufgeklappt. Auf dem kleinen hellgrünen Sofa lagen verschiedene Kleidungsstücke. Merelie erkannte Alinas dunkelblaue Jeans und ihr mintfarbenes T-Shirt. Es sah so aus, als habe Alina ihr Zimmer gerade eben verlassen.

Merelie suchte das Badezimmer auf. Dort war alles da: Alinas Zahnbürste, ihr Haarspray und auch das Schminkzeug. Merelie glaubte nicht, dass sie ihr Zuhause ohne diese für sie so wichtigen Gegenstände für längere Zeit verlassen hätte. Und schon gar nicht ohne ihr Handy.

So langsam machte sie sich doch Sorgen.

Bis jetzt hatte sie jeden Gedanken an einen Selbstmord zur Seite gewischt. Seit Davids Tod traf sie sich mehrmals in der Woche mit Alina. Sie war überzeugt, sie hätte ihr Stärke und Mut gegeben, ihr geholfen, ins Leben zurückzufinden. Ob sie sich darin getäuscht hatte? Ob Alinas Todessehnsucht in den zwei Monaten größer statt kleiner geworden war?

Aber sie waren sich in der Zeit auch sehr nahegekommen. Alina hätte ihr sicher einen Abschiedsbrief hinterlassen. Oder ihrer Mutter.

Nein, Alina konnte nicht tot sein. Alina durfte nicht tot sein.

Mit hängenden Schultern kehrte Merelie zurück ins Wohnzimmer und berichtete von ihren Beobachtungen. Frau Rieder meinte dazu, dass auch Alinas Fahrrad in der Garage stehen würde. Abschließend nahm Frau Guthe Merelies Personalien auf.

Falls Alina nicht von alleine wieder auftauchen würde, meinte die Polizistin, würde die Polizei sicher noch einmal auf sie zukommen. Sie wirkte nach wie vor so, als ginge sie von einer harmlosen Erklärung für ihr Verschwinden aus. Dann durfte Merelie gehen.

Draußen schien immer noch die Sonne, doch Merelie zitterte. Sicherheitshalber schob sie ihr Fahrrad nach Hause, quer durch den Memminger Osten. So konnte sie auch in Ruhe über das gerade Erlebte nachdenken. Denn nach all der Aufregung eben wurde sie sich erst allmählich der Tragweite der Situation bewusst: Ihre Freundin Alina war verschwunden.

Printed in Germany
by Amazon Distribution
GmbH, Leipzig

25088617R00185